HEYNE BÜCHER

Das Buch

Als in Harlem ein Drogendealer festgenommen wird, kommt es zu einer Schießerei, in deren Verlauf fünf Polizisten angeschossen werden. Karen Henning bekommt als Staatsanwältin diesen Fall übertragen, der zunächst keine außergewöhnlichen Probleme zu stellen scheint. Doch der Angeklagte hat einen gewieften Anwalt, der sich höchst geschickt der Medien zu bedienen weiß. So gelingt es ihm, den Eindruck zu erwekken, daß sein Mandant in erster Linie aus rassistischen Gründen vor Gericht stünde. Seine Taktik zeigt Wirkung: Schon bald kommt es in Harlem zu ersten Ausschreitungen.

Dieser Fall scheint das Leben von Karen Henning aus dem Gleichgewicht zu bringen. Ihr Familienleben muß weit hinter ihrer Arbeit zurückstehen, denn allein der Kampf gegen die Voreingenommenheit der Medien kostet sehr viel Zeit und Kraft. Ein noch größeres Risiko für ihr Privatleben als die fehlende Zeit ist einer der Polizisten, die als Zeugen geladen sind, denn die Staatsanwältin verliebt sich in ihn. Wird es ihr gelingen, ihr Privatleben wieder ins Lot zu bringen und den Kampf gegen die Macht der Medien und die Korruption innerhalb der Behörden erfolgreich zu führen?

Der Autor

Der Amerikaner Robert Daley kennt die Aufgaben und Probleme des New York Police Department aus eigener Anschauung, denn er war lange Jahre selbst dort tätig. Inzwischen hat er sich aufs Land, nach Connecticut, zurückgezogen und hat dort mehr als zwanzig erfolgreiche Romane geschrieben.

ROBERT DALEY

AUFRUHR IN HARLEM

Roman

Aus dem Englischen
von Peter Schwertner

Deutsche Erstausgabe

WILHELM HEYNE VERLAG
MÜNCHEN

HEYNE ALLGEMEINE REIHE
Nr. 01/10291

Titel der Originalausgabe
TAINTED EVIDENCE

Umwelthinweis:
Dieses Buch wurde auf
chlor- und säurefreiem Papier gedruckt.

Redaktion: Lothar Strüh

Printed in Germany 1997
Umschlagillustration: Deutsche Presse Agentur/A. F. P.
Umschlaggestaltung: Atelier Ingrid Schütz, München
Satz: Buch-Werkstatt GmbH, Bad Aibling
Druck und Bindung: Ebner Ulm

ISBN 3-453-12460-X

Begehe ein Verbrechen, und die Welt ist aus Glas.
Ralph Waldo Emerson

Buch 1

1. Kapitel

Das 32. Revier in Harlem ist vier Häuserblocks breit und dreißig lang. Es erstreckt sich von der 127. bis zur 157. Straße und grenzt im Westen an die St. Nicholas Avenue, im Osten an die Fifth Avenue. Dort fließt der Harlem River, den man weiter unten, in den vornehmeren Vierteln, East River nennt.

Zwei Brücken führen von hier aus hinüber in die Bronx. Ganoven, die aus dem Zweiunddreißigsten abhauen wollen, schnappen sich manchmal einfach ein Auto, sind in Null Komma nichts drüben und von der Bildfläche verschwunden. Die Bronx gehört nämlich zu einem ganz anderen Verwaltungsbezirk, hat andere Funkfrequenzen und Straßen, die kein Mensch kennt.

Im Zweiunddreißigsten wohnen etwa 100 000 Leute, fast ausschließlich Schwarze. Die Polizeiwache in der 135. Straße gibt es seit 1931, sie ist eines der ältesten Gebäude der Stadt. Rund um die Uhr gehen dort an die 250 Polizisten ein und aus, fast ausschließlich Weiße. Deshalb wissen die Leute auch sofort Bescheid, wenn sie ein weißes Gesicht sehen: es kann sich nur um einen Bullen handeln. Touristen verkehren in dieser Gegend nicht.

Das 32. Revier ist in neun Sektoren unterteilt, zu denen jeweils rund zehn Häuserblocks gehören. Jedem Sektor sind zwei Cops zugewiesen, die mit dem Streifenwagen ihre Runde drehen. Wenn genügend Leute zur Verfügung stehen, wird hier und da auch mal eine einzelne Fußstreife eingesetzt. Diese steht dann meist sichtlich nervös unter irgendeiner Straßenlaterne und umklammert ihr Funkgerät mit beiden Händen. Die motorisierten Polizisten fühlen sich für sie verantwortlich, sie hupen oder winken ihren Kollegen aufmunternd zu, wenn sie an ihnen vorbeifahren.

Außerdem verrichten auch noch neunzehn Detectives unter der Leitung eines Lieutenants ihren Dienst auf der Wache.

Es sind allesamt Männer: sechzehn Weiße, drei Schwarze, die in Neun-Stunden-Schicht arbeiten, vier Tage Dienst, zwei Tage frei. Es gibt nur zwei Schichten. Die erste endet um ein Uhr nachts, dann tauchen jene Beamten auf, die für die nächtliche Überwachung von ganz Harlem zuständig sind. Wenn nachts irgendein Gewaltverbrechen verübt wurde, finden ihre Kollegen von der Tagschicht am nächsten Morgen die Berichte auf den Schreibtischen und können sich ans Werk machen. Als Gewaltverbrechen gelten Mord und bewaffneter Raubüberfall, vor allem solcher mit Todesfolge, aber keine Einbrüche. Denn im Zweiunddreißigsten gibt es zu viele Einbrüche und zu wenige Detectives. Einbrecher können praktisch straffrei arbeiten, während Polizei und Justiz hoffen, daß sie es wenigstens nicht merken.

Auch Morde passieren mehr als genug. Die Untersuchung eines Mordfalls kostet reichlich Zeit, denn mit der Festnahme des Mörders ist es noch lange nicht getan. Während bei harmloseren Delikten Angeklagten, die sich von vornherein schuldig bekennen und dem Gericht dadurch eine Verhandlung ersparen, oft eine mildere Strafe zugesichert wird, gehen Mordfälle so gut wie immer vor Gericht, allein schon wegen des öffentlichen Drucks. Um aber vor Gericht zu gehen, braucht man einen absolut wasserfesten Fall.

Für die Detectives bedeutet ein Mordfall deshalb meist die wochenlange Suche nach Beweismaterial. Zeugen, viele von ihnen ohne festen Wohnsitz, müssen aufgespürt und dazu überredet werden, vor Gericht auszusagen. Fruchtet die ganze Überredungskunst nicht, muß man sich aufs neue auf die Suche nach ihnen machen, um sie unter Strafandrohung vorladen zu können. Die meisten Leute in Harlem wollen in solche Geschichten nicht verwickelt werden. Manche fürchten sich davor auszusagen, anderen ist lediglich die Arbeitszeit zu schade. Sie hören sich in Ruhe die Angebote und Versprechungen der weißen Detectives an und bleiben trotzdem stur. Zeugen sind immer ein Problem.

In dieser Nacht fuhren die Detectives Dan Muldoon und Mike Barone in ihrem schwarzen Plymouth Streife. Mit seinen sechsundvierzig Jahren war Muldoon der älteste Polizist des gesamten Reviers. Zusammen mit seinem Partner Barone befand er sich auf der Suche nach einem untergetauchten Zeugen, einigen Spitzeln und dem Hauptverdächtigen in einem Mordfall.

Muldoon war ein großer, kräftiger Mann, der seit dreiundzwanzig Jahren in diesem Revier seinen Dienst tat. Er und Barone arbeiteten schon jahrelang zusammen und wußten mittlerweile alles voneinander. Trotz Mangel an Gemeinsamkeiten hatten sich beide zusammengerauft und mit dieser berufsbedingten Partnerschaft abgefunden.

Rein äußerlich waren sie ein ungleiches Paar. Muldoon hatte eine Knollennase, ein rotes Gesicht, stets eine Bierfahne, Fettflecken auf der Krawatte, und das Jackett spannte über seinem Wanst. Einige seiner Kollegen hielten ihn für einen alten Schnarchsack, der sich um nichts mehr schert und nur noch seiner Pensionierung entgegendämmert. Doch dieser Eindruck täuschte. Für Muldoon, der geschieden und kinderlos war, gab es im Leben nur seinen Beruf, den er mit demselben Engagement ausübte wie am ersten Tag.

Während Muldoon stets mehr oder weniger schlampig aussah, war Barone die Eleganz in Person. Auch im Dienst trug er am liebsten dreiteilige Anzüge, Seidenkrawatten und italienische Schuhe, die eine Stange Geld gekostet hatten. Er war fünfunddreißig, groß, schlank und sonnengebräunt. Man hätte ihn ohne weiteres für einen Börsenmakler oder einen Anwalt halten können.

Muldoon lebte allein in einer dunklen, selten sauberen Wohnung in der Bronx; Barone war verheiratet, hatte Kinder und besaß ein Haus, das er sich mit seinem Gehalt nur deshalb leisten konnte, weil es neunzig Kilometer von der Stadt entfernt lag.

Der Plymouth drehte langsam seine Runden. Allmählich wurde es dunkler, und die Straßenbeleuchtung ging an. Sie kontrollierten Block für Block. Überall waren Graffiti auf die Wände gesprüht: Namen, Sprüche, Schweinereien. Barone, der Phantasievolle von beiden, deutete Graffiti als Sprache für Eingeweihte, während Muldoon davon nur angewidert war; ihm ging es einfach nicht in den Kopf, daß Leute ihre eigene Wohngegend derart verschandeln konnten.

Aus den offenen Wagenfenstern spähten sie in die engen Seitenstraßen, wo massenhaft Männer herumstanden.

»Die Köter haben Ausgang«, murmelte Muldoon.

Wie Jäger auf der Pirsch näherten sie sich der Meute und sahen sich die einzelnen Gesichter an. Das gesellschaftliche Leben in Harlem fand auf der Straße statt, was die nächtliche Suche nach Zeugen oder Tätern erleichterte. Doch in dem schwachen Lichtschein konnten sie nicht alle Gesichter erkennen.

Der Duft der Straße drang in den Wagen: es stank nach verfaulten Essensresten und ungewaschenen Körpern – der typische Geruch von Orten, an denen zu viele Menschen auf zu engem Raum zusammenlebten. Die beiden hielten nach ihren Männern Ausschau, ständig darauf gefaßt, in jedem Moment einen Schrei oder einen Schuß zu hören.

Je später es wurde, desto mehr Leute bevölkerten die Straßen, blockierten die Bürgersteige oder hingen in irgendwelchen Ecken herum. Jetzt waren auch viele Frauen draußen und sogar Kinder. Die Polizisten sahen zu, wie sich die Menschen miteinander unterhielten, gestikulierten – aber sofort erstarrten und still wurden, wenn sich der Wagen näherte. Natürlich hatten alle den Streifenwagen im Blick, wenn auch viele den Uninteressierten mimten. Den direkten Augenkontakt aber mieden sie alle.

Barone fuhr im Schrittempo. Auf die Leute mußte der Wagen wirken wie ein Hai, der sich gemächlich nach einer Mahlzeit umsieht.

»Scheißköter«, fluchte Muldoon.

Als der Wagen vorübergefahren war, kam wieder Leben in die Menge, und die Leute schwatzten weiter. Barone sah das im Rückspiegel. »Irgendwie kommen sie einem alle so vor, als hätten sie Dreck am Stecken«, bemerkte er.

»Drück sie mit der Fresse gegen die Wand, und laß sie ihre Taschen ausleeren«, meinte Muldoon. »Dann kommt genügend zum Vorschein.«

Mit solchen Sprüchen eckte er regelmäßig bei seinem Partner an. »Sachte, sachte. So läuft das heutzutage nicht mehr ab.« Barone fühlte sich in gewisser Weise verantwortlich für Muldoon, befürchtete er doch, daß der sich mit seinen Grobheiten selbst in Schwierigkeiten bringen könnte.

Nach all den Jahren kannte Muldoon jedes Haus, jedes Ladenfenster, jede Mülltonne und fast jedes Gesicht in dieser Gegend. Barone ging es inzwischen schon genauso. Nacht für Nacht fuhren sie alle Straßen rauf und runter und kamen sich dabei wie Raubtiere vor, die in ihren engen Käfigen auf und ab trotteten. Im Grunde waren sie ja auch so etwas Ähnliches wie Raubtiere – ständig bereit, aus dem Wagen zu springen, über jemanden herzufallen und ihn auf den Rücksitz zu werfen. Aber danach sah es im Moment nicht aus.

»Ganz schön ruhig heute«, sagte Barone.

Plötzlich schrie Muldoon: »Halt an!«

Er hatte einen der Spitzel entdeckt, nach denen sie suchten. Der Kerl war so klein wie ein Zwerg und von Muldoon überhaupt nur bemerkt worden, weil er sich plötzlich bewegt hatte. Mit einer Behendigkeit, die man jemandem mit seiner Leibesfülle nicht zugetraut hätte, schwang sich Muldoon aus dem Wagen, rannte über den Gehweg und schnappte sich den Zwerg.

»Du kleines Arschloch, dir werd ich's zeigen!« rief er und verpaßte dem zitternden Kerlchen eine Ohrfeige.

»Bitte nicht schlagen, bitte nicht!« wimmerte der Kleine und fügte im gleichen Atemzug hinzu: »Der Dandy ist wieder da! Ich hab' ihn gesehen!«

Muldoon wußte, wen er meinte, ließ seine Faust wieder sinken und kramte statt dessen einige Scheine aus seiner Börse. Es war sein eigenes Geld, obwohl das Revier über einen Fonds zur Bezahlung von Spitzeln verfügte. Aber um an das amtliche Geld zu kommen, mußte man erst etliche Formulare ausfüllen und monatelang warten. Also bezahlte er den Burschen aus seiner eigenen Tasche, wie er das oft tat. Mit dieser eigenmächtigen Handlung brachte er auch gleichzeitig seine Verachtung für den gesamten Behördenkram zum Ausdruck.

»Hier sind fünf Dollar«, sagte er zu dem Winzling. »Und jetzt schieß los.«

»Gut«, sagte er und kassierte in Windeseile das Geld ein. »Ich weiß, wo er steckt.« Er gab Muldoon die Adresse eines Apartments in der 148. Straße. »Entweder ist er in der Wohnung oder auf dem Dach.«

»Du kommst mit«, befahl Muldoon, doch der Kleine stellte sich stur. Er hatte höllische Angst, war ihm doch klar, daß man ihn zusammenschlagen oder sogar töten könnte, wenn er sich mit den Bullen sehen ließ.

»Hör zu, du Scheißer! Wieviel Geld hab ich dir bis jetzt schon in den Arsch gesteckt, und was habe ich dafür von dir gekriegt?«

Der Zwerg klammerte sich irgendwo fest, doch Muldoon hob ihn einfach hoch, zerrte seine Finger auseinander und warf ihn auf den Rücksitz. Als sie die angegebene Adresse erreicht hatten, befahl Muldoon dem Zwerg, im Auto auf sie zu warten. Dann betrat er mit Barone das Gebäude.

Vor zwei Monaten hatte eine alte Frau einen Dieb dabei erwischt, wie er ihre Wohnung ausräumte. Tags darauf hatte man sie gefunden: auf einen Stuhl gefesselt, mit einem Knebel im Rachen. Sie war erstickt. Damit war ein zweitklassiger Einbrecher, für den sich die Polizei nie interessiert hätte, schlagartig zum Mörder geworden. Muldoon und Barone hatten sich in den Fall hineingekniet, und Muldoon war es schließlich gelungen, den Zwerg ausfindig zu machen. Von ihm erfuhr er den Namen des Verdächtigen, der ihm als Jonas bekannt war. Sie sahen die Akten nach allen Leuten namens Jonas durch, zeigten Fotos herum und sortierten einen nach dem anderen aus, bis sie endlich sicher waren, dem Richtigen auf der Spur zu sein. Den Mann aufzutreiben war ihnen bislang allerdings nicht gelungen.

Das Gebäude, in dem sie ihn zu finden hofften, hatte offensichtlich schon bessere Tage gesehen. Es stank nach Urin und Kot, und sie versuchten, so flach wie möglich zu atmen. Die Wände des einst so stolzen Treppenhauses waren allesamt mit Sauereien beschmiert. Barone nahm den Aufzug; Muldoon dagegen fand ihn so wenig einladend, daß er sich zu Fuß in den fünften Stock schleppte. Barone wartete dort schon auf seinen keuchenden Kollegen. Er klingelte und schlug mit der Faust gegen die Tür. »Aufmachen! Polizei!«

»Wer ist da?«

»Eure Freunde und Helfer«, sagte Muldoon.

Im Türrahmen erschien eine Frau in mittleren Jahren mit glasigen Augen.

»Wir würden gerne wissen, ob Sie Jonas gesehen haben«, erkundigte sich Barone höflich.

»Hab ich nicht.«

»Dürfen wir eintreten?« fragte Muldoon, wartete die Antwort aber nicht ab, sondern ging einfach in die Wohnung. Ohne Durchsuchungsbefehl hatten sie zwar kein Recht dazu, aber die Frau wußte das entweder nicht oder wollte sich keinen Ärger aufhalsen. Vor Gericht hätten jedenfalls beide geschworen, daß sie hereingebeten wurden. Barone nahm sich das Wohnzimmer vor, Muldoon warf einen Blick in die Küche. Er sah einen dreckverschmierten Herd, einen verstopften Ausguß und Kakerlaken, die die Wände hochliefen.

»Ich muß gleich kotzen«, murmelte er.

Das Linoleum auf dem Boden war zerrissen oder fehlte ganz. Die Decke der Küche war in der Mitte durchgebrochen, so daß man die Rohrleitungen, von denen eine leck war, sehen konnte. Jemand hatte einen schmutzigen Lumpen um das Leck gewickelt, durch den das Wasser in einen verbeulten Kochtopf am Boden tropfte.

Muldoon folgte Barone ins Wohnzimmer. Das war nicht größer als eine Zelle im Kittchen, aber gerammelt voll mit Leuten, die auf altersschwachen Sofas und auf dem Boden herumhingen. Die meisten von ihnen waren bekifft. Der Raum hatte zwei Fenster, die mit Decken, Lappen und Mänteln verhangen waren: Fensterschmuck nach Harlem-Art. So drang weder Licht, Lärm noch Luft herein – und der Gestank nach verfaultem Käse wurde im Zimmer konserviert.

Barone öffnete die Tür zu einem der beiden Schlafzimmer, durchsuchte die Schränke und schaute unter das Bett. Muldoon durchstöberte das andere.

»Diese Leute hausen wie die Säue«, sagte er, als sie wieder im Treppenhaus waren. »Verdammt schwer, für solche Typen Verständnis aufzubringen. Hast du den Spiegel gesehen?«

»Klar. Und die Rasierklingen auf dem Tisch.«

»Da sind wir wohl mitten in eine kleine Kokser-Party geraten.«

Aber die beiden Detectives interessierten sich nicht für Rauschgiftdelikte. Ihnen ging es um diesen Jonas. Nach dem, was der Zwerg gesagt hatte, konnte er auch auf dem Dach sein. So leise wie möglich stiegen sie zwei weitere Treppen hinauf. Sie mußten sehr vorsichtig sein, denn hier brannte kein Licht, und einige Stufen fehlten.

Vor der Tür zum Dach holten sie ihre Waffen heraus. Sollte der Mörder hier stecken, hatte er sie vielleicht schon gehört und würde auf den ersten Kopf schießen, der im Türrahmen auftauchte.

Muldoon drückte Barone beiseite. »Elende Scheißköter jagen mir keine Angst ein«, grummelte er, obwohl ihm das Herz bis zum Hals pochte und seine Hände schweißnaß waren. Er trat die Tür auf und wartete auf eine Reaktion. Auf dem Dach war es fast stockdunkel; nur wenige Sterne sandten etwas Licht herunter.

Nichts regte sich. Muldoon und Barone sahen sich einen Augenblick lang an, dann trat der Ältere zuerst in die Dunkelheit. Mit geübter Schnelligkeit erkundeten sie die Umgebung. Allerlei Gerümpel lag herum: ein Sofa, ein Kühlschrank, kaputte Tische und Stühle sowie Plastiksäcke voller Müll. Alles sah genau so aus, wie es auf den Dächern von Harlem eben aussieht.

Auf einmal bemerkte Muldoon, daß sich im Schatten des Aufzugschachtes etwas bewegte. Er zögerte keine Sekunde, rannte hinüber und richtete seinen Revolver auf das, was er für einen Kopf hielt.

»Polizei! Hände hoch!«

Jetzt erst sah er, daß es nur ein Müllbeutel war, der sich im Wind bewegt hatte. Als er sich umdrehte, grinste Barone ihn an.

»Er hätte es ja sein können ...«, meinte Muldoon kleinlaut. Sie durchsuchten das Dach gründlich, fanden aber weder Jonas noch sonst jemanden. Nachdem sie ihre Waffen wieder eingesteckt hatten, betrachteten sie von dort oben die nächtliche Stadt mit ihren funkelnden Lichtern. Im Süden ragten die Wolkenkratzer empor, im Westen und Osten sahen sie die beiden Flüsse.

»Ich mag diese Stadt«, sagte Barone.

»Sie ist ein Loch voller Scheiße«, gab Muldoon zurück.

»Am besten gefallen mir die Brücken. Sieh sie dir an, wie sie alle beleuchtet sind.«

Muldoon scherte sich nicht um die Meditationen seines Kollegen, sondern deutete statt dessen auf das abfallübersäte Dach. »Was machst du in Harlem, wenn du dir eine neue Zimmereinrichtung kaufst? Du schmeißt das alte Zeug auf das Dach und läßt es dort liegen. Mit dem Müll machst du dasselbe. Kein Wunder, daß es in Harlem an allen Ecken und Enden stinkt wie die Pest.«

Als sie die Treppe hinuntergingen, schreckten sie im dritten Stock ein junges Pärchen auf. Das Mädchen war vielleicht fünfzehn, der Junge kaum älter. Barone fand, daß sie jung, hübsch und unschuldig aussah.

»Unschuldig!« spottete Muldoon. »Hast du nicht gesehen, wie sie sich gebückt hat? Mann, die bläst dem Burschen einen! In ein paar Monaten ist die kleine Schlampe schwanger. Die kriegt fünf Kinder, bevor sie zwanzig wird – natürlich von fünf verschiedenen Drecksäcken. Ihr restliches Leben liegt sie dann dem Staat auf der Tasche.«

Barone wußte, daß sein Kollege wahrscheinlich recht hatte und nickte traurig. »Hübsch ist sie trotzdem.«

Während sie weiter die Treppen hinabstiegen, fragte Muldoon: »Sag mal, Mike, hast du es je mit einer Schwarzen getrieben?«

Barone grinste. »Kein Kommentar.«

»Schau einer an! Der Junge liebt die schwarzen Damen!«

»Aus dir spricht doch bloß der Neid«, lächelte Barone. Du bist bestimmt schon seit fünf Jahren nicht mehr zum Zug gekommen.« Er warf seinem Partner einen prüfenden Blick zu. »Wenn du ab und zu mal saubere Klamotten anhättest, würden deine Chancen steigen.«

Muldoon war ein wenig gekränkt, sagte aber nichts.

»Und wenn du dir alle zehn Jahre mal neue Sachen zulegen würdest, wäre das auch nicht schlecht. Nur ein Vorschlag.«

Muldoon suchte nach einer passenden Antwort. »Arschloch!« war alles, was ihm dazu einfiel.

Wieder zurück beim Wagen, stellten sie fest, daß der Zwerg verschwunden war; und Muldoon fluchte.

»Hast du im Ernst was anderes erwartet?« lachte Barone.

»Wenn ich die verfluchte Sau wiederfinde, schneide ich ihm seine kleinen Eier ab.«

In längst vergangenen Zeiten, als von einem 32. Revier noch nicht die Rede war, war dieser Flecken einer der reichsten und schönsten auf der ganzen Insel. Hier gab es jede Menge Farmen, auf denen Getreide für das zwölf Kilometer entfernte New York angepflanzt wurde. In herrschaftlichen Häusern wohnten Familien, die schon seit den Tagen der Holländer hier gelebt und sich bis zum Anfang des 19. Jahrhunderts Sklaven gehalten hatten. Viele von ihnen trugen noch immer holländische Namen. Eine Postkutschenlinie führte von Harlem Village nach New York, die aber nur im Winter, wenn der Fluß zugefroren war, benutzt wurde. In den warmen Jahreszeiten setzten die Passagiere auf einem Dampfboot über.

Die Polizisten, die heutzutage dort auf Streife gehen, wissen kaum etwas über diese Vergangenheit.

Zweihundert Jahre später war der Boden ausgebeutet. Es wuchs nichts mehr auf ihm, viele Farmer gaben auf und verließen die Gegend. Zurück blieben die ehemaligen Sklaven, die sich mit niedrigen Arbeiten durchschlugen und Harlems erste schwarze Kolonie gründeten. Dann kamen die irischen Einwanderer, die als faul, schmutzig und gewalttätig galten, und bauten ihre Barackensiedlungen.

Im späten 19. Jahrhundert betrug die Einwohnerzahl New Yorks schon über eine Million und stieg ständig an. Weitere Ausländer, von denen die meisten völlig verarmt waren, rotteten sich in Massen in der Nähe des Hafens zusammen. Sie schleppten Krankheiten ein und trugen in erheblichem Maß zur wachsenden Kriminalität bei. All diejenigen, die es sich leisten konnten, zogen nach und nach von hier weg.

Jener Teil Harlems, der inzwischen zum 32. Revier gehört, wurde New Yorks erste Vorstadt. Man legte breite Straßen und Gehwege an, errichtete neue, elegante Reihenhäuser, die von den berühmtesten Architekten der Stadt entworfen wurden.

Allmählich verschluckte New York seinen Vorort. Zwischen 1878 und 1881 wurden drei Hochbahnlinien im Norden Harlems gebaut, und damit stiegen auch die Grundstückspreise. Die ersten Hochhäuser entstanden, deren Wohnungen zahlreiche riesige Zimmerfluchten besaßen. Alles war von allererster Güteklasse – und das galt auch für die Leute, die dort einzogen.

Danach traten die Grundstücksspekulanten auf den Plan und trieben die Preise weiter nach oben. Die Mieten wuchsen ins Unermeßliche. In zu kurzer Zeit war zuviel gebaut worden – und 1905 hatte es mit dem Boom ein Ende.

Bald standen die Gebäude leer, und die Banken machten dicht. Spekulanten, die nicht genügend Kapital besaßen, verloren ihr ganzes Hab und Gut. Andere vermieteten ihr Eigentum an Schwarze, um sich über Wasser halten zu können. Sie bekamen schnell heraus, daß sie von Farbigen überhöhte Mieten kassieren konnten. Die zahlten schon deshalb freiwillig mehr, weil sie aufgrund ihrer mangelnden Beliebtheit schwer an Wohnungen kamen. Im Unterschied zu jenen Schwarzen, die schon länger in Harlem lebten und in den Sümpfen entlang des Flusses hausten, bezogen Neuankömmlinge die Häuser, die ursprünglich für die Weißen geplant und gerade erst fertig gebaut waren. Trotz der hohen Mieten waren sie in der Lage, das Geld dafür aufzubringen. Die Erklärung dafür war einfach: sie vermieteten einen Teil der Räume an die Einwanderer, die in Scharen jeden Tag aus dem tiefen Süden kamen. Bei ihnen handelte es sich größtenteils um ungebildete, ungehobelte Kinder von Sklaven, die einmal ihr Glück in einer Großstadt versuchen wollten. Die meisten der Einwanderer waren jung und besaßen keine Eltern mehr. Sie hatten keinen Schimmer von sanitären Einrichtungen und keine Erfahrung mit dem Stadtleben. Harlem war für sie der erste Ort, an dem sie ihre neue Freiheit genossen.

Jetzt brach die große Zeit der Arbeitsvermittler an. Sie vermittelten zwar Frauen, aber keine Männer. Die Frauen konnten wenigstens eine Arbeit als Hausangestellte bekommen, die Männer fanden meist überhaupt keine, nicht einmal als Handlanger. Ihnen war es sogar verwehrt, Berufsboxer zu werden, denn die Staatliche Box-Kommission erlaubte keine Kämpfe zwischen Schwarzen und Weißen. Und wie sich zwei Schwarze gegenseitig verprügelten, wollte keiner sehen.

Weil sie keine Arbeit erhielten, zogen viele der Schwarzen wieder dorthin, wo sie hergekommen waren. Aus diesem Grund lebten in Harlem lange Zeit viel mehr Frauen als Männer. Diejenigen Männer, die hierblieben, konnten sich nicht einmal selbst ernähren, geschweige denn ihre Familien. Folglich lagen sie ständig ihren Frauen auf der Tasche, was dazu führte, daß sie allmählich ihre Selbstachtung verloren. Später schrieben Soziologen dicke Wälzer über dieses Phänomen. Für die Frauen gab es schlicht und ergreifend nicht genügend Männer, also stellten sie den Männern anderer Frauen nach. Eine andere Wahl hatten sie aus ihrer Sicht gar nicht. Dadurch gelangten sie schließlich in den Ruf, für jedermann leicht zu haben zu sein – ein Ruf, der ihnen bis heute anhaftet.

Als sich die Schwarzen dann endlich gänzlich in Harlem etabliert hatten, verkauften die restlichen Weißen ihren Besitz und zogen fort.

Während die übrigen Einwanderer in den schäbigen Straßen und engen Häusern Manhattans ihr Leben fristeten, hatten die Schwarzen in Harlem Parks, breite Straßen und elegante Häuser für sich. Und trotz all dem war Harlem innerhalb von zehn Jahren zu einem Slum geworden.

Wo Armut herrscht, ist die Kriminalität nicht weit – und das galt auch für Harlem. Allerdings war das Verbrechertum damals bei weitem nicht so ausgeprägt wie heute und drang auch nicht derart ins Bewußtsein der Öffentlichkeit. Schwarze raubten Schwarze aus, Schwarze ermordeten Schwarze. Der weiße Bevölkerungsteil nahm davon so gut wie keine Notiz, und auch die Presse scherte sich keinen Deut darum. Was in Harlem passierte, bekam sonst praktisch niemand mit. Natürlich überfielen Schwarze auch Weiße, doch das war eher die Ausnahme von der Regel – aus gutem Grund: auf Verbrechen gegen Weiße standen drakonische Strafen, worüber die Bewohner von Harlem natürlich Bescheid wußten.

Das bedeutete aber andererseits, daß sich Weiße in Harlem sicherer fühlen konnten als sonstwo. In den zwanziger Jahren kamen oft und gerne Touristen hierher, um zu lachen, zu trinken und dem Jazz, der neuen Musik, zu lauschen. Harlem besaß die besten Jazzclubs, die Nacht für Nacht überfüllt waren. Harlem galt damals als die Attraktion für Touristen schlechthin.

1937 unternahm Joe Louis eine Tournee durch Harlem, nachdem er Boxweltmeister aller Klassen geworden war. Er stammte zwar aus Detroit, doch hier wurde er gefeiert wie nirgendwo sonst. Über hunderttausend Schwarze standen auf den Straßen, jubelten ihm zu und freuten sich mit ihm. Für sie war Louis der größte Held, den die Schwarzamerikaner je besessen hatten. Vor ihm hatte es zwar noch andere gegeben: Marcus Garvey, Frederick Douglass oder Jack Johnson – doch diese Namen waren Vergangenheit, an die man sich nur noch schwach erinnerte. Die hatte man nicht in der Wochenschau gesehen, von denen hatte man nichts im Radio gehört – und vor allem: sie hatten keine Weißen zusammengeschlagen. Dank ihm konnten also Schwarze zum ersten Mal erhobenen Hauptes durch die Gegend laufen. Joe Louis war auf seine Weise zum Wegbereiter für das neue schwarze Selbstbewußtsein in den USA geworden.

Und das Selbstvertrauen der Schwarzen wuchs nach dem zweiten Weltkrieg gewaltig an. In Harlem erhob sich ein Mann gegen die Weißen, der sich selbst Malcolm X nannte und einer religiösen Gruppe mit dem Namen ›Nation of Islam‹ *(Islamische Nation)* angehörte. Malcolm war ein Meister der Rhetorik; er predigte Haß gegen die Weißen und trat für die Revolution ein. Viele Hitzköpfe scharten sich um ihn und hörten seinen Tiraden begeistert zu. Eine Menge Leute ließen sich von der neuen Religion bekehren, nannten sich selbst ›Black Muslims‹ *(Schwarze Moslems)* und nahmen islamische Namen an. Aber Malcolm wurde weit einflußreicher, als das den Führern der neuen Religion lieb sein konnte. Noch bevor er seine Ideen in die Tat umsetzen konnte, wurde er während einer Rede von seinen eigenen Leuten erschossen.

Bald darauf wurden die ›Black Panthers‹ (die *Schwarzen Panther*) gegründet. Ihre Anführer predigten Gewalt gegen die Weißen, vor allem gegen die Polizisten, denen sie das Attribut ›Schweine‹ verpaßten und auch offen ins Gesicht sagten. Der Haß gegen die Weißen erreichte neue Dimensionen, und bewaffnete Auseinandersetzungen mit der Polizei waren an der Tagesordnung. Doch dann schleuste man schwarze Polizisten in die Reihen der Panther, um sie zu unterwandern und zu bespitzeln. Schließlich wurden einundzwanzig Panther wegen Verschwörung vor Gericht gestellt. Ihnen wurde zur Last gelegt, Polizisten ermordet und Polizeiwachen in die Luft gesprengt zu haben. Daraufhin begann der längste Prozeß in der Geschichte New Yorks. Das Gericht hielt jedoch eine derartige Verschwörung für unmöglich und setzte alle Angeklagten auf freien Fuß. Dennoch hatte der Prozeß seine Spuren in der Bewegung hinterlassen und sie bis ins Mark erschüttert.

Einige jener Panther, die am ehesten zur Gewaltbereitschaft neigten, gründeten schließlich die ›Black Liberation Army‹ *(Schwarze Befreiungsarmee)*. Sie schlichen durch die Straßen, um nach Polizisten Ausschau zu halten, die sie von hinten erschossen. Nur wenige Tage nach dem Prozeßende knallten sie zwei Polizisten im 32. Revier ab.

Die Schwarze Befreiungsarmee hatte genausowenig ein Programm wie die Panther und war noch weniger straff organisiert. Insgesamt bestand ihre Truppe wohl aus rund vierhundert Leuten, einschließlich Frauen, Freundinnen und mehr oder weniger harmlosen Mitläufern. Unter ihnen gab es aber auch etwa fünfundsiebzig schwerstbewaffnete Killer, die in San Francisco, St. Louis, New Orleans und anderen

Städten ihr Unwesen trieben, Polizisten auflauerten und zahlreiche von ihnen töteten. In New York ermordeten sie vier Polizisten und verletzten ein Dutzend weitere. Viele von den Mitgliedern der Schwarzen Befreiungsarmee wurden selbst auch erschossen oder zumindest eingesperrt, doch bis der Spuk endlich vorbei war, gingen noch zehn Jahre ins Land. Bis heute stecken den Polizisten die Gewalttaten der Schwarzen Befreiungsarmee in den Knochen, und in den Polizeiwachen erinnern nach wie vor Fotos an die toten Kollegen.

Mittlerweile ging es mit Harlem weiter bergab. Auf die Heroinseuche der siebziger Jahre folgte die Crackseuche in den Achtzigern. Im Vergleich zu Crack war Heroin fast harmlos. Heroin stumpft die Leute ab, Crack macht sie aggressiv und gewalttätig; außerdem wird man schon süchtig, wenn man es nur ein einziges Mal zu sich nimmt. Die Crackseuche breitete sich aus wie ein Krebsgeschwür – viel schneller und schlimmer, als man es vom Heroin kannte. An jeder Straßenecke, in jedem Hausflur wurde es angeboten. Manchmal sogar von Kindern. Die Polizei war völlig überfordert und konnte nichts dagegen tun, weder in Harlem noch sonstwo.

Immer öfter sah man in den Straßen Leute mit Kanonen in den Händen, und die Zahl der Raubüberfälle nahm ständig zu. In den meisten Fällen beraubten und ermordeten sich die Crackdealer zwar gegenseitig, aber oft genug fielen auch unschuldige Bürger den Schießereien zum Opfer. Crackdealer wurden zu den besten Kunden der Waffenhändler. Sie kauften ständig neue und immer exotischere Waffen. Einige von ihnen entwickelten sich zu regelrechten Sammlern. Natürlich mußten all die neuen Waffen auf ihre Eignung überprüft werden; gewöhnlich ballerten die Dealer in den Hinterhöfen herum oder schossen in die Luft. An manchen Tagen wurde derart herumgeknallt, daß ein Tourist unweigerlich geglaubt hätte, er sei Ohrenzeuge eines Feuerwerks geworden. Allerdings waren hier seit sechzig Jahren schon keine Touristen mehr aufgetaucht ...

Weil so viele Kugeln durch die Gegend flogen, konnte es

kaum ausbleiben, daß sie sich in Hausflure und offene Fenster verirrten. Als logische Folge davon wurden Unbeteiligte getötet, darunter spielende Kinder oder Babies im Kinderwagen. Für die Schwarzen in Harlem wurde das Leben immer unerträglicher.

Den Polizisten, die hier patrouillierten, kam es so vor, als ob sich die Bürger dort von der übrigen Bevölkerung vollkommen abgekapselt hätten. Sie hatten sich gewissermaßen ihre eigene Gesellschaft mit einer eigenen Ordnung geschaffen. Den Weißen, in erster Linie natürlich den Polizisten, schlug immer häufiger blanker Haß entgegen. Das mußte ihnen niemand sagen, sie spürten den Haß körperlich, weil er in der Luft lag. Auch wenn sie noch so wenig über die Geschichte von Harlem, über die Geschichte der Schwarzen hier wußten, fühlten sie doch jede Nacht die Bedrohung. Es gab zwar keinen Malcolm X mehr, der die Menschen aufhetzte, keine Schwarzen Panther, die auf sie schossen, doch viele der Polizisten fragten sich unwillkürlich, wie lange diese trügerische Ruhe wohl noch anhalten würde.

Muldoon und Barone drehten gelangweilt ihre Runden. Heute nacht schien einfach nichts zu passieren. Schließlich hielten sie vor einem chinesischen Lokal an. So klein es war, so gut abgesichert war es auch. Hinter einem vergitterten Fenster nahm eine Chinesin die Wünsche der Kunden entgegen. Die Wände des Raumes waren aus Stahl, die Tür ebenfalls. Auf diese Weise versuchten die kleinen Geschäftsleute sich zumindest ein wenig gegen die regelmäßigen Überfälle zu schützen.

Muldoon zeigte der Chinesin seinen Ausweis. »Polizei.«

Muldoon und Barone betraten einen Raum, in dem drei Chinesen gerade damit beschäftigt waren, irgendwelches Zeug zu fritieren. Die Wände waren fettig, und es roch nach Öl, das schon zu oft benutzt worden war.

»Sie haben Anzeige wegen Raubüberfalls erstattet«, begann Muldoon.

In der Nacht zuvor war einer der Köche auf offener Straße mit vorgehaltenem Revolver überfallen worden. Seiner Aussage zufolge hatte er den Täter erkannt, weil er ihn schon ein paar Mal in irgendeiner Straßenecke herumlungern gesehen hatte.

Jetzt versuchten Muldoon und Barone den Koch danach auszufragen, doch der lächelte nur und verbeugte sich ununterbrochen.

»Sprechen Sie Englisch?« fragte Muldoon. »Na, anscheinend nicht.«

»Den Eindruck habe ich auch«, nickte Barone.

»So ein blöder Arsch«, meinte Muldoon dazu.

Sie schalteten die Frau als Dolmetscherin ein und boten dem Koch an, ihn durch die Straßen zu fahren. Falls der Täter in der Nachbarschaft wohnte, ließ es sich so vielleicht finden.

Als der Koch diesen Vorschlag hörte, wurde sein Gesicht sofort starr vor Angst.

»Sagen Sie ihm«, bat Barone die Frau, »daß ihn bestimmt niemand zu sehen bekommt. Er soll sich lediglich hinten ins Auto setzen und uns den Burschen zeigen, sobald er ihn erkennt.«

Offenbar hatte der Koch genausoviel Angst vor den Polizisten wie vor dem Gangster, den er identifizieren sollte, aber schließlich folgte er den beiden doch auf die Straße. Im Auto setzte er sogar wieder sein Lächeln auf.

Sie fuhren eine Straße nach der anderen entlang. Im 32. Revier waren Straßenräuber gewöhnlich unter den Anliegern zu suchen. Muldoon wußte das: die Köter stecken das Geld in Crack und hängen danach wieder auf der Straße herum. Wenn man sich zusammen mit den Überfallenen auf die Suche nach ihnen machte, gingen sie einem häufig ins Netz.

Barone wußte das selbstverständlich auch, doch es überraschte ihn immer wieder aufs neue. »Bevor ich in dieses Revier kam, habe ich nur in besseren Gegenden gearbeitet«, erzählte er, während er fuhr. »Wenn dort irgendein Kerl jemanden ausgenommen hat, ist er sofort aus dem Viertel abgehauen. Niemand hätte gewartet, bis er geschnappt wird.«

»So schlau sind die Drecksäcke hier eben nicht«, erwiderte Muldoon.

Sobald er ein paar Leute herumstehen sah, bremste Barone

auf Schrittempo ab, fuhr an ihnen vorbei und wandte sich dem Koch zu. »Ist es einer von ihnen?«

Dreißig Minuten später lieferten sie den Koch wieder vor seinem Laden ab. Er hatte niemanden erkannt.

»Ich hab's geahnt«, grunzte Muldoon.

»Der taut schon noch auf«, sagte Barone, als sie ihre Streifenfahrt wieder aufnahmen. »Versuchen wir's morgen noch mal mit ihm.«

Inzwischen hielt es keinen der Anwohner mehr in seinen vier Wänden. In der warmen Nacht lehnten sie sich über die Fenstersimse und redeten von hier aus mit Leuten, die auf der Straßenseite gegenüber wohnten. Manche saßen auf ihrer Veranda vor dem Haus, hockten auf Campingstühlen und leerten Schnapsflaschen, die sie aus Papiertüten holten.

»Die Schwarzen sind verdammte Säufer«, knurrte Muldoon. »Weil sie alles versaufen, haben sie auch kein Geld. Aber wer soviel säuft, braucht wenigstens kein Crack.« Da er wußte, daß Barone diese Menschen weniger verabscheute wie er, sprach er das, was ihm noch dazu einfiel, lieber nicht aus. ›Und wenn sie genügend intus haben, pissen sie die Häuserwände an, diese Säue.‹

Auch viele Kinder trieben sich draußen herum. Einige von ihnen tranken aus Limonadeflaschen, die sie, nach dem Vorbild ihrer Eltern, in Papiertüten bei sich trugen.

Auf einmal meldete sich die Zentrale über Funk. »Stark blutender Mann, Ecke St. Nicholas und 142. Straße. Wer übernimmt?«

Barone griff nach dem Funkgerät zwischen den Sitzen. »Alles klar. Wir machen das.«

Sie rasten in Südrichtung zu dem angegebenen Ort, konnten aber nichts Ungewöhnliches entdecken. Ein Lebensmittelgeschäft war noch offen, vor dem Frauen und Männer auf Stühlen saßen. Niemand von ihnen rief nach den Polizisten oder winkte sie herbei.

Sie fuhren weiter und hielten in den nächsten Blocks nach dem blutenden Mann Ausschau, doch nichts regte sich. Schließlich nahm Barone das Funkgerät und erkundigte sich noch einmal bei der Zentrale. Von dort hörten sie dieselben

Worte: »Stark blutender Mann ...« Also kehrten sie wieder um, nahmen die Leute an der Straßenecke noch einmal genauer unter die Lupe, fanden aber immer noch nichts.

»Vergiß es«, sagte Muldoon. »Eine glatte Falschmeldung.«

Doch Barone gab nicht auf. Er hielt am Gehweg und rief: »Ist hier jemand, der stark blutet?«

»Ja, der hier«, antwortete einer und zeigte auf einen Mann, der seelenruhig auf seinem Stuhl saß.

Sie stiegen aus und gingen zu dem Mann. Er war alt, grauhaarig und preßte sich Toilettenpapier vor die Nase. Offensichtlich litt er unter starkem Nasenbluten.

»Wie geht's, alter Knabe?« fragte Barone.

»Jetzt 'n bißchen besser. Danke«, antwortete der Alte.

»Sieht so aus, als hätte Ihr Nasenbluten aufgehört. Wohnen Sie hier in der Nähe? Haben Sie jemanden, der sich um Sie kümmert?«

»Ich kümmere mich meist um mich selbst.«

Muldoon war schon wieder zum Auto zurückgegangen. »Verziehn wir uns«, sagte er. »Um Mord geht's ja hier wohl nicht.«

Barone nahm das Funkgerät und bestellte einen Krankenwagen. »Wie heißen Sie, alter Knabe?« wollte er wissen. Er notierte sich den Namen, der ihm genannt wurde: Eugene Mitchell. »Geburtsdatum? Wohnort?«

Eugene war erst vierundsechzig und demnach viel jünger, als er aussah. Barone mußte in diesem Moment daran denken, daß die Lebenserwartung in Harlem um zehn Jahre unter dem amerikanischen Durchschnitt lag.

Mittlerweile hatten sich einige Schaulustige hinzugesellt. Barone wartete auf die Ankunft des Krankenwagens. War nämlich die Polizei erst einmal vom Unfallort weggefahren, weigerten sich manche Sanitäter, den Patienten mitzunehmen.

»Woher haben Sie Ihr Nasenbluten, Eugene?« fragte Barone.

»Weiß ich selbst nicht so recht.«

Barone versuchte, dem alten Mann auf die Sprünge zu helfen. »Ich wette, ich weiß woher. Sie haben Ihre alte Dame gebumst, stimmt's?«

Anscheinend gefiel Eugene diese Vorstellung, denn er begann zu grinsen.

»War's nicht genau so, Eugene?« hänselte ihn Barone, und die Leute um ihn herum lachten.

»Und das in Ihrem Alter? Also, Eugene, schämen Sie sich denn gar nicht?«

Der alte Mann genoß ganz offensichtlich die Aufmerksamkeit, die ihm so überraschend zuteil wurde. Barone bemerkte das und machte mit seinen Blödeleien weiter. »Vielleicht war es auch gar nicht Ihre Frau, sondern Ihre junge Freundin. Die hat Sie ganz einfach überfordert. Liege ich richtig?«

Muldoon, der das Geschehen aus einiger Entfernung verfolgte, schüttelte schmunzelnd den Kopf. Den Leuten gefiel es, wenn man so mit ihnen sprach. Ein Lacherfolg war allemal garantiert.

»Sie sollten auf mich hören, Eugene«, fuhr Barone fort, »die jungen Mädchen sind nichts mehr für Sie. Die sind viel zu anspruchsvoll. Schlagen Sie sich die aus dem Kopf.«

Die Umstehenden lachten schallend. Einer von ihnen sagte zu Muldoon: »An Ihrem Partner ist ein Komiker verlorengegangen.«

Schließlich kam der Krankenwagen. Barone wies die Sanitäter an, den Mann ins Harlem Hospital zu bringen. Als sie den Alten in den Wagen begleiteten, rief Barone ihm nach: »Ich hoffe, Ihnen geht's bald besser, Eugene!«

»Diese Typen rufen schon die Polizei, wenn ihnen ein Furz quer aus dem Arsch kommt«, sagte Muldoon.

»Mag schon sein. Aber wen haben sie denn außer uns?«

Auf der Weiterfahrt suchte Barone nach einem Formular, in das er seinen Vermerk zum ›Fall Eugene‹ eintragen konnte, fand aber keins. Schließlich entdeckten sie in der 155. Straße einen anderen Streifenwagen, der vor einer ehemaligen Tankstelle parkte. Die beiden Polizisten darin notierten gerade irgend etwas in ihre Protokolle. Barone stieg aus und ging zu dem Wagen. Die beiden waren so in ihre Schreibarbeit vertieft, daß sie ihn erst bemerkten, als er ans Fenster klopfte.

»Entschuldigung, Wachtmeister«, sagte er. »Können Sie mir sagen, wie ich nach Harlem komme?«

Der Polizist sah ihn erst verdutzt an, dann grinste er. »Sie sind vorhin bei Rot über die Ampel gefahren. Ich hab's mit eigenen Augen gesehen«, erwiderte er. »Ich muß Ihnen leider einen Strafzettel verpassen.«

Das war so das übliche Geplänkel zwischen Polizisten, die sich hier nachts begegneten. »Aber Wachtmeister!« flehte ihn Barone an. »Das war das erste Mal!«

»Mir egal. Erzählen Sie's dem Richter.«

»Ihr Burschen solltet ein bißchen mehr achtgeben«, mischte sich Muldoon ein. »Wir hätten euch eine Kugel durch die Birne pusten können, und ihr hättet es gar nicht mitgekriegt.«

»Das passiert heute keinem Cop mehr«, wandte der Angesprochene ein.

»Als ich hier anfing, war das der Normalfall«, sagte Muldoon.

»Das ist lange her.«

»Schon. Aber es kann jeden Moment wieder losgehen.«

»Übrigens: Habt ihr noch ein Formular für uns?« fragte Barone.

Der andere reichte ihm eines.

Barone füllte den Zettel aus. Manchmal, dachte er dabei, gab es hier nachts Mord und Totschlag, und sie waren bis zum Morgengrauen auf Achse. Dagegen war das, was er hier mit knappen Worten zu Papier brachte, absolut lächerlich. Er hatte auch das Gefühl, daß heute nacht gar nichts mehr passieren würde.

2. *Kapitel*

Die Büros des gewählten Bezirksstaatsanwaltes von New York County und seiner leitenden Angestellten befinden sich im achten Stock eines Gebäudes in der 100 Centre Street. Das restliche Personal setzt sich aus mehr als vierhundertfünfzig stellvertretenden Staatsanwälten zusammen, die zum Teil frisch von der Universität gekommen sind. Deren Büros sind in umliegenden Gebäuden auf drei Stockwerke verteilt. Doch selbst die gesamte Belegschaft reicht auch nicht annähernd aus, um die Unzahl der Fälle zu bewältigen. Allen Mitarbeitern wächst die Arbeit über den Kopf. Das Gebäude in der Centre Street ist riesig, siebzehnstöckig und nimmt einen ganzen Häuserblock ein. Eine Gebäudehälfte besteht ausschließlich aus Gefängniszellen, die andere aus Gerichtssälen.

Vor einigen Jahren waren die Zellen mit Schwerverbrechern, Psychopathen und Perversen derart überfüllt, daß nicht einmal mehr die einfachsten Reparaturarbeiten ausgeführt werden konnten. Installationen waren aus den Wänden gerissen, Türschlösser beschädigt, Betten zerstört. Ganze Zellenblocks mußten per Gerichtsbeschluß geschlossen und die Insassen in andere Anstalten umquartiert werden. Erst nach den nötigen Instandsetzungsarbeiten wurden die Gefängnisse wieder geöffnet und mit Häftlingen belegt.

An diesem Nachmittag trafen sich in einem der Konferenzräume im achten Stock ein Dutzend Anwälte zu ihrer wöchentlichen Lagebesprechung über die aktuellen Mordfälle. In den letzten sieben Tagen waren in Manhattan vierzehn Morde geschehen. Die drei Frauen am Konferenztisch trugen unterschiedliche Kleidung, während die Männer in ihren Anzügen mehr oder weniger gleich aussahen. Obwohl es ein warmer Tag war, hatten sie höchstens ihre Krawatten ein wenig gelockert.

Die Frauen und Männer tauschten ihre Neuigkeiten über

die Morde aus, unterhielten sich darüber, wer alles erschossen, erstochen, erdrosselt, erwürgt, vergiftet, zerstückelt oder aus dem Fenster geworfen worden war. Manche Fälle waren verzwickt, und es mußten Gerichtsmediziner hinzugezogen werden, um die Todesursache herauszufinden. Die Anwälte hatten im Laufe der Zeit einen gewissen Galgenhumor entwickelt, denn einige Fälle waren derart grotesk, daß sie schon wieder komisch waren.

Am Kopf des Tisches saß Staatsanwältin Karen Henning, die den Vorsitz führte. Sie war achtunddreißig und hatte blonde lockige Haare, die kurz geschnitten waren, damit ihr langer, eleganter Nacken zur Geltung kam. Früher hatte sie ihre Haare gehaßt und sich nichts sehnlicher als einen langen, dunklen Schopf gewünscht, wie ihn jene ihrer Mitschülerinnen trugen, die sie am meisten anhimmelte. Doch darüber war sie längst hinweg. Sie war zu einer äußerst attraktiven Frau gereift, was sie selbst nur allzu gut wußte. Mit ihren blauen Augen, ihrem blassen Teint und ihren sinnlichen Lippen wirkte sie ausgesprochen sexy.

»Wer ist an der Reihe?« fragte sie.

»Ich«, meldete sich der stellvertretende Staatsanwalt Doug Van Horn zu Wort und trug seinen Fall vor. »Das Opfer ist zwar noch nicht tot, aber so gut wie. Der Mann hat zwei Kugeln im Kopf, und es sieht ganz danach aus, als ob es mit ihm zu Ende geht.«

»Wo ist es passiert?« fragte Karen Henning.

»In Harlem. Am hellichten Tag.«

Die ironische Art und Weise, mit der er über den Fall redete, ließ schon darauf schließen, daß es sich um einen reichlich bizarren Mord handelte. Einige am Tisch begannen bereits erwartungsvoll zu grinsen.

Karen machte sich auf ihrem Schreibblock Notizen. Die meisten der stellvertretenden Staatsanwälte traten gleich nach ihrem Universitätsabschluß in dieses Büro ein, doch Karen war schon bei ihrem Dienstbeginn eine erfahrene Anwältin gewesen. Aus diesem Grund war auch ihr Aufstieg so rasant verlaufen. Als Leiterin der Gefängnis-Abteilung war sie die hochrangigste Frau in der Hierarchie der Staatsanwaltschaft – die Alibifrau schlechthin, wie es ihr manchmal vorkam. Unter den vierhundertfünfzig Gerichtsassessoren gab es heutzutage zwar viele Frauen, doch die meisten Abteilungen wurden von Männern geleitet. Damit lag es auf der Hand, daß auch die besten und interessantesten Fälle normalerweise von Männern übernommen wurden.

»Der Angeklagte«, fuhr Van Horn fort, »ist sechsundfünfzig, schwarz, graubärtig. Er hatte in der einen Hand eine Bibel, in der anderen eine Automatik, stand auf dem Gehsteig und rief: ›Der Herr hat mich gesandt, um diese Gegend vom Übel zu reinigen. Ich bin das Gesetz.‹ Dann schoß er dreimal auf das Opfer, einen Mann, der gerade aus einem Haus kam und den er gar nicht kannte.«

»Irgendwelche Zeugen?« fragte Karen.

»Fünf. Ein Polizist, zwei Agenten vom FBI, der Hausverwalter und ein Passant.« Van Horn grinste seine Kollegen an.

»Glaubst du, daß du den Fall gewinnst?« fragte Mike Tananbaum, und alle fingen zu lachen an.

»Mit dem Verwalter können wir wahrscheinlich nicht mehr viel anfangen«, erklärte Van Horn. »Der Angeklagte hat als nächstes auf ihn geschossen, und er wird's wohl nicht mehr lange machen.«

»Dann bleiben immer noch vier«, meinte Tananbaum.

»Da bin ich mir nicht so sicher. Als der Angeklagte die Straße hinunterrannte, nahm der Passant die Verfolgung auf. Ich schätze, er wollte ihn selbst festnehmen. Dummerweise hatte er auch eine Kanone und feuerte gleich los. In diesem Moment griff der Polizist ein. Er sprang aus dem Wagen und schoß sofort – allerdings nicht auf den Killer, sondern auf den Passanten. Der ballerte zurück. Beide schossen so lange aufeinander, bis ihnen die Munition ausgegangen war.«

»Aber dann bleibt dir doch immer noch der Passant«, sagte Tananbaum.

»Von wegen. Nachdem seine Kanone leer war, ist er abgehauen und seitdem nie mehr aufgetaucht.«

Jetzt lachten alle, auch Karen.

»Wir wissen nicht, wer er ist, woher er kommt. Gar nichts«, sagte Van Horn.

»Wer hat den Angeklagten festgenommen?«

»Der Reihe nach. Der Cop und einer der FBI-Leute kriegten sich in die Wolle. Der Cop gewann; er schlug den FBI-Mann zusammen. Daraufhin versuchte der andere FBI-Mann, den Polizisten festzunehmen.«

Van Horn erntete Kopfschütteln und ungläubiges Grinsen.

»Das darf ja wohl nicht wahr sein ...«, murmelte Karen.

»Auf der Wache gab der Angeklagte zwei Erklärungen ab«, fuhr Van Horn fort. »Hört gut zu. Die erste lautete: ›Die Revolution beginnt um sechzehn Uhr‹. Die zweite: ›Schenkt mir die Freiheit oder den Tod‹.«

Karen wischte sich die Augen. »Wer kommt als nächstes?«

Die Besprechung ging weiter. Ein Mordfall nach dem anderen kam zur Sprache, einige von unerhörter Grausamkeit, andere von fast schon lächerlicher Absurdität. In einem Fall, der von Tananbaum geschildert wurde, ging es um jemanden, auf den vier andere eingestochen, ein fünfter geschossen hatte. »Wie soll die Anklage lauten?« fragte er.

»Starb er an den Stichwunden oder an der Schußverletzung?« wollte Karen wissen. »Was meint die Gerichtsmedizin? Gibt es Zeugen?«

»Ja. Die beiden Burschen, die ihm anschließend die Taschen geplündert haben. Und einen dritten, der ihm die Schuhe geklaut hat.«

Mit Tananbaums Lacherfolg endete die Sitzung. Karen ging in ihr Büro zurück, steckte sich Akten in die Handtasche und verabschiedete sich von ihrer Sekretärin. Es war fast neunzehn Uhr; höchste Zeit, sich jenen Dingen des Lebens zu widmen, die ihr wichtiger erschienen als der Beruf.

Weil sie befürchtete, daß sie zu Fuß nicht mehr rechtzeitig die U-Bahn erreichen würde, nahm sie ein Taxi bis zum Grand Central. Dort rannte sie zur Bahn und schaffte es gerade noch, in den letzten Waggon zu springen. Drinnen herrschte brütende Hitze, und alle Plätze waren belegt. Sie drängte sich sechs Waggons lang durch die Reihen der Pendler, bis sie endlich einen freien Sitz fand und in den mitgenommenen Akten blättern konnte.

»Bronxville«, kündigte der Schaffner an. Karen stieg aus

und ging zum Parkplatz, wo sie von ihrem Mann erwartet wurde. Hank hatte sandfarbenes Haar, war groß und einundvierzig Jahre alt. Karen gab ihm einen Kuß auf die Wange und legte ihre Tasche auf den Rücksitz.

»Wir essen gleich«, sagte er, als sie losfuhren. »Uns läuft sonst die Zeit davon.« Beide seufzten gespielt, wußten sie doch, welcher Streß vor ihnen lag: die erste Theatervorstellung ihrer Tochter.

Die fünfzehnjährige Hillary wartete deshalb auch schon ganz genervt vor der Haustür. »Beeilt euch doch endlich! Wir kommen zu spät!«

Im Theatersaal der High School meuterte Hillary hinter der Bühne über den Saum ihres Kostüms, also mußte Karen es verlängern. Die Sitzreihen füllten sich mit den Eltern der anderen Schüler, und die Mutter spürte das wachsende Lampenfieber ihrer Tochter. »Halt endlich still!« befahl sie.

Zusammen mit einem etwa sechzehnjährigen Jungen namens Randy ging Hillary den Text des Stückes durch.

Hillary: »Ich möchte bei dir in Grover's Corner bleiben.«

Randy: »Emily, wir bleiben für immer ...«

Hillary: »Mom, zieh's doch runter.«

Randy: »... zusammen.«

Hillary: »Mom, es muß bis zum Boden reichen.«

Karen stöhnte, dann nahm sie die Nadeln aus dem Mund. »So! Fertig! Du siehst phantastisch aus.«

Hillary sah sich nach einem Spiegel um, fand aber keinen. »Wirklich?«

»Keine Sorge. Du wirst dem Publikum gefallen.«

»Will ich auch schwer hoffen.«

Karen war heilfroh, als Hillary endlich auf die Bühne ging, wo schon die übrigen Schauspieler standen. Kurz darauf begann die Aufführung. Karen steckte auch auf ihrem Sitzplatz die Nase in ihre Aktennotizen; erst als Hillary ihren Auftritt hatte, konzentrierte sie sich auf das Stück und lauschte ihrer Tochter. Sie tat das so angespannt, daß sie über sich selbst lächeln mußte: ihr kam es so vor, als sei dies der ernsteste und wichtigste Moment des ganzen Tages. Hinter ihr flachste ihr

Sohn Jackie mit seinen Freunden herum und machte spöttische Bemerkungen über die auftretenden Mädchen.

Als die Vorstellung zu Ende war, scharten sich Karen und andere Eltern hinter der Bühne um die jungen Schauspieler. Karen küßte ihre Tochter, der die Erleichterung und Freude ins Gesicht geschrieben stand. »Du warst großartig, Liebling.«

»Ich hab' immer darauf gewartet, daß du jeden Moment den Text vergißt«, raunzte Jackie sie an.

»Wer hat dich schon gefragt, du Schafskopf.«

»Reißt euch am Riemen«, zischte Karen.

Es war Mitternacht, bis sie zu Hause waren und sich zum Schlafengehen fertig machten. Hank Henning hängte seine Hosen über den Kleiderbügel, Karen legte ihren Schmuck ab. Sie fühlte sich seltsam beschwingt. Alles erschien ihr auf einmal so aufregend: ihr ganzes Leben, ihre Arbeit, sogar der Auftritt ihrer Tochter. Sie dachte kurz an die Zeit zurück, als sie selbst im Schülertheater gespielt hatte und so gerne Schauspielerin geworden wäre. Aber das war Schnee von gestern. Sie hatte seitdem fast alles im Leben bekommen, was sie sich gewünscht hatte und allen Grund, glücklich zu sein.

Am anderen Ende des Zimmers begann ihr Mann zu summen. Sie wußte aus Erfahrung, daß er gleich ein selbsterfundenes Lied trällern würde. Sie verbannte ihre nostalgischen Gedanken und lächelte.

»Hab' ich dir diese Woche schon gesagt, daß ich dich liebe?« sang Hank.

»Du hast mich ja diese Woche kaum gesehen«, schmunzelte Karen und kämmte sich die Locken.

»Hab' ich dir schon gesagt, wie sehr ich dich vermisse?« sang er weiter und kam näher.

»Sag's mir noch mal.«

Er legte ihr die Hände auf die Schultern und rieb seine Nase an ihrem Hals. Sie schloß ihre Augen und genoß es. »Warum liegt dir soviel an mir?« Sie drehte sich weg und knöpfte ihre Bluse auf. »Ich bin eine verheiratete alte Frau.«

»Wer sagt, daß mir was an dir liegt?« Er kam wieder näher.

Sie zog sich weiter aus, mit provozierender Langsamkeit. Ihr Mann, der ihr dabei genau zusah, legte ebenfalls seine letzten Kleider ab. Sie drehte sich um und biß ihn sanft in die Brust.

Dann löschten sie das Licht und gingen ins Bett. Nur ihre Stimmen und das Schaukeln des Bettes waren zu hören. »Pst! Die Kinder!« flüsterte Karen.

»Die wissen doch nicht, was los ist.«

Das Bett knarrte leicht. »Sie sind älter, als du glaubst«, kicherte Karen.

Sie gaben sich redlich Mühe, weniger Lärm zu machen, verlangsamten ihren Rhythmus und flüsterten sich nur noch ins Ohr. »Als wir anfingen, miteinander zu schlafen, mußte ich dich nur sehen, und schon konnte ich es kaum noch abwarten«, sagte er.

»Davon kann ich ein Lied singen.«

»Du warst immer so abgeklärt.«

»Ich? Ich hatte weiche Knie. Fandest du eigentlich nicht, daß ich zu jung war?«

»Nein.«

»Ich auch nicht.« Sie krümmte sich unter seinen zärtlichen Bewegungen. »Außerdem warst du der alte Mann mit Erfahrung.«

»Ein blutiger Anfänger.«

»Dafür bist du jetzt abgestumpft.«

»Was?«

»Wieso willst du mich noch immer? Wir machen's doch schon seit achtzehn Jahren.« Ihr Flüstern hatte sich in ein Keuchen verwandelt.

»Länger. Seit achtzehn Jahren sind wir verheiratet.«

»Hank ...«

»Vielleicht war ich früher gieriger, glaub' ich aber nicht.«

»Soll ich dir was sagen? Ich bin in meinen eigenen Ehemann verliebt.«

»Vielleicht war ich früher besser, glaub' ich aber nicht.«

»Pst ...« Sie legte ihm den Finger auf den Mund.

Sie lag noch eine ganze Weile wach. Noch immer prickelte es überall in ihrem Körper, und sie stellte überrascht fest, wie sehr ihr in manchen Nächten der Sex gefiel. Ob andere Frauen ihres Alters auch noch soviel Lust empfanden? Von ihren Freundinnen und Bekannten konnte sie es sich jedenfalls nicht vorstellen. Das Thema Sex kam nur gelegentlich zur Sprache, und aus der Art und Weise, wie die anderen darüber redeten, schien ihr Interesse ziemlich abgeklungen.

Sie selbst konnte sich wochenlang mit ihrer Arbeit oder ihrer mütterlichen Fürsorge ablenken: wenn nötig, unterwarf sie sich auch schon mal den Bedürfnissen ihres Mannes – und dann kam irgendwann wieder eine Nacht wie diese.

Manchmal fragte sie sich, ob etwas mit ihr nicht stimmte. Vielleicht sollte sie nicht gar so verrückt danach sein. Heute hatten sie kein Ende finden können, liebten und liebten sich immer weiter, als wäre es für immer, und dann auf einmal schienen alle Sterne am Himmel gleichzeitig auf sie herabzustürzen. Inzwischen trocknete der Schweiß auf ihrer Haut, die noch immer kribbelte. Sie hatten sich auf so unterschiedliche Arten geliebt, sogar auf den Knien, was sie nur mochte, wenn sie ganz besonders erregt war. Heute hatte es sie geradezu um den Verstand gebracht. Sie wußte nicht recht, warum, denn es war gar nicht unbedingt schöner als sonst, abgesehen davon, daß es ihr ein Gefühl von Verruchtheit gegeben hatte, sich in dieser Stellung lieben zu lassen. Nur daran zu denken, stimulierte sie aufs neue, ihre Hinterbacken, wie sie hin und her schwingen, ihn tief in sie eindringen lassen. Das Gefühl, etwas Verbotenes zu tun. Irgendwie fast pervers, schrecklich, schrecklich sexy.

Ihr Mann schlief friedlich neben ihr, während sie nach wie vor erregt war.

3. Kapitel

Der Tag in Harlem war heiß gewesen, und auch die Nacht brachte kaum Abkühlung. Als Barone und Muldoon mit offenen Fenstern durch die Straßen fuhren, spürten sie die heiße Luft auf ihren Gesichtern. Mit Hemden und Hosen klebten sie an den Sitzen fest, und bei jeder Bewegung mußten sie sich erst einmal davon lösen.

Das Funkgerät blieb still. Bis jetzt gab es aus dem Zweiunddreißigsten keinen Überfall, Einbruch oder Mord zu vermelden. Wieder saß Barone am Steuer und fuhr im Schrittempo. Wieder sahen sie sich alle Herumlungerer an den Straßenecken an, bereit loszuschlagen, sobald einer von denen plötzlich abhauen und sich damit verraten würde.

»Scheiß Hitze«, fluchte Muldoon. Er hatte sich eine offene Bierflasche zwischen die Schenkel geklemmt und hielt ein Taschentuch in der Hand, mit dem er sich gelegentlich den Schweiß abwischte.

Sie hatten unterschiedliche Methoden, die Leute zu beobachten, an denen sie vorbeifuhren. Barone ließ seinen Blick rasch von Gesicht zu Gesicht schweifen; Muldoon dagegen starrte denen in die Augen, die ihn ansahen. Ihm ging es darum, die Leute einzuschüchtern, ihnen ins Gedächtnis zu rufen, daß es noch so etwas wie die Polizei gab. Mit seinem Blick forderte er sie auf, sein Mißfallen zu erregen, sich unter seinen Augen danebenzubenehmen. Ohne die ständige Gegenwart der Polizei, sagte er sich, wäre diese lausige Gegend noch übler.

Von Zeit zu Zeit passierten sie andere Streifenwagen und hupten zur Begrüßung. Muldoon war immer sehr froh, Kollegen zu treffen. Im Notfall konnte man sich ohnehin nur auf andere Cops verlassen.

Auf einmal bremste Barone abrupt. »Der in der blauen Jakke!« rief er. »Schnapp ihn dir!« Beide stürmten aus dem Wagen.

»An die Wand, ihr Drecksäcke«, befahl Muldoon.

Die zwei Detectives standen zehn Männern gegenüber. Obwohl sie in der Übermacht waren, hätte keiner von ihnen gewagt, gegen die Autorität in Muldoons Stimme aufzubegehren. Sie fragten auch gar nicht erst, ob die Polizei überhaupt das Recht zu einer solchen Vorgehensweise besaß. Sie gehorchten und drehten sich mit erhobenen Händen zur Wand.

Barone ging schnurstracks auf einen geparkten Wagen zu, spähte unter ihn und zog eine Art Handtasche hervor. Er öffnete sie und zeigte Muldoon seinen Fund: ein paar Scheine und massenhaft Tüten mit Crack.

Muldoon grinste breit. »Ganz ordentlich.«

Barone hatte die Angewohnheit, immer in den Rückspiegel zu sehen, wenn sie an einer Gruppe Männer vorbeifuhren, um ihre Reaktion zu beobachten, sobald der Wagen vorüber war und sie sich wieder sicher fühlten. Auf diese Weise waren ihm schon mehrere Fänge gelungen. »Der in der blauen Jacke hat die Tasche unter das Auto gekickt. Er wollte das Ding loswerden«, sagte er. »Ich hab's im Rückspiegel gesehen.«

»Pech gehabt, dumme Sau!« sagte Muldoon und strahlte.

Beide wußten: wer mit soviel Crack herumläuft, hat in der Regel auch eine Kanone dabei. Muldoon befahl einem nach dem anderen, sich über das nächste Auto zu lehnen, und suchte sie nach Waffen, Geld und Drogen ab. Dann mußten sie ihre Taschen ausleeren. Er fand es ekelhaft, die Leute abzutasten, und machte auch kein Hehl daraus. Er entdeckte allerdings nichts. »Steckt euer Dreckszeug wieder ein«, sagte er. »Und jetzt verduftet. Wenn ich eure dämlichen Fressen heute nacht noch einmal sehe, stecke ich euch hinter Schloß und Riegel.«

Barone suchte unter den parkenden Autos und sogar in den herumstehenden Mülleimern nach einer weggeworfenen Waffe, doch ohne Erfolg. Dem Mann in der blauen Jakke legten sie Handschellen an und warfen ihn auf den Rücksitz. Auf der Fahrt zur Wache begannen sie mit dem Verhör.

»Wie heißen Sie?« fragte Barone.

»Maurice.«

»Maurice was?«

»Maurice Jackson.«

Mit leiser Stimme wandte sich Barone an Muldoon. »Wieviel Geld war im Beutel?«

»So gut wie nichts. Rund 40 Dollar. Früher hätte jeder ordentliche Polizist die Scheine selbst eingesteckt.«

Barone grinste. »Heute gibt's hier keine Korruption mehr.«

»Na ja ...«

»Wie alt sind Sie?« wollte Barone von dem Gefangenen wissen.

»Zweiundzwanzig.«

»Waren Sie schon mal im Knast?«

Gewissenhaft zählte Maurice die diversen Gefängnisse auf, die er schon von innen gesehen hatte.

»Wenn Sie diesmal wieder rauskommen, sind Sie ein alter Mann, Maurice. Vielleicht zwanzig Jahre gesiebte Luft.«

»Weiß ich«, sagte er schicksalsergeben.

»Wir können dir helfen, Freundchen«, meinte Muldoon. »Du kommst uns entgegen und wir dir. Eine Hand wäscht die andere.«

Barone fuhr langsamer, um dem Burschen Zeit zum Überlegen zu geben. »Wenn du nett zu uns bist, lassen wir dich vielleicht laufen«, sagte Muldoon.

»Sie lassen mich laufen?«

»Wenn ich's dir doch sage.« Es war Muldoons Methode, die Gefangenen auszuquetschen, ihnen alles mögliche zu versprechen und sie dann doch einzulochen. Der dreckigste Kerker war seiner Meinung nach gerade noch gut genug für diese Köter. Er warf dem Mann einige Namen an den Kopf. »Wenn du einen kennst, lassen wir dich laufen.«

Maurice kramte offensichtlich in seinem Gedächtnis, kannte aber keinen von ihnen. »Zählen Sie noch mehr auf«, bettelte er.

Muldoon nannte unter anderem einen Dealer namens Leroy und einen Mann, der als Assam bekannt war und vor einem Monat einen Polizisten ermordet hatte. Aber auch die kannte Maurice nicht.

»Dieser Scheißkerl versteht sich nicht aufs Handeln«, meinte Muldoon angewidert. »Der sture Bock will nicht mit uns ins Geschäft kommen. Bringen wir ihn in den Knast. Soll er doch dort verrecken.«

Aber Barone hatte etwas anderes vor. Er hielt an, nahm das Funkgerät und gab eine Meldung durch. »Zentrale, hier Wagen Zwo. Wir brauchen Unterstützung.« Nachdem er den Standort durchgegeben hatte, stieg er aus.

Der verdutzte Muldoon folgte ihm auf den Gehsteig. »Warum hast du das getan?«

Nach wenigen Sekunden tauchten drei Streifenwagen auf, aus denen sechs Polizisten in kugelsicheren Westen stiegen. Darunter befand sich auch eine Frau.

Barone hatte vor, ihnen den Gefangenen zu übergeben, damit sie den Papierkram erledigen und die Cracktüten zählen sollten. Muldoon wollte protestieren und sagen, daß er es doch schließlich gewesen war, der den Burschen geschnappt hatte, aber er kam nicht mehr zu Wort.

Die vier männlichen Cops schüttelten die Köpfe, gingen zu ihren Wagen zurück und fuhren fort. Doch die Frau war offenbar interessiert. Muldoon erinnerte sich, daß sie Maureen Sowieso hieß, und ihm fiel jetzt auf, daß Barone die ganze Zeit über in erster Linie nur mit ihr gesprochen und die übrigen Kollegen kaum beachtet hatte. Er hatte den Eindruck, als wollte er ihr regelrecht den Hof machen.

Muldoon hatte in letzter Zeit keinen großen Fang mehr gemacht. Er mußte endlich wieder einmal eine Festnahme vorweisen, bevor ihn seine Kollegen, schlimmstenfalls einer der Schwarzen, deswegen frotzelten. Diesen Kerl hätte er sich gerne unter den Nagel gerissen, doch in Gegenwart der Frau genierte er sich, darauf zu bestehen.

Während der Partner der Polizistin in die andere Richtung starrte und sich gar nicht um das Geschehen kümmerte, redete Barone auf die Frau ein. Maureen war um die dreiundzwanzig und erst vor kurzem von der Polizeiakademie gekommen. Barone machte ihr klar, daß es sich um einen guten

Fang handelte, von denen sie noch nicht viele vorweisen konnte. Na klar, sie hätte die ganze Nacht mit dem Papierkram zu tun, andererseits konnte sie das Geld für die Überstunden doch bestimmt gut gebrauchen, schließlich war sie doch erst seit kurzem verheiratet.

»Aber was ist mit Ihnen?« fragte sie skeptisch. »Für Sie wäre das doch auch ein guter Fang.«

»Sie haben's nötiger«, stellte Barone kurz und bündig fest.

Muldoon ertappte sich dabei, wie er sie sich nackt vorstellte. Sie sah verdammt gut aus und versteckte unter all dem schweren Stoff bestimmt eine tolle Figur. Er ahnte aber auch, daß eine solche Frau nie einen Blick auf jemanden wie ihn werfen würde. Er hörte, wie Barone ihr erzählte, er selbst sei auch noch nicht lange verheiratet und wisse deshalb genau, wie knapp dann das Geld noch ist.

Maureen lachte und nahm das Angebot dankend an. Gemeinsam verfrachteten sie den Gefangenen auf den Rücksitz des anderen Wagens. Muldoon dachte voller Neid daran, daß es wohl nicht lange dauern würde, bis Barone sie aufs Kreuz gelegt hätte. Als er dem abfahrenden Auto hinterhersah, wurde er sauer. »Warum hast du den Burschen abgeschoben? Der Kerl hat doch verdammt noch mal uns gehört!«

»Heute nacht kann ich keine Überstunden gebrauchen. Ich treff' mich mit einer Frau«, kam jene Antwort, die Muldoon erwartet hatte.

Als sie schließlich ihre letzten Runden gedreht hatten und zur Wache zurückfuhren, war es schon nach Mitternacht. Muldoon bekam mit, wie Barone mit seiner Frau telefonierte. Sie wohnten in Westchester County, wie viele New Yorker Polizisten mit ihren Familien. Barone hatte zwei Töchter, sechs und acht.

Muldoon war zusammen mit anderen Kollegen dort schon einmal zu einer Barbecue-Party eingeladen gewesen. Mit Schaudern dachte er daran zurück, wie ihm die ›dämlichen Kinder‹ ständig vor den Füßen herumrannten.

Barone erzählte seiner Frau, daß er heute nacht nicht nach Hause käme, weil er schon in aller Frühe einen Gerichtstermin hätte und im Schlafsaal der Wache schlafen würde. Aus der anschließenden Süßholzraspelei Barones folgerte Muldoon, daß dessen Frau ihm die Geschichte wohl nicht ganz abnahm. Als er einhängte, seufzte er. »Meine Güte, ist diese Frau immer mißtrauisch!«

»Versteh' ich auch nicht«, sagte Muldoon. »Und das so ganz ohne Grund ... Fahren wir noch mal los?«

»Wozu denn das?«

»Es könnte noch etwas passieren.«

»Ich sehe lieber nach, wie Maureen vorankommt.«

Von ihrem Platz aus konnten sie durch die offene Tür in einen fensterlosen Raum der Wache spähen, in dem Maureen am Tisch saß und die Crackfläschchen in leere Munitionsschachteln legte. Laut Gesetz durfte ein uniformierter Polizist sichergestellte Drogen nur registrieren, wenn ein Sergeant anwesend war. Der Sergeant aber las in aller Ruhe Zeitung und kümmerte sich nicht darum.

»Hast du eigentlich schon jede Polizistin in diesem Revier gebumst?« fragte Muldoon seinen Partner.

Barone grinste. »Die jedenfalls noch nicht.«

»*Noch* nicht ...«

Barone stand auf und ging in den Raum. »Ich übernehme«, hörte Muldoon ihn sagen.

Der Sergeant nickte und verließ das Zimmer. Barone machte keine Anstalten, die Tür zu schließen. Muldoon vermutete, daß er die übrige Belegschaft an seinem voraussichtlichen Triumph teilhaben lassen wollte. Maureen hatte mittlerweile Uniformjacke und Mütze abgelegt. Die Bluse spannte über ihrem Busen. Maureen war blond, sah sehr jung und sehr hübsch aus.

Barone nahm ihr gegenüber Platz und half ihr dabei, das Crack in die Schachteln zu stecken. Dabei flüsterte er ununterbrochen mit ihr. Zwanzig Minuten später schaute Muldoon wieder nach. Sie waren mit dem Zählen fertig, unterhielten sich aber nach wie vor lebhaft miteinander. In erster Linie war es Maureen, die redete, während sich Barone meist damit begnügte, ihr direkt in die Augen zu blicken.

Muldoon entschloß sich einzugreifen. »Wie viele?« fragte er von der Tür aus.

»Eintausendachthundertzweiundachtzig«, antwortete Maureen.

»Maureen wohnt übrigens ganz in meiner Nähe«, erklärte Barone. »Ihr Vater war Sergeant im 52. Revier, ihre beiden Brüder sind auch Polizisten. Deshalb kam sie zu dem Job. Ihr Mann ist Klempner und verdient ganz ordentlich. Seit einigen Monaten hat sie alles Mögliche unternommen, um schwanger zu werden. Leider bisher ohne Erfolg.«

Muldoon war es peinlich, als er das hörte. Seiner Ansicht nach sollte man als Frau über derart private Themen nicht mit Fremden und schon gar nicht mit Männern reden. Er bemerkte aber, daß Maureen wenigstens noch genügend Anstand besaß, um rot zu werden, als Barone so drauflosplauderte.

»Hat mir Spaß gemacht, mich mit Ihnen zu unterhalten, Maureen«, sagte Barone und erhob sich. »Arbeiten Sie morgen abend? Ich würde sie danach gerne zu einem Drink einladen.«

Doch an den beiden nächsten Abenden hatte Maureen keinen Dienst. »Dann bis Freitag«, meinte Barone.

Maureen machte sich auf den Heimweg. Die übrigen fünf Polizisten, die noch im Dienst waren, räumten ihre Schreibtische auf.

»Ruhige Nacht«, bemerkte Barone und trug sich aus der Anwesenheitsliste aus. »Alles Routine.«

»Kann man wohl sagen«, bestätigte Muldoon, doch genau in diesem Moment klingelte das Telefon, und er nahm ab.

Der Anrufer war ein Detective aus dem 41. Revier, jenseits des Flusses. Er wollte etwas über einen gewissen Lionel Epps wissen. »Habt ihr irgendwelche Informationen über den Kerl?«

Muldoon kannte ihn, gab es aber nicht zu. »Ich frag' mal rum.« In Polizeikreisen war es üblich, Informationen nur im Tausch weiterzugeben. »Was soll er denn angestellt haben?« erkundigte sich Muldoon.

Die Unterhaltung dauerte einige Minuten, während denen Barone aufmerksam mitlauschte.

»Lionel Epps wird im Einundvierzigsten gesucht«, berichtete Muldoon, nachdem er aufgelegt hatte.

»Geht es um Mord?«

»Allerdings.«

»Überrascht mich nicht.«

»Der Kollege meint, der Typ wäre eine große Nummer in der Süd-Bronx.«

Barone dachte nach. »Möglich. Wen soll er denn ermordet haben?«

»Einen noch erfolgreicheren Dealer. Er hat ihn in eine Dekke gerollt, achtmal auf ihn geschossen und dann angezündet.«

»Nett ... Und wo steckt er jetzt?«

»Wo wohl? Er hat die Fliege gemacht.«

Barone nickte. »Vermutlich kommt er wieder zurück.«

»Angeblich ist er bis an die Zähne bewaffnet, weil noch jemand außer uns hinter ihm her ist.«

»Ganz schöner Mist«, sagte Barone. »Kann ja heiter werden.«

»Was unternehmen wir?« fragte Muldoon.

»Wir machen uns morgen auf die Suche nach ihm. Wenn er im Revier steckt, wird er nicht allzu schwer zu finden sein.«

Sie verließen die Wache. Auf der Straße war es ruhig, und sie sogen die Nachtluft ein. »Schlaf gut, Dan«, sagte Barone.

Muldoon schenkte ihm ein höhnisches Grinsen. »Du wirst heute nacht nicht viel schlafen, schätze ich.«

»Wer weiß, es ist spät. Vielleicht hat sie nicht auf mich gewartet.«

»Auf dich warten doch alle. Notfalls stundenlang.« In gewisser Weise zollte er seinem Partner Bewunderung für sein aufregendes Sexualleben.

»Geh nach Hause«, lächelte Barone. »Und sauf nicht die ganze Nacht durch. Du siehst in letzter Zeit reichlich mies aus.« Er legte seinen Arm um Muldoon. »Mach's gut, Danny, alter Junge.«

»Du auch, Mike.«

Als Barone in seinen Wagen stieg, drehten sich seine Gedanken nur noch um die Frau, die auf ihn wartete. Muldoon spürte eine grenzenlose Einsamkeit in sich aufsteigen. Doch dieses Gefühl kannte er nur zu gut, überkam es ihn doch jedesmal, nachdem er die Wache verlassen hatte.

4. Kapitel

Bronxville ist mit seinen sechstausend Einwohnern nicht nur eine der kleinsten Vorstädte New Yorks, sondern auch eine der vornehmsten: ein Ort mit sanften Hügeln und engen Straßen unter alten Bäumen. Dort stinkt es förmlich nach Geld. Die Häuser sind groß, die meisten davon herrschaftlich, aus Stein oder Ziegeln mit Schieferdächern, reich verziert und von schmiedeeisernen Zäunen umgeben. Die Rasen und Anlagen werden genau wie die Hecken ständig von Gärtnern gepflegt und geschnitten. Die angepflanzten Blumen sind so ausgewählt, daß das ganze Jahr über wenigstens eine Art in Blüte steht.

Die Pondfield Road ist die Hauptstraße. Sie beginnt hinter den Häusern, führt an einigen Kirchen und auch der Polizeiwache vorbei. Sie ist ein geradezu prunkvoller Ziegelbau, neben dem sich die Wache im Zweiunddreißigsten regelrecht schäbig ausnimmt. Die Straße führt weiter bis zur Schule, die mit ihren gotischen Fenstern und hohen Kaminen wie ein altenglisches Herrenhaus aussieht. Sie mündet schließlich ins Einkaufsviertel mit seinen Antiquitätenläden, Kunstgalerien, schicken Kleidergeschäften und den Büros der Immobilienhändler. Letztere bezeichnen Bronxville aus offensichtlichen Gründen als ›Die goldene Meile‹. Tatsächlich fühlt man sich hier, obwohl nur fünfzehn Kilometer von Harlem entfernt, wie in einer anderen Welt.

Karen Hennings Haus stand am Stadtrand, war viel kleiner als die Prachtbauten in der Innenstadt und sah so aus, als könnte es dringend einen neuen Anstrich gebrauchen. An diesem Samstagmorgen stand sie in der Küche und backte Kuchen. Sie mochte diese Arbeit, bei der sie einmal so richtig abschalten konnte und nicht an ihren Job denken mußte.

Sie und Hank hatten sich nicht in Bronxville niedergelassen, um inmitten der Reichen zu wohnen, sondern weil sie ein Haus suchten, das in einer Gegend mit sauberer Luft und in der Nähe guter Schulen lag und das sie sich gerade noch leisten konnten. Obwohl sie beide berufstätig waren, wurde das Geld manchmal recht knapp. Aber hier konnte man sich wohl fühlen, vor allem die Kinder. Karen machte sich keine Illusionen über Bronxville. Im Vergleich zu New York kam es ihr fast unwirklich vor. Manchmal machte sie einen bissigen Scherz: ›Bei uns gibt es keine Armen, Schwarze und Kriminelle. Davon abgesehen ist es ein typischer amerikanischer Ort.‹

Heute morgen war sie allein im Haus. Hank spielte Tennis, Hillary fuhr Rad, und Jackie war gerade mit Mrs. Price und anderen Kindern im Auto irgendwohin entschwunden.

Keine fünf Minuten danach klingelte es an der Tür. Eine aufgewühlte Frau, die sie nicht kannte, rief: »Kommen Sie schnell! Ein schwerer Unfall!«

Karen starrte die Frau an, warf ihre Schürze weg und rannte mit pochendem Herzen der Frau hinterher. Nur ein Gedanke durchzuckte sie: Hillary war von einem Auto angefahren worden!

Aber als sie um die Ecke lief, sah sie, daß nicht ihrer Tochter, sondern ihrem Sohn etwas passiert war. Der Wagen von Mrs. Price war gegen einen Baum gefahren; Jackie lag daneben im Gras, blutete im Gesicht und stöhnte. Nur verschwommen bemerkte Karen, daß auch Mrs. Price, neben der Jackie gesessen hatte, im Gras lag und stark blutete. Den übrigen Jungs auf dem Rücksitz war nichts geschehen; mit bleichen Gesichtern standen sie um die Opfer herum, ebenso wie ein Dutzend anderer Leute, die aus den Nachbarhäusern gekommen waren.

Sie rannte zu Jackie, hob seinen Kopf und wiegte ihn.

»Mommy«, ächzte er.

»Ich bin bei dir, mein Liebling. Es ist alles in Ordnung.«

Einige seiner Vorderzähne waren eingeschlagen. Wie viele, konnte sie bei dem ganzen Blut nicht erkennen. Sie wollte auch gar nicht mehr hinsehen. Unwillkürlich mußte sie daran denken, daß er seine Zähne doch gerade erst bekommen hatte ...

Am liebsten hätte sie losgeheult oder nach Hank gerufen, aber das letzte, was ihr Sohn jetzt brauchte, war eine hysterische Mutter. So ruhig wie nur möglich fragte sie die Umstehenden: »Hat jemand den Krankenwagen gerufen?«

»Der ist schon unterwegs«, bemerkte ein Mann.

Ein Polizeiauto bog in die Straße ein. Ein junger Mann stieg aus und forderte über Funk einen Abschleppwagen an.

›Er denkt zuerst an das Wichtigste‹, dachte Karen. ›Es ist eben nicht sein Sohn ...‹

Der Polizist wandte sich an die Umstehenden. »Hat jemand gesehen, wie es passiert ist?«

Niemand hatte etwas mitbekommen. Er ging zu Mrs. Price und fragte sie nach ihrem Namen, erntete als Antwort aber nur ein Stöhnen. Karen bemerkte, daß ihr Gesicht fürchterlich zerschnitten war, und blickte zum Wagen hinüber. Dort, wo offenbar die Köpfe aufgeprallt waren, war die Windschutzscheibe gesplittert. Karen ging eine aberwitzige Vorstellung nicht aus dem Kopf: die von einem zwölfjährigen Jungen, der falsche Zähne tragen mußte ...

Der Polizist fragte die anderen Jungs: »Was ist passiert?«

»Der Ball ist ihr auf den Schoß geflogen«, sagte einer.

»Und dann ist sie gegen den Baum gefahren«, fügte ein anderer hinzu.

»Wer hat den Ball geworfen?«

Die Jungs sahen einander an, aber keiner gab eine Antwort.

Zwei Krankenwagen kamen an, die die beiden Verletzten aufnahmen. Karen stieg ebenfalls ein und hielt ihrem Sohn während der Fahrt ins Krankenhaus die Hand. Wenigstens schien er nicht mehr völlig unter Schock zu stehen. Zusammen mit ihm wartete sie dann in der Notaufnahme auf den Zahnarzt. Auf der anderen Seite des Vorhangs hörte sie Mrs. Price wimmern, als ihr ein Arzt Splitter aus dem Gesicht zog. »Ich fürchte, das wird ein Fall für die plastische Chirurgie«, hörte sie ihn sagen.

Dann kam ein junger Zahnarzt, säuberte Jackies Gesicht vom Blut und stellte fest, daß er dort keine Verletzungen davongetragen hatte. Er spritzte Novokain, und während sie auf die Wirkung warteten, sah ihn Karen einige Male an. Sie hätte ihn gerne gefragt, wie schlimm es um die Zähne bestellt war, traute sich aber nicht.

Der Zahnarzt machte sich an die Arbeit, saugte die Mundhöhle aus und summte dabei immer irgendein Lied. Dann wickelte er Drähte um die Zähne. Karen konnte nicht mehr zusehen. Sie stand auf und schluchzte leise vor sich hin.

»Mrs. Henning«, rief der Zahnarzt nach einer Weile.

Sie wischte sich die Augen und blickte ihn an. »Was ist?«

»Er hat einen Zahn verloren.« Er zog Jackies aufgerissene Lippen zurück und zeigte ihr die Lücke. Bei dem Anblick mußte sie wieder schluchzen. »Wo kann das kleine Beißerchen wohl stecken?« fragte er.

»Ich weiß nicht.«

»Glauben Sie, daß Sie es finden können?«

»Also, ich ...«

»Wenn Sie es finden, werd' ich es wieder anmontieren.«

Karen war etwas verblüfft über die saloppen Sprüche des Arztes. »Ich werde es versuchen ...«

»Finden Sie das Auto, und Sie finden den Zahn. Manchmal verschlucken sie ihn auch oder spucken ihn aufs Gras.«

Sie nahm Jackies Hand. »Ich muß deinen Zahn finden, Kleiner. Ich bin gleich wieder bei dir.«

Er machte einen ruhigen Eindruck, also konnte sie ihn hierlassen. Sie rannte aus dem Notaufnahmeraum, wild entschlossen, den verlorenen Zahn zu finden, obwohl sie keinen Schimmer hatte, wie sie das anfangen sollte. Dann entdeckte sie den jungen Polizisten, der Mrs. Prices Namen vom Anmeldeformular abschrieb.

»Wohin wurde der Wagen abgeschleppt?« fragte sie flehend.

Der Polizist sah sie erst überrascht an, dann blätterte er in seinen Unterlagen und nannte ihr schließlich die Adresse der Reparaturwerkstatt. Karen rannte auf die Straße, wo ihr erst bewußt wurde, daß sie weder ein Auto noch Geld hatte. Sie lief ein paar Minuten nervös vor dem Krankenhaus hin und her, bis endlich ein Taxi kam. Sie sprang hinein und nannte die Adresse der Werkstatt.

Der Wagen war dort. Verzweifelt wühlte sie sich durch all die blutigen Glassplitter am Boden, auf den Sitzen, auf der Ablage. Kein Zahn. Ihr liefen Tränen übers Gesicht.

Sie wischte sie ab und bat den Taxifahrer, zum Unfallort zu fahren. Dort kroch sie auf allen vieren auf dem Boden herum, durchkämmte die blutigen Grashalme, drehte jedes Blatt um. Aber schließlich fand sie den Zahn ... Die Wurzel war blutig; Fleisch und Knochenteile klebten daran. Sie sprang auf und hielt ihn triumphierend hoch.

Mit dem Taxi fuhr sie zur Klinik, hetzte hinein und überreichte dem Arzt den ausgeschlagenen Zahn. Sie schaute zu, wie er ihn desinfizierte, konnte aber nicht mit ansehen, wie er ihn ihrem Sohn wieder zu implantieren versuchte. Dann nahm der Arzt sie beiseite und gab ihr eine Packung Schmerztabletten. »Die braucht er dringend, wenn die Wirkung der Injektion nachläßt.«

»Wird er ...«, brachte sie endlich die Frage heraus, die sie so quälte, »wird er seine Zähne verlieren?«

»Wir müssen abwarten.«

»Wie groß ist seine ... Chance?«

»In den meisten Fällen klappt's.« Er konzentrierte sich mehr auf das Herumfingern an seinen Instrumenten als auf Karen. Am liebsten hätte sie ihm das Zeug aus der Hand gerissen und durch die Gegend geworfen.

»Auch mit dem, den ich gefunden habe?«

»Es besteht gute Hoffnung.« Er sah auf und lächelte sie an. »Machen Sie sich keine Sorgen mehr. Ihr Junge kommt schon wieder in Ordnung, glauben Sie mir.«

Ihr fiel ein Stein vom Herzen, und am liebsten hätte sie ihn dafür umarmt. Sie ging mit Jackie zu dem Taxi und ließ sich nach Hause fahren. Dann brachte sie ihren Jungen, der noch reichlich benommen war, zu Bett. Kurz darauf war er eingeschlafen. Sie saß so lange neben ihm und hielt ihm die Hand, bis Hank nach Hause kam, dem sie alles erzählte, was passiert war.

Als Jackie am Nachmittag wieder aufwachte, gab sie ihm

eine Schmerztablette und eine Tasse Fleischbrühe, die er durch einen Strohhalm trank. In dieser Nacht wachte der Junge noch einige Male auf. Sie brachte ihm immer wieder Tabletten und blieb bei ihm, bis er wieder eingeschlafen war.

5. Kapitel

Harlem ist weitläufiger als jeder andere Teil New Yorks. Die alten Parks existieren immer noch, und die Straßen sind nach wie vor breit. Die Wolkenkratzer sind weit weg, und man kann den Himmel von allen Seiten aus sehen. Die meisten der ehemals so vornehmen Gebäude von Alt-Harlem stehen noch, wenngleich natürlich viele von ihnen verlassen sind. Wenn man an ihnen vorbeispaziert, bekommt man sofort einen Eindruck davon, wie luxuriös sie früher einmal ausgesehen haben müssen. Aus der Nähe betrachtet, bleibt einem allerdings ihre Baufälligkeit nicht verborgen. Einige der Häuser sind auch teilweise niedergebrannt, wobei niemand sagen kann, ob dies aus Zufall oder Absicht geschehen ist. Solche Häuser werden dann von der Baubehörde beschlagnahmt.

Laut Gesetz müssen Gebäude, die als unbewohnbar erklärt wurden, von der Baubehörde versiegelt werden und bis zu ihrem endgültigen Abbruch leerstehen. Aber die alltägliche Praxis Harlems sieht anders aus, denn die Behörden kommen mit den Abbrüchen gar nicht so schnell nach, wie sie die Häuser beschlagnahmen. Die Versiegelungen, zum Beispiel Aluminiumbleche vor den Fenstern, werden gestohlen und verkauft. Sind die Gebäude erst einmal wieder zugänglich, stellen sie nicht nur beliebte Spielplätze für Kinder, sondern auch ausgezeichnete Umschlagplätze für Drogen dar.

Natürlich finden hier auch Obdachlose ein willkommenes Zuhause. Mit wenigen Handgriffen zapfen sie die elektrischen Leitungen der Nachbarhäuser an und haben dann Licht und Strom zum Kochen. Eine Zeitlang können sie sich wie ganz normale Bürger fühlen, die in irgendeinem Haus leben. Die Polizei weiß sehr wohl Bescheid, welche Häuser verlassen sind, doch sie kümmert sich nicht darum, wer inzwischen dort Unterkunft bezogen hat. Als Handlanger für die Baubehörde sind sich die Cops zu schade.

Von den zahlreichen öffentlichen Verkehrsverbindungen, die Harlem einst wie ein Stickmuster durchzogen, sind nur noch zwei U-Bahnstrecken übriggeblieben. Die Park Avenue ist außerhalb Harlems eine der reichsten und hellsten Straßen der Stadt mit vielen Geschäften; in Harlem selbst verwandelt sie sich in eine Ansammlung dunkler Wohnblöcke und zwielichtiger Bars, weil die Schienenstränge, sobald sie Harlem erreichen, unter der Erde verschwinden. Der Lärm und die Vibrationen der U-Bahnzüge erschüttert alle Gebäude in unmittelbarer Nähe. Deshalb ist es auch kein Wunder, daß die meisten von ihnen leerstehen und zu Ruinen verfallen sind.

Neben den Bahnstrecken zwischen der 127. und 128. Straße stand eine solche Reihe abbruchreifer Häuser aus Sandstein, wie sie für New York typisch sind. Eines davon war vor kurzem eingestürzt, und die Stadtverwaltung hatte das Grundstück aus Sicherheitsgründen eingezäunt. Der Zaun war allerdings schon bald darauf wieder niedergerissen worden, denn die Leute aus der Nachbarschaft ließen es sich nicht nehmen, das Areal als Müllhalde zu benutzen.

Die übrigen Gebäude waren versiegelt und standen offiziell leer, doch in einem von ihnen hatten es sich einige Männer gemütlich gemacht. Sie kannten sich untereinander nicht und schliefen in getrennten Räumen. Einer von ihnen, der kürzlich aus einer Nervenklinik entlassen worden war und seinen Namen schon längst vergessen hatte, lag ständig herum und wimmerte, sogar im Schlaf. Im Zimmer daneben hauste einer, der ununterbrochen Wein trank. Jeden Tag schnorrte er herum, bis er genügend Geld für die nächste Flasche erbettelt hatte. Der ganze Raum stank nach Alkohol und Urin. Jedesmal, wenn die U-Bahn vorbeifuhr, kullerten einige Flaschen auf dem Boden herum.

Im Zimmer darüber schlief ein junger Mann, der erst einundzwanzig Jahre alt war. Immer wenn er aufwachte, lief er nervös durch das Zimmer und starrte nach draußen. Er war schon seit drei Tagen hier, hatte das Haus aber nie verlassen. Er schlief unter einem Mantel und auf Zeitungen; seine Habseligkeiten in einem Sack dienten ihm als Kissen. Um sein Lager herum lagen Waffen: Handfeuerwaffen, ein Gewehr, eine Schrotflinte. Ein Teil des Daches war kaputt, und so schien ihm das Mondlicht beim Schlafen ins Gesicht, was ihn allerdings nicht störte. Auch den Lärm der in unmittelbarer Nähe vorbeidonnernden Züge nahm er nicht wahr.

Der Mann bekam auch nicht mit, daß sich ein Auto näherte, an dessen Steuer Detective Muldoon saß. Der Polizist stieg lautlos aus, steckte sich eine Zigarre in den Mund, zündete sie aber nicht an. Er kaute auf der Zigarre herum und ließ seinen Blick über das Gebäude wandern. Es war schon weit nach Mitternacht.

Muldoon nahm sich eine Taschenlampe und ging zum Hauseingang, wo er mit dem Licht einige Kakerlaken aufschreckte. Außer Abfall und Schutt war nichts zu entdecken. Immer wieder schaute er auf die Straße zurück, ob sein Kollege nicht bald auftauchte. Er löschte das Licht und ging zu seinem Wagen zurück.

Endlich näherte sich ein weiteres Auto. Es war Barone. Muldoon wartete gar nicht erst, bis sein Partner ausgestiegen war. »Er ist drin«, teilte er ihm gleich mit.

»Epps?«

»Ganz genau.«

»Er soll schwer bewaffnet sein ...«, meinte Barone. »Du weißt ja, daß er verdammt gefährlich ist.«

»Wahrscheinlich pennt er.«

»Ich weiß was Besseres«, schlug Barone vor. »Du rufst die Jungs vom Sondereinsatzkommando. Sollen die sich doch mit dem anlegen.«

»Warum?«

»Weil es ihr verdammter Job ist, Mann. Die sind viel besser ausgerüstet.«

»Wir können den genauso gut schnappen«, sagte Muldoon trotzig.

»Wenn du glaubst, daß ich da reingehe, spinnst du komplett.«

Muldoon sagte nichts dazu, sondern betrachtete wieder und wieder das Gebäude.

»Allerdings kommt mir da 'ne Idee«, meinte Barone. »Wir könnten ihn ausräuchern und dann locker abknallen.«

»Wie?«

»Ganz einfach. Du nimmst ein paar alte Zeitungen, wirfst sie in den Eingang und zündest sie an. Dann schreist du laut ›Feuer!‹. Wenn der Idiot rauskommt ...«

»... wacht der ganze Block auf und fünfhundert Feuerwehrleute rücken an.«

»War doch nur ein Witz, Danny. Du verstehst wohl keinen Spaß mehr, was?«

»Auf jeden Fall brauchen wir Verstärkung«, sagte Muldoon. »Dann könnten wir es ja immer noch mit deinem Witz versuchen.«

»Deine beste Idee bis jetzt.« Barone schwang sich in seinen Wagen und fuhr davon. Auch Muldoon klemmte seinen Bauch hinter das Steuer, lauschte noch einige Minuten lang und fuhr dann weg. Um keinen Lärm zu machen, schloß er die Tür erst, als er schon einen Block entfernt war.

Eine Stunde später schlief Lionel Epps immer noch. Die vorbeirauschenden Züge weckten ihn nicht, doch als in der Nähe eine Autotür zufiel, war er sofort auf den Beinen und spähte aus dem Fenster. Was er sah, ließ ihm das Blut in den Adern gefrieren: Streifenwagen, aus denen Polizisten strömten. Schweißgebadet betrachtete er das Schauspiel, das sich ihm auf der Straße bot.

Eine Gruppe von Polizisten stand an der Straßenecke, eine andere vor der Haustür. Muldoon und Barone waren darunter, doch obwohl Epps beide kannte, nahm er sie in seiner Panik nicht wahr. Plötzlich kam Bewegung in die Gruppen. Einige der Cops rannten zum Hintereingang, andere stürmten in das Gebäude. Als Epps versuchte, aus dem Fenster zu steigen, hörte er überall Stimmen. Er wußte, daß er in der Falle saß.

Unter Muldoons Führung durchkämmten die Beamten des 32. Reviers zuerst die unteren Stockwerke. Muldoon tat so, als würde er den Einsatz leiten, was in Wahrheit aber gar nicht der Fall war. Sämtliche Polizisten waren entweder Detective oder Officer und hatten keine Befehlsgewalt. Hinzu kam, daß sie im 25. Revier im Einsatz waren, und das lag gar nicht in ihrem Zuständigkeitsbereich.

Von Muldoon abgesehen, trugen alle ihre Waffen in der Hand. Sie stiegen über den Müll, sahen sich in den Räumen um und ließen die Lichtkegel ihrer Taschenlampen über die Gesichter der Schlafenden gleiten.

Der arme Kerl aus der Anstalt wurde wach. »Was ist los?« wimmerte er. »Was hab' ich verbrochen?«

»Das ist der Falsche«, erklärte Muldoon.

Sie stiegen nach oben und entdeckten den Säufer, der schon wach war und wieder an der Flasche hing. »Weiter«, befahl Muldoon.

Sie hielten vor Epps Zimmer, der mit seiner Schrotflinte auf die geschlossene Tür zielte. »Hier spricht Detective Muldoon. Kommen Sie raus, Epps! Mit erhobenen Armen.« Er trat gegen die Tür. »Sie sind umzingelt, Epps.«

In dem Moment, als er die Tür ganz auftrat, feuerte Epps mit seiner Flinte. Muldoon und zwei weitere Polizisten sackten zusammen und fielen blutüberströmt auf den Boden. Noch ein Polizist sprang in den Raum, den Epps sofort niederschoß. Er warf die Flinte weg, schnappte sich eine 9-mm-Automatik, rannte auf den Flur, sah zwei Cops, die durch das Fenster klettern wollten und drückte ab. Dann rannte er auf das Dach, verfolgt von anderen Polizisten, die auf die Dächer der Nebenhäuser geklettert waren, unter ihnen auch Barone. Epps hatte jede Menge Munition und schoß um sich, was das Zeug hielt. Die Beamten hatten hinter einem Geländer Deckung bezogen und feuerten von dort aus auf ihn, trafen aber nicht.

Epps rannte los. Er sprang von einem Dach zum anderen, entdeckte eine Feuerleiter und rannte hinunter. Dann ließ er sich auf den Bürgersteig fallen.

Inzwischen hatten sich Muldoon und ein paar seiner niedergeschossenen Kollegen wieder aufgerappelt. Einer nach dem anderen griff zum Funkgerät und nahm Kontakt mit der Zentrale auf.

»Zwei Polizisten niedergeschossen!«

»Fünf Polizisten niedergeschossen!«

»Ambulanz! Schickt die Ambulanz!«

Benommen, wie sie waren, richteten sie mit ihren verschiedenen Aussagen zunächst nur heillose Verwirrung an. Die Durchsagen wurden in sämtlichen Streifenwagen, die in ganz Harlem unterwegs waren, mitgehört. Im Nu heulten die Sirenen auf, quietschten die Reifen. Aber niemand wußte, wohin er fahren sollte, weil die Stimmen an den Funkgeräten durcheinander redeten. »Wo steckt ihr denn? Sagt uns doch, wo ihr überhaupt seid, zum Teufel noch mal!«

Schließlich schaffte es einer der verwundeten Polizisten, die Adresse ins Funkgerät zu keuchen. Alle Wagen schossen los, und das 32. Revier war schlagartig verwaist.

Epps stand auf dem Gehweg und hatte keine Ahnung, wohin er rennen sollte. Unschlüssig stand er zwischen den leeren Polizeiwagen und hörte hinter sich den Lärm der Beamten, denen er entronnen war. Er wußte nur eines: er mußte weg, weg, weg!

Plötzlich tauchte ein Taxi auf, das offensichtlich frei war. Er wußte, daß er es nicht einfach herbeiwinken konnte, denn kein Taxi würde mitten in der Nacht in Harlem anhalten, um einen jungen Schwarzen mitzunehmen. Viele Taxifahrer taten das nicht einmal am Tag.

Epps stellte sich mitten auf die Fahrbahn, doch der Fahrer machte keine Anstalten zu bremsen, sondern gab im Gegenteil noch mehr Gas. Aber Epps sprang genau vor das Auto, und der Fahrer war gezwungen zu bremsen, um ihn nicht über den Haufen zu fahren. Als Epps zur Tür rannte, fuhr der Wagen schon wieder los. Doch Epps war schneller. Er riß die Tür auf und ließ sich auf den Sitz fallen. »Gib Gas, Mann!« brüllte er und stieß seine Waffe gegen den Nacken des Fahrers.

Einige Polizisten stürmten aus dem Haus und eröffneten sofort das Feuer auf das Taxi. Epps hängte sich aus dem Fenster und ließ seine Automatik feuern. Doch die Schützen zerfetzten die Reifen – das Taxi rammte einen Pfosten, und Epps donnerte mit seiner Stirn gegen den Fensterrahmen.

Aus allen Richtungen kamen Streifenwagen mit heulenden Sirenen und umzingelten das Taxi. Polizisten sprangen aus ihren Wagen und rissen die Tür auf. Sie zerrten den benommenen Epps in Windeseile auf die Straße, drückten ihn auf die Kühlerhaube, entwaffneten ihn und legten ihm Handschellen an. All das dauerte nur wenige Sekunden.

Kurz darauf erschien Muldoon. Er atmete schwer, und das Blut tropfte ihm vom Gesicht, als er Epps an den Haaren packte und seinen Kopf nach hinten riß. »Er ist es! Wir haben die Sau geschnappt!« verkündete er und warf Epps wieder auf den Kühler.

Alle paar Sekunden tauchten noch weitere Streifenwagen auf, aus denen Cops mit gezogenen Waffen sprangen. Der Bürgersteig füllte sich mit Schaulustigen, von denen niemand wußte, woher sie zu dieser Zeit so plötzlich in diese gottverlassene Gegend gekommen waren. Die Sirenen verstummten, und die Beamten steckten ihre Waffen wieder ein.

Barone kämpfte sich durch seine herumstehenden Kollegen hindurch. »Alles in Ordnung?« fragte er seinen Partner.

»Klar.« Muldoon pulte ein Schrotkorn aus seiner Kopfhaut und betrachtete es in seiner Hand.

»Lies ihm seine Rechte vor«, sagte Barone.

Muldoon packte Epps wieder bei den Haaren. »Du hast das Recht, die Fresse zu halten, Arschgesicht.«

Barone mußte lächeln. Er hatte keine einzige Schramme abbekommen, nicht einmal seine Kleidung war verschmutzt. Sein Jackett über der kugelsicheren Weste war ordentlich zugeknöpft, und seine schwarzen Haare wirkten wie frisch gekämmt. Auch Muldoon trug eine kugelsichere Weste. Sie war reichlich zerfetzt, hatte ihm aber das Leben gerettet. Normalerweise trug er nie eine, auch wenn der Einsatzbefehl es zwingend vorschrieb. Heute hatte er sich nur deshalb eine übergezogen, um Barone, der darauf bestanden hatte, einen Gefallen zu tun.

»Wie geht's dem Taxifahrer?« fragte Muldoon.

Barone warf einen Blick ins Taxi, in dem sich nichts rührte. »Nicht so toll ...«

Notarztwagen rückten an, und Sanitäter eilten in das Gebäude, um sich um die verletzten Polizisten zu kümmern.

Von einem Taxifahrer war ihnen nichts bekannt; außerdem hatte die Versorgung der Polizisten ohnehin Vorrang.

Ein uniformierter Sergeant bahnte sich seinen Weg durch die herumstehenden Cops. »Was, zum Teufel, ist hier los?« rief er. »Wer hat hier eigentlich das Kommando?«

»Ab jetzt offenbar Sie«, antwortete Barone trocken.

Der plötzliche Ausbruch von Gewalt hatte nur wenige Sekunden gedauert. Jetzt war alles vorbei, und schon bald würde es schwierig sein, die Ereignisse zu rekonstruieren. Doch die Routinearbeit dieser Nacht hatte bereits begonnen. Berichte mußten geschrieben, Stellungnahmen abgegeben werden, und sie mußten einen Gefangenen hinter Gitter bringen. Kurz nachdem der Sergeant am Tatort erschienen war und die Untersuchungen zunächst leitete, wurde er auch schon von einem Lieutenant abgelöst und dieser bald darauf von einem Captain ersetzt. Alle drei hatten eines gemeinsam: Sie machten ein grimmiges Gesicht, weil sie eben erst aus dem Schlaf gerissen worden waren.

Auf dem Rücksitz eines Streifenwagens saß auch Staatsanwalt Doug Van Horn, der für Karen Henning arbeitete und einmal im Monat Nachtdienst hatte. Im Gegensatz zu allen anderen Männern am Tatort war er über seinen Einsatz erfreut; er wußte, dieser Fall machte einerseits eine Menge her, war andererseits aber leicht zu gewinnen. Für seine Karriere war er allemal nützlich.

Es war schon nach zwei Uhr, als der Chief of Detectives ebenfalls am Tatort eintraf. Ihm folgte der Pressesprecher der Polizei, der sich sogleich zum zuständigen Sergeant vordrängte, von dem er hoffte, etwas erfahren zu können. Auch einige Reporter und ein Fernsehteam hatten sich zu dieser nächtlichen Stunde eingefunden und warteten ungeduldig darauf, vom Pressesprecher endlich einige Auskünfte zu bekommen.

Der Polizeichef, ebenfalls aus dem Bett geklingelt, war nicht zum Tatort, sondern direkt ins Harlem Hospital gerufen worden, wo auch schon der Bürgermeister auf ihn wartete. Dort saßen beide den Rest der Nacht nebeneinander, um zu erfahren, ob die verletzten Polizisten überleben oder sterben würden. Das entsprach in solchen Fällen der Tradition.

Inzwischen waren die Angehörigen der Opfer benachrichtigt und ins Krankenhaus chauffiert worden. Immer weitere Frauen und Kinder trafen dort ein und ließen mit versteinerten Gesichtern die üblichen Beileidsbekundungen des Polizeichefs und des Bürgermeisters über sich ergehen.

Etwa um drei Uhr erschien Muldoon in der Notaufnahme, um sich seine Kopfhaut nähen zu lassen. In den letzten beiden Stunden hatte er ständig neu aufkreuzenden Vorgesetzten mit wachsendem Überdruß Rede und Antwort gestanden. Muldoon war nicht der Mann, der zu hohen Tieren aufblickte oder sich gar von ihnen einschüchtern ließ. In seinen Augen waren das Leute, die zur Verwaltung gehörten und ständig darum bemüht waren, sich vor der Öffentlichkeit ins rechte Licht zu setzen, mehr nicht.

Der Polizeichef entdeckte ihn sofort und eilte zu ihm. »Mann, Sie sind ja verwundet!« rief er. Er war Muldoon nie zuvor begegnet und wußte auch nicht, welche Rolle er bei dieser Schießerei gespielt hatte.

Muldoon warf ihm einen gelangweilten Blick zu. »Ich hab' mir meinen Kopf an 'ner Tür angehauen.«

»Ach so ...«

Muldoon nickte ihm zu und ging seines Wegs.

Barone wartete draußen im Wagen auf ihn. Auch er war stundenlang ausgefragt worden. Anschließend fuhren sie zusammen zu einer Bar, die noch geöffnet hatte. Muldoon stierte in sein Bierglas und fluchte leise vor sich hin. »Die fragen einem Löcher in den Bauch«, grunzte er und bestellte noch ein Bier.

»Geh lieber nach Hause und hau dich aufs Ohr«, riet Barone. »Sonst fühlst du dich morgen beschissen. Los, ich fahr' dich zu deinem Wagen.«

Zu Hause in seiner Zweizimmerwohnung holte sich Muldoon einen Sechserpack Bier aus dem Kühlschrank, schaltete den Fernseher an und machte es sich auf dem Sofa bequem. Nachdem er ein Bier nach dem anderen geleert hatte, schlief er endlich ein.

In der Zwischenzeit war Lionel Epps dem Haftrichter vorgeführt und ohne Aussetzen einer Kaution eingesperrt worden. Unzählige Untersuchungen waren angeordnet und in die Wege geleitet worden, die alle auf zwei Fragen hinausliefen: Wie konnte es zu einem solchen Fiasko kommen, und wie kann man verhindern, daß es erneut dazu kommt?

Staatsanwalt Van Horn war in sein Büro zurückgefahren und wartete dort auf Karen Henning. Sobald sie auftauchte, erzählte er ihr bei einer Tasse Kaffee die ganze Geschichte.

»Darf ich Sie etwas fragen, Karen? Geben Sie mir den Fall?«

Ihr war natürlich klar, worum es ihm ging. Hier handelte es sich um einen pikanten Fall, mit dem man sich allerdings ordentlich profilieren konnte – ein Traumfall für jeden Staatsanwalt. In ein, zwei Jahren, wenn seine Pflichtzeit bei der Staatsanwaltschaft abgelaufen war, würde Van Horn in die Privatwirtschaft wechseln, um das dicke Geld zu verdienen. In seinem Lebenslauf würde sich ein solcher Fall gut machen.

»Selbstverständlich, wir haben doch unsere Regeln: Wer zuerst kommt, mahlt zuerst«, antwortete sie.

»Besten Dank. Ich weiß das zu schätzen.«

Es verstrich eine Woche, bis Karen ins Büro ihres Vorgesetzten, des obersten stellvertretenden Staatsanwalts Norman Harbison, bestellt wurde. Harbison, der seinerseits nur dem Bezirksstaatsanwalt unterstellt war, traf alle wichtigen Personalentscheidungen. Er stellte Leute ein und entließ sie, manchmal selbstherrlich und oft genug über die Köpfe der Ressortleiter hinweg. Bei wem er sich beliebt oder unbeliebt machte, war ihm herzlich egal. Auf Karen wirkte der große, etwa fünfzigjährige Mann wie die männliche Ausgabe einer herrschsüchtigen Gouvernante.

»Ich übernehme den Fall Lionel Epps.« Der Mann kam sofort zur Sache, ohne Einleitung, ohne Begründung, sogar ohne ein ›Guten Morgen‹.

Karen hatte Harbison nie gemocht, und das schien ganz offensichtlich auf Gegenseitigkeit zu beruhen. Aber er war nun mal ihr Vorgesetzter, mit dem sie entsprechend behutsam umgehen mußte. »Sie sollten das nicht tun«, sagte sie.

»Ich hab's schon getan.«

»Aber das ist Van Horns Fall!«

»Gewesen. Jetzt ist es meiner. Bitte unterrichten Sie ihn von meiner Entscheidung.«

»Wir haben hier unsere Regeln …«, wandte Karen vorsichtig ein.

»Ich bin es, der die Regeln aufstellt, folglich kann ich sie auch ändern.«

»Wenn Sie die ungeschriebenen Gesetze außer Kraft setzen, ist das nicht gut für die Moral der Mitarbeiter.« Sie wurde unwillkürlich lauter und machte sich klar, daß sie sich bremsen mußte.

»Die Leute hier tun das, was ich ihnen sage, oder sie können gehen.«

Karen biß sich auf die Zunge. Sie fragte sich, was Harbison mit seinem Vorhaben bezweckte. Er selbst übernahm nur selten Fälle. Wollte er sich noch weiter in den Vordergrund drängen? Wollte er beweisen, was er auf dem Kasten hatte? War das sein erster Schritt auf dem Weg, selbst leitender Staatsanwalt zu werden? Aus seinem Gesicht war nichts abzulesen, und solche Fragen konnte sie ihm ja schlecht stellen. »Van Horn rechnet aber fest damit«, wandte sie ein.

»Dann sagen Sie ihm bitte, daß er aus der Geschichte draußen ist.«

»Aber ich habe ihm doch selbst den Fall versprochen.«

»Sehr schön. Dann können Sie ihm ja auch sagen, daß er ihm abgenommen wurde.«

»In diesem Fall wird er kündigen.«

Harbison spielte seelenruhig mit einem Bleistift. »Soll er doch. Ob er heute oder in einem Jahr kündigt, ist sowieso völlig egal.«

»Das werden wir uns aber kaum leisten können.«

»Ach Gott! Diese hitzköpfigen jungen Anwälte bleiben nie lange hier.«

»Er ist der beste, den ich habe.«

»In aller Bescheidenheit: ich bin besser.«

»Sind Sie sicher?«

»Ihr Job besteht nicht darin, meine Entscheidungen anzuzweifeln – Ihr Job ist es, das zu tun, was ich verlange.«

»Sie verlangen also von mir, daß ich die schmutzige Arbeit für Sie erledige?«

»Er arbeitet für Sie. Und deshalb befehle ich Ihnen, ihm klarzumachen, daß die Angelegenheit für ihn erledigt ist. Wie oft soll ich's denn noch sagen!«

»Sagen Sie's ihm selbst!« Karen schäumte vor Wut und verließ das Büro.

Wie abzusehen war, kündigte Van Horn auf der Stelle, genau wie sein Assistent. Harbison gelang es trotz ständiger Versuche nicht, einen Assistenten zu gewinnen, der ihm bei der Bearbeitung des Falles unter die Arme griff. Alle, die er fragte, griffen zu Entschuldigungen und Ausflüchten. Daß er deshalb noch bis tief in die Nacht über der Arbeit sitzen mußte, erfüllte Karen mit Schadenfreude. Bald aber verschwand der Fall Lionel Epps aus ihrem Gedächtnis, denn sie hatte ja nichts mehr damit zu tun.

6. Kapitel

Das Polizeipräsidium auf dem Police Plaza Nr. 1 ist ein völlig schmuckloser, würfelförmiger Ziegelbau, vierzehn Stockwerke hoch, mit Fenstern, die wie Schießscharten aussehen. Die Büroräume des Polizeipräsidenten befinden sich im obersten Geschoß, genau unterhalb des Landeplatzes für die Hubschrauber. Außer ihm und seinen Untergebenen arbeiten hier noch rund zwanzig Sekretärinnen, von denen die meisten ausgebildete Polizistinnen sind.

Das Büro des Polizeichefs ist ein großer, äußerst spartanisch eingerichteter Raum, von dessen Fenstern aus man einen hübschen Blick über Brooklyn und den East River hat. Die meisten Angestellten sind Sergeants und Detectives und kennen ihre Stadt zu gut, um sich von dem schönen Bild, das sie von oben abgibt, täuschen zu lassen. Im Büro selbst stechen einem nur zwei Dinge ins Auge, zum einen der mächtige Schreibtisch, hinter dem schon Teddy Roosevelt am Ende des vorigen Jahrhunderts gesessen hatte, als er selbst noch Polizeichef gewesen war, zum anderen das Portrait Roosevelts an der Wand gegenüber, das zur selben Zeit gemalt wurde und mit seinem schweren, prächtigen Rahmen in diesem langweiligen Zimmer seltsam verloren wirkt.

Der amtierende Polizeichef Charles Malloy saß am Schreibtisch, als ihm mitgeteilt wurde, daß Sydney Pommer eingetroffen war, der Leiter der Abteilung für Innere Angelegenheiten.

»Was gibt's, Syd?« fragte Malloy beiläufig, ohne sich zu erheben oder Pommer einen Platz anzubieten. Er konnte ihn nicht riechen, denn in seinen Augen war er nichts als ein aufgeblasener Wichtigtuer und außerdem ein Lahmarsch. Pommer untersuchte den Schlamassel im Zweiunddreißigsten schon seit längerem, doch alles, was er herausgefunden hatte, war Malloy selbst schon längst bekannt. Er hielt den Besuch für reine Zeitverschwendung.

»Ich habe die Informationen, die Sie wollten«, sagte Pommer und warf der Sekretärin einen bedeutungsvollen Blick zu, mit dem er ausdrücken wollte, daß diese ›Informationen‹ nicht für die Ohren Dritter bestimmt waren.

›Eingebildeter Affe‹, dachte Malloy und schickte die Sekretärin mit einem Nicken aus dem Zimmer. »Um was geht's, Syd?«

Die beiden Männer wiesen nicht die geringsten Gemeinsamkeiten auf, weder äußerlich noch innerlich. Malloy war ein kräftiger, rotgesichtiger Katholik irischer Abstammung, der sich von der Pike auf hochgedient hatte, die Sprache der New Yorker Straße sprach und keinen Hochschulabschluß besaß. Pommer war kleiner, ein studierter Jurist, hatte die Stufen der Karriereleiter quasi über Nacht erklommen und sprach so, wie das gebildete Männer seines Schlages zu tun pflegen. Außerdem war er Jude. Als Leiter der Inneren Angelegenheiten hatte er den Job, anderen Cops nachzuschnüffeln. Er wußte, daß Malloy ihn nicht leiden konnte, und schloß daraus, daß dieser ein verkappter Antisemit war. »Wie laufen denn die Ermittlungen über die Vorfälle im Zweiunddreißigsten?« fragte er Pommer.

»Ich habe jede Menge Aktenmaterial darüber«, antwortete der Leiter der Inneren.

»Ich hatte Sie gebeten, die Sache diskret zu behandeln. Haben Sie sich daran gehalten?«

»Niemand ist verschwiegener als ich.« Falls Pommer eine solche Frage übelnahm, ließ er es sich zumindest nicht anmerken.

»Wie viele von Ihren Leuten arbeiten daran?«

»Zwei.«

»Können Sie denen vertrauen?«

»Im Zweiunddreißigsten hat man nicht einmal mitbekommen, daß wir überhaupt dort waren.«

Malloy bezweifelte das. »Also, schießen Sie los.«

Pommer schlug sein Notizbuch auf. »Dieser fette Polizist Muldoon war offenbar der Anstifter. Er ist Detective im dritten Dienstgrad.«

Der Direktor kannte Muldoon inzwischen aus den Unterlagen, die er studiert hatte. »Sechsundzwanzig Jahre dabei – und nur im dritten Dienstgrad«, bemerkte er.

»Vor einigen Jahren hatte er noch einen höheren Rang. Er wurde wegen Trunkenheit im Dienst zurückgestuft.«

Auch das wußte Malloy. »Na schön. Warten wir, ob sich das Gericht dafür interessiert.«

»Wird es nicht«, sagte Pommer und blätterte in seinen Aufzeichnungen. »Im Protokoll ist nichts davon erwähnt. Dort steht nur etwas von Gehorsamsverweigerung. Aber wir wissen, daß der Mann Trinker war, ist und es immer bleiben wird.«

»Was sonst noch?«

»Wir haben hart daran gearbeitet, um das herauszufinden.«

»Da bin ich ganz sicher«, meinte Malloy trocken.

»Erst nach Dutzenden von Vernehmungen waren wir sicher. Zuerst hielten wir es für ein Gerücht.«

An derartigem Tratsch war Malloy nicht im geringsten interessiert. Es langweilte ihn nur entsetzlich. »Haben Sie auch Wichtigeres herausgefunden?«

»Dieser Muldoon war verheiratet, hatte viele lautstarke Auseinandersetzungen mit seiner Frau. Wahrscheinlich hat er sie auch verprügelt.«

Auch das interessierte Malloy nicht.

»Kollegen aus seinem Viertel mußten ständig schlichten. Sogar der Gemeindepfarrer hat ihn immer wieder ins Gebet genommen, doch umsonst. Sie ließ sich scheiden.«

Malloy starrte ungeduldig in eine Zimmerecke.

»Eigentlich hätte man ihn deshalb schon vor Jahren entlassen sollen«, sagte Pommer, der die Gleichgültigkeit seines Gegenubers bemerkte. »Allerdings hat er auch einige Gangster zur Strecke gebracht und dafür mehrere Tapferkeitsauszeichnungen und Belobigungen erhalten«, fuhr er fort.

»Liegen Beschwerden aus der Bevölkerung gegen ihn vor?«

»Das hat sich wohl niemand getraut. Jeder, der sich in Harlem über Polizisten beschwert, weiß ja, wo er landet.«

»Mich interessiert nur das, was mit der Sauerei von neulich zusammenhängt, alles andere ist mir völlig egal. Was ist mit dem anderen Burschen, dem Italiener?«

»Barone. Zwölf Jahre im Dienst, gleicher Rang wie der andere. Ging von der Polizeiakademie zum 77. Revier in Brooklyn.«

Die beiden Männer sahen sich an und sagten nichts. Im 77. Revier hatte sich vor Jahren der größte Korruptionsskandal des gesamten Bezirks ereignet. Mehr als zwanzig Beamte waren damals darin verstrickt, sechs wurden überführt, einer hatte sich erschossen. Den Polizisten dieses Reviers hing seitdem der Ruf nach, bis ins Mark verdorben zu sein. Fast alle Beamten waren danach versetzt worden.

»Ich weiß, was Sie denken, ich kann Sie aber beruhigen. Barone war damals schon im Zweiunddreißigsten.«

»Und was wollen Sie ihm dann unterstellen?«

»Überhaupt nichts, ich bitte Sie.« Pommer schluckte den Tadel, ohne die Miene zu verziehen.

»Schön und gut. Gegen die beiden haben Sie also nichts in der Hand. Was haben Sie über die Schießerei herausgefunden, das ich noch nicht weiß?«

»Wie gesagt, dieser Muldoon war der Anstifter, der andere eher ein Mitläufer.«

»Jetzt kommen Sie doch endlich zur Sache!«

»Lionel Epps Aufenthaltsort wurde Muldoon von einem Informanten verraten, und zwar von einem nicht registrierten, wie ich hinzufügen darf.«

Dies konnte wichtig sein oder nicht; auf jeden Fall betraf es nicht die Arbeit eines Polizeichefs. »Was haben Sie noch auf Lager?« drängte er.

»Wenn er den Informanten bezahlt hat, dann aus seiner eigenen Tasche«, fuhr Pommer ungerührt fort. »Die Dienststelle hat jedenfalls keine Abrechnung.«

Obwohl Malloy nervös mit den Fingern auf den Tisch klopfte, blätterte Pommer weiterhin in seinen Aufzeichnungen. »Daraus kann man ihm einen Strick drehen«, sagte er und sah auf. »Sogar allen beiden.«

Er wartete auf eine Reaktion des Polizeichefs, vergeblich.

Malloy war nicht in der Stimmung, auf Pommer einzugehen, der offenbar nicht den leisesten Schimmer hatte, worum es in diesem Fall wirklich ging. Alle Verbrechen, die sich in Harlem abspielten, wurden in den Medien zu Problemfällen aufgebauscht. Malloy mußte auf dem laufenden darüber sein, wenn er vom Bürgermeister und der Presse danach befragt wurde. Er mußte alles über den Fall wissen – aber ganz bestimmt nichts über unregistrierte Gewährsleute oder Polizisten, die Krach mit ihren Frauen hatten. Davon abgesehen, waren hier fünf Polizisten niedergeschossen worden, und die Moral seiner Leute stand für ihn an oberster Stelle. Sie sollten sehen, daß er sich für sie stark machte.

»Bei dieser Gelegenheit möchte ich noch eines erwähnen«, legte Pommer wieder los. »Wir sollten uns überlegen, ob wir nicht die Gelder erhöhen, mit denen Informanten bezahlt werden. Bis jetzt sind es nur ein paar hundert Dollar pro Monat. In einem Revier wie dem Zweiunddreißigsten, mit so vielen Verhaftungen ...«

»Zurück zu der Schießerei«, unterbrach Malloy schroff. Er tat sich selbst leid, daß er dieses Gelaber über sich ergehen lassen mußte.

»Der Informant führte Muldoon in ein verlassenes Haus, in dem sich Epps versteckt hatte. Dieser Epps ist übrigens einer von der ganz üblen Sorte.«

»Ja, ja, ja. Und weiter?«

»Er und Barone sahen ein, daß sie Verstärkung brauchten. Das verlassene Haus befindet sich im 25. Revier, deshalb fuhren sie auch zur dortigen Wache. Es war spät, und sie trafen nur noch fünf Detectives, die schon auf dem Heimweg waren, und baten sie um Unterstützung.«

Davon wußte Malloy bisher noch nichts.

»Die fünf Beamten wollten nicht mitmachen. Sie sagten: ›Ohne Boss läuft da gar nichts. Beschafft erst mal einen.‹«

Malloy war das als ehemaligem Streifenpolizist geläufig. Ohne den Befehl eines Einsatzleiters wollten sie nichts tun, denn falls etwas schiefginge, konnten sie die Verantwortung auf niemanden abschieben.

»Dummerweise«, fuhr Pommer fort, »war zu dieser Zeit

im Fünfundzwanzigsten aber niemand zugegen, der den Rang besaß, einen Einsatz leiten zu können. Im Zweiunddreißigsten übrigens auch nicht. Sie fuhren in ihr eigenes Revier zurück und überredeten alle Beamten dort, mitzumachen. Mit ihnen zusammen waren sie zu sechst. Es war gerade Schichtwechsel, und sie warteten auf der Straße auf weitere Kollegen, die nach und nach eintrafen. Die beiden Asse warben ihre Leute an wie Rekruten, und alle stimmten zu.«

Malloy war völlig klar, daß dieser Bücherwurm so etwas nicht nachvollziehen konnte; er aber wußte aus eigener Erfahrung, daß echte Streifenpolizisten einem solchen Angebot kaum widerstehen konnten. Die Aussicht, zur Tat zu schreiten, war zu verlockend. Um Pommer nicht ganz zu enttäuschen, machte er aber ein etwas betretenes Gesicht.

»Fünf Wagen, Commissioner. Und zehn Leute.«

»Es hätte zumindest ein Sergeant dabeisein müssen«, räumte Malloy ein. Auch dies sagte er nur, um Pommer entgegenzukommen. Woher sollte der auch wissen können, daß es einen Unterschied zwischen Theorie und Praxis gab. Die Polizeiarbeit konnte nicht nach einem Schema ablaufen, nur um den Vorschriften zu entsprechen. Polizisten konnten nicht immer abwarten, bis endlich ein Vorgesetzter eintrudelte und alles in Ruhe durchgesprochen war. Malloy sah die Dinge eben vom Standpunkt des Cops aus.

»Muldoon erklärte ihnen, daß sie nur das Haus umstellen sollten. Er und Barone würden den Kerl dann schon festnehmen. Alles sollte nicht länger als eine Minute dauern.« Pommer gluckste und schlug sich mit der Hand an den Kopf, so aberwitzig kam ihm das vor. »Diesen Plan, der ja gar keiner war, fanden alle großartig, und sie fuhren los. Zur gleichen Zeit machten sich die Leute vom Fünfundzwanzigsten aber ihre eigenen Gedanken.«

»Kann ich mir lebhaft vorstellen.«

»Ihnen fiel ein, daß das ja schließlich ihr Revier war und sie diesen Epps selbst festnehmen konnten. Wozu brauchten sie dazu die Kollegen vom Zweiunddreißigsten?«

Aus der Sicht Malloys hatten sich alle wie stinknormale Polizisten verhalten und das getan, was man von ihnen erwarten mußte. Daß es später zu diesem Chaos kam, war vorher nicht abzusehen.

»Das muß man sich mal vorstellen«, schüttelte Pommer den Kopf. »Zwei verschiedene Polizeitrupps wollen mitten in der Nacht einen Schwerverbrecher festnehmen. Dabei helfen sie sich nicht nur nicht, nein, Sie liefern sich auch noch einen regelrechten Wettkampf! Da hört sich doch alles auf!«

Malloy nickte. Solche Berichte machten sich weder in der Presse noch vor Gericht besonders gut. Aber für ihn war es das vordringlichste, die schützende Hand über seine Männer zu halten. Wenn jemand bestraft werden mußte, dann nur Muldoon und Barone – aber nicht hart und schon gar nicht jetzt.

»Die Wagen vom 32. und 25. Revier fuhren praktisch Stoßstange an Stoßstange zu dem Haus und kamen fast gleichzeitig dort an. Anschließend rannten die Beamten um die Wette zum Hauseingang. Im Eifer des Gefechts hatten sie anscheinend vergessen, daß dort ein bis an die Zähne bewaffneter Epps auf sie wartete. Die haben gar nicht erst lange Position bezogen, sondern sind munter drauflos gestürmt.« Pommer war mit seiner Geschichte fertig. »Den Rest kennen Sie ja selbst.«

»Fünf Polizisten im Krankenhaus, ich weiß …«, sinnierte Malloy. »Haben Sie eigentlich Kopien von Ihren Aufzeichnungen?« fragte er dann plötzlich.

»Ich kann sie in meinem Büro kopieren lassen, wenn Sie es wünschen.«

»Geben Sie sie mir«, verlangte Malloy und griff nach den Unterlagen.

»Aber Commissioner …«

»Und Ihre Leute? Haben die etwas mitgeschrieben?«

»Nein, ich …«

Der Polizeichef überflog die Papiere. »Sie wissen doch selbst am besten, daß alles, was während der Untersuchung zu Papier gebracht wird, auch der Verteidigung übergeben werden muß. Und die zieht dann die Aussagen der Cops in den Dreck. In allererster Linie kommt es aber darauf an, daß dieser Scheißkerl Epps verurteilt wird. Die Verteidigung muß nicht alles wissen, zum Beispiel die Sache mit dem betrunkenen Cop.« Er riß ein Blatt heraus und knäulte es zusammen.

»Ich verstehe, aber ...«

»Wenn die Anwälte es selbst herausfinden, schön, aber von uns erfahren sie es nicht.« Er riß noch ein Blatt heraus. »Seine Exfrau geht die Verteidigung auch nichts an.« Er blätterte weiter. »Das 77. Revier hat mit diesem Fall nichts zu tun.« Er zerriß das Blatt. »Ich finde sogar, daß überhaupt nichts von all dem die Verteidigung im geringsten zu interessieren hat.« Er nahm die übrigen Aufzeichnungen, zerriß sie allesamt und warf sie in den Papierkorb. »Habe ich mich klar genug ausgedrückt?«

Pommer schaute seinem Untersuchungsbericht hinterher, der vollständig im Papierkorb gelandet war, ließ sich seine Kränkung aber nicht anmerken. »Wenn sie uns aber auf die Schliche kommen oder wissen wollen, wie weit wir mit unseren Nachforschungen sind?«

»Das ist mir völlig egal.«

»Soll ich meine Untersuchungen fortsetzen oder nicht?«

»Hören Sie dort auf, wo Sie stehengeblieben sind.«

Pommer ließ nicht locker. »Die beiden Detectives geben nicht gerade ein gutes Bild ab.«

»Im Moment sind sie jedenfalls Helden. – Und jetzt hören Sie mir mal gut zu, Syd!« erregte er sich. »Der Prozeß gegen Epps ist wichtig für die Moral sämtlicher Polizisten im Land. Das Schwein muß um jeden Preis verurteilt werden, nur darauf kommt es an. Solange der Prozeß läuft, darf nicht der geringste Verdacht aufkommen, in dieser Nacht könnte etwas nicht mit rechten Mitteln zugegangen sein. Die Anklage darf durch nichts erschüttert werden, kapiert?«

Er bremste sich und ging mit freundlichem Lächeln auf Pommer zu. »Ich sehe, wir verstehen uns. Sie sind ja ein kluger Mann und wissen, was für uns alle das beste ist.« Er legte ihm den Arm auf die Schulter und begleitete ihn zur Tür. Dann bedankte er sich bei ihm, obwohl Pommer keine Ahnung hatte, wofür, und richtete Grüße an dessen Frau und Kinder aus.

Pommer war tief in seiner Ehre gekränkt. Seiner Meinung nach hatte es Malloy regelrecht auf ihn abgesehen; er liebte es, ihn fertigzumachen. Doch mit den Demütigungen konnte er leben. Er war in seiner Laufbahn schon zu oft erniedrigt worden.

Aber hier ging es um mehr. Seine Nachforschungen wurden vom Polizeichef höchstpersönlich behindert, die Aufzeichnungen eigenhändig von ihm weggeworfen! Unglaublich! Pommer schüttelte den Kopf, als er daran dachte. Wenn er das nur den richtigen Leuten ins Ohr flüsterte, würde Malloy auf die Schnauze fallen, vielleicht sogar ins Gefängnis kommen. Wie konnte jemand nur so blöd sein?

Aber Pommer war natürlich klar, daß er das niemandem weitererzählen durfte: sein Wort würde gegen das des Polizeichefs stehen. Und der Bürgermeister stände auch auf der Seite jenes Mannes, den er selbst ernannt hatte. Pommer brauchte noch weitere Munition, und deshalb wollte er auch die Ermittlungen über Muldoon und Barone fortsetzen. Gelänge es ihm nachzuweisen, daß die beiden Dreck am Stekken hatten, konnte er sie zu Fall bringen – und Malloy gleich mit. Und das dürfte nicht so schwierig sein, hatte doch praktisch jeder Bulle Dreck am Stecken. Unschuldige waren ihm jedenfalls selten begegnet.

Vor einigen Jahren hatte man in jedes Revier junge Polizisten, die direkt von der Akademie kamen, als ›Überwacher‹ eingeschleust. Pommer selbst hatte einige dazu ernannt. Die übrigen Beamten wußten nicht, wer sie waren, nicht einmal ihre Vorgesetzten. Wenn die ›Überwacher‹ feststellten, daß gegen irgendwelche Bestimmungen verstoßen wurde, waren sie verpflichtet, Pommers Abteilung davon zu unterrichten. Von hier aus wurden dann die entsprechenden Nachforschungen eingeleitet. In der Praxis funktionierte dieses System allerdings nicht perfekt. Von manchen der Überwacher hörte man nie mehr etwas; sie kippten um, wechselten die Fronten und hätten nie gegen einen Kollegen ausgesagt.

Doch das galt nicht für alle ... Pommer entschied sich, einen Mann ins Zweiunddreißigste einzuschleusen, auf den er sich voll und ganz verlassen konnte, um Muldoon und Barone so nahe wie möglich auf die Pelle zu rücken.

Wenn Polizeichef Malloy erst einmal aus dem Verkehr gezogen war, würde der Bürgermeister einen Mann für dieses Amt suchen, dem der Ruf absoluter Rechtschaffenheit vorauseilte. Warum sollte das nicht er, Syd Pommer, sein? Was sprach dagegen, daß er New Yorks erster jüdischer Polizeichef würde?

Buch 2

1. Kapitel

Mit einem Stapel Akten unterm Arm betrat Norman Harbison das Büro des Bezirksstaatsanwalts. Nicht nur auf ihn, sondern auf die meisten Leute machte dieser Raum einen imposanten Eindruck. Das hing aber weniger mit der komfortablen Einrichtung als mit dem Mann zusammen, der hinter dem Schreibtisch saß. Er war bereits achtmal in dieses Amt gewählt worden und leitete das Büro seit zweiunddreißig Jahren, fast eine lebende Legende also.

»Was gibt's, Norman?«

»Es geht um ein paar verwaltungstechnische Fragen, ich ...«

»Ich bin momentan sehr beschäftigt.« Der Bezirksstaatsanwalt war mittlerweile zweiundsiebzig Jahre alt und im Laufe der Zeit immer schroffer geworden. »Ich bin sicher, Sie können die Fragen auch ohne mich klären, Norman. Sonst noch etwas?«

Normalerweise hätte Harbison sofort wieder das Büro verlassen, doch diesmal ließ er nicht locker. »Haben Sie schon eine Entscheidung getroffen, Sir?« fragte er etwas unsicher.

»Entscheidung?«

»Ja. Wegen Kauffmann und O'Reilly, Sie wissen schon. Ich habe gestern mit ihnen gesprochen.«

»Aha?« Jetzt sah der Staatsanwalt auf.

»Um jedem Mißverständnis vorzubeugen: die sind auf mich zugekommen, nicht ich auf sie.«

»Natürlich.«

»Sie haben mich gefragt, was Sie vorhaben.«

»Und was haben Sie geantwortet?«

»Daß ich es nicht weiß.«

»So, so«, murmelte der Alte. »Kauffmann und O'Reilly, das Herz und Hirn der Demokratischen Partei.« Er ließ seinen Blick aus dem Fenster schweifen und sah einen Moment lang den Schneeflocken nach, die an diesem Wintertag vom grauen Himmel fielen. Als er sich wieder Harbison zuwandte, senkte dieser sofort den Blick. »Die wollten wahrscheinlich wissen, wann ich endlich meinen wohlverdienten Ruhestand antrete. Vielleicht wollen aber auch Sie, daß ich abtrete.«

»Ganz und gar nicht, Sir! Die Partei ...«

»Glauben Sie, daß ich zu alt für diesen Job bin?«

»Auf keinen Fall!«

»Mit zweiundsiebzig Jahren steht man in der Blüte seines Lebens. Das werden Sie selbst eines Tages auch noch herausfinden.« Während er sich zu jüngeren Mitarbeitern wie ein väterlicher Freund verhielt, war er gegenüber Leuten wie Harbison und anderen leitenden Beamten zäh und unnachgiebig.

Harbison sah ein, daß er mit der Erwähnung dieser Namen einen Fehler gemacht hatte. Am liebsten hätte er sich noch nachträglich auf die Zunge gebissen.

Der alte Mann stand auf, ging auf ihn zu und legte ihm die Hand auf die Schulter. »Ich denke nicht im Traum daran, mich zur Ruhe zu setzen. Sie finden, daß ich das lieber tun sollte, stimmt's, Norman? Sie finden, daß Sie nach all den Jahren auch einmal eine Chance verdient hätten?«

Damit hatte Harbison genau die Antwort erhalten, die er nicht hören wollte. Ihm war klar, daß er bei dem Alten auf Granit biß.

»Sie sind treu, ergeben, arbeiten hart – alles in allem sind Sie ein guter Mann auf der richtigen Position«, sagte der Bezirksstaatsanwalt in väterlichem Ton, als er Harbison zur Tür begleitete. »Bereiten Sie sich auf die Wahl vor, als wären Sie an meiner Stelle, Norman. Dann könnten Sie im Fall des Falles in letzter Sekunde für mich einspringen.«

Harbison rauchte vor Wut, als er auf derart ironische Weise abgeschmettert wurde. Er raffte sich zur einzigen Erwiderung auf, die ihm noch blieb. »Man hat mir einen Job an der Wall Street angeboten. Eine große Firma.«

»So? Welche?«

Harbison wußte, daß er die Aufmerksamkeit des alten

Mannes erregt hatte. Er ließ die Katze aus dem Sack. Der Bezirksstaatsanwalt war sichtlich beeindruckt. Wahrscheinlich hatte er ihm das nicht zugetraut. »Natürlich bietet man mir dort auch mehr Geld.«

»Wieviel?«

»Doppelt soviel wie hier.«

»Geld ist nicht alles, Norman.« Der Chef warf ihm einen prüfenden Blick zu. Er hatte Harbison jahrelang als fügsamen Untergebenen betrachtet, als Prototypen des gehorsamen, unauffälligen Mitarbeiters, dessen Anwesenheit einem gar nicht ins Auge fiel. Zwar hatte er auch mitbekommen, daß die jüngeren Anwälte Angst vor diesem Mann hatten und vor ihm kuschten, doch über solche Kleinigkeiten zerbrach er sich nicht den Kopf. Jetzt aber wurde der Domestike plötzlich aufmüpfig ...

»Außerdem geht es Ihnen doch gar nicht darum. Sie haben doch nur ein Ziel im Visier: mein Nachfolger zu werden. Habe ich recht?«

Harbison wurde kreidebleich, und das bewies seinem Vorgesetzten, daß er ins Schwarze getroffen hatte. Dieser Mann wollte nichts anderes als ihn ablösen – und dafür mußte er einen Denkzettel erhalten. »Ich habe gerade an die Schießerei im vorigen Sommer gedacht«, sagte er. »Sie wissen ja, der Fall Lionel Epps.«

Der abrupte Themenwechsel ließ Harbison aufatmen, weil er glaubte, daß die Sache damit ausgestanden war. »Wie Sie wissen, leite ich die Anklage persönlich«, sagte er erleichtert. »Und ich werde ...«

»Ich habe mich dazu entschlossen, Ihnen den Fall abzunehmen.«

»Wie bitte?« Harbison war entsetzt.

»Er ist Ihrer doch gar nicht würdig, mein Bester.«

»Aber ich arbeite schon seit Monaten daran. Ich wurde in der Presse erwähnt. Mein guter Ruf ...«

»... steht auf dem Spiel. Ich weiß. Dabei brauchen Sie den doch so dringend, wenn Sie sich im Herbst um mein Amt bewerben wollen.«

Harbison schluckte. Der Leiter der Staatsanwaltschaft

konnte in seinem Gesicht lesen wie in einem offenen Buch. Er wußte, daß dieser Fall Harbison wochenlang ins Rampenlicht rücken würde, daß er ihm Wählerstimmen einbringen könnte. Er lächelte sarkastisch. »Ich kann es doch nicht einfach zulassen, daß Sie sich mit einem derart vertrackten Fall herumplagen müssen. Dafür sind Sie doch viel zu schade.«

»Ich werde Epps überführen, den Fall gewinnen ...«

»Sicher, sicher. Was halten Sie davon, wenn Mrs. Henning ihn übernimmt?«

Harbison stand wie vom Donner gerührt da, als der alte Mann den Schalter der Sprechanlage drückte. »Schicken Sie bitte Mrs. Henning zu mir.«

Der Staatsanwalt war mit sich selbst zufrieden. Ursprünglich hatte er zwar nur diesen Harbison zurechtstutzen wollen, aber indem er eine Frau auf diesen spektakulären Fall ansetzte, konnte er noch eine Fliege mit derselben Klappe schlagen: nämlich bei der bevorstehenden Wahl die Stimmen vieler Feministinnen gewinnen. »Eine Frau eignet sich für diesen Prozeß besser als ein Mann«, sagte er zu Harbison. »Und sollte sie scheitern, hat sie eben Pech gehabt.«

»Aber Sir ...«

Der Alte schlug wortlos die Tür hinter ihm zu.

Als Harbison mit gesenktem Blick durch das Vorzimmer lief, stieß er fast mit Karen Henning zusammen. Eine Sekunde lang schoß ihm durch den Kopf, daß er ihr überhaupt noch nie so nahe gegenübergestanden hatte. Er wußte nicht einmal genau, wie sie aussah; er hatte sie lediglich als die einzige Leitende Beamtin in Erinnerung, die jemals seine Entscheidungen in Zweifel gezogen hatte. Er hielt sie für eine Frau, die darunter litt, daß sie kein Mann war, und sich nicht damit abfinden konnte, daß sie in der Männerwelt des Gerichts eigentlich nichts zu suchen hatte. Jetzt sah er in ihr zum ersten Mal auch eine Rivalin.

»Hallo, Norman«, sagte sie kurz angebunden.

Er nickte ihr zu. »Ich habe ihn darum gebeten, Ihnen den Fall Lionel Epps zu übergeben.«

»Was!?«

»Deshalb ließ er Sie auch rufen. Wenn er es Ihnen sagt, dann tun Sie bitte ganz überrascht.«

»Aber Sie ...«

»Ich habe meine Entscheidung getroffen, alles Weitere liegt bei Ihnen. Er wartet auf Sie.«

Als Karen das Büro des Bezirksstaatsanwalts betrat, wußte sie nicht, was sie von alldem halten sollte, doch blieb ihr keine Zeit, lange darüber nachzudenken.

»Ah, guten Tag, Mrs. Henning!« begrüßte er sie. Sie wußte, daß dieser konservative Vertreter der alten Schule sie nie mit ihrem Vornamen angeredet hätte. Außerdem hielt er gegenüber all seinen Untergebenen eine fast schon körperlich greifbare Distanz ein. Um so mehr überraschte es sie, daß er ihr zur Begrüßung die Hand reichte und sie zu einem Stuhl neben seinem Schreibtisch führte. »Hübsch sehen Sie wieder aus.«

»Danke«, meinte Karen einigermaßen verwirrt.

»Wie geht es Ihrem Mann?«

»Danke, gut.«

Anschließend erkundigte er sich noch fürsorglich nach dem Wohlergehen ihrer Kinder und fragte nach deren Alter, was Karen noch mehr verwirrte. Schließlich kam er zum Kern. »Was wissen Sie über den Fall Lionel Epps?«

»Daß er Polizisten niedergeschossen hat«, gab sie zur Antwort. »Und daß in zwei Wochen die Geschworenen ausgewählt werden.« Am liebsten hätte sie gefragt, was das alles mit ihr zu tun habe, verkniff es sich aber. Sie hatte diesen Fall völlig abgehakt, als ihn Harbison übernommen hatte, und ihre Erinnerung daran war nur noch verschwommen. »Vorher hat er einen anderen Dealer umgebracht«, fiel ihr wieder ein. »Er schnitt ihm die Zunge ab, wickelte ihn in eine Decke und zündete diese an, wenn ich recht informiert bin.«

»Angeblich. Die Geschworenen in der Bronx haben ihn erst letzten Monat freigesprochen.«

»In Queens hat er sich auch einiges zuschulden kommen lassen, aber auch dort hat man ihn nicht verurteilt.«

»Deshalb bleibt die Sache jetzt an uns hängen.«

»Obwohl die Beweislast überwältigend war, hat ihn McCarthy beide Male freigepaukt.«

»Justin McCarthy, ich weiß. Der berühmte Rechtsanwalt ... Er wird ihn auch diesmal verteidigen und folglich Ihr Gegner sein. Ich möchte nämlich, daß Sie den Fall übernehmen.«

»Sir! Dieser Fall gehört Norman Harbison ...«

Der Staatsanwalt wurde ungeduldig. »Norman kümmert sich um andere Dinge. Kurz und gut: wir haben es mit McCarthy, dem Stolz der Anwaltskammer, zu tun. Haben Sie etwa Angst vor ihm?«

»Nein, natürlich nicht.« Wenn sie etwas fürchtete, dann nur, unvorbereitet vor Gericht zu stehen. Sie hätte gerne erfahren, was zwischen Harbison und seinem Chef vorgefallen war, erkannte aber, daß er nicht die Absicht hatte, sie darüber aufzuklären.

»McCarthy ist der gefährlichste Anwalt, mit dem Sie es bis jetzt zu tun hatten. Aber Sie haben doch auch schon andere Gegner aus dem Feld geschlagen, stimmt's?«

Sie sagte nichts. Ihre Gedanken drehten sich darum, wie sie es innerhalb von nur zwei Wochen fertigbringen sollte, sich so mit diesem Fall vertraut zu machen, daß sie einem Gegner wie McCarthy Paroli bieten konnte. Sie hätte eine Vertagung beantragen können, aber das hatte McCarthy schon einige Male erfolgreich getan. Würde es die Staatsanwaltschaft mit derselben Masche versuchen, hätte man das als Eingeständnis der Schwäche interpretiert. Selbstverständlich hätte sie sich auch weigern können, den Fall überhaupt zu übernehmen, doch wenn sich der alte Mann erst einmal etwas in den Kopf gesetzt hatte, war er durch nichts mehr davon abzubringen. »Norman hat sich von Anfang an auf diesen Fall vorbereitet...«, begann sie vorsichtig. »Zwei Wochen reichen nicht aus, um ...«

»Mr. Coombs hat ihm assistiert«, unterbrach er sie. »Er wird auch Ihnen assistieren.« Er erhob sich, und damit war das Gespräch für ihn zu Ende. »Sie werden mit McCarthy keine unlösbaren Probleme bekommen«, sagte er und begleitete sie zur Tür. »Sie werden ihn schlagen. Für Sie ist das doch *die* Gelegenheit!«

Sie wußte, wer dem Alten widersprach, konnte sich gleich nach einem anderen Job umsehen. »Ja. Die Gelegenheit ...«, sagte sie mit matter Stimme. »Danke.«

Wutentbrannt ließ sie ihre Bürotür hinter sich ins Schloß fallen. Sie dachte daran, daß sie ihre Abteilung zu leiten hatte, sich selbst mit zwei wichtigen Fällen herumschlagen mußte – und außerdem noch genügend Zeit für ihre Familie haben wollte. Sie seufzte laut und griff schließlich zum Telefon, um Harbisons Büro anzurufen. Harbison war nicht da. Während sie auf den Rückruf wartete, den seine Sekretärin versprochen hatte, gab sie sich ihren Gedanken hin. Es war klar, daß der Alte Harbison eins auswischen wollte, aber sie hatte nicht die geringste Lust, sich in die Fehde zwischen den beiden verstricken zu lassen. Sie sah sich schon bis Mitternacht im Büro sitzen und schuften. Ihre Familie bekäme sie kaum zu Gesicht – und das alles wegen eines Falles, der sie überhaupt nichts anging ...

Nach einer Viertelstunde rief sie noch einmal Harbison an, doch der war nach wie vor nicht zu sprechen. Zornig stand sie auf und ging die Treppen zu seinem Büro hinunter. Als sie sah, wie er gedankenverloren aus seinem Fenster schaute, wußte sie, daß der Mann schwer getroffen war. Dieser Anblick dämpfte ihre Wut.

»Können wir über den Fall sprechen?« begann sie.

»Nein, können wir nicht.«

»Es ist nicht mein Fall«, fuhr sie fort.

»Jetzt schon.«

»Falls ich ihn übernehmen würde ...«

»Keine Sorge, Sie werden.«

Sie sah ihn an, bemerkte, daß er gar keine Notiz von ihr nahm. Für ihn schien sie nicht zu existieren. Wieder fragte sie sich, was wohl vorgefallen war.

»Sie können ihn ja niederlegen, wenn Sie wollen«, bemerkte er gleichgültig.

Vielleicht war es das, worauf er hinauswollte. Dann hätte sie allerdings auch gleich einpacken können. Beruf und Geld wären futsch gewesen. »Wie gesagt, falls ich ihn übernehme«, fuhr sie in sanfterem Ton fort, »könnte ich Hilfe gebrauchen.«

»Wenden Sie sich an Coombs.«

»Ich wende mich an Sie. Schließlich haben Sie sich neun Monate mit der Materie befaßt.«

Er griff zum Telefon und wählte. »Verbinden Sie mich mit Larry Coombs.«

Karen wußte nicht, was sie dieser Unhöflichkeit entgegensetzen sollte.

»Hören Sie zu, Larry. Ich habe Karen Henning gebeten, den Epps-Fall zu übernehmen. Sie will sich mit Ihnen treffen.«

Karen kannte Coombs. Jedes Jahr bewarben sich Dutzende Abgänger der Juristischen Fakultät um Stellen bei der Staatsanwaltschaft, und Karen gehörte zu jenen, die die Einstellungsgespräche führten. Mit Coombs hatte sie sich zweimal unterhalten und daraufhin seine Anstellung befürwortet. Er war sechsundzwanzig, von eher kleiner Statur, trug eine Brille, war schwarz und hatte bislang noch nie einen Fall übernommen. Karen malte sich seine Überraschung über Harbisons ungewöhnlichen Anruf aus und dachte daran, daß er es wohl nicht wagen würde, nach den Gründen dafür zu fragen.

Harbison legte den Hörer auf. »Er kommt in zehn Minuten in Ihr Büro.«

»Aber Coombs hat doch den Fall gar nicht von Anfang an bearbeitet!«

»Wenn Coombs Ihnen nicht paßt, können Sie den Fall ja immer noch abgeben.«

»Wenn ich mich recht erinnere, haben Sie am Anfang überhaupt niemanden aufgetrieben, der Ihnen bei der Arbeit helfen wollte, und deshalb mußten Sie alles allein machen.«

»Sie erinnern sich falsch. Sie erinnern sich einen Dreck!«

Karen war klar, daß sie ihn nun endgültig gegen sich aufgebracht hatte. »Norman, bitte ...«, versuchte sie einzulenken.

»Nein.«

Sie kniff die Lippen zusammen. »Was war zwischen Ihnen und dem Alten?«

»Das geht nur ihn und mich etwas an«, entgegnete er kühl.

»Haben Sie herzlichen Dank für Ihre Hilfe!« sagte sie sarkastisch und verschwand.

Einige Minuten später tauchte Harbisons Sekretärin in ihrem Büro auf und übergab ihr das Aktenmaterial zum Fall Epps. Bald darauf erschien Coombs, der ihr die dazugehörigen Grafiken erklärte.

»Die Polizisten kamen von dort her«, zeigte er mit seinem Bleistift. »Angeführt von diesem fetten Idioten Muldoon. Und bumm, bumm, bumm lagen drei von ihnen am Boden.«

»Gut, weiter.«

»Es gibt Vorschriften für solche Festnahmen. Muldoon hat sich an keine einzige gehalten. Fünf Polizisten wurden über den Haufen geschossen. Ein Wunder, daß nicht alle tot sind.«

»Besaß er eine Vollmacht?«

»Muldoon? Natürlich nicht. Normalerweise braucht er dazu aber auch gar keine.«

Karen nickte. »Sie wissen das, ich weiß das, Justin McCarthy weiß das. Aber die Geschworenen nicht. Gerade deshalb wird McCarthy diese Sache aufblasen. – Fahren wir doch am besten zum Tatort. Haben Sie Zeit?«

»Selbstverständlich.«

»Der Angeklagte ist etwa hier ins Taxi gesprungen«, erläuterte Coombs vor Ort. »Die Polizisten feuerten daraufhin auf den fahrenden Wagen, was strikt gegen die Bestimmungen verstößt. Und dann ...«

»Ersparen Sie mir die Einzelheiten«, winkte Karen ab.

»... brachten sie das Taxi zum Halten – weil sie dem Fahrer eine Kugel in den Kopf schossen. Später verklagten vier der verwundeten Polizisten das Hauptquartier auf Schadensersatz.«

Karen sagte nichts.

»Fahrlässig durchgeführter Angriff, schlampige Planung und was weiß ich nicht noch alles. So lauten die Klagen. Die Frau des Taxifahrers hat natürlich auch Klage eingereicht. Sie sehen, es ist ein wirklich toller Fall.«

Karen lächelte gequält. »Das können Sie laut sagen.«

Über ihr hörte sie die U-Bahn, und sie spürte, wie der Gehweg unter ihr vibrierte. Jeden Tag auf dem Weg von und zur Arbeit hielt auch ihr Zug hier für ein paar Sekunden. Dabei sah sie aus dem Fenster, um einen Blick auf Harlem zu werfen, auf eine Gegend, die ihr so fremd war. Der Gedanke, daß sie heute hier selbst einsteigen mußte, gefiel ihr ganz und gar nicht, aber sie wollte sich in den nächsten Minuten auf den Heimweg machen. Für den ersten Tag hatte sie genug getan, und in die Akten konnte sie sich auch noch auf der Fahrt vertiefen.

»Würden Sie mich bis zur Haltestelle begleiten?« bat sie Coombs.

Die Antwort kam prompt. »Haben Sie etwa Angst, daß Sie auf den paar Metern von einem Schwarzen belästigt werden?«

Sie sah ein, daß sie ihn mit ihrer Furcht vor Harlem gekränkt hatte und lenkte schnell ein. Schließlich brauchte sie ihn und wollte es sich nicht mit ihm verscherzen. »Als Frau gehe ich in dieser Stadt nirgendwo gern allein spazieren«, lächelte sie ihm zu.

Er sah sie an und lächelte zurück. »Ich war etwas zu schroff. Tut mir leid.« Er begleitete sie bis zur Bahnstation und wartete sogar noch, bis der Zug eintraf.

New Rochelle ist ein Vorort mit siebzigtausend Einwohnern im Nordosten New Yorks. Auch hier gehört das Verbrechen in manchen Gegenden zum Alltag und lungern junge Schwarze wie in Harlem an den Straßenecken herum. Aber hier gibt es auch Golfplätze und prächtige Häuser. In erster Linie ist New Rochelle ein Ort, in dem die weiße Mittelschicht wohnt.

An dem kleinen katholischen College für Geisteswissenschaften in New Rochelle besaß Hank Henning einen Lehrstuhl als Professor für Politikwissenschaften. Während seine Frau mit dem Zug auf der Heimfahrt war, machte er sich auf den Weg zu der letzten Klasse, die er an diesem Nachmittag zu unterrichten hatte. Wie so oft trug er Freizeitkleidung.

Als er auf das Pult zuging, bemerkte er, daß die Sitzreihen

etwa halbvoll waren. Die Studenten, Jungen und Mädchen, waren alle um die achtzehn. Er ging erst einmal die Anwesenheitsliste durch, eine Gepflogenheit, die in besseren Universitäten schon längst nicht mehr üblich war. Hier hingegen galt eine solche Liste als Pflicht – als sanftes Druckmittel, damit die Studenten überhaupt zur Vorlesung erschienen.

Nachdem dieser Punkt abgehakt war, kam Henning auf die nächste Prüfung zu sprechen. »Es werden keine unklaren Fragen gestellt«, versprach er. »Es geht also nicht darum, Sie auszutricksen, sondern darum, daß Sie sich alles ins Gedächtnis rufen, worüber wir in den letzten beiden Monaten gesprochen haben.« Er ließ seinen Blick über die Sitzreihen schweifen. »Und worum ging es dabei vor allem?« Er deutete auf eine Studentin.

»Über Unterschiede in der Staatsführung verschiedener Politiker.«

»Richtig. Wir haben dabei über Politiker gesprochen, die sich durch Entschlußkraft auszeichneten, aber auch über solche, die sich als Zögerer erwiesen. Wie steht es in dieser Hinsicht mit General Washington?« Er deutete auf den nächstbesten Studenten.

»Er gehörte zu denen, die sich mit ihren Entscheidungen schwertaten.«

»Erklärung?«

»Er scheute vor einer Großoffensive zurück, weil er glaubte, daß im Falle einer Niederlage die revolutionäre Bewegung zusammenbrechen würde.«

Henning nickte. Er mochte seine Studenten, obwohl er wußte, daß deren geschichtliche Kenntnisse reichlich trostlos waren. »Washington zögerte fast sieben Jahre lang«, sagte er. »Und was ist mit Lincoln?«

»Er konnte die Sklaven nicht sofort befreien«, erklärte eine Studentin.

Henning war sich bewußt, daß er den Studenten alle Sachverhalte vereinfacht erklären mußte, weil sie sie sonst nicht begriffen und schon gar nicht behalten hätten. Er selbst hätte gerne tiefer geschürft, die Studenten mit staatsphilosophischen Ideen konfrontiert, doch das wäre sinnlos gewesen.

»Roosevelt?« fragte er weiter. Mit dem wußten sie noch weniger anzufangen. Deshalb erklärte er ihnen noch einmal, daß Roosevelt nicht in den Krieg eingreifen konnte, bevor er sein eigenes, isoliertes Land nicht für diesen Gedanken erwärmt hatte.

»Wie steht es mit Lyndon Johnson?« Keine Hand reckte sich, deshalb deutete Henning auf einen Studenten. »Billy?«

Der war sich seiner Sache nicht ganz sicher. »Er gehörte nicht zu den Zauderern ...«, sagte er halbherzig.

»Stimmt.«

»Aber er verlor den Vietnamkrieg«, meinte der Junge.

Henning war es am liebsten, wenn seine Studenten wenigstens das, was er ihnen sagte, wie Papageien nachplapperten. Er wußte, er hätte ihnen nie begreiflich machen können, was der Vietnamkrieg für dieses Land einmal bedeutet hatte. Vietnam – das war auch Hennings Krieg. Er hatte an den Demonstrationen dagegen teilgenommen, zusammen mit den anderen seinen Einberufungsbescheid feierlich verbrannt, sich überlegt, ob er verweigern oder nach Kanada fliehen sollte. Zum Glück mußte er dann gar nicht nach Vietnam, weil er noch zum College ging. Seither waren viele Jahre ins Land gegangen, aber er fühlte sich noch immer als militanter Liberaler. Seine Frau teilte seine Ansichten, was das betraf, leider nicht. Ihr schien es tatsächlich Spaß zu machen, Leute in den Knast zu schicken. Ihm kam es so vor, als hätten die ständigen Kontakte zu den Cops sie verdorben, als hätte seine Frau deren Sichtweise übernommen. Für Henning waren viele Cops auch heute noch blinde Organe der Staatsgewalt, Rechtsradikale, Faschisten.

»Washington, Lincoln, Roosevelt, Johnson – nach ihnen wird in der morgigen Prüfung gefragt«, fuhr er fort. »Leute mit großen Problemen, Leute, die nach Lösungen suchten. Leute mit Idealen.« Henning war zufrieden, daß er zumindest so weit gekommen war, den Studenten diese Fakten einzutrichtern. »Machen Sie sich eines grundsätzlich klar: In diesem Fach geht es um Politikwissenschaften. Aber Politik ist keine Wissenschaft; sie ist eine Sache des Instinkts, fast wie Kunst. Sie müssen sich vor Augen halten, daß Politik ein Teil

Ihres täglichen Lebens darstellt. Die Art und Weise, wie Sie miteinander umgehen, zurechtkommen oder nicht – auch das ist Politik. Vergessen Sie das bitte nie.«

Mit diesen Bemerkungen beendete er die Vorlesung und packte seine Unterlagen ein.

Seine Frau stieg in diesem Moment in Bronxville aus dem Zug und fuhr mit dem Bus nach Hause. Ihre Kinder waren noch nicht daheim, als sie ankam. Ihre Stimmung war dieselbe wie vor einer Stunde: eine Mischung aus Frustration, Ärger und Selbstmitleid. Den Epps-Fall hatte sie unwiderruflich am Hals, dagegen war nichts mehr zu machen. Sie wollte unbedingt mit jemandem darüber reden, doch das Haus war leer. Sie ging in die Küche und wartete ungeduldig auf ihren Mann, während sie das Abendessen zubereitete.

Nach dem Ende der Vorlesung schaute Henning noch einmal in sein College-Postfach. Darin lag ein Brief für ihn. Als er sah, woher er kam, öffnete er ihn sofort. Während des Lesens trat ein breites Grinsen in sein Gesicht, und bevor er das Schreiben wieder in den Umschlag steckte, küßte er es.

Wenige Minuten später machte er sich auf den Heimweg, hielt aber noch vor einem Supermarkt an. In dieser Woche war er mit dem Einkaufen dran. Als er mit all den Tüten in die Küche kam, stand seine Frau am Herd, und die Kinder durchstöberten den Kühlschrank. Er begrüßte Karen mit einem Kuß und strich den Kindern durch die Haare.

»Du kannst dir nicht vorstellen, was heute passiert ist«, begann Karen.

Aber er unterbrach sie sofort. »Ich hab' einen Brief von der New Yorker Universität bekommen.«

»Mom, krieg ich ein Brot?« fragte Jackie.

»Nein, warte bis zum Essen«, wurde er von seiner Mutter abgewimmelt. »Und? Was steht drin?«

Während er die Tüten auspackte, sagte Henning: »Im Herbst wird dort die Stelle eines Lehrbeauftragten frei. Man hat mir mitgeteilt, daß ich gute Chancen habe.«

»Nur als Lehrbeauftragter?«

»Ich würde trotzdem sofort annehmen. Die Uni dort ist riesig. Es wäre eine echte Beförderung.«

Karen wurde von ihrem Sohn bedrängt. »Wann essen wir denn endlich?«

Immer wenn sie ihn ansah, galt ihr erster Blick seinen Zähnen. Bis jetzt hatten sie gehalten. »In zwanzig Minuten.«

»Glaub mir«, fuhr ihr Mann fort, »ich wäre bald Professor. Aber schon am Anfang würde ich mehr Geld verdienen als jetzt. Ich müßte auch nicht mehr nebenher als Schwimmlehrer arbeiten!«

»Eine gute Chance für dich. Du könntest deinen Unterricht endlich so durchziehen, wie du schon immer gewollt hast«, meinte Karen.

»Eine gute Chance, um ganz nach vorn zu kommen!« erwiderte er, lächelte ihr zu und drückte sie an sich. »Ich hab's satt, diesen Kindern etwas klarzumachen, was sie sowieso nie begreifen. Ich hab' keine Lust mehr, sie an die Hand zu nehmen und bis zum Anschluß durchzuschleppen. Ich möchte endlich Studenten um mich herum, die wirklich etwas lernen wollen.«

Karen fragte sich, ob das der wirkliche Grund war oder ob es ihm einfach um seine Karriere ging. Sie war sich ihrer Sache nicht ganz sicher und nahm an, daß er es vielleicht selbst auch nicht war.

Henning warf einen Blick auf die Schweinekoteletts in der Pfanne und goß sich einen Scotch mit Eis ein. »Auch einen?«

»Nein, danke.«

Er nippte an seinem Drink. »Was wolltest du mir erzählen?«

Auf diese Gelegenheit hatte Karen lange gewartet, und sie wollte schon anfangen, hielt sich dann aber doch zurück. »Nichts von Bedeutung«, sagte sie. Er war so überschwenglich gelaunt – warum sollte sie ihm einen Dämpfer verpassen? Außerdem war sie nicht sicher, ob er überhaupt nachvollziehen konnte, daß sie wegen dieses Falles derart in Wallung geraten war.

»Nein. Jetzt sag' schon, was du auf dem Herzen hast«, ließ er nicht locker.

»Es ist so ...«, begann sie zögernd. »Sagt dir der Name Lionel Epps etwas?«

»Nein. Sollte er denn?«

»Seit heute nachmittag habe ich mit ihm zu tun.«

»Eine Affäre natürlich.« Er grinste sie an und zog die Augenbrauen hoch. »Also, ich muß schon sagen ...«

Von dem Moment an war ihr klar, daß er alles, was sie sagte, ins Lächerliche ziehen würde. »Du hast mich durchschaut«, spielte sie mit. »Ich muß ununterbrochen an ihn denken.«

»Ich verstehe«, meinte er salbungsvoll. »Eure beiden Seelen sind für alle Zeiten miteinander verflochten.«

Karen wandte sich wieder dem Essen zu. »Für die nächsten Monate auf alle Fälle. Aber danach haben wir wahrscheinlich genug voneinander.«

»Dann wirst du wieder reumütig zu mir zurückkehren?«

»Vorausgesetzt, daß du noch hier bist.«

Hank umarmte sie und hörte mit seinen Blödeleien auf. »Für dich bin ich immer da. – Im Ernst: was hat er angestellt?«

»Fünf Polizisten niedergeschossen. Kannst du dich noch an die Geschichte erinnern?«

»Verschwommen.«

»Sein Anwalt ist Justin McCarthy.«

»Der berühmte Rechtsanwalt.«

»Warum sagen das eigentlich alle?« rief Karen plötzlich aufgebracht. »Ich glaube, daß sich McCarthy gar nicht um das Recht schert, daß ihm das ganze Gesetz völlig egal ist!«

Ihr Mann grinste sie an. »Keine Sorge«, sagte er und nahm einen tiefen Schluck Scotch. »*Du* steckst den allemal in die Tasche.«

2. *Kapitel*

Zwei Tage später erschien Justin McCarthy wie verabredet pünktlich um fünfzehn Uhr in Karens Büro. Während sie auf diesen Staranwalt wartete, dem ein Ruf wie Donnerhall vorauseilte, wurde sie immer nervöser. Sie fragte sich, ob sie Angst vor ihm hatte, glaubte es aber nicht. Sie bezweifelte, daß er überhaupt ihren Namen kannte, während sie alles über ihn wußte. Obwohl auch sie schon große Prozesse gewonnen hatte, war sie nie in die Schlagzeilen geraten. McCarthy stürzte sich dagegen regelrecht auf spektakuläre Fälle und unternahm alles, um diesen die nötige Publicity zu verschaffen. Er galt als der Anwalt der Rechtlosen und Unterdrückten schlechthin. Er hatte schon Fahnenflüchtige aus Vietnam, aufrührerische Indianer und schwarze Revolutionäre verteidigt. Von manchen wurde er bewundert, von vielen gehaßt. Angeblich verlangte er von seinen meist mittellosen Mandanten kein Honorar, aber ganz genau wußte das niemand. Außerdem hatte sich McCarthy auch schon als Scheidungsanwalt von Hollywoodstars einen Ruf gemacht – und daß er auf das Geld solcher Leute verzichtete, war kaum anzunehmen. Jedenfalls gewann er aufsehenerregende Prozesse, erzielte Freisprüche für seine Klienten und sorgte auf seinen zahllosen Pressekonferenzen dafür, daß alle Welt davon erfuhr.

Karen sah in ihm vor allem eine reichlich widersprüchliche Person, mit der sie wenig anzufangen wußte. Ihre Sprechanlage summte: »Mr. McCarthy ist da.«

Coombs hatte um Erlaubnis gebeten, an dem Gespräch teilzunehmen, weil er sich, wie er sagte, ›ein Bild von diesem Burschen machen‹ wollte. Er saß in der Zimmerecke, als Karens Sekretärin McCarthy in den Raum führte.

Der weißhaarige Anwalt war kleiner, als sie ihn sich vorgestellt hatte. Karen erhob sich und streckte ihm die Hand entgegen. Er stutzte, schaute auf und machte ein Gesicht, als sei er wie geblendet von ihrem Äußeren. Dann ging er auf sie zu und ergriff gleich ihre beiden Hände. »Ich habe es zwar gehört, aber nicht geglaubt, ich hätte nie gedacht, daß ...«

Sein Auftritt war hochgradig theatralisch. Der ganze Mann mit seinem gepflegten Äußeren wirkte wie aus einem Film entsprungen. Er war noch keine zehn Sekunden in Karens Büro und hatte sie schon kribbelig gemacht.

»Darf ich Ihnen meinen Mitarbeiter vorstellen?« fragte sie kühl. »Anwalt Coombs.«

McCarthy verbeugte sich vor ihm und stellte sich vor.

Coombs stand auf, reichte ihm die Hand und grinste. »Ich habe es zwar gehört, aber nicht geglaubt«, imitierte er ihn. »Ich hätte nie gedacht, daß ...«

Karen huschte ein breites Lächeln übers Gesicht, das sie aber sofort unterdrückte. McCarthy überhörte die Bemerkung jedoch und wandte sich Karen zu, die er mit übertriebenem Wohlwollen musterte.

»Das Strafrecht ist eine schreckliche Sache«, ereiferte er sich künstlich. »Entweder hat man es mit ehrgeizigen jungen oder mit hartgesottenen alten Anwälten zu tun. Sie müssen mir meine Überraschung und Freude bitte nachsehen – aber auf Ihren Anblick war ich nun wirklich nicht vorbereitet.«

»Was kann ich für Sie tun, Mr. McCarthy?«

»Ich dachte, meine Liebe ...« McCarthy räusperte sich und wurde schlagartig ernst. »Ich dachte, wir könnten eine Abmachung treffen.«

Karen nickte. »Sie wollen auf das Geschäft ›Schuldbekenntnis gegen milderes Urteil‹ hinaus.«

»Ich will beiden Seiten Ärger und Kosten ersparen.«

Karen setzte sich wieder hinter ihren Tisch. »Aber Ihr Klient hat versucht, rund zwanzig Polizisten zu töten.«

»Ach?« McCarthy spielte den Überraschten. »In der Anklageschrift steht etwas von fünf.«

»In der Anklageschrift schon.«

»Dann bin ich aber erleichtert! Sie hatten mich einen Moment lang sehr beunruhigt.«

»Einige liegen noch im Krankenhaus.«

»Aber wir haben uns hier an die Tatsachen zu halten. Und die legen nicht notwendigerweise ein Verbrechen nahe.«

»So? Wie kommen Sie darauf?«

»Ich kann mir zahlreiche Gründe vorstellen, weshalb die Geschworenen auf Freispruch plädieren könnten.«

»Und die wären?« Diese Selbstsicherheit irritierte Karen. Sie fragte sich, ob ihr etwas entgangen war.

»Gut. Laut amerikanischem Gesetz hat jeder Mensch das Recht, sein Heim gegen Angriffe zu verteidigen. Das hat bislang noch jedes Gericht anerkannt.«

»Von welchem Heim sprechen Sie denn?«

»Das Vorgehen meines Klienten kann mit Sicherheit als eine solche Verteidigungsmaßnahme betrachtet werden«, ging er darüber hinweg.

»Aber das war doch gar nicht sein Haus!«

»In dieser Nacht schon.«

»Ich glaube nicht, daß dieses Argument ziehen wird, Mr. McCarthy.«

»Sind Sie da so sicher? Die Geschworenen könnten sich davon beeinflussen lassen, wenn es überzeugend genug vorgetragen wird.«

»Sie sprachen von zahlreichen Gründen. Welche gibt es noch?«

»Wie wäre es mit Unzurechnungsfähigkeit?«

»Unzurechnungsfähig?«

»Zumindest vorübergehend. Niemand wird bezweifeln, daß mein Mandant Angst hatte. Ich hätte Angst, wenn plötzlich zwanzig Cops auf mich schießen würden. Sie etwa nicht? Todesangst ist eine Form der Unzurechnungsfähigkeit.«

»Interessant.«

»Vor lauter Angst war er so durcheinander, daß er nicht mehr wußte, was er tat. Er sah nur noch die ganzen Cops vor sich, die ihn mit ihren Waffen bedrohten.«

»Ich sehe das ein wenig anders.«

»Leider ... Man weiß aber nie im voraus, wie die Geschworenen das sehen ...« McCarthy wirkte betroffen. »Ein weiteres Argument: Notwehr.«

Karen fragte sich, ob sich der Mann überhaupt auf dieses Gespräch vorbereitet hatte. Er klang mitunter so, als ließe er plötzlich aufkeimenden Ideen freien Lauf. Allerdings gab ihr das eine Menge zu denken, konnte sie doch nicht daraus entnehmen, auf welchen Argumenten er seine Verteidigung tatsächlich aufbauen würde. Vermutlich wollte er sie verwirren; und ihr war klar, daß sie gegen alles gewappnet sein mußte.

»Es war sein gesetzlich verbrieftes Recht zurückzuschießen. Andernfalls hätten ihn ja die Polizisten erschossen. Ein klarer Fall von Notwehr also.«

Karen hatte ihre anfängliche Ehrfurcht vor diesem Mann verloren. Am liebsten hätte sie ihm lauthals ins Gesicht gelacht, doch aus früheren Prozessen wußte sie, daß Geschworene schon des öfteren seiner eigenwilligen Argumentation gefolgt waren. »Gut. Worauf wollen Sie hinaus?«

»Warum beschränken wir die Anklage nicht auf ›Widerstand gegen die Staatsgewalt‹?«

»Das meinen Sie nicht im Ernst, Mr. McCarthy?«

»Sie sind ein harter Brocken, meine Liebe.«

»Darf ich Sie mal etwas fragen?«

»Was Sie wollen.«

»Warum verteidigen Sie überhaupt einen Verbrecher wie Lionel Epps?«

»Weil er vielleicht nicht schuldig im Sinne der Anklage ist.«

»Ach, kommen Sie ...«

»Schuldig oder unschuldig – das muß die Jury entscheiden. Nicht Sie oder ich.«

»Sie wissen so gut wie ich, daß der Mann ein Schwerverbrecher ist. Warum haben Sie diesen Fall übernommen?«

»Der Wert einer Gesellschaft wird danach bemessen, wie sie sich gegenüber ihren Benachteiligten und ihren Minderheiten verhält. Bei einem solchen Prozeß geht es folglich um mehr als um die bloße Schuld oder Unschuld des Angeklagten. Wenn ich die Rechte eines Lionel Epps verteidige, verteidige ich damit auch die Rechte aller anderen – Ihre und meine eingeschlossen.«

Karen hatte Artikel gelesen, in denen sich McCarthy genauso ausgedrückt hatte. Sie wollte jetzt allerdings keine juristische Vorlesung hören, sondern unterbrach ihn. »Ein Mann, der fünf Polizisten erschossen hat, gehört ins Gefängnis und sonst nirgendwohin.«

»Vielleicht gehören eher einige Polizisten ins Gefängnis.«

Karen fragte sich, wie er auf diese Idee kam.

»Wissen Sie, welche die beiden schönsten Worte sind, die es in unserer Sprache gibt, meine Liebe?«

»Lassen Sie mich raten.«

»Nicht schuldig.«

»Sie haben mir keine Zeit zum Raten gelassen.«

»Sie wollen diesen Prozeß doch nicht verlieren? Nur eines der Argumente, die ich Ihnen vorgetragen habe, könnte schon genügen, die Geschworenen zu beeinflussen. Sie wissen nicht einmal, welches, und können sich deshalb gar nicht darauf einstellen.«

Der Mann war abscheulich. Wäre er weniger abscheulich, würde sie ihn nun zum Lachen finden.

»Nehmen Sie doch einfach ein Geständnis an. Ich komme Ihnen noch einen Schritt entgegen.«

Sie wußte nicht, wie sie darauf reagieren sollte. Mit einem Mann wie McCarthy hatte sie noch keine Erfahrungen gemacht. Sie entschloß sich zu einem milden Lächeln.

McCarthy nickte ihr vertraulich zu. »Wenn Sie mir versprechen, nicht mehr als ein Jahr zu fordern, plädiere ich für schuldig wegen illegalem Waffenbesitz.«

»Wenn ich mich recht erinnere, hatte er vier Waffen bei sich!«

Auch darauf ging er nicht weiter ein. »Denken Sie doch an die Zeit- und Kostenersparnis. Denken Sie auch an Ihre Karriere.«

»Die Idee mit dem Geständnis finde ich auch gut«, sagte Karen und nickte eifrig.

»Habe ich es mir doch gedacht. Aus Ihnen spricht der gesunde Menschenverstand!«

»Ich akzeptiere allerdings nur ein Geständnis.«

»Und welches, wenn ich fragen darf?«

Karen lächelte dünn. »In fünf Anklagepunkten schuldig.« Und damit bat sie ihn hinaus.

Nachdem McCarthy gegangen war, sahen sich Karen und Coombs an. »Der trägt ganz schön dick auf«, meinte Coombs. »Glauben Sie wirklich, daß er dem Gericht mit so einem Unsinn kommt?«

Karen setzte sich wieder hinter ihren Schreibtisch. »Bei dem kann man nichts ausschließen.«

»Aber – Unzurechnungsfähigkeit, Notwehr? Das ist doch absurd!«

»Kommt darauf an, wie er das den Geschworenen einredet.«

Es klopfte an der Tür. »Der Bezirksstaatsanwalt möchte Sie sprechen, sobald Sie Ihre Unterhaltung mit Mr. McCarthy beendet haben«, sagte Karens Sekretärin.

Karen warf Coombs einen Blick zu. Beide fragten sich dasselbe: Woher wußte der Alte überhaupt, daß McCarthy hier war?

Als sie das Büro des Bezirksstaatsanwalts betrat, erhob er sich weder zur Begrüßung noch bot er ihr einen Stuhl an. »Ich habe gehört, Sie haben sich mit Ihrem Prozeßgegner über den Fall unterhalten.«

»Richtig.«

»Und?«

Karen erzählte ihm das Wesentliche in Kürze.

»Was rät Ihnen Ihr Instinkt?« fragte er, als sie fertig war.

»Wir gehen vor Gericht.«

»Sind Sie sicher, daß das klug ist?«

»Der Fall liegt doch sonnenklar.«

»In meiner langen Dienstzeit habe ich eines gelernt: Kein Fall ist so schwierig wie einer, der anscheinend sonnenklar ist.«

Das hatte er ihr vor einigen Tagen nicht gesagt. »Ich finde, wir sollten unbedingt vor Gericht. Mit einem einfachen Schuldbekenntnis, das Epps den Prozeß erspart, können wir uns ja wohl nicht zufriedengeben.« Karen war fast schockiert darüber, daß sich der Alte plötzlich mit einem Kompromiß zufriedengeben wollte. »Der Kerl hat fünf Polizisten niedergeschossen und auf fünfzehn weitere gefeuert. Wenn wir wollen, kommen wir auf zwanzig Anklagepunkte wegen versuchten Mordes. Die ganze Stadt wäre empört, wenn wir nicht vor Gericht ziehen würden.«

»Ich finde, daß sich die Empörung in Maßen hält.«

Karen hörte verblüfft zu.

»Ich möchte, daß Sie sich das alles noch einmal genau überlegen.«

»Aber wir müssen doch keines der Geständnisse akzeptieren, die McCarthy heute vorgeschlagen hat. Oder doch?« Karen fühlte sich plötzlich sehr unsicher.

Der Alte sah kurz auf. »In einigen Monaten findet die nächste Wahl statt.«

Wahl! Dieses Wort hing fast greifbar im Raum; dieses Wort trennte sie von ihm. Karen war irritiert, daß er es in diesem Zusammenhang überhaupt benutzte. Es war ein Zeichen von Schwäche, keine Frage. Wußten die Politiker von ihrer Rolle in diesem Fall? Übten sie deshalb Druck auf ihn aus? Daß er sich nach seiner so langen Amtszeit auf einmal für verwundbar hielt, war offensichtlich.

»McCarthy ist ein harter Brocken ...«, sinnierte er. Nach einer kurzen Pause fügte er hinzu: »Er wird den Fall in ein Bürgerrechtsverfahren verkehren. Er wird Schwarze und Weiße gegeneinander ausspielen. Das ist so ziemlich das letzte, das wir in dieser Stadt brauchen können.«

Hatte er Angst davor, daß die Stadt wegen dieses Prozesses in Flammen aufginge oder was? Karen wußte nicht, was sie von seinen Äußerungen halten sollte. »Wollen Sie, daß ich mich auf einen Vergleich einlasse?« fragte sie schließlich.

»Kein Mensch kann vorhersehen, wie sich die Geschworenen verhalten. Denken Sie daran, daß es ein verdammt verzwickter Fall ist.«

Karen war ebenso frustriert wie verwirrt. Der Alte las ihr das vom Gesicht ab und versuchte, die Wogen zu glätten. »Die Geschworenen werden bald ausgewählt«, sagte er mit freundlichem Lächeln. »Warten wir ab, mit welchen Leuten wir es zu tun bekommen und entscheiden danach.«

Nachdem sie das Büro verlassen hatte, steuerte sie umgehend Harbisons Zimmer an und betrat es, ohne sich zuvor angemeldet zu haben. Sein Mitarbeiter Goldman stand neben seinem Schreibtisch. Karen bat ihn, den Raum zu verlassen, und wartete, bis die Tür hinter ihm ins Schloß gefallen war.

»Ich habe ein ziemlich unerfreuliches Gespräch mit McCarthy hinter mir«, begann sie. »Und anschließend noch eines mit dem Bezirksstaatsanwalt.« Sie berichtete kurz, welche Vorschläge ihr McCarthy gemacht hatte. »Sie kennen diesen Fall«, schloß sie. »Gibt es da irgend etwas, das ich nicht weiß? Was meinen Sie dazu?«

Harbison blieb hinter seinem Tisch sitzen. »Wie sich die Geschworenen verhalten ...«, fing er an.

»Ja, ich weiß. Das kann kein Mensch vorhersehen.«

»Fünf Polizisten wurden niedergeschossen. Aber warum? Weil sie sich wie Vollidioten aufgeführt haben. Meinen Sie, daß die Bevölkerung das erfahren sollte?« Seine Stimme klang hart und kühl. »Ganz davon abgesehen: In einem Prozeß könnte McCarthy die Leute aufstacheln, Rassentumulte auslösen. Nehmen Sie den Vergleich lieber an.«

»Annehmen ... Ach, so ist das ...«

»Mehr habe ich Ihnen nicht zu sagen.«

»Norman ...«

»Es gibt nichts mehr hinzuzufügen.«

»Sie hatten doch selbst die Absicht, vor Gericht zu ziehen.«

»Woher wollen *Sie* schon wissen, was meine Absicht war?«

»Ich bitte Sie nur um einen einzigen Gefallen, Norman. Lügen Sie mich nicht an. Hatten Sie es vor oder nicht?«

»Was ich wollte und was Sie wollen – das sind zwei Paar Stiefel.« Er zuckte mit den Achseln. Was er damit sagen wollte, war offensichtlich. Er hätte das nötige Geschick und die Erfahrung gehabt, Epps zur Strecke zu bringen – sie dagegen nicht.

»Danke für das nette Gespräch«, sagte Karen.

Karen betrat ihr Büro und staunte nicht schlecht: neben ihrem Schreibtisch saß Reverend Hiram Johnson. Sie fragte sich, wer ihn hereingelassen hatte und was er hier wollte. Johnson war ein fünfundvierzigjähriger Schwarzer, dünn, groß und ausgezehrt. Ein riesiges Kreuz baumelte von seinem Hals bis zur Taille.

Sie nickte ihm zu und setzte sich. »Bitte, was kann ich für Sie tun?«

»Ich freue mich, daß ich Sie wieder einmal treffe«, begann Johnson. »Ich habe Ihre Karriere mit großem Interesse verfolgt.«

Das bezweifelte Karen.

»Sie haben nicht nur Erfolge erzielt, sondern sie sich auch redlich verdient.«

»Danke.« Weiter, weiter, dachte Karen. Spuck schon aus, was du hier willst.

»Wie überzeugend sind die Beweise gegen diesen jungen Mann namens Epps?«

»Sehr überzeugend.«

»Wie ich gehört habe, hat Ihnen Mr. McCarthy einen Vergleich angeboten.«

»Vor zwanzig Minuten. Wie haben Sie das so schnell herausgefunden?« Sie betrachtete das Gesicht des Geistlichen und konnte darin lesen. »Ach so. Er hat es Ihnen erzählt.« Offensichtlich hatte McCarthy ja auch mit dem Alten geredet. Vor Karens geistigem Auge formte sich ein neues Bild: McCarthy lief durch die ganze Stadt und sammelte Verbündete gegen den Alten und sie, um den Prozeß zu kippen, bevor er überhaupt begonnen hatte.

»Wenn Sie mit diesem Fall vor Gericht gehen, mache ich mir Sorgen über die Reaktion unserer Gemeindemitglieder«, fuhr Johnson fort. »Der Junge wurde ja schon zweimal freigesprochen.«

»Dabei handelte es sich um andere Verbrechen, und er hatte andere Geschworene vor sich.«

»In Harlem ist die Rede davon, das Gericht hätte es auf ihn abgesehen.«

»Davon wird er die Geschworenen wohl kaum überzeugen können. Der Mann hat auf Menschen geschossen, hätte sie um ein Haar getötet!«

Er ließ sich nicht aus dem Konzept bringen. »Ein Prozeß gegen ihn könnte Demonstrationen auslösen.«

Johnson hatte rund zweihundert Leute um sich geschart, die für ihn und seine Zwecke demonstrierten, wo und wann immer er es wünschte. Bei seinen Gefolgsleuten handelte es sich in der Regel um Arbeitslose, die sich ein kleines Zubrot verdienen wollten. Er zahlte ihnen aus eigener Tasche fünf Dollar pro Kopf. Dann verfrachtete er sie in eigens dafür gemietete Busse und karrte sie zu jenen Orten, wo sie für ihn aufmarschieren sollten. Dort drückte er den Demonstranten Transparente in die Hand, die er selbst entworfen hatte. Einer seiner Lieblingssprüche lautete: ›Stoppt den Krieg gegen das schwarze Amerika‹. Egal, um welchen Protest es eigentlich ging, die Transparente waren immer dieselben – und die Marschierer auch. »Eine solche Demonstration könnte außer Kontrolle geraten«, machte er weiter.

Karen glaubte, nicht richtig zu hören, ließ sich aber nichts anmerken. »Uns liegt viel daran, Demonstrationen zu vermeiden«, sagte sie nur.

»Solche Dinge können häßliche Formen annehmen.«

»Die Fernsehbilder zeigen Sie immer an der Spitze solcher Demonstrationen.«

»Ich bin ein Mann Gottes. Ich folge nur seinen Anweisungen.« Er stand auf. »Denken Sie darüber nach.«

Karen sah ihm gedankenverloren hinterher, als er den Raum verließ und fast mit dem hereineilenden Coombs zusammenstieß. Der war sichtlich verblüfft. »Was wollte denn der hier?«

»Wenn ich es mir recht überlege, bin ich gerade eben bedroht worden.«

»Wie bitte?«

»Er hielt mir eine Predigt.«

»Klar, alles, was der sagt, klingt wie eine Predigt«, meinte Coombs. »Wenn er nur den Mund aufmacht, fangen die Leute schon zu beten an.«

Karen lächelte. »Bürgermeister, Staatsbeamte – alle gehen vor ihm auf die Knie, alle haben Angst vor ihm.«

»Weil er weiß, wie man Demonstrationen anzettelt.«

»Nein«, entgegnete Karen. »Weil er behauptet, daß zwanzig Prozent der Einwohner hinter ihm stehen. Dabei ist er nichts anderes als ein Scharlatan.«

»Er ist ein Drecksack, wie er im Buche steht, wollten Sie wahrscheinlich sagen.«

Karen berichtete ihm kurz, was sie von Johnson gehört hatte. »Also, was machen wir jetzt?«

»Wir gehen natürlich vor Gericht«, antwortete Coombs.

Karen sah ihn an und beneidete ihn ob seiner jugendlichen Unbekümmertheit.

Coombs legte ihr eine Ladung Akten auf den Schreibtisch. »Hier drin sind die Namen sämtlicher Cops aufgeführt, die in den Fall verwickelt waren«, erklärte er. »Wollen Sie mit allen zwanzig sprechen?«

Beiden war klar, daß sie nicht genügend Zeit besaßen, um sich ausführlich mit allen zwanzig zu unterhalten. Sie seufzte.

Ihre Sekretärin klopfte wieder an. »Der Polizeichef möchte Sie sprechen.«

Sie hatte keine Zeit für den Mann, wußte aber, daß sie ihn nicht übergehen durfte. »Na schön. Machen Sie einen Termin für morgen aus.«

»Das geht nicht. Er ist schon da und will gleich mit Ihnen reden.«

Karen schnaubte vor Wut. Sie mußte die Polizisten und weitere Zeugen vernehmen, sich mit McCarthy, dem Alten und Johnson herumschlagen – und jetzt kam auch noch der Polizeichef an, der mit dem Fall ja schon längst nichts mehr zu tun hatte. Sie sah, daß er schon hinter ihrer Sekretärin wartete, umgeben von sechs weiteren hochrangigen Beamten. Ein richtiges Gefolge, dachte Karen. Mit einem mühsamen Lächeln erhob sie sich und begrüßte ihn.

»Jungs, ihr wartet draußen«, befahl er, wandte sich Karen zu und kam umgehend zur Sache. »Was habe ich da läuten hören? Sie wollen einen Vergleich akzeptieren?«

»Sie sind falsch informiert.«

»Wenn dieser Prozeß verlorengeht ...«

»Sachte, sachte.« Karen brachte immer noch ein Lächeln zustande. »Wie kommen Sie darauf, daß ich ihn verliere?«

»... dann lösen Sie eine Revolution unter den Polizisten aus! Ich werde mit dem Bezirksstaatsanwalt sprechen. Meiner Meinung nach muß dieser Prozeß von einem Mann geführt werden, von einem Mann, der alle Fakten kennt.«

Der rüde Ton schlug Karen heftig auf den Magen.

»Von einem Mann, der an seinen Sieg glaubt.«

»Finden Sie nicht, daß Sie sich gehörig im Ton vergreifen?!«

»Dann bekommen Sie wenigstens einen Eindruck davon, wie sehr uns dieser Fall aufregt!«

»Mich regt er auch auf. Aber wenn Sie mich jetzt bitte entschuldigen würden ...«

»Sie müssen mir versprechen, daß ...« Karen schob ihn Richtung Tür.

»Denken Sie an meine Warnung! Ich möchte nicht in Ihrer Haut stecken, wenn ...«

Schließlich hatte sie ihn hinausbugsiert. Sie lehnte sich gegen die Tür und spürte, daß sie am ganzen Körper zitterte.

Der Bürgermeister befand sich in einer Konferenz mit Stadträten, als seine Sekretärin eintrat, auf ihn zuging und ihm etwas ins Ohr flüsterte. Im selben Moment sah er auch schon die massige Gestalt des Polizeichefs durch die halboffene Tür im Vorraum. Dem Bürgermeister blieb keine andere Wahl mehr, als ihn hereinzubitten. Malloy ignorierte die übrigen Anwesenden und wandte sich direkt an den Bürgermeister. »Kann ich Sie unter vier Augen sprechen?«

Er nickte. »Wir kommen später auf das Thema zurück«, sagte er zu seinen Stadträten, die ihre Papiere einsammelten und gingen.

»Es geht um die Verhandlung gegen Lionel Epps.« Malloy gab sich redlich Mühe, ruhig zu sprechen, schaffte es aber nicht.

»Ich kenne den Fall. Er hat fünf Polizisten niedergeschossen.«

»Für den gesamten Polizeiapparat ist das der wichtigste Fall in der Geschichte dieser Stadt.«

»Ja, das kann ich nachfühlen. Kann ich Ihnen etwas zu essen anbieten, Charlie?«

»Der zuständige Staatsanwalt hat das Handtuch geworfen. Die Staatsanwältin, die jetzt den Fall hat, Karen Henning ...«

»Das hat mich auch überrascht.«

»Wenn diese Frau auf einen Vergleich eingeht oder den Fall verliert ...«

Der Bürgermeister legte einen Finger auf die Lippen. »Pst! Das schönere Geschlecht stellt die Hälfte der Wählerschaft.«

»... kann ich nicht mehr für meine Leute garantieren. Woher soll eine Frau denn bloß wissen, welche Bedeutung dieser Fall für uns hat? Ich wollte mit ihr reden, aber sie hat mich praktisch rausgeschmissen.«

»Haben Sie ihr etwa kein Kompliment über ihre Frisur gemacht?«

Der Polizeichef ging nicht darauf ein.

»Das war Ihr Kardinalfehler, Charlie. Schließlich ist sie ja eine gutaussehende Frau, stimmt's?«

»Möglich.«

»Gutaussehende Frauen wollen nun mal Komplimente hören. Das hätten sie berücksichtigen sollen.«

Malloy wußte nicht, ob der Bürgermeister Witze machte oder nicht.

»Also gut«, sagte der Bürgermeister schließlich. »Was soll ich Ihrer Meinung nach tun?«

»Machen Sie dem Bezirksstaatsanwalt unmißverständlich klar, daß es so nicht weitergehen kann. Sagen Sie ihm, daß er Harbison den Fall zurückgeben soll.«

Der Bürgermeister schien sich den Gedanken durch den Kopf gehen zu lassen, spielte in Wirklichkeit aber nur auf Zeit. Der Polizeichef war sein vorrangiges Problem, nicht der Fall Epps. »Warum hat man Harbison den Fall eigentlich abgenommen? Was meinen Sie dazu?«

»Er will Harbison nicht hochkommen lassen, das liegt doch auf der Hand.«

Wenn schon Malloy auf diese Idee kam, kämen auch alle anderen dahinter, dachte der Bürgermeister. »Wahrscheinlich arbeitet die Partei auf einen Generationswechsel hin«, stimmte er zu.

»Ganz klar.«

»Wenn der Alte Harbison eins auf den Hut gibt, heißt das, daß er selbst wieder zur Wahl antreten will. Aber der Mann ist ordentlich gewählt worden und untersteht nicht meinen Weisungen.«

»Aber Sie können auf ihn einwirken.«

»Ich sehe die Dinge aus einer anderen Sicht, das müssen Sie verstehen. Schauen Sie, bei der letzten Wahl haben mir nur 12,2 Prozent Schwarze und 7,7 Prozent Puertoricaner ihre Stimme gegeben. Von denen habe ich nicht viel zu erwarten. Bei den weißen Frauen stehe ich dagegen hoch im Kurs. Die wissen es zu schätzen, wenn eine ihrer Geschlechtsgenossinnen zu Höherem berufen wird. Und das kommt bei der Wahl auch wieder mir zugute.« Er stand auf, legte seinen Arm vertraulich auf die Schultern des Polizisten und begleitete ihn hinaus. »Immer mit der Ruhe, Charlie. Die Frau ist kompetent, danach habe ich mich erkundigt. Außerdem liegt der Fall ja sonnenklar. Ich selbst habe schon seit dreißig Jahren nicht mehr als Staatsanwalt gearbeitet, aber den Prozeß würde selbst ich noch mit links gewinnen.«

Karen reichte Coombs die obersten Akten. »Mit den zweien unterhalte ich mich zuerst.«

Coombs las die Namen: Muldoon und Barone. Mit diesen beiden hatte alles angefangen.

»Bestellen Sie sie für morgen fruh hierher.«

Als sie das Gebäude verließ, drängten sich Fernsehteams auf dem Gehweg und forderten sie auf, etwas zu den Gerüchten zu sagen, sie strebe einen Vergleich an.

»Der Prozeß findet termingerecht statt«, sagte sie mit aller Überzeugungskraft, die sie aufzubringen vermochte.

3. Kapitel

In dieser Nacht waren drei Detectives im Wagen. Barone saß wieder am Steuer, Muldoon daneben, und der Neue namens Ritter auf dem Rücksitz. Die beiden alten Hasen zeigten dem Neuling das Revier. In der 145. Straße standen die Drogenhändler neben ihren Luxuslimousinen und sahen zu, wie sie von anderen gewaschen wurden.

»Siehst du die Autos dort?« fragte Muldoon. »Alle schön sauber. Wer es in der Drogenszene zu etwas gebracht hat, läßt seinen Wagen von Hand waschen.«

»Da drüben«, fuhr er fort und deutete auf ein Gebäude, »hat sich mein erster Mordfall abgespielt. Eine Frau mit einem Messer im Rücken, so lang wie dein Arm. Es kam vorne wieder raus. – Und im nächsten Haus mußte ein Junge mal unbedingt pissen, aber seine Schwester ließ ihn nicht ins Klo. Dann schoß er mit seiner Kanone durchs Schlüsselloch und traf sie genau in den Arsch. Die Sau war gerade erst fünfzehn. Wir wollten den Burschen festnehmen, aber er ist übers Dach abgehauen, runtergeflogen und auf ein paar geklauten Fahrrädern gelandet. Damit war der Fall für uns gelöst.«

Die beiden wußten natürlich, daß Ritter von solchen Dingen keine Ahnung hatte, sich wahrscheinlich nicht einmal eine Vorstellung davon machen konnte. Er war erst vor vier Jahren Polizist geworden, seit acht Monaten Detective und kam aus Staten Island, wo niemand dem anderen etwas zuleide tat.

Barone bog in die Lenox Avenue ein, und Ritter wunderte sich, daß auf dem Straßenschild ›Malcolm X Boulevard‹ stand. »Was soll das bedeuten?« erkundigte er sich.

»Die Köter geben den Straßen ihre eigenen Namen, nennen sie nach irgendwelchen Schweinepriestern«, erklärte Muldoon. »Um sich in dieser beschissenen Gegend zurechtfinden zu können, brauchst du als Fremder eine spezielle Straßenkarte.«

Sie fuhren an der International Bar vorbei. »Zum Kotzen, diese Bar«, sagte Muldoon. »Lauter Jamaikaner.«

»Alles Cowboys«, fügte Barone hinzu. »Die schießen erst und fragen später.«

Ritter lauschte mit dem Respekt des unerfahrenen Polizisten.

Barone hielt an. Sie stiegen aus, schlossen den Wagen ab und gingen zur Bar. Sie hatten die leise Hoffnung, hier einen Zeugen zu finden, hinter dem sie schon seit Wochen her waren.

»Auf Staten Island mußten wir nie die Autos abschließen«, staunte Ritter.

»Wenn du sie hier nicht verriegelst, sind sie anschließend weg«, erklärte Barone.

»Oder irgendwelche Säue haben dir ein paar Pfund Hundescheiße auf den Sitz geschmissen«, sagte Muldoon.

An der Theke standen acht Männer, die sofort verstummten, als die Detectives die Bar betraten. Auch einigen Leuten, die an den Tischen saßen, hatte es offensichtlich die Sprache verschlagen. Ritter fielen mehrere Löcher in der Wand auf. »Von Kugeln?« fragte er leise.

»Natürlich. Was hast du denn gedacht?« gab Muldoon zurück.

Ritter schaute sich neugierig um; Muldoon und Barone ließen ihre Blicke über die Gäste schweifen. Sie waren weder ängstlich noch nervös. Sie wußten, niemand würde es wagen, sie hier anzugreifen.

Barone wandte sich dem Barkeeper zu und schüttelte ihm die Hand. »Hallo Wilfred, alter Knabe. Wie geht's dir?«

Wilfred war riesig, kahl und kohlrabenschwarz. Als Antwort grinste er über beide Ohren.

»Alles ruhig?«

»Klar, Chef.«

»Niemand abgeknallt worden?«

Wilfred lachte schallend. »Ich hab' jedenfalls nichts bemerkt.«

»Ging's nicht so rund wie in dieser Scheißnacht neulich?«

»Da war vielleicht was los, Mann!« nickte Wilfred.

Wie erwartet, war der gesuchte Zeuge nirgends zu sehen. Barone nickte den übrigen Gästen zu und verließ zusammen mit seinen Kollegen die Bar.

»Was war denn in dieser Nacht los?« fragte Ritter, als sie wieder durch die Gegend fuhren.

»Hier wurden drei Köter erledigt, an Ort und Stelle. Einer von ihnen hat einer Frau an den Arsch gefaßt. Ihr Freund hat ein Messer gezogen. Der andere Köter ist nach Hause gerannt, hat seine Knarre geholt und wild um sich geballert. Danach schwamm alles im Blut.«

»Der Laden war ziemlich voll. Zwanzig, dreißig Leute«, ergänzte Barone. »Kennst du die Moral von dieser Geschichte?«

»Moral?«

»Geh nie mit einem Messer dorthin, wo die blauen Bohnen fliegen.«

Der Neue warf einen verstohlenen Blick zurück zur Bar.

»Als wir dort ankamen, sind wir in den Blutpfützen ausgerutscht. Es ist uns bis zu den Hosenbeinen gespritzt.«

»Ein Kerl hatte sich an die Tür gelehnt«, sagte Muldoon. »Ich hab ihn mir geschnappt, aber er hat gemeint ›Ich kann nicht laufen, weil mein Bein eingeschlafen ist‹. Ich hab' gesagt ›Weck's auf, und dann komm‹. Dann hab' ich erst gesehen, daß sein Bein durchschossen war. Er selbst hatte das gar nicht mitgekriegt.«

Ritter nickte. »Und hinter dem sind wir jetzt her?«

»Er hat den Schützen erkannt. Er hat gesagt, er kennt ihn unter dem Namen Chocolate Bar. Im Computer haben wir den Namen achthundertmal gefunden.«

Barone sah auf die Straße. Heute nacht saß niemand auf Campingstühlen. Es war einfach zu kalt. Einige Männer standen trotzdem in den Ecken herum. Sie hatten Feuer in den Mülltonnen angezündet und wärmten sich daran die Hände.

»Ich bin ins Krankenhaus gefahren und hab' mich dann noch einmal bei dem Zeugen erkundigt. Er sagte, er hätte sich getäuscht. Der Mann hieße in Wirklichkeit Candy Bar. Also noch mal in den Computer getippt, noch mal achthundert Hinweise gefunden.

Aber wir haben einige Beschreibungen von diesem Burschen«, sagte Muldoon. »Größe, Gewicht und so weiter, von anderen, die nichts mit der Sache zu tun haben wollen. Wir haben Phantombilder machen lassen, sie ins Krankenhaus gebracht ...«

»Aber der Zeuge war verschwunden«, schloß Ritter.

»Allerdings. Die Drecksau hat nur eine falsche Adresse hinterlassen. Deshalb suchen wir jetzt jede Nacht nach ihm.«

Der Wagen bog um eine Ecke, und sie kamen an einem Lebensmittelgeschäft vorbei, das noch geöffnet war. »Halt hier an«, sagte Muldoon, der bei diesem Anblick schlagartig durstig wurde. »Ich muß mal pinkeln«, gab er vor. »Soll ich euch was mitbringen?«

Die beiden anderen lehnten dankend ab. Als Muldoon in den Laden ging, spürte er die bohrenden Blicke Barones in seinem Rücken.

»Was macht der Fette?« fragte Ritter.

»Wie? Was soll er machen?«

»Wenn er pinkeln muß, warum erledigt er das dann nicht auf der Wache?«

Barone tat so, als würde er am Funkgerät herumfummeln. »Ihm gefällt es hier eben besser.«

»Ich kenne diese Saufbrüder«, sagte Ritter.

»So?«

»Auf Staten Island hatte ich auch mal mit so einem zu tun. Ein alter Knabe, gut über vierzig. Der hatte im ganzen Revier seine Flaschen deponiert, stieg immer mal wieder aus und holte sich welche. Am Ende der Tour war er meistens sturzbesoffen. Ich konnte es nicht mehr aushalten.«

»Hast du ihn gemeldet?«

Ritter schüttelte den Kopf. »Nein. Ich hab gesagt, ich will mal raus, mal was anderes sehen. Nicht nur Dienstmädchen hinterherjagen, die silbernes Besteck geklaut hatten. Ich wollte wo hin, wo richtige Schwerverbrechen vorkommen. Deshalb wurde ich hierher versetzt.«

»Dann wird's dir hier gefallen«, bemerkte Barone trocken. Er mußte daran denken, daß Ritter ihnen aus heiterem Himmel zugeteilt worden war, und der Gedanke behagte ihm gar nicht. Man wird nicht einfach zum Detective ernannt, wenn man nur freundlich genug darum bittet. Schließlich hat auch eine Karriereleiter Stufen. Natürlich kam es vor, daß man befördert wurde, wenn man einen großen Fang gemacht oder einen schwierigen Fall gelöst hatte. Aber daß so etwas auf Staten Island vorkam, war ihm neu.

»Erzähl mir ein bißchen was von dir, Ritter. Du bist erst seit vier Jahren im Dienst?«

»Genau.«

»Wie hast du es in der kurzen Zeit zum Detective gebracht?«

Ritter zögerte kurz. »Jemand hat mir ein bißchen unter die Arme gegriffen.«

»Ein Gönner also. Und wer?«

»Kennst du nicht.«

»Wo arbeitet er?«

»In der Zentrale.«

»Wie heißt er?«

Ritter nannte schließlich einen Namen, und Barone schien sich damit zufriedenzugeben. Ihm fiel jedoch ein, daß Ritter in Brighton Beach wohnte, von Brooklyn eine ganze Ecke entfernt. Wenn Ritter schon einen so großartigen Förderer hatte, warum hatte der ihn dann nicht in die Nähe seines Wohnorts versetzt? In Brooklyn gab es schließlich jede Menge Reviere mit einer hohen Rate Schwerverbrechen.

Barone beschloß, sich bei Freunden in der Zentrale zu erkundigen, ob ein Beamter dieses Namens existierte. Zu diesem Zeitpunkt sah er noch keinen Grund, seinen Partner zu warnen. Niemand könnte vorhersehen, wie Danny reagieren würde. Es war nicht auszuschließen, daß er einfach durchdrehte. Deshalb behielt er seinen Verdacht vorerst für sich und beschloß, auf der Hut zu sein, für sich und Danny.

Inzwischen hatte Muldoon zielsicher den Kühlraum angesteuert. Der Inhaber kannte ihn und ließ ihn gewähren. Nachdem sich Muldoon ein Bier geschnappt hatte, ging er in den Lagerraum, wo er einen tiefen Schluck nahm.

Muldoon stellte die leere Büchse in ein Regal, ging wieder in den Laden und nahm sich noch eine Schachtel Pralinen von der Theke. Als noch ein Kunde in den Laden kam, fragte er anstandshalber: »Was macht das?«

»Für Sie nichts«, lächelte der Verkäufer.

Der Detective nickte, steckte sein Geld wieder weg und ging nach draußen.

»So, jetzt fühl' ich mich wieder wohler«, meinte er, als er in den Wagen stieg, die Schachtel öffnete und den beiden anderen die Pralinen anbot.

Nachdem sie ihre Streife beendet hatten, ging es schnurstracks auf die Wache. Barone holte für sich und Muldoon Kaffee aus dem Automaten. Sie setzten sich und aßen ihre Sandwiches. Ritter unterhielt sich währenddessen mit dem Lieutenant.

Danach nahmen sie vor ihren Schreibtischen Platz; Barone telefonierte, und Muldoon schrieb seinen Bericht. Er beherrschte lediglich das Zweifingersystem und hämmerte wild auf den Tasten herum. Der Maschine war deutlich anzusehen, wie mit ihr umgesprungen wurde. »Als ich mit diesem Job angefangen habe«, erklärte er Ritter, der sich mittlerweile an den Nebentisch gesetzt hatte, »gab es nur diese alten Drecksmaschinen, bei denen die Hälfte der Buchstaben fehlte.« Er wollte dem Neuen damit klarmachen, wie lange er schon Polizist war. »Jetzt haben wir diese beschissenen elektrischen Dinger, bei denen auch die Hälfte der Buchstaben fehlt.«

Barone unterhielt sich am Telefon mit einer Frau. Muldoon spitzte zwar die Ohren, doch sein Kollege sprach zu leise, als daß er etwas verstehen konnte. Kurz darauf kam der Lieutenant aus seinem Büro. Er hieß Whitfield und war fast einsneunzig groß. Nachdem Barone aufgelegt hatte, überreichte Whitfield ihnen eine Nachricht, die er kurz zuvor erhalten hatte. Die beiden Detectives, hieß es darin, wurden von Staatsanwältin Karen Henning für den nächsten Morgen um neun Uhr in ihr Büro gebeten.

»Nehmt die Epps-Akte mit«, befahl Whitfield.

»Wer ist denn diese Henning?« erkundigte sich Muldoon.

»Anscheinend bearbeitet sie den Fall Epps.«

»Das macht Norman Harbison«, sagte Barone. Er und Muldoon waren schon einige Male von ihm verhört worden.

»Jetzt nicht mehr.«

»Wieso? Was ist passiert?«

»Was weiß ich. Ihr geht jedenfalls hin«, sagte Whitfield. »Und seid pünktlich.«

»Blödes Arschloch«, murmelte Muldoon.

Whitfield leitete die Wache seit der Schießerei und hatte allerlei neue Kontrollen eingeführt, die den anderen als bloße Zeitvergeudung erschienen. Von seinem Auftauchen war niemand erbaut. Whitfield war fünfunddreißig, so alt wie Barone. Muldoon widerstrebte es, Befehle von einem Jüngeren entgegennehmen zu müssen – und dann auch noch von einem Schwarzen. Barone, das wußte Muldoon, hatte aus einem anderen Grund etwas gegen Whitfield. Beide hatten zusammen die Polizeiakademie besucht und gemeinsam Prüfungen abgelegt. Allerdings kursierten Gerüchte, daß bei den Prüfungen nicht alles mit rechten Dingen zugegangen war und jemand die Ergebnisse zurechtgebogen hatte, zugunsten eines Absolventen, der einer Minderheit angehörte. Unterm Strich lief es jedenfalls darauf hinaus, daß Whitfield die Prüfung zum Lieutenant bestanden hatte, Barone aber durchgefallen war.

Das war ein Gerücht; eines von vielen, die in der Wache die Runde machten. Muldoon glaubte sie alle, ganz besonders dann, wenn sie Leute betrafen, die er nicht leiden konnte. Er hatte ohnehin nur Verachtung für all jene übrig, die diese Abteilung leiteten, weil sie seiner Meinung nach keinen Mumm in den Knochen hatten und vor sämtlichen Vorgesetzten und Politikern kuschten.

Muldoon las noch einmal die Nachricht durch. »Karen Henning«, sagte er. »Kennst du dieses Weibsbild?«

»Ich glaube, ich hatte vor ziemlich langer Zeit mal kurz mit ihr zu tun«, antwortete Barone. »Sieht gut aus, wenn es die ist, die ich meine.«

»Hast du etwa mit ihr gepennt?«

Barone grinste. »Kann mich nicht mehr erinnern.«

Noch mehr als um seine zahlreichen Eroberungen beneidete Muldoon seinen Kollegen um die Lässigkeit, mit der er darüber reden und witzeln konnte. Er selbst hatte ja außer ein paar Kontakten mit Nutten nichts vorzuweisen. »Willst du noch mal raus?« fragte Muldoon.

»Klar. Auf, Ritter, los geht's. Wir machen uns wieder ans Werk.«

Sie waren nur ein paar Minuten unterwegs, als sich die Zentrale meldete: ein Kind tanzt auf einem Fenstersims herum.

Barone griff zum Funkgerät. »Wir übernehmen.«

»Mensch, bist du Sozialarbeiter?« fragte Muldoon. »Das können doch die Jungs von der Fußstreife erledigen.«

»Unsinn. Wir sind doch gleich da.«

Bei der angegebenen Adresse stiegen sie aus. Im Hausflur lungerten zwei Männer herum, die tatenlos auf ein offenes Fenster im zweiten Stock starrten. Ein etwa vierjähriges Kind stand auf dem Sims. Sie hetzten zwei Etagen nach oben und klopften an die Wohnungstür. Niemand öffnete. Sie eilten wieder auf die Straße, doch als sie dort angekommen waren, entdeckten sie kein Kind mehr auf dem Fenstersims. Vielleicht hatte es sich inzwischen anderes überlegt, sich vor den Fernseher gesetzt oder sich über den Inhalt des Kühlschranks hergemacht. Vielleicht war es auch alt genug, um Angst zu bekommen, wenn es aus dieser Höhe herunter auf die Straße sah.

Barone wandte sich an einen der beiden Männer. »Wissen Sie, zu wem das Kind gehört? Wo ist seine Mutter? Kennen Sie seine Mutter?«

Der Mann beantwortete die Fragen mit einem Achselzucken. Muldoon wußte, daß sie hier nichts mehr ausrichten konnten. Eine Mutter, die irgend etwas anderes zu tun hatte, hatte ihr Kind allein gelassen. Dagegen gab es kein Gesetz. Außerdem war es nicht Aufgabe der Polizisten, diesen Huren beizubringen, wie sie ihre Kinder zu versorgen hatten. Muldoon nahm seinen Kollegen am Arm; auch Barone war klar, daß die Arbeit für die Polizei erst wieder dann beginnen würde, wenn das Kind einmal tot auf dem Pflaster lag.

Um ein Uhr beendeten die drei ihren Dienst, holten sich auf der Wache ihren Stempel und stiegen in ihre Privatwagen. »Wie wär's noch mit ein paar schönen Bierchen?« fragte Muldoon Barone.

»Danke, heute kann ich nicht.«

Einige Beamte von der Fußstreife, inzwischen alle in Zivil, machten sich ebenfalls auf den Weg zu ihren Wagen. Muldoon erkannte unter ihnen diese Maureen Sowieso. Alle verabschiedeten sich voneinander, stiegen ein und fuhren fort – außer Barone und Maureen. Muldoon sah, wie sein Partner zu ihr ging. Sie lehnte sich auf die Kühlerhaube und unterhielt sich mit ihm. Dann sahen sie beide zu Muldoon hinüber.

Der wußte, was er zu tun hatte. Er startete den Motor, drückte aufs Pedal und fuhr in Richtung Brücke zur Bronx.

»Wie sieht's aus? Ich schulde Ihnen doch noch einen Drink«, sagte Barone.

»Ich weiß nicht so recht. Ist doch schon ziemlich spät.« Sie sah sich um, als suchte sie jemanden, der ihr die Entscheidung abnähme.

»Wir haben gerade erst Feierabend gemacht. Dann kann es ja wohl noch nicht sehr spät sein. Oder wartet Ihr Mann auf Sie?«

»Natürlich nicht, er braucht ja seinen Schlaf.«

»Wunderbar. Dann gehen wir zusammen einen trinken. Zwanzig, dreißig Minuten später sind Sie zu Hause, schlüpfen unter seine Decke, und er wird nicht mal aufwachen.«

»Manchmal wacht er auf.«

Barone sah sie von oben bis unten an; und was er sah, gefiel ihm. »Wenn ich mit Ihnen verheiratet wäre, würde ich jede Nacht aufwachen.«

Sie lächelte verschämt. Er nahm ihren Arm und führte sie zum Wagen. Für ihn war das ein Test: der erste körperliche Kontakt. Maureen schob seine Hand sanft weg. Obwohl sie das tat, war diese verhaltene Reaktion aus seiner Sicht genau die richtige. In derartigen Situationen nahm Barone die unbewußten Signale, die eine Frau aussandte, wie ein Seismograph auf.

»Also gut, aber ich fahre in meinem Auto hinterher«, gab sie nach. »Dann kann ich von dort aus gleich heimfahren. Wohin gehen wir denn?«

Er fuhr voraus zum Bronx Plaza Hotel. Sie setzten sich in die Halle, und er bestellte die Drinks: Bier für ihn, eine Bloody Mary für sie.

»Hübsch hier«, bemerkte sie, als sie sich umsah.

»Ist doch klar, daß ich Sie nur an einen hübschen Ort entführe.«

»Polizisten trifft man hier wahrscheinlich nicht.«

»Bestimmt nicht. Wir wollen ja schließlich kein dummes Gerede auslösen. Machen Sie sich keine Sorgen.« Die einzige Sorge, die Barone hatte, war die, daß die Bar bald schließen würde. Außer ihnen und dem Barkeeper war nämlich niemand mehr da. Also hatte er voraussichtlich sehr wenig Zeit.

Barone brachte sie dazu, über ihre Familie zu reden. Als sie einmal damit angefangen hatte, war sie nicht mehr zu bremsen. Sie erzählte von ihrer Kindheit, ihrer Jugend, von ihrem Vater, ihren Brüdern, von ihrem beruflichen Werdegang und davon, wie stolz sie war, als Polizistin arbeiten zu können. Sie berichtete, wie sie sich darüber gefreut habe, als der Cop mit den meisten Auszeichnungen im ganzen Revier sie einmal mit auf Streife nahm. »Normalerweise nahm der nie Frauen mit.«

»Das haben Sie bestimmt gleich Ihrem Mann erzählt. Aber den hat es nicht beeindruckt, weil er es nicht verstand.«

»Stimmt. Woher wissen Sie das?« fragte sie erstaunt.

»Er ist kein Polizist. Wie soll er es also verstehen?« Er tätschelte ihre Hand, und sie schreckte nicht zurück. »Ist er eifersüchtig?«

»Dazu hat er keinen Grund.«

»Männer finden immer Gründe dafür.«

»Mein Vater hat sich mit ihm unterhalten, als ich diesen Job bekam. Er machte ihm klar, daß ich immer mal wieder Überstunden machen müßte, nach dem Dienst mit Kollegen manchmal noch einen trinken gehen würde und entsprechend spät nach Hause käme. Er sagte ihm, daß er das akzeptieren und nicht eifersüchtig werden sollte.«

Barone griff wieder nach ihrer Hand und streichelte ihre Finger. Sie runzelte die Stirn, entschuldigte sich und ging in die Damentoilette.

Barone wartete, bis sie hinter der Tür verschwunden war und ging zum Nachtportier. Er zeigte ihm seinen Ausweis und bat um ein Zimmer. »Aber bitte den Spezialtarif für Polizisten.« Barone nahm den Schlüssel und wartete am Tisch, bis Maureen wieder erschien. Sie war gekämmt und gewaschen, machte aber keine Anstalten, sich wieder zu setzen. »Ich glaube, ich geh' jetzt besser.«

Das erste schlechte Zeichen bis jetzt. »Wollen Sie denn keinen Drink mehr?«

»Nein, ich habe noch eine lange Fahrt vor mir.«

»Ich weiß. Ich wohne doch in Ihrer Nähe. Am besten wäre es, wenn wir zusammen fahren würden.«

Sie lächelte ihn an. »Sicher, das wäre nett.«

Barone legte das Geld auf den Tisch. Sie zogen ihre Mäntel über und gingen auf die Straße. »Schade, daß Sie schon gehen müssen«, sagte er. »Wir sollten das bald wiederholen.«

Maureen lachte. »Ich weiß nicht, was ich von Ihnen halten soll.«

»Ich bin nicht anders als die anderen.« Sie schwiegen eine Weile, dann sagte Barone ganz beiläufig: »Ich fahr' heute nicht mehr nach Hause. Ich hab' mir ein Zimmer im Hotel genommen.«

»Ach? Das wußte ich nicht.«

»Morgen früh hab' ich einen Gerichtstermin. Deshalb.«

»Dann geh' ich jetzt mal.«

»Darf ich Ihnen einen Gutenachtkuß geben?«

»Was haben Sie davon?«

»Ich fühle mich Ihnen irgendwie nahe. Besser kann ich es leider nicht ausdrücken.«

»Mir geht's ähnlich.«

»Darf ich?« Barone erschien es klüger, ihr den Eindruck zu vermitteln, sie selbst würde den Lauf der Dinge steuern.

»Sicher«, lächelte sie.

Sie hielt ihm die Wange hin, doch er drehte ihr Kinn sanft zu sich. Zunächst preßte sie ihre Lippen noch aufeinander, doch dann öffneten sie sich, und er spürte ihre Zähne, ihre Zunge. Er wußte, wie er dieses Entgegenkommen zu deuten hatte. »Sie wollen doch nicht wirklich nach Hause?«

»Vielleicht nicht.«

Er nahm ihre Hand und ging mit ihr zurück ins Hotel.

Sie standen in der Zimmermitte und küßten sich. Barone liebkoste ihre Brüste.

»Eine ordentliche Handvoll«, flüsterte er ihr zu.

»Willst du sie sehen?« hauchte sie. Sie streifte ihren Pullover über den Kopf, wodurch ihre Haare sanft zerzaust wurden, legte ihre Arme hinter den Rücken und ließ ihren BH nach unten gleiten. »Hier«, sagte sie stolz.

Barone mochte das. Er mochte Frauen, die stolz auf ihre Titten waren. »Du bist großartig ...«

Sie packte ihn an den Ohren und zog ihn zu sich hin, schnaufte und lächelte dabei wie eine Betrunkene. Als er ihren Gürtel öffnete, plumpste ihre Hose durch das Gewicht der Dienstwaffe zu Boden. Er hob die Waffe, die aus der Tasche gefallen war, auf und legte sie beiseite. Bei diesem Anblick mußten beide lachen. »Stell dir mal vor, das Ding wäre losgegangen und hätte einen von uns erschossen!« grinste er. »Wie hätte man das dann jemandem erklären sollen?«

Sie umarmte ihn und rieb sich an seinen Kleidern. Er ließ seine Hände über ihren Körper gleiten und griff unter ihren Slip. Ihre Klitoris war groß und feucht. Sie schloß die Augen und hielt den Atem an.

Er löste sich sanft aus ihrer Umklammerung und zog sich aus. Ungeduldig sah sie ihm dabei zu, verfolgte jede seiner Bewegungen. »Hast du ein Kondom?« fragte sie. »Ich zieh es dir über. Davon versteh' ich etwas.«

Er gab ihr eins, und sie kniete sich vor ihn. »Na, weiß ich, wie das geht oder nicht? So. Fertig.«

Das Vorspiel gefiel ihm immer am besten.

Der eigentliche Geschlechtsverkehr war für ihn dagegen weniger spannend. Jetzt war alles wie immer, wie mit jeder Frau: im Grunde derselbe Körper, dieselben Bewegungen, keine Unterhaltung mehr, nur noch das übliche Stöhnen. Alles lief vollkommen automatisch ab. Er kam sich vor, als würde er auf einer Straße fahren, die er in- und auswendig kannte, die kaum noch Überraschungen zu bieten hatte. Und trotzdem würde ihm alles beim nächsten Mal wieder so vorkommen, als hätte es das letzte Mal nie gegeben.

4. Kapitel

Draußen war es noch dunkel, als sich Karen mit ihrem Mann in der Küche unterhielt. Sie war schon angezogen, während er noch im Pyjama herumlief und sich den Schlaf aus den Augen rieb. Sie machte ihm klar, daß er für die Kinder sorgen und sie zur Schule bringen mußte, bis sie diesen Fall besser im Griff hatte. Er war einverstanden. Sie würde mit dem Wagen zum Bahnhof fahren, erklärte sie ihm weiter, schließlich könnte sie ja nicht wissen, wann sie nach Hause käme. Auch damit war er einverstanden. Sie gab ihm einen Kuß und verließ das Haus.

Unterwegs zum Bahnhof ging allmählich die Sonne auf. Obwohl der Zug ziemlich voll war, ergatterte sie trotzdem noch einen Sitzplatz. Umgeben von Zeitungslesern, die mit ihrem Papier raschelten, las sie sich die Personalakten von Muldoon und Barone durch.

An der Grand Central Station stieg sie in die U-Bahn um, die nicht so überfüllt war. Sie blätterte nicht mehr in den Akten, sondern dachte daran, daß dieser Moment vielleicht der letzte ruhige des ganzen Tages war, und genoß ihn.

Im Gerichtsgebäude traf sie niemanden außer dem Mann vom Sicherheitsdienst an, der sie begrüßte und sich einen Kaffee eingoß. Er sah müde aus und wirkte mehr als bettreif. Sie fuhr im leeren Aufzug nach oben, schritt durch den leeren Flur und schloß ihr Büro auf. Obwohl sie beide Türen zum Flur hin offenstehen ließ, drang von dort aus kein Geräusch zu ihr.

Sie setzte sich an ihren Schreibtisch und arbeitete sich langsam durch das Aktenmaterial. Um neun Uhr fand sich ihre Sekretärin ein, die kurz darauf die Ankunft der Detectives Muldoon und Barone verkündete.

»Bitte schicken Sie Mr. Coombs zu mir«, ordnete sie an. »Mr. Muldoon soll zuerst eintreten.« Das war logisch; Muldoon war nicht nur der Älteste, sondern auch der, der am tiefsten in den Fall verstrickt war.

Sie streckte ihm die Hand entgegen und lächelte freundlich. »Guten Morgen, wie geht es Ihnen?«

Muldoon trug einen grünlichen Mantel, ein Hemd, das einmal blau gewesen zu sein schien und eine rote Krawatte mit Flecken darauf. Er erwiderte weder ihr Lächeln noch ihren Gruß. Nach einigem Zögern entschloß er sich wenigstens zu einem kurzen Händedruck. Er war es offenbar nicht gewohnt, Frauen die Hand zu schütteln, vermutete Karen. Sie runzelte die Stirn: dieser Mann war ihr Hauptzeuge, und er machte keinen guten Eindruck auf sie. Einen Moment später betrat Coombs den Raum. Karen stellte ihn vor. »Er hat mit Mr. Harbison zusammengearbeitet. Deshalb werden Sie ihn wahrscheinlich schon kennen.«

Coombs nickte Muldoon zu, doch der zeigte keine Reaktion. Bis jetzt hatte er mit niemandem Augenkontakt aufgenommen, was Karen nicht entgangen war. Vielleicht ist der Mann nur nervös, machte sie sich Mut. Schließlich konnte er ja nicht wissen, was sie von ihm wollte.

Falls er tatsächlich nervös war, mußte sie ihn zuallererst einmal beruhigen. Karen sprach über frühere Fälle, die er bearbeitet hatte. Sie stellte ihm Fragen, versuchte, ihre Anerkennung für seine Leistungen zum Ausdruck zu bringen – doch er blieb einsilbig und mied nach wie vor jeden Augenkontakt. Auf einmal unterbrach er sie. »Können Sie mir sagen, worum es hier überhaupt geht?«

»Ich möchte mit Ihnen über den Fall Epps sprechen. Nächsten Montag werden die Geschworenen ausgewählt und …«

»Darüber habe ich schon mit Ihren Leuten geredet.«

»Ja, aber nicht mit mir persönlich …«

»Und zwar ein paar hundert Mal.«

»Dann kommt es auf das eine Mal mehr ja auch nicht mehr an.«

»Norman Harbison weiß alles darüber.«

»Ich habe mit Norman geredet. Leider ist er zur Zeit mit etwas anderem beschäftigt.«

»Hören Sie, Lady. Ich hab' Mordfälle zu untersuchen.«

»Sicher, aber …«

»Harbison hat alles in seinen Aufzeichnungen stehen.«

Karen hatte keine derartigen Notizen von ihm erhalten. Seine Akten enthielten offizielle Polizeiberichte, die Aussage des Angeklagten. Berichte aus dem Krankenhaus, Fotos und Grafiken. Für Karen war es logisch, daß er solche Notizen nicht herausrücken wollte. Alles, was ihr die Bearbeitung des Falles erleichtert hätte, behielt er für sich. Wenn er den Fall nicht schon selbst bearbeiten durfte, wollte er doch zumindest ihr das Leben so schwer wie möglich machen.

Karen stellte Muldoon Fragen nach Einzelheiten. Obwohl sie nicht lockerließ, sondern hartnäckig nachbohrte, erntete sie nichts außer einsilbigen Antworten, unterbrochen von widerwilligen Grunzlauten und gelangweilten Seufzern. Immer wieder hörte sie nur »Fragen Sie Harbison«.

»Ich möchte mir einen Eindruck davon verschaffen, was Sie auf diese Fragen im Zeugenstand antworten«, erklärte Karen höflich.

»Im Zeugenstand werde ich genau erzählen, was passiert ist.«

»Schön. Und was genau war das?«

»Sie müssen sich keine Sorgen um meine Zeugenaussage machen, Lady.«

Das tat sie aber schon jetzt.

»Wissen Sie überhaupt, bei wie vielen Verhandlungen ich schon ausgesagt habe?«

»Vermutlich bei einer ganzen Menge.« Karen zwang sich zur Selbstbeherrschung. Sie wußte, daß sie diesen Mann brauchte. »Im Kreuzverhör ...«

»Das hab' ich schon tausendmal hinter mir. Darüber kann ich nur lachen.«

Karen ermahnte sich wieder zu Ruhe und Besonnenheit. Sie durfte es sich mit ihrem Hauptzeugen nicht verderben. »Der Verteidiger gilt als sehr gut ...«

»Diese Witzfiguren lassen mich völlig kalt.«

Einige Sekunden lang herrschte Stille. »Fühlen Sie sich eigentlich wohl?« fragte Karen schließlich.

»Allerdings.«

»Sie sind also nicht krank?«

»Dann wäre ich wohl kaum hier.«

»Ich glaube aber, daß Sie krank sind.«

»Sehe ich so aus?«

»Sie sehen so aus, als hätten Sie einen ordentlichen Kater«, sagte Karen frei heraus.

Muldoon schnaubte verächtlich. »Woher wollen Sie denn wissen, was ein Kater ist?«

»Aus eigener Erfahrung. Was haben Sie denn gedacht?«

»Ich hatte noch nie einen Kater.«

»Was ich stark bezweifle.«

»Sie haben verdammt noch mal nicht den geringsten Schimmer davon!«

Wenn er vor Gericht genauso freundlich ist, dachte Karen, haben wir die Geschworenen gegen uns, und ich verliere den Prozeß. »Darf ich Sie um einen Gefallen bitten?«

Er streifte sie nur kurz mit einem Blick und schaute dann wieder aus dem Fenster.

»Ich bitte Sie, im Vorzimmer zu warten, während ich mich mit Ihrem Kollegen unterhalte.«

Von Muldoon kam keine Antwort.

»Danach möchte ich Sie beide gemeinsam sprechen.« Sie ging auf ihn zu und begleitete ihn hinaus. »Es dauert nur ein paar Minuten.« Dann bat sie Barone zu sich.

Sie stand im Türrahmen, als er an ihr vorbeiging. Die Tür war breit genug, doch er kam ihr näher als nötig. Mit seinem Arm hätte er fast ihre Brüste berührt. Obwohl das ein Zufall sein konnte, unterstellte sie ihm sofort Absicht. Für wen halten sich diese Männer eigentlich, fragte sie sich. Nichts als Cops, in diesem Fall Leute, die ihr untergeben waren. Sie entschloß sich dazu, sie das auch spüren zu lassen.

Als sie sich umdrehte, stand Barone hinter ihr und reichte ihr die Hand. »Mike Barone«, sagte er herzlich.

Anscheinend wollte er im Gegensatz zu seinem Kollegen betont freundlich tun, dachte sie. Sie lächelte ihm zu, obwohl es ihr schwerfiel.

»Karen Henning«, erwiderte sie und schüttelte ihm die Hand. In diesem Moment fiel ihr ein, daß sie ihn schon einmal gesehen hatte, und zwar vor Jahren im Zeugenstand: ein großer junger Mann mit dunklen Augen.

»Wir haben schon einmal zusammen gearbeitet«, sagte Barone.

Sie ging wieder hinter ihren Schreibtisch zurück. »So?« fragte sie und klang reichlich gleichgültig. Ihr stand nicht der Sinn danach, Erinnerungen aufzufrischen; ihr ging es darum, zuverlässige Zeugen zu finden. »Wann soll das gewesen sein?«

»Vor sechs oder sieben Jahren.«

»Helfen Sie mir auf die Sprünge.«

Es ging damals um eine Reihe von Überfällen auf Juweliere. Er beschrieb den Fall, erzählte von den Nachforschungen und der Festnahme. Seine eigene Rolle dabei spielte er herunter, obwohl er offensichtlich glänzende Arbeit geleistet hatte. Statt dessen stellte er ihren Anteil bei der Aufklärung des Falles in den Vordergrund. Das war eine sehr geschickte Form der Schmeichelei. Er gebrauchte auch oft das Wort *wir. Wir* haben dieses getan, *wir* haben jenes getan. »Können Sie sich noch erinnern?« erkundigte er sich.

Natürlich konnte sie, war dies doch ihr erster großer Prozeß, ihre erste wichtige Verurteilung gewesen. »So in etwa«, antwortete sie. »Ich habe seitdem viele Prozesse geführt.« Er war ihr als ausgezeichneter Zeuge in Erinnerung, der sie allerdings ein wenig irritierte. Er besaß ein etwas zu gewinnendes Wesen. Sie hatte schon damals den starken Eindruck gehabt, daß er es geradezu darauf anlegte, gemocht zu werden.

»Als ich dienstfrei hatte, bin ich wieder ins Gericht gegangen, um den Schluß des Prozesses zu verfolgen. Sie waren großartig.«

Wieder eine Schmeichelei – falls er überhaupt meinte, was er sagte. In Karen klingelten die Alarmglocken. »An welchem Tag war das?« fragte sie, um ihm auf den Zahn zu fühlen.

»Es war an dem Tag, als der Alibizeuge aufgetreten ist. Den haben Sie vielleicht auseinandergenommen!«

Gut erinnert, schmunzelte Karen.

»Er hat behauptet, er würde den Angeklagten nicht kennen«, fuhr Barone fort. »Sie haben ihn in die Enge getrieben, bis er schließlich zugab, daß er ihn schon seit der Jugendhaft kannte. Sie konnten es ihm nachweisen. Außerdem konnten

Sie ihm sogar noch nachweisen, daß er mit dem Angeklagten verwandt war!«

Karen lachte. »Stimmt. Sie waren Vettern, ohne es zu wissen.«

»Das ganze Gericht hat sich schief und krumm gelacht!«

»Ja! Er war aber auch wirklich ein seltener Trottel.«

Karen wußte, daß Barone diese Details nur wissen konnte, wenn er selbst an Ort und Stelle gewesen war. Sie dachte ganz selten an diesen Tag zurück, den Barone ihr jetzt wieder ins Gedächtnis zurückgerufen hatte. Sie lächelten einander an, doch gleich darauf fiel Karens Blick auf die Akten, und das brachte sie wieder in die Gegenwart zurück. Als sie aber hochsah und bemerkte, daß er ihr immer noch zulächelte, fragte sie: »Ich habe Sie an dem Tag gar nicht gesehen. Warum sind Sie nach dem Prozeß nicht kurz zu mir gekommen und haben ›Hallo!‹ gesagt?«

»Sie waren im Dienst. Ich wollte Sie nicht belästigen.«

Wenn das stimmte, dann war er zumindest sehr rücksichtsvoll, dachte sie. Sie wandte sich wieder der Personalakte Michael J. Barone zu, las die Namen seiner Frau, seiner Kinder, sein Geburtsdatum. Er war drei Jahre jünger als sie.

»Gut, reden wir also über den Fall Epps. Einverstanden?« Sie stellte ihm alle Fragen, die ihr wichtig erschienen.

Barone stand bereitwillig Rede und Antwort. Er erinnerte sich an alles und jeden, sogar an Einzelheiten, die andere Polizisten längst vergessen hatten. Ihm fiel die genaue Uhrzeit und der exakte Ablauf der Ereignisse ein; er wußte auch noch, wie viele Schüsse abgefeuert wurden. Nachdem er alles erzählt hatte, fühlte sich Karen richtig erleichtert: Sie hatte einen Zeugen wie aus dem Bilderbuch gefunden, dem nicht nur die Geschworenen Glauben schenken würden, sondern auf den sie sich auch voll und ganz verlassen konnte.

Dreißig Minuten lang hatte die Befragung gedauert. Obwohl sie ständig mit ihrem Bleistift herumgespielt hatte, hatte sie doch nichts aufgeschrieben. Schließlich brachte sie ein anderes Thema zur Sprache. »Ihr Partner macht es einem nicht gerade leicht«, sagte sie.

»Danny? Wieso?«

»Aus ihm eine Antwort herauszulocken, ist schwieriger als Zähne ziehen.«

»Er hat eben noch nicht das Gefühl, Sie zu kennen.«

»Ich habe mir Gedanken gemacht ... Haben die Ereignisse dieser Nacht vielleicht ein Trauma bei ihm ausgelöst? Es gibt Polizisten, die sich nach einer solchen Schießerei an überhaupt nichts mehr erinnern können. Ihr Gedächtnis ist wie leergefegt.« Karen war schon früher auf dieses Phänomen gestoßen. »Gibt es vielleicht etwas, worüber er nicht reden will?«

»Nichts und niemand bringt Danny zum Schweigen. Sie haben ihn offenbar auf dem falschen Fuß erwischt. Versuchen Sie es noch mal mit ihm. Ich werde Ihnen dabei helfen.«

Kurz darauf bat sie Muldoon noch einmal zu sich, und diesmal ging es wirklich besser. In Gegenwart seines Partners wurde er redseliger, auch wenn er nach wie vor mürrisch blieb und schnell ungeduldig wurde. Mitunter konnte oder wollte er sich nicht an Einzelheiten der Schießerei erinnern. In diesen Fällen griff dann Barone ein und soufflierte ihm. Für Karen war klar, daß Barone der Boss war – auch wenn Muldoon wahrscheinlich das Gegenteil behauptet hätte. Schließlich entließ sie Muldoon, bat aber Barone, noch zu bleiben.

»Habe ich es Ihnen nicht gesagt? Danny wird einen ausgezeichneten Zeugen abgeben.«

»Ja ...« Sie war mit ihren Gedanken schon weiter. Falls Barone wirklich so hilfsbereit war, wie er vorgab, konnte ihr das eine Menge Zeit sparen. Sie entschloß sich dazu, ihn direkt zu fragen. »Ich würde gerne etwas über die anderen Polizisten erfahren, die in den Fall verwickelt waren. Können Sie mir sagen, was Sie von Ihnen wissen?«

»Selbstverständlich. Legen Sie los.«

»Officer Pierce?«

»Ein hervorragender Polizist.«

»Officer Boylehart?«

»Für den gilt dasselbe.«

»Officer Wiendienst?«

»Genauso.«

»Danke, das wär's. Sie können jetzt wieder Ihren Dienst aufnehmen.«

Barone blieb sitzen und grinste sie an. »Fragen Sie mich doch mal was Schwierigeres. Ich würde Ihnen wirklich gerne helfen, aber ich weiß ja nicht, nach welchen Informationen Sie eigentlich suchen.«

»Sehen Sie, Mr. Barone, ich habe folgendes Problem: Mir bleibt wenig Zeit, mich auf diesen Fall vorzubereiten. In den wenigen Tagen vor dem Prozeß muß ich alle zwanzig Polizisten, die darin verwickelt waren, verhören. Außer ihren Namen weiß ich rein gar nichts von ihnen. Sie könnten mir tatsächlich eine Menge Zeit ersparen, aber nur, wenn Sie wirklich wollen.«

Barone sah auf die Uhr. »Mittagszeit«, stellte er fest. »Gehen wir doch essen und reden darüber.«

»Nein, danke. Aber Sie können gerne gehen.«

»Sie müssen doch auch was essen.«

»Mittags so gut wie nie.«

Barone nickte verständnisvoll. »Dann gehen wir eben die Namen durch.«

»Sie meinen wirklich ...?«

»Wenn ich es sage.«

Sie überlegte kurz und entschied sich dann zu einem Test, der ihr zeigen sollte, wie kooperativ Barone wirklich war. Die härteste Frage stellte sie zuerst. »Fangen wir mit Detective Daniel Muldoon an.«

»Das bleibt aber unter uns, okay?«

»Natürlich. Was können Sie mir über ihn sagen?«

»Danny ist kein echter Alkoholiker, aber er trinkt eine Menge Bier. Vor ein paar Jahren ist er geschieden worden. Er ist einsam und benimmt sich wie die Axt im Walde. Aber er leitet seine Ermittlungen mit einem Scharfsinn, der seinesgleichen sucht.« Barone hielt inne. »Wenn Sie davon etwas zu ihm durchsickern lassen, betrachte ich das als großen Vertrauensbruch.«

»Ist er ehrlich?«

»Wenn man ihm etwas kostenlos anbietet, nimmt er es auch. Aber sonst? Ich kann ihm nichts nachsagen – nicht, seit ich mit ihm zusammenarbeite.«

Karen nickte. Falls er wirklich etwas Negatives über Muldoon hätte sagen können, würde er es sowieso für sich behalten. Die Loyalität eines Polizisten zu seinem Partner war etwas Heiliges. Sie konnte das zwar nicht ganz nachvollziehen, respektierte es aber.

»Wir kommen später noch einmal auf Muldoon zurück«, sagte sie. »Erzählen Sie mir zuerst etwas von den anderen. Ich möchte vor Gericht keine Überraschungen erleben. Was könnte Justin McCarthy über diese Leute herausbekommen, das ich auch wissen sollte?«

Die angehenden Geschworenen wurden pünktlich um neun Uhr in den Großen Saal eingelassen, wo sie dem Angestellten des Gerichts ihre Vorladungen überreichten. Er notierte ihre Namen und bat sie, Platz zu nehmen. Sie lasen Zeitung, lösten Kreuzworträtsel, unterhielten sich mit ihren Nachbarn oder starrten einfach nur an die Decke. Für die meisten unter ihnen war dies der erste Kontakt mit dem Gericht, weshalb sie entsprechend eingeschüchtert waren. Trotz der Größe des Raumes mit seinen rund zweihundert Stühlen wurde die Luft bald stickig. Um halb zehn war der Saal bereits überfüllt.

Nach etwa einer Stunde erhob sich der Gerichtsangestellte und bat um Aufmerksamkeit. Sofort verstummten alle. »Diejenigen, deren Namen ich aufrufe, begeben sich bitte auf den Flur und warten dort.«

Er nannte etwa sechzig Namen. Mit zufriedenen Gesichtern sprangen die Leute auf und beeilten sich, in den Flur zu kommen. Für sie hatte das Warten ein Ende, für die anderen fing es erst an. Auf dem Flur wurden die Kandidaten wie Schulkinder in Zweierreihen zu den Aufzügen geführt. Im vierzehnten Stock wurden sie in einen Gerichtssaal geleitet und gebeten, auf den Zuschauerrängen Platz zu nehmen. Die Geschworenenbank war leer; an einem Tisch saßen Karen und Coombs, am anderen McCarthy, sein Assistent – und Lionel Epps. Für die Neuankömmlinge war nicht zu erkennen, ob diese fünf Leute wichtig waren oder nicht. Sie bemerkten lediglich, daß sie Akten vor sich aufgehäuft hatten.

Schließlich ging eine Tür auf. Der Richter betrat den Saal und schritt zu seinem Podium. Ihm gehörte nun die alleinige Aufmerksamkeit der Kandidaten.

Der Richter eröffnete seine Rede. Er sprach von der Verfassung, von den Gesetzmäßigkeiten eines Prozesses, von den Rechten jedes Menschen vor Gericht und von der historischen Bedeutung der Geschworenen. Der Richter hieß Birnbaum und war etwa sechzig Jahre alt. Weil er so langsam sprach und jedem Wort großes Gewicht beimaß, hielt er sich selbst für einen ausgezeichneten Redner. In Wirklichkeit war er das keineswegs, und es dauerte nicht lange, bis die Kandidaten nicht mehr zuhörten, sondern nur noch mit den Füßen herumzappelten oder auf ihre Hände starrten.

»Der Zweck, die Geschworenen auszuwählen«, erhob er die Stimme, »besteht darin, einen möglichst unparteiischen Prozeß zu gewährleisten.« Er machte eine Pause und überflog die sechzig Gesichter, von denen die meisten seinem Blick auswichen. »Im vorliegenden Fall wird der Angeklagte des versuchten Mordes an Polizisten bezichtigt. Ich muß nachdrücklich betonen, daß der Angeklagte bis jetzt nur beschuldigt, nicht aber schuldig gesprochen ist. Es liegt an Ihnen, zu beurteilen, ob er schuldig ist oder nicht. Darüber haben Sie das letzte Wort.« Er ließ seinen Ausführungen ein theatralisches Lächeln folgen. »Diese Entscheidung liegt allein bei Ihnen, nicht bei den Anwälten, nicht bei mir. Das kann ich nicht oft genug betonen.«

Wieder machte er eine Pause. »Wir werden Sie nun in kleinen Gruppen befragen, um herauszufinden, ob Sie geeignet sind, in diesem Fall das Geschworenenamt zu übernehmen. Diese Befragung wird von der Staatsanwältin, Mrs. Henning, sowie dem Anwalt des Angeklagten, Mr. McCarthy, vorgenommen. Mrs. Henning, würden Sie sich bitte erheben? Mr. McCarthy, würden Sie sich bitte erheben?«

Karen überflog nur kurz die Köpfe der Kandidaten; McCarthy lächelte, verbeugte sich und winkte ihnen zu.

»Danke, Mr. McCarthy«, sagte der Richter, der diesen Auftritt abkürzen wollte. »Sie können sich wieder setzen.«

»Und das ist Mr. Lionel Epps. Stehen Sie bitte auf, Mr. Epps.«

Epps trug einen gutgeschnittenen blauen Anzug und eine Hornbrille. Er sah aus wie ein tüchtiger junger Geschäftsmann – oder wie ein junger Anwalt, denn von Coombs unterschied er sich kaum.

»Mr. Epps ist der Angeklagte in diesem Prozeß«, führte der Richter aus. »Sie entscheiden über seine Schuld oder Unschuld, nachdem Sie die Zeugenaussagen gehört haben.« Epps setzte sich wieder. »Nicht alle von Ihnen können als Geschworene zugelassen werden. Einige von Ihnen können wegen Befangenheit ausgeschlossen werden – vielleicht, weil Sie mit dem Angeklagten oder den Anwälten verwandt oder befreundet sind. Andere von Ihnen können abgelehnt werden, wenn einer der Anwälte glaubt, daß Sie voreingenommen und parteiisch sind.« Er lächelte großväterlich. »Jede Seite darf zwanzig Ablehnungen aussprechen. Sie werden anschließend nicht erfahren, warum und von wem Sie abgelehnt wurden. Der Protokollführer wird Sie lediglich nach Hause schicken. Darf ich jetzt die ersten fünfzehn von Ihnen auf die Geschworenenbank bitten? Danke.«

Acht weiße und sieben schwarze Kandidaten nahmen Platz. Richter Birnbaum wandte sich ihnen zu. »Das kann ein langer Prozeß werden«, erklärte er. »Vielleicht dauert er zwei Monate. Wer von Ihnen das als unzumutbare Last empfindet, hebe bitte die Hand.«

Dieser Aufforderung kamen sämtliche weißen und die meisten schwarzen Kandidaten nach.

Obwohl der Richter davon nicht überrascht sein konnte, spielte er den Verärgerten. Ihm ging es offensichtlich darum, andere Wackelkandidaten von vornherein einzuschüchtern. »Ich habe wenig Verständnis für Leute, die ihrer Pflicht als Geschworene nicht nachkommen wollen«, begann er. »Schließlich tragen Sie ja eine Verantwortung als Bürger. Kandidat Nummer eins, welches Märchen wollen Sie mir auftischen?«

»Ich bin Computerhändler, Euer Ehren. Ich arbeite im Auftrag. Und zwei Monate …«

»Kommen Sie bitte zu mir.«

Richter Birnbaum fragte ihn eine Weile aus; nach seiner Arbeit, seinen Unkosten, seiner finanziellen Lage. Zu guter Letzt schien er zufrieden. »Entschuldigt«, sagte er. »Wir werden schon noch einen Prozeß für Sie finden, der Ihnen nicht so ungelegen kommt«, fügte er sarkastisch hinzu.

»Und wie steht es mit Ihnen, Madame?« machte er weiter.

Sie war eine Hausfrau. »Ich habe Kinder, die noch nicht zur Schule gehen, und keine Hilfe im Haushalt.«

Auch sie nahm er sich zur Brust und stellte ihr genaue Fragen. Schließlich hieß es aber wieder: »Entschuldigt.«

»Was sind Sie von Beruf?« fragte er den nächsten Mann, der einen auffallend teuren Anzug trug.

»Ich bin Börsenmakler. Ich kann Ihnen leider nicht dienen.«

»Aha? Sie sind sicher ein vermögender Mann.«

»Leider nicht.«

Der Richter warf ihm einen drohenden Blick zu. »Unser gesamtes Rechtssystem basiert darauf, daß die Leute ihrer Geschworenenpflicht nachkommen, wenn sie dazu aufgefordert werden. Ist Ihnen das klar? Ich gebe mich nicht mit scheinheiligen Entschuldigungen zufrieden.«

Die Worte des Richters machten keinerlei Eindruck auf den Mann. »Ich kenne den Fall«, sagte er und fügte trotzig hinzu: »Der Kerl ist hundertprozentig schuldig.«

Der Richter sah ihn scharf an, doch der andere hielt dem Blick stand. »Entschuldigt«, seufzte er.

So ging es tagelang weiter. Immer neue Kandidaten füllten die Zuschauerränge, hörten der stets gleichen Ansprache des Richters zu und wurden auf der Geschworenenbank verhört. Doch die Resultate waren reichlich trostlos.

Einige der Kandidaten meldeten keinen Protest an und wurden daraufhin von Karen und McCarthy befragt. Der Staatsanwältin ging es allein darum, Leute zu finden, die man als aufrechte Bürger bezeichnen konnte; sie wollte niemanden auf der Geschworenenbank haben, der schon im Gefängnis war, zur Vergeßlichkeit neigte oder seine Muttersprache nicht beherrschte. McCarthys Taktik bestand dagegen darin, aus den Kandidaten herauszukitzeln, ob sie Vorurteile gegen Schwarze hatten. Mit seinen spitzfindigen Fangfragen gelang ihm das auch ganz gut.

Die erste Geschworene, auf die sich beide Parteien einigten, war eine Angestellte der Sozialbehörde. Die nächsten beiden waren Männer: ein Lastwagenfahrer und ein Fahrstuhlführer. Alle drei waren schwarz.

Es hatte eine geschlagene Woche gedauert, wenigstens diese drei auszuwählen. Weil für einen Prozeß dieser Dauer auch noch zwei Ersatz-Geschworene bestimmt werden mußten, war allen Beteiligten klar, daß sich die Auswahl noch eine Weile hinziehen würde.

Karen blieb jeden Tag so lange im Gericht, bis die Kandidatenkür beendet war, und ging anschließend in ihr Büro. Untergebene warteten auf ihre Anweisungen, Berichte mußten gelesen, Anrufe beantwortet werden. Außerdem hatte sie sich vorgenommen, jeden Tag mindestens zwei Polizeibeamte zu verhören, die bei der Schießerei beteiligt waren und ihr vielleicht etwas erzählen konnten, was nicht in den offiziellen Verlautbarungen stand. Wenn sie nach Hause ging, waren alle Flure leer, das ganze Gebäude still.

Heute stand noch einmal ein Gespräch mit Muldoon und Barone auf der Tagesordnung. Sie unterhielt sich mit beiden getrennt. Muldoon war nicht mehr so bockig wie zuvor, doch was er zu berichten wußte, brachte auch nichts Neues und war deshalb nicht gerade ermutigend.

Barones Auskünfte waren da schon ergiebiger. Er erzählte über den Lauf der Ereignisse in chronologischer Reihenfolge und brachte dabei nichts durcheinander, wie sie durch ständiges Nachfragen herausbekam.

Sie arbeiteten bis spät in die Nacht, als Barone vorschlug: »Wir sollten alle drei etwas essen.«

»Nein, danke«, lehnte sie ab.

»Sie können nicht für Larry sprechen. Larry ist hungrig, stimmt's?«

»Der Angeklagte«, fuhr Karen ungerührt fort, »lief über das Dach und schoß um sich. Was geschah dann?«

Als Barone kurz darauf vorschlug, ein paar Sandwiches und etwas zum Trinken zu holen, lehnte sie auch das ab. Statt dessen beendete sie das Gespräch, sagte, daß sie sich auf den Heimweg mache, und packte ihre Unterlagen zusammen.

Barone verabschiedete sich und ging, doch als sie auf den Flur kam, wartete er dort auf den Fahrstuhl. Das war ihr nicht sehr angenehm; sie sah sich nach Coombs um, doch der war auf der Toilette verschwunden. Sie fuhren mit dem Fahrstuhl nach unten, wechselten dabei aber kein Wort.

Auf der Straße schaute sich Karen nach einem Taxi um. »Ich habe meinen Wagen hier«, bot Barone an. »Wenn Sie wollen, fahr ich Sie zur Grand Central.«

Das bedeutete, er hatte herausgefunden, daß sie jede Nacht die Bahn von dort aus nahm. Sie fragte sich verärgert, ob er vielleicht auch ihre Adresse wußte. »Nein, danke. Ich nehme ein Taxi.«

»Ich fahre ohnehin dort vorbei.«

»Trotzdem vielen Dank.« Sie brachte ein halbes Lächeln zustande.

»Schön, dann gute Nacht.«

Seit einer guten Stunde hatte sie über eine Idee nachgedacht, aber sich davor gescheut, sie auszusprechen. Sie mußte sich jetzt schnell durchringen, sonst wäre er weg. »Noch etwas ...«, überwand sie sich schließlich. »Mir wäre es am liebsten, Sie würden morgen abend wiederkommen. Noch besser: jeden Abend in dieser Woche, sofern Sie das einrichten können.« Sie verfolgte damit ein klares Ziel: die anderen Cops würden eher aus sich herausgehen, wenn bei dem Gespräch noch ein Kollege anwesend war. Die meisten von ihnen benahmen sich doch reichlich gehemmt, wenn sie mit zwei Staatsanwälten konfrontiert wurden. Einigen schien es auf einmal sogar gänzlich die Sprache verschlagen zu haben. Barones Gegenwart, nahm sie an, würde vielleicht helfen, ihnen die Zunge zu lösen.

»Natürlich komme ich«, sagte Barone ganz selbstverständlich.

Zum Glück kam gleich darauf ein Taxi. Es wäre ihr peinlich gewesen, noch immer wartend an der Straße zu stehen, während Barone mit seinem Wagen an ihr vorbeifuhr.

Sie kam Nacht für Nacht später nach Hause, und ihr Mann nahm das allmählich nur noch zähneknirschend hin. Er mußte die Betten machen, das Haus sauberhalten, die Einkäufe erledigen und jeden Abend für die Kinder kochen. Er hatte immer weniger Zeit, sich auf seinen Unterricht vorzubereiten. In den ersten paar Wochen hatte er sich nicht darüber beklagt, doch jetzt hatte er die Nase voll. Er fand das Verhalten seiner Frau ihm gegenüber nicht fair. Sie beschwichtigte ihn, so gut es ging. Was hätte sie auch sonst tun können?

An einem der nächsten Abende verließ sie ihr Büro so spät wie immer. Es schüttete in Strömen, und alle Taxis, die vorbeifuhren, waren besetzt. Auf einmal fuhr ein Auto heran, und der Fahrer stieß die Tür auf.

»Steigen Sie ein«, rief Barone. »Sie werden ja völlig durchnäßt.«

Sie zögerte einen Moment, dann klappte sie ihren Schirm zusammen und stieg ein.

»Wann geht Ihr Zug?«

Sie sagte es ihm.

»Keine Sorge, den schaffen wir noch.«

»Mir gefällt das aber gar nicht, daß ich Ihnen zur Last falle.« Sie hatte ein ausgesprochen schlechtes Gewissen dabei.

Die Innenseite der Windschutzscheibe war sofort beschlagen. Barone hatte eine Hand am Steuer; mit der anderen wischte er die Scheibe ab. Karen zog ein Taschentuch heraus. »Lassen Sie mich das machen.«

»So ist's schon viel besser. Danke.«

Sie redeten fast nichts mehr miteinander, bis er an einer Bushaltestelle vor der Grand Central anhielt. »Sie haben noch fünfzehn Minuten«, sagte er, als er auf seine Uhr schaute.

»Noch einmal vielen Dank.« Sie betätigte den Türgriff.

»Warum so eilig? Hier drin haben Sie es viel bequemer. Im Bahnhof treiben sich doch nur lauter Perverse und Penner herum.«

»Je früher ich dort bin, desto eher bekomme ich einen Sitzplatz.«

Die Scheiben waren schon wieder beschlagen. Sie waren allein in einer Art undurchsichtigem Kokon. Niemand konnte hineinsehen. Sie war verblüfft, daß sie sich gar nicht so unwohl fühlte.

»Wie alt sind Ihre Kinder?« fragte er.

Sie sagte es ihm.

»Haben Sie Bilder von ihnen dabei?«

»Ich kann mir nicht vorstellen, daß Sie Interesse an meinen Kindern haben.«

»Aber wir sind doch Freunde. Oder nicht?«

Sie fragte sich, was er damit sagen wollte.

»Ich will alles über Sie wissen.«

Sie warf ihm einen frostigen Blick zu.

Er lachte. »Zeigen Sie mir doch die Bilder.«

Schließlich holte sie die Aufnahmen aus ihrer Handtasche. Er betrachtete sich das Foto ihrer Tochter genau. »Ein hübsches Mädchen«, sagte Barone und gab es ihr zurück. »Meistens haben hübsche Mütter keine hübschen Töchter.«

Das war eine nette, wenngleich auch keine sehr raffinierte Bemerkung. Sie kam sich seltsam vor in diesem Wagen, von der Außenwelt wie abgeschlossen. Sie hörte den Straßenverkehr und die Fußgänger auf dem Bürgersteig. Die konnten sie nicht sehen und umgekehrt. Sie war sich nur des Mannes in ihrer unmittelbaren Nähe bewußt und vermutete, daß es ihm genauso ging. Eine absurde Situation.

»Ich muß gehen.« Sie öffnete die Tür und stieg aus. Barone rief ihr nach, daß sie ihren Schirm vergessen habe, und reichte in ihr. »Gute Nacht«, sagte sie. »Nochmals besten Dank.« Es hatte inzwischen zu regnen aufgehört. Sie ging in den Bahnhof und stieg in den Zug.

Als sie nach Hause kam, war es spät, und sie hatte schrecklichen Hunger. Sie eilte in die Küche, als Hank die Treppen herunterkam. »Wie lange soll das noch so weitergehen?« war seine Begrüßung.

»Was?«

»Daß du derart spät nach Hause kommst.«

»Ich versuche, die beiden anderen Fälle, die ich noch bearbeite, auf jemanden abzuwälzen«, antwortete sie. »Wenn ich die erst mal vom Hals hab und der Prozeß begonnen hat, wird es besser. Das verspreche ich.« Sie stand in der Küche und aß eine Schüssel Haferflocken. Ihr Abendessen.

»Die Kinder kommen zu kurz, von mir möchte ich gar nicht erst reden«, warf er ihr vor.

Sie zeigte sich reumütig, doch er war dadurch nicht zu bremsen. Je mehr er sie unter Druck setzte, desto verärgerter wurde sie. »Ich habe mich nicht um diesen Fall gerissen.«

»Du hättest ihn ablehnen können.«

»Mach dich nicht lächerlich.«

»Du hast ihn angenommen, weil du ihn haben wolltest.«

»Man hat mich nicht darum gebeten, man hat es mir befohlen.«

»Du hättest sagen können ›Tut mir leid. Nein, danke.‹«

»Dann hätte ich meinen Job verloren.«

»Und wenn schon!«

»Du vergißt wohl, daß ich mehr als die Hälfte zu unserem Einkommen beitrage.«

»Dir gefällt es, im Rampenlicht zu stehen. Darauf kommt's dir an. Dein Name steht in der Zeitung, du gibst Interviews im Fernsehen!«

»Ich bin exakt zweimal interviewt worden. Ich hab diesen Fall nun mal am Hals, und daran kann ich auch nichts ändern.«

»Du hast nur noch deine Karriere im Kopf. Das ist es!«

»Das ist nicht wahr.«

»Deine Karriere ist dir wichtiger als deine Kinder, wichtiger als ich!«

»Deine Unverschämtheiten kannst du dir sparen.«

»Du bist eine Karrierefrau, wie sie im Buch steht!«

»Zum tausendsten Mal: Ich wollte diesen Fall nicht!«

»Du hast noch nie etwas getan, wenn du es nicht wolltest!«

»Du solltest lieber ins Bett gehen, bevor du noch mehr Dinge sagst, die dir später leid tun.« Sie ließ ihn stehen und ging ins Schlafzimmer.

Sie hörte, wie er bald darauf nachkam. Als er sich ins Bett

legte, rührte sie sich nicht. Ihre eigenen Worte klingelten ihr noch in den Ohren, nicht seine. Sie wußte, daß er mit seinen Vorwürfen nicht falsch lag. Sie konnte die Sache wieder ins reine bringen. Aber nicht jetzt; dazu war sie zu aufgeregt.

Für die fünfundsiebzig Kilometer lange Fahrt nach Hause brauchte Barone weniger als eine Stunde. Als Polizist hatte er den Vorteil, so schnell fahren zu dürfen, wie er wollte, und das nützte er weidlich aus.

Er wohnte in einem kleinen Haus mit Garten in einem Ort, der zu weit von New York entfernt war, als daß man ihn noch hätte als Vorort bezeichnen können. Früher war dies ein reines Bauerndorf gewesen. Manche der Familien, die hier ansässig waren, lebten hier schon seit Generationen, seit der Revolution oder noch länger. Auf den verwitterten Grabsteinen des Friedhofes konnte man noch Jahreszahlen aus dem 16. Jahrhundert entziffern. Die Namen waren nach wie vor vertraut, denn die Nachfahren dieser Menschen lebten noch immer hier. Nach dem Zweiten Weltkrieg hatten sich Ackerbau und Viehzucht nicht mehr rentiert. Als Folge davon starb die Landwirtschaft aus. Als Barone kurz nach der Geburt seiner ersten Tochter das Haus hier gekauft hatte, war der Ort noch ein gottverlassener Flecken Erde gewesen. Er hatte nur hergefunden, weil andere New Yorker Polizisten hier wohnten und ihm davon erzählt hatten.

Nach und nach war das Städtchen gewachsen. Im Laufe der Zeit zogen immer mehr Gesellschaften aus New York weg und ließen sich in den näher und weiter entfernten Vororten nieder. Dieser Trend war den Grundstücksmaklern natürlich nicht entgangen. Auch in Barones Ort wurden ständig neue Häuser gebaut und die Grundsteuern stiegen kräftig an, was er ordentlich am Geldbeutel spürte.

Barone war knapp bei Kasse gewesen, seit er denken konnte. Er hatte sich fast schon daran gewöhnt, was man von seiner Frau keineswegs behaupten konnte. Deshalb war es keine Überraschung, als ihn seine Frau auch diesmal wieder mit den Worten ›Du hast mir nicht genügend Geld gegeben‹ begrüßte. Er stand im Flur und hatte noch nicht einmal seinen Mantel ausgezogen, als sie bereits auf ihr Lieblingsthema zu sprechen kam. Sie war klein, dunkelhaarig, mit einer großen Nase und dünnen Lippen. Eins seiner Mädchen klammerte sich um seine Beine; er hob es hoch und kraulte es am Hals, bis es kicherte.

»Ich brauche mehr Geld.« So schnell ließ sie nicht locker.

Barone setzte das Kind ab, das gleich wieder zurück zum Fernseher rannte. Ihm gefiel es gar nicht, daß die Mädchen so viel fernsahen, doch was konnte er schon dagegen tun.

»Mit dem, was du mir gibst, komm ich von vorn bis hinten nicht zurecht. Ständig muß ich mich nach der Decke strecken.«

Barone ging gar nicht darauf ein, sondern nahm sie einfach in den Arm. »Was gibt's zum Essen?« Er beherrschte die Kunst, andere so lange zu beruhigen, bis ihr Zorn verraucht war.

»Spaghetti«, antwortete sie bockig.

»Nicht schlimm, ich mag Spaghetti«, nahm er ihr den Wind aus den Segeln.

»Von dem, was du mir gibst, können wir uns eben nichts anderes leisten.«

»Ich gebe dir jeden Cent, den ich übrig habe.«

»Aber nicht genug.«

»Was glaubst du eigentlich, was Polizisten verdienen?«

»So geht's jedenfalls nicht weiter. Ich nehme einen Job an.«

»Wie bitte?«

»Beim Schreibwarengeschäft im Ort«, erklärte sie, ohne ihn anzusehen. »Natürlich nur vormittags, wenn die Kinder in der Schule sind.« Sie sagte ihm, was sie dort verdienen würde.

»Das ist verdammt wenig«, sagte er und nahm ihre Hände. »Du bist doch viel mehr wert.« Er sah sie zärtlich an. »Können wir jetzt essen?«

»Du erwartest, daß das Essen auf dem Tisch steht, sobald du zur Tür reinkommst. Aber meistens kommst du weiß Gott wie spät heim oder überhaupt nicht.«

Jetzt kommen wir also auf den Kern der Sache, dachte Barone. »Ich rufe dich immer an, wenn ich nicht kommen kann«, sagte er. »Ich sage dir immer, wenn ich aufs Gericht oder sonstwohin muß.«

»Du erzählst mir Märchen.«

»Wenn ich um ein Uhr nachts Feierabend mache und am nächsten Morgen um neun im Gericht sein muß, lohnt es sich nicht mehr, heimzufahren. Das muß dir doch einleuchten.«

Sie sah ihn mißtrauisch an.

»Wenn du glaubst, ich schlafe lieber auf der Wache in einem Schlafsack als bei dir im Bett, hast du dich geschnitten.« Er wollte sie noch einmal umarmen, doch sie stieß ihn zurück.

»Ich hab Kondome in deiner Tasche gefunden.«

Er gab sich Mühe, nicht erstaunt zu wirken, was ihm auch bestens gelang.

»Glaubst du etwa, ich hätte nicht nachgesucht?«

Er ließ sich nach wie vor nichts anmerken. »Aber die sind doch für dich«, sagte er vorwurfsvoll. »Für den Fall, daß du einmal ganz überraschend Lust hast …«

»Puh!« schnaubte sie. »Ich kann mich nicht erinnern, daß das jemals der Fall war.«

»Und was war damals auf dem Parkplatz?«

»Das ist doch schon Jahre her!«

»Ich wollte nur auf alles gefaßt sein, wenn du auf einmal in Stimmung kommst und …«

»Ich glaube dir kein Wort.«

»Außerdem wollte ich sie nicht im Schlafzimmer herumliegen lassen. Wegen der Kinder.«

Er sah ihr an, daß ihre Zweifel allmählich verflogen. »Die sind dafür einfach noch zu jung«, sagte er ernst.

»Das ist wahr«, räumte sie ein.

Dieses Argument stach, denn seine Frau war genauso streng erzogen wie er, was die Sexualität betraf. Sie war in dieser Hinsicht, wie auch in jeder anderen, sehr anständig.

Er holte ein paar Geldscheine aus einer Brieftasche und reichte sie ihr. »Ich schau zu, daß du in Zukunft mehr Geld bekommst«, beruhigte er sie. »Aber bitte: laß uns jetzt endlich essen.«

Barone ging in den Garten, setzte sich in die Hollywoodschaukel und ließ seine Gedanken schweifen. Seine Eltern hatten ihn gelehrt, die Ehe sehr ernst zu nehmen. Allerdings galt das in der Praxis nicht immer für beide Geschlechter gleichermaßen. Verheiratete Männer flirteten öfter mit anderen Frauen und schliefen vielleicht sogar mit ihnen. Frauen, zumindest wenn sie so waren wie seine, fügten sich eher in ihre Rolle als treue Gattin und Mutter. Sie waren ja auch keinen anderweitigen Versuchungen ausgesetzt. Deshalb mußte man sich auch keine Sorgen um sie machen, wenn man sie von Zeit zu Zeit allein ließ.

Ganz automatisch verglich er seine Frau mit Karen Henning. Eine Karrierefrau mit einem hochdotierten Job, kein Hausmütterchen mit einer Halbtagsstelle in einem Schreibwarenladen. Außerdem sah sie besser aus und war besser gekleidet. Allein ihre Figur! Sie erschien ihm fast exotisch, denn einer Frau wie ihr war er noch nie begegnet. Sicher: im großen und ganzen waren aber alle Frauen in erster Linie eben Frauen, die sich nur in Kleinigkeiten voneinander unterschieden. Man mußte nur den richtigen Knopf drücken, dann reagierten sie alle gleich. Die Schwierigkeit bestand nur darin, diesen Knopf zu finden.

Als der Wecker klingelte, schaltete ihn Karen gleich wieder ab. Hank war auch schon wach; das spürte sie, obwohl er sich nicht rührte. Sie hatte heute viel zu tun, mußte sich schnell anziehen und den Frühzug erwischen. Trotzdem streichelte sie Hanks Schenkel. Weil er nicht darauf reagierte, ließ sie ihre Hand weiter nach oben gleiten. Als er seine Arme um sie schloß, knöpfte sie seinen Schlafanzug auf und zog ihr Nachthemd aus. Im Grunde war ihr gar nicht danach, doch nach dem gestrigen Abend fühlte sie sich fast dazu verpflichtet. Sie legte sich auf ihn und wiegte ihren Körper in zärtlichem Rhythmus hin und her. Es dauerte nur ein paar Sekunden, bis er zu seinem Orgasmus kam.

»Mach doch schon mal Kaffee«, flüsterte sie ihm ins Ohr. »Ich zieh mich solange an.« Sie gab ihm einen Kuß und stand auf.

Als sie in die Küche kam, dampfte der Kaffee schon, und

der Toast lag gebuttert auf dem Tisch. Hank lächelte sie glücklich an, gab ihr sogar noch einen Kuß auf die Nase, während er ihr den Kaffee einschenkte. Sie war sehr erleichtert, wenn auch ein wenig verdutzt. Sie fand es immer wieder erstaunlich, wie einfach man Männer bestechen konnte. Sie aß schnell zu Ende und verließ das Haus.

Auf ihrer Fahrt in die Stadt mußte sie noch einmal an den letzten Abend denken und daran, wie lange sie wohl noch auf ein Taxi hätte warten müssen, wenn Barone nicht gewesen wäre. Darauf wollte sie in Zukunft gerne verzichten. Sobald sie gehört hatte, daß der Bezirksstaatsanwalt im Haus war, suchte sie ihn auf und erklärte ihm ihr Problem.

»Sie haben völlig recht«, bestätigte der Alte. »Ich werde dafür sorgen, daß man Ihnen einen Wagen zuteilt. Es geht nicht, daß Sie Ihren Zug verpassen, nur weil gerade kein Taxi kommt.«

»Vielen Dank.«

»Übrigens: wie geht es mit der Auswahl voran?«

»Ach, ganz gut«, lächelte sie und verließ sein Büro. Diese Frage bedeutete, daß er sich bisher noch gar nicht für die Angelegenheit interessiert hatte. Ein gutes Zeichen, fand sie.

5. Kapitel

Im Gericht befragte Karen eine Sekretärin nach Namen, Alter, Ehestand, Ausbildung und Beruf. Die Antworten, die sie erhielt, waren so kurz und knapp wie ihre Fragen. Die Frau kam ihr intelligent und unvoreingenommen vor. Karen akzeptierte sie als Geschworene.

McCarthy stellte anschließend noch einmal dieselben Fragen, als wäre er zuvor gar nicht im Raum gewesen. Sechs Geschworene waren bereits gewählt, drei Männer, drei Frauen, alle schwarz. Die Sekretärin war weiß. McCarthy hatte bisher alle Weißen, die Karen vorschlug, abgelehnt. Die Staatsanwältin wartete gespannt, was jetzt wohl passierte.

»Waren Sie jemals im Gefängnis, Madame?« wollte McCarthy wissen.

»Um dort hineinzukommen, muß man ja wohl etwas angestellt haben.«

»Haben Sie jemals einen Strafzettel erhalten?«

»Einmal, ja.«

»War der Polizist nett zu Ihnen?«

»Er hat mir einen Strafzettel verpaßt.«

»Was mußten Sie bezahlen?«

»Ich glaube 50 Dollar.«

»Dafür haben Sie den Polizisten gehaßt, stimmt's?«

»Im Moment schon.«

»Aha, nur im Moment ... Gibt es in Ihrem Familienkreis irgendwelche Polizisten?«

»Nein.«

»Haben Sie je einen Polizisten persönlich gekannt?«

»Ich war mal mit einem befreundet.«

»Und wie gut kannten Sie ihn?« McCarthy hatte sich von der Frau abgewandt und warf Karen einen höhnischen Blick zu.

Sie stand auf. »Ich muß gegen diese Form der Befragung protestieren, Euer Ehren.«

Der Richter schaute gedankenvoll auf. »Nein, ich glaube, im Hinblick auf einen solchen Prozeß ist sie angemessen. Bitte, antworten Sie.«

»Ich glaube, wir sind dreimal zusammen ins Kino gegangen.«

»Jetzt sagen Sie doch schon, was wirklich war!«

»Was wollen Sie damit andeuten?«

Karen stand wieder auf, und Richter Birnbaum nickte ihr zu. »Ich bitte Sie, etwas behutsamer vorzugehen, Mr. McCarthy«, rügte er.

»Er stiehlt uns nur die Zeit«, sagte Karen.

»Fahren Sie fort, Mr. McCarthy.«

»Ihr Polizistenfreund … War er ehrlich?«

»Ich bin dreimal mit ihm ins Kino gegangen.«

»Das sagten Sie bereits. Lassen Sie mich Ihnen eine andere Frage stellen. Wenn Sie hören, daß jemand Schüsse auf Polizisten abgegeben hat – halten Sie ihn dann automatisch für einen schlechten Menschen?«

»Wollen Sie mich auf den Arm nehmen?«

McCarthy unterhielt sich kurz mit seinem Assistenten. »Aus triftigem Grund abgelehnt, Euer Ehren.«

»Dafür gibt es nicht den geringsten Grund!« wehrte sich Karen.

»Doch. Wir haben es hier offensichtlich mit einer fanatischen Anhängerin von Recht und Ordnung zu tun.«

»Wenn Sie solche Fragen stellen, müssen Sie auch mit den entsprechenden Antworten rechnen.«

Der Richter musterte die beiden Kontrahenten.

»Euer Ehren, ich protestiere entschieden!« rief Karen. »Er will systematisch weiße Geschworene ausschließen.«

Sie wußte, daß sie mit diesem Protest nicht durchkam. Eine Anordnung des Obersten Gerichtshofs lautete, daß die Staatsanwaltschaft keine Geschworenen wegen ihrer Rassenzugehörigkeit ausschließen durfte. Der Verteidigung war dies hingegen gestattet.

»Das war Ihre vierzehnte Ablehnung«, entschied der Richter. »Es bleiben Ihnen noch sechs.«

Einen Monat und zwei Tage nachdem die Auswahl der Kandidaten begonnen hatte, standen die zwölf Geschworenen endlich fest. Karens Augen wanderten von einem Gesicht zum anderen: sechs Männer, sechs Frauen; zehn Schwarze, zwei Puertoricaner. Bei den beiden, die als Ersatz vorgesehen waren, handelte es sich um weiße Frauen. Doch die kämen nur dann zu ihrem Auftritt, wenn andere Geschworene erkrankten oder starben.

Jetzt war also alles geklärt und nichts mehr zu ändern. Von einer Gleichverteilung der Rassen konnte natürlich nicht im geringsten die Rede sein. »Warum habe ich das bloß zugelassen?« murmelte sie.

»Es ist gegen das Gesetz, Geschworene aus rassistischen Gründen auszuschließen«, erläuterte Coombs. »Und Sie haben dem Gesetz eben Folge geleistet.«

»Die Verhandlung beginnt morgen um neun«, verkündete der Richter und verließ den Saal.

Die Geschworenen erhoben sich von ihren Plätzen, gingen hinaus, und Karen sah ihnen hinterher. »Diese Leute sind genauso fähig, sich ein ehrliches Urteil zu bilden, wie irgend jemand sonst«, sagte sie grimmig und mehr zu sich selbst als zu Coombs. Jedenfalls wollte sie das gern glauben.

Karen blieb noch bis in die Nacht im Büro und arbeitete an ihrem Eröffnungsplädoyer. In den letzten Tagen hatte sie einen Entwurf nach dem anderen zu Papier gebracht. Jetzt mußte sie die Einzelteile zusammensetzen. Von diesem Plädoyer hing alles ab. Es mußte sehr überzeugend sein. Und deutlich. Deutlicher als deutlich. Erst nach Stunden hatte sie schließlich eine Rede stehen, die ihr einigermaßen brauchbar vorkam. Auch mit der war sie nicht voll und ganz zufrieden, aber sie war einfach zu erschöpft, um noch weiter daran zu feilen. Sie schaltete alle Lichter aus und machte sich auf den Weg zum Grand Central.

Hank brauchte heute das Auto, deshalb nahm sie am Bahnhof ein Taxi. Als sie vor der Tür stand, sah sie zu ihrer Überraschung, daß nirgendwo Licht brannte. Plötzlich hielt ein Wagen hinter ihr, aus dem Hillary stieg. Karen glaubte ihren Augen nicht zu trauen und lief sofort ihrer Tochter entgegen. Der Fahrer entdeckte die Mutter, wendete und machte sich unverzüglich aus dem Staub.

»Hallo, Mom«, grüßte Hillary. »Das war nur Greg.«

»Das habe ich gesehen. Ins Haus mit dir!«

»Was ist denn los, Mom?«

»Welchen Tag haben wir heute?«

»Donnerstag.«

»Und wie spät ist es?«

»Etwa zehn.«

»Halb zwölf. Dein Vater und dein Bruder sind beim Basketball. Wer hat dir erlaubt, auszugehen?«

»Greg hat angerufen und ...«

»Noch einmal: wer hat dir das erlaubt?«

»Ja ... eigentlich niemand.«

»Allerdings.«

»Du warst ja nicht zu erreichen«, sagte sie schuldbewußt. »Ich hab bei dir angerufen, doch die Telefonzentrale war nicht besetzt.«

Das stimmte zwar, doch Karen ging darüber hinweg. »Erstens darfst du nicht ohne Erlaubnis weggehen, und zweitens möchte ich wissen, wer das Auto fährt, bevor du einsteigst. Ich dachte, wir könnten einander vertrauen.«

»Aber du kennst doch Greg.«

»Greg ist sechzehn! Seit wann hat er seinen Führerschein?«

»Seit gestern«, antwortete Hillary. »Aber er ist ein guter Fahrer.«

»Ich will nicht, daß du zu ihm ins Auto steigst, wenn ich nicht da bin.«

»Das ist nicht fair«, beklagte sich Hillary. »Du bist doch nie da!«

Das Mädchen schlich mürrisch ins Haus, als Hank in die Auffahrt einbog. Jackie sprang sofort aus dem Wagen. »Wir haben gewonnen!« rief er begeistert und stürmte ins Haus.

»Bist du gerade erst nach Hause gekommen?« fragte Hank, als er entdeckte, daß Karen noch ihre Aktenmappe in der Hand hielt.

»Ja ...« Jetzt war sie es, die sich schuldbewußt fühlte. Sie erzählte Hank, daß Hillary eben erst heimgekommen war. »Wahrscheinlich war es meine Schuld«, sagte sie. »Ich war eben sehr spät dran.«

Er machte ihr zwar keinen Vorwurf, schenkte ihr aber auch keinen Blick, als sie zusammen ins Haus gingen.

»Glaubst du, daß ich zu hart zu ihr war?« fragte Karen später, als sie im Bett lag. Hank sah nur kurz von seiner Zeitschrift auf. »Das mußt du selbst wissen.«

Karen warf sich ihren Morgenmantel über. »Ich muß noch mal mit ihr reden«, sagte sie, ging in Hillarys Zimmer und setzte sich neben sie auf die Bettkante. Ihre Tochter starrte gleichgültig an die Decke.

»Ich weiß, daß du mich angerufen hast«, begann sie. »Ich seh immer zu, daß ich sobald wie möglich nach Hause komme, aber manchmal ...«

Ihre Tochter starrte noch immer an die Decke.

»Stell dir vor, dir passiert etwas.«

»Mir passiert schon nichts.«

»Wenn dir etwas passieren würde ...« Sie dachte an Jackie und begann leise zu schluchzen.

»Nicht weinen, Mom.« Hillary setzte sich auf und legte die Arme um ihre Mutter. »Es tut mir wirklich leid.«

Buch 3

1. Kapitel

Die Geschworenen saßen auf ihren Bänken, die Anwälte an ihren Tischen, die Zuschauerränge waren gefüllt. Karen betrachtete sich Lionel Epps: er trug wieder einen neuen Anzug. Schon während der Kandidatenauswahl war er jeden Tag in einem anderen erschienen. »Sehen Sie sich ihn an«, flüsterte Karen Coombs zu.

»Wie ein Dressman aus dem Katalog. Wer zahlt ihm das alles?«

Karen lächelte bitter. »Vielleicht McCarthy. Vielleicht hat er sich aber auch bei seinen Drogengeschäften so gesundgestoßen, daß er sich das locker leisten kann.«

»Man hätte ihn dazu zwingen sollen, mit denselben Klamotten anzurücken, die er bei der Schießerei getragen hat: Jeans und ein dreckiges T-Shirt.«

Karen hatte schon Prozesse erlebt, bei denen die Angeklagten in einem solchen Aufzug erschienen waren. Die wurden von den Geschworenen gewöhnlich schon nach fünfzehnminütiger Beratung schuldig gesprochen.

»Dann wollen wir mal«, sagte sie zu Coombs und begann mit ihrem Eröffnungsplädoyer.

Sie trug ein blaues Kostüm und gleichfarbige Schuhe mit halbhohen Absätzen. Der Rock reichte ihr bis zu den Knien. Sie hatte lange überlegt, was sie anziehen sollte, denn sie wollte weder übertrieben modisch noch bieder wirken: die Geschworenen sollten einen möglichst neutralen Eindruck bekommen. Ein männlicher Anwalt hatte es da leichter – der trug einfach einen Anzug, und kaum jemand achtete besonders darauf.

»Wir haben es hier mit einem Fall zu tun, der sehr einfach liegt«, fing sie an. Sie stellte sich vor die Geschworenenbank und blickte nacheinander allen, die dort saßen, in die Augen. »Bei dem Angeklagten handelt es sich um einen gewalttätigen, gefährlichen jungen Mann. Er war schwer bewaffnet, als ihn die Polizisten wegen einer Straftat festnehmen wollten, und eröffnete sofort das Feuer auf sie. Er hatte die Absicht, sie zu töten, weil sie seine Flucht behinderten. Für seine Tat gibt es keine mildernden Umstände.«

Die Geschworenen lauschten gebannt. Karen achtete ununterbrochen auf deren Reaktionen, während sie den Fall in aller Deutlichkeit darstellte. Ab und zu ließ sie auch ihren Blick in die Zuschauerränge schweifen und entdeckte dort Presseleute, die sie teilweise kannte. Daß über die Hälfte der Zuschauer Schwarze waren, überraschte sie ungefähr so wie die Tatsache, daß die Ränge bis auf den letzten Platz gefüllt waren. Sie erkannte auch Reverend Johnson, der ihre Ausführungen mit düsterer Miene verfolgte und wie üblich von seinen Gefolgsleuten umgeben war, die sich durch denselben Gesichtsausdruck zu erkennen gaben.

Ihr Plädoyer dauerte dreißig Minuten; danach kam McCarthy zu seinem ersten Auftritt.

»Diese traurigen Ereignisse trugen sich im 32. Revier in Harlem zu, in einem Revier, das fast in jedem Jahr in der Mordstatistik an erster Stelle der Stadt steht. Aber nicht nur in dieser Hinsicht ist Harlem führend. Nirgendwo sonst gab es so viele Bestechungsfälle innerhalb der Polizei. Einige von Ihnen wohnen dort; folglich erzähle ich Ihnen nichts Neues.«

»Einspruch«, meldete sich Karen zu Wort. Es war unüblich, daß eine Seite die andere während des Eröffnungsplädoyers unterbrach – und meistens auch nicht klug. Die Geschworenen wollten nach Tagen und Wochen der Langeweile endlich hören, um was es eigentlich genau ging. Solche Unterbrechungen aber waren ermüdend. Doch Karen entschloß sich zu diesem Einwand, weil McCarthy zu sorglos mit den Fakten umging. »Diese traurigen Ereignisse, wie Mr. McCarthy sie bezeichnet, trugen sich im 25. Revier zu.«

McCarthy winkte ab. »Ich korrigiere meine Ausführungen.«

»Und was die angebliche Korruption im 32. Revier betrifft, entspricht seine Auskunft ebenfalls nicht den Tatsachen, denn es existieren keine entsprechenden Statistiken.«

McCarthy winkte noch einmal ab und fuhr unbeirrt fort. Er ging vor der Geschworenenbank auf und ab und unterstrich seine Worte mit theatralischen Gesten. Manchmal war es nicht ganz einfach, seinen Gedankensprüngen zu folgen, aber man spürte trotz allem, daß er auf ein bestimmtes Ziel zusteuerte. Es gelang ihm mühelos, eine gewisse Spannung zu erzeugen, und die übertrug sich sowohl auf die Geschworenen als auch auf Karen. Auf den Fall Lionel Epps ging er gar nicht ein, genausowenig auf die fünf verwundeten Polizisten. Statt dessen beschränkte er sich mehr als eine Stunde darauf, die New Yorker Polizei in ein unrühmliches Licht zu rücken.

»Haben Sie den Eindruck, daß die Polizisten, denen Sie tagtäglich begegnen, offen und ehrlich sind? Oder glauben Sie eher, daß sie ganz einfach nur dastehen und zusehen, wenn an irgendeiner Straßenecke Drogen verkauft werden? Finden Sie, daß es anständige Menschen sind, denen nur Ihr Wohlergehen am Herzen liegt? Oder platzen sie einfach in Ihre Wohnungen hinein, weil sie angeblich nach jemandem suchen, von dem Sie noch nie etwas gehört haben? Durchstöbern diese Leute denn nicht willkürlich Ihre Häuser und Wohnungen, ohne sich dafür zu entschuldigen? Springen sie etwa nicht aus ihren Streifenwagen und befehlen anständigen Bürgern, sich gegen die Wand zu stellen, um sie aus irgendeinem beliebigen Grund durchsuchen zu können? Lassen sie nicht manchmal das, was sie in den Taschen der Untersuchten finden, einfach mitgehen?«

Karen hörte sich das in aller Ruhe an. Sie wußte, es wäre sinnlos gewesen, etwas dagegen einzuwenden. Sie hätte damit nur die vorwiegend schwarzen Geschworenen gegen sich aufgebracht. Deshalb blieb sie still, während McCarthy vom Leder zog.

»Was geht wirklich in Ihnen vor«, fragte er weiter, »wenn Sie diese Armee von Cops durch Ihre Straßen patrouillieren sehen? Diese weiße Armee, wohlgemerkt.«

Die Geschworenen hörten ihm nicht nur aufmerksam zu, sondern nickten auch ab und zu beifällig. Karen registrierte das mit wachsender Sorge.

Erst zum Schluß kam McCarthy auf die Vorwürfe zu sprechen, derentwegen sein Mandant vor Gericht stand. »Der Angeklagte ist ein gescheiter junger Mann und hat keinerlei Vorstrafen. Er hatte lediglich herausgefunden, daß die Polizisten in seiner Gegend bestechlich sind, und beschlossen, dagegen vorzugehen. Dadurch wurde er unfreiwillig zum Opfer polizeilicher Willkür. Sein Aufbegehren sollte erstickt werden. Um ihn zum Mitwisser zu machen, wurde er von Cops gezwungen, ihren Kollegen Drogen zu verschaffen. Das machte ihn ganz krank. Er suchte nach einem Ausweg aus seiner verzwickten Lage. Er wollte die korrupten Beamten hinter Schloß und Riegel bringen. Doch dazu ließ man ihm keine Chance. Eine ganze Horde von Cops überraschte ihn aus dem Hinterhalt, als er friedlich schlief. Sie wollten ihn im Schlaf ermorden. Aber er ist jung und geschickt. Er wachte auf, schätzte die Lage richtig ein und verteidigte sich.«

In diesem Stil fuhr er fort. Er erklärte, sein Mandant sei unschuldig, da er aus reiner Notwehr gehandelt habe. McCarthy ging sogar so weit, den Geschworenen einzureden, es sei Epps' gutes Recht gewesen, fünf Polizisten, die sein Leben bedrohten, niederzuschießen. Karen betrachtete sich die Gesichter dieser Leute. In keinem las sie Ungläubigkeit oder gar Widerspruch.

»Am Ende des Prozesses werden Sie meinen Mandanten von den Vorwürfen der Anklage freisprechen, denn in seiner Situation hätten Sie sich genauso verhalten. Er hat auf Polizisten geschossen, um sein Leben zu verteidigen. Er handelte in legitimer Notwehr.«

Jetzt wußte Karen also, worauf McCarthys Taktik hinauslief, wofür er plädierte. Alle sonstigen Spekulationen hatten sich damit erübrigt.

»Und wo verrichteten Sie in dieser Nacht Ihren Dienst, Doktor?«

»In der Notaufnahme.«

»Und wurde jemand eingeliefert?«

»Ja.«

»Jemand, der von einer Kugel getroffen wurde?«

»Ja.«

Karens erster Zeuge war einer jener Chirurgen, die die verwundeten Polizeibeamten behandelt hatten.

»Wer war das Opfer?«

»Ein Polizist.«

»War er angeschossen?«

»Ja.«

Karens Fragen waren kurz und zurückhaltend. Ihrer Meinung nach zahlte es sich in keinem Prozeß aus, die Dinge übertrieben dramatisch darzustellen. »Können Sie die Verletzungen beschreiben?«

Der Arzt kam der Bitte nach.

»Können Sie uns etwas über die Umstände sagen, unter denen der Verletzte bei Ihnen eingeliefert wurde?«

Auch das konnte er. Karen wollte darauf hinaus, daß sich die Geschworenen die Sirenen, die Schüsse, die ganze Panik vor ihrem geistigen Auge vorstellen konnten. Sie sollten sich ausmalen können, in welcher Hektik die Polizisten in den Operationsraum geschafft wurden. Sie wollte, daß sie das Blut vor sich sahen. Und all das sollte ihnen nicht von ihr, sondern von jemand Unparteiischem ins Gedächtnis gebrannt werden.

»Keine weiteren Fragen.«

McCarthy erhob sich, näherte sich gemächlich dem Zeugenstand und zögerte kurz, als müßte er sich erst überlegen, welche Informationen er dem Arzt entlocken wollte.

»Sagen Sie, Doktor, hat man Sie auch darum gebeten, den Angeklagten, Mr. Epps, zu behandeln?«

»Nein.«

»War er nicht auch verwundet?«

»Das weiß ich nicht.«

»Das wissen Sie also nicht ...« McCarthy tat so, als müßte er diese Nachricht erst einmal verdauen. »Zwanzig Cops haben auf ihn geschossen, aber Sie wissen das nicht.«

»Nein.«

»War der Angeklagte ein menschliches Wesen?«

»Natürlich.«

»Haben menschliche Wesen das Recht auf medizinische Versorgung, wenn sie verletzt sind?«

»Natürlich.«

»Aber Sie haben ihn nicht behandelt?«

»Nein.«

»Sie haben nicht einmal daran gedacht, sich danach zu erkundigen, wie es ihm geht.«

»Nein.«

»Sie hatten selbstverständlich jede Menge zu tun.«

»Allerdings.«

»Sie mußten sich um die Cops kümmern. Die genießen Vorrang vor gewöhnlichen Sterblichen.«

Der Arzt gab keine Antwort.

»Was vor allem in Harlem der Fall ist, nicht wahr?«

Auch dazu schwieg der Arzt.

»Antworten Sie mir!« schrie McCarthy. »Habe ich recht?« Scheinbar angewidert wandte er sich ab. »Keine weiteren Fragen.«

Karen gab sich große Mühe, jeden Tag zum Mittagessen zu Hause zu sein und soviel Zeit wie möglich mit den Kindern zu verbringen. Sie erkundigte sich bei ihnen, wie es in der Schule lief, half ihnen beim Tischdecken und beim Abwasch. Sobald sich die Kinder aber in ihre Zimmer zurückgezogen hatten, vertiefte sie sich in ihren Fall und wälzte die Akten. Sie mußte sich alle Einzelheiten ins Gedächtnis einprägen, um sie jederzeit bei Bedarf abrufen zu können. Bei einem unbedeutenderen Prozeß gegen einen nachlässigen Pflichtverteidiger wäre das nicht nötig gewesen. Aber McCarthy war aus anderem Holz geschnitzt.

Sie arbeitete immer bis tief in die Nacht und wurde jedesmal von ihrem Mann verwarnt: »Acht Stunden am Tag gehörst du der Stadt. Keine Minute mehr.«

Anschließend hatte sie regelmäßig Probleme beim Einschlafen. Ihre körperliche Anspannung nahm derart zu, daß sie sogar wieder zu joggen begann, was sie schon seit Jahren nicht mehr gemacht hatte. Sie stand eine Stunde früher auf und lief durch die dunklen Straßen. Hank war gar nicht davon erbaut, hatte aber auch keine Lust, sich ihr anzuschließen. Doch die Straßen waren eng, es gab keine Bürgersteige, und wenn unvermittelt ein Auto auftauchte, blieb ihr nichts übrig, als mit einem Satz ins Gebüsch auszuweichen.

Deshalb trat sie einem Fitneßclub bei, dem auch Jill Hermann, eine Zimmerkollegin aus ihrer Collegezeit, angehörte. Hank erzählte sie nichts davon. Jeden Tag nach Verhandlungsschluß spulte sie dort auf dem Fahrrad ihre Kilometer ab, ruderte und joggte auf dem Laufband. Sie hörte zu, wenn Jill von ihren Eheproblemen erzählte, während sie selbst ihrem Ärger über den Prozeß Luft machte. Sie berichtete, wie McCarthy ihr auf die Nerven ging, wie er den Prozeß oberflächlich zu einer Feuerprobe für das Miteinander von Schwarzen und Weißen erklärte, gleichzeitig aber beide Seiten gegeneinander aufwiegelte, daß man jeden Moment eine Explosion des Hasses erwartete.

Danach war sie körperlich entspannt und hatte sich zudem allen Frust von der Seele geredet. Wenn sie sich auf den Heimweg machte, war sie jedesmal guter Laune, hatte neuen Mut gefaßt und ihre Zuversicht zurückgewonnen.

»Officer Wiendienst, sie schlichen den Flur entlang, traten gegen die Tür – und dann?«

»Er schoß mit einer Schrotflinte auf uns. Mich und zwei andere hat's erwischt. Nur ein Fingerbreit weiter rechts und ...«

Karen hatte sich dazu entschlossen, Muldoon und Barone erst am Ende des Prozesses in den Zeugenstand zu rufen. Zuerst wollte sie drei der fünf verwundeten Polizisten vernehmen. Der erste von ihnen war Officer Wiendienst.

»Keine weiteren Fragen.«

Als sich McCarthy dem Zeugenstand näherte, bemerkte sie, daß Wiendienst unruhig wurde.

»Mr. Wiendienst«, begann McCarthy, »ist es nicht so, daß sie Lionel Epps gar nicht festnehmen, sondern erschießen wollten?«

Wiendienst war mehr als überrascht. Er war fast sprachlos und brachte nur ein Wort heraus, und auch das erst nach Sekunden. »Nein.«

Karen stand auf. »Einspruch!« rief sie. »Es gibt keinerlei Hinweise, die eine solche Frage rechtfertigen.«

»Sie wollten ihn ein für allemal zum Schweigen bringen, weil er alles über die Korruptionsfälle im 32. Revier wußte«, fuhr der Anwalt ungerührt fort.

»Stattgegeben«, griff Birnbaum ein.

»Ganz und gar nicht«, sagte Wiendienst und schluckte.

»Wer hatte den Einfall, ihn umzubringen?«

»Einspruch!« rief Karen.

»Bitte, Mr. McCarthy«, verwarnte ihn der Richter.

Von da an sah Wiendienst McCarthy überhaupt nicht mehr an. Karen deutete dies als Ausdruck seines berechtigten Zorns, seiner Verachtung für den Anwalt. Die Geschworenen konnten es allerdings auch anders interpretieren, nämlich als Schuldeingeständnis.

»Sagen Sie mir eines: waren Sie in Ihrer Laufbahn als Polizist jemals in einen Bestechungsfall verwickelt?«

»Nein, Sir.«

»Nein? Aber vielleicht manche Ihrer Kollegen?«

»Davon habe ich nie etwas gesehen.«

McCarthy wandte sich von dem Zeugen ab, lächelte die Geschworenen an und schüttelte ungläubig seinen Kopf. »Ich brauche eine neue Brille«, sagte er zu Wiendienst. »Wie heißt Ihr Augenarzt? Ich muß das wissen, damit ich ihn nicht einmal aus Versehen aufsuche.«

Auf der Geschworenenbank erscholl Gelächter, und Wiendienst lief rot an.

»Keine Bestechung?« fuhr McCarthy fort. »Nicht vielleicht ein klitzekleines bißchen?« Schlagartig wurde er wütend. »Tischen Sie mir keine Märchen auf! Einige der Geschworenen wohnen im 32. Revier!«

»Ich habe davon nie etwas mitbekommen.«

»Mußte der Angeklagte Drogen für korrupte Polizisten besorgen?«

»Das bezweifle ich.«

»Wurde er nicht seit seinem fünfzehnten Lebensjahr dazu gezwungen, indem man mit seiner Verhaftung drohte? Und jetzt wollte er endlich aussteigen, gegen die Polizisten aussagen. Wollten Sie und Ihre Freunde ihn deshalb in dieser Nacht erledigen?«

»Einspruch! Das ist eine unverschämte Unterstellung!«

»Stattgegeben.«

McCarthy war auf Wirkung aus, nicht auf Antworten. Er ließ sich von dem richterlichen Verweis nicht einfach bremsen, obwohl die juristischen Regeln das vorschrieben. »Sie wollten ihn also zum Schweigen bringen ...« knurrte er und ging zu seinem Platz zurück. »Keine weiteren Fragen.«

Das konnte Karen nicht im Raum stehen lassen. Sie befragte den Zeugen noch einmal. »Wußten Sie, um wen es sich bei dem Angeklagten handelte?«

»Nein.«

»Haben Sie ihn jemals zuvor gesehen?«

»Nein.«

»Oder seinen Namen gehört?«

»Nein.«

Zu ihrer Bestürzung mußte sie feststellen, daß Wiendienst auch sie keines Blickes mehr würdigte. Er wich ihr genauso aus, wie er das gegenüber McCarthy getan hatte. Das machte keineswegs einen guten Eindruck. »Deshalb können Sie auch kein Mordkomplott gegen ihn angezettelt haben.«

»Genau.«

»Und die anderen Polizisten? Wußten die Ihrer Ansicht nach, um wen es sich bei dem Angeklagten gehandelt hatte?«

»Nein.«

»Sie wollten ihn nur festnehmen und sonst nichts?«

»Ja.«

»Gab es ein Komplott gegen ihn?«

»Nicht, daß ich wüßte.«

»Ich wiederhole: Gab es ein Komplott gegen ihn?«

»Nein.«

Von jetzt an mußte sie alles noch einmal von vorn aufrollen, das meiste von dem wiederholen, was sie schon einmal gefragt und gesagt hatte. Es ging darum, den Eindruck zu verwischen, den McCarthy mit seinen Unterstellungen vielleicht bei den Geschworenen hinterlassen hatte. Ihre Worte mußten den Leuten in Erinnerung bleiben, egal, wie ermüdend die Wiederholungen für alle Beteiligten sein mochten.

Im Fitneßclub unterhielt sie sich mit Jill über ihre Taktik. »Wenn ich damit Glück habe, vergessen die Geschworenen einiges von dem, was ihnen McCarthy aufgetischt hat. Wenn ich Pech habe, langweile ich sie zu Tode.«

Jill hatte offenbar etwas anderes auf dem Herzen. »Eines der Mädchen vom Tennisverein ist schwanger geworden. Hättest du nicht Lust, für sie einzuspringen?«

Karen wollte zwar spontan ablehnen, ließ sich die Sache dann aber noch einmal durch den Kopf gehen. Einerseits würde sie dann noch später nach Hause kommen als jetzt und bekäme gegenüber Hank noch mehr Schuldgefühle; andererseits war sie nach jedem Verhandlungstag total verspannt und hatte Kopfschmerzen. Daran war nicht nur McCarthy schuld, sondern auch Hank mit seinen Vorhaltungen, mit denen er sie unter Druck setzte. Der Fitneßclub tat ihr gut – warum nicht auch Tennis? Alle Tätigkeiten, bei denen sie nichts denken mußte und beruflichen oder privaten Ärger vergessen konnte, kamen ihr entgegen.

»Gut. Ab wann?« fragte sie Jill.

»Waren Sie auf der Wache, als der Angriff geplant wurde?« fragte Karen den nächsten Verletzten im Zeugenstand, Officer Pierce.

»Ja, zu dem Zeitpunkt war ich dort.«

»Was wurde über den Angeklagten geredet?«

»Daß er im Zusammenhang mit irgendeinem Verbrechen, das er in der Bronx begangen hatte, gesucht wurde.«

»Und weiter?«

»Daß er bewaffnet und gefährlich ist.«

»War die Rede davon, daß man ihn töten wollte?«

»Nein.«

»Sagte jemand: Erschießen wir ihn, bringen wir ihn zum Schweigen?«

»Nein.«

Karen stocherte in der gleichen Wunde wie McCarthy. »Sie haben alles von Anfang bis Ende mitbekommen?«

»Ja.«

»Sind Sie sicher? Vielleicht hatten einige der Polizisten inzwischen abgesprochen, daß sie den Angeklagten umbringen wollten? Und Sie haben das möglicherweise gar nicht bemerkt.«

»Dazu war gar keine Zeit. Wir sind sofort losgefahren und haben keinerlei Pläne geschmiedet. Unser Treffen dauerte vielleicht zwei Minuten.«

Dabei ließ es Karen bewenden, und McCarthy kam zu seinem Auftritt. »Warum sind Sie eigentlich so überhastet vorgegangen?« fragte er.

»Detective Muldoon befürchtete, Epps könnte abhauen. Er meinte, der wäre ziemlich gerissen.«

»Er hat ihn vielleicht als hinterhältiges schwarzes Schwein bezeichnet? Oder sehe ich das falsch?«

»Er hat ihn als irgendwas bezeichnet. Ich kann mich nicht mehr erinnern.«

»Vielleicht als elende Negersau?«

»Nein.«

»Hat er nicht gesagt: Legen wir ihn um! Dann hält er für alle Zeiten die Fresse und kann nichts mehr über die Korruption ausspucken? War es nicht so?«

»Nein.«

»Oder fiel gar der Satz: ›wir müssen ihn ermorden?‹«

Coombs lehnte sich zu Karen. »Jetzt hat er das Wort ›ermorden‹ entdeckt.«

»Und wahrscheinlich wird er es uns jetzt ununterbrochen um die Ohren hauen«, meinte sie.

»Dieses Wort benutzt kein Cop. Ich habe in meinem ganzen Leben nie gehört, daß ein Polizist das Wort ›ermorden‹ in den Mund genommen hat.«

McCarthy nickte, als würde er Verständnis zeigen. »Ich vermute«, fuhr er in lockerem Plauderton fort, »daß auch Sie zu den Cops gehören, die noch nie davon gehört haben, daß im 32. Revier Korruption gang und gäbe ist.«

»Da haben Sie recht.«

McCarthy nickte wieder. »Haben Sie Ihr gesamtes Leben als Polizist im 32. Revier zugebracht? Kann man folglich davon ausgehen, daß Ihnen die Loyalität gegenüber Ihren Kollegen wichtiger ist als alles andere? Würden Sie notfalls auch lügen, nur um die sogenannte Ehre dieses Reviers zu retten?«

»Einspruch!« meldete sich Karen wieder zu Wort.

»Stattgegeben«, sagte Richter Birnbaum. »Sparen Sie sich solche Überlegungen für Ihr Schlußplädoyer auf.«

Karen blieb stehen. »Würden Euer Ehren bitte die Geschworenen darüber aufklären, daß Mr. McCarthys Anspielungen jeder beweiskräftigen Grundlage entbehren?«

»Meine Damen und Herren Geschworenen«, sagte Birnbaum, »nehmen Sie bitte zur Kenntnis, daß Mr. McCarthys Fragen auf keiner beweiskräftigen Grundlage beruhen. Die Geschworenen mögen diese Fragen bitte als – sagen wir: wunderlich betrachten.«

»Wunderlich?« sprudelte es aus McCarthy heraus. »Wunderlich?«

»Sie haben mich richtig verstanden: wunderlich.«

Als Karen während der Frühstückspause in ihr Büro ging, saß Barone im Vorzimmer und las eine Zeitschrift. »Wie sieht's aus?« rief er und sprang auf. »Was gibt's Neues?«

»McCarthy beschuldigt Sie alle, daß Sie Epps vorsätzlich umbringen wollten.«

Barone, der das schon aus der Zeitung wußte, lachte. »Immer noch?« fragte er.

»Ein alberner Vorwurf ...« Sie warf ihm einen fragenden Blick zu. »Es sei denn, er kann es beweisen.«

Barone lachte noch immer.

»So komisch finde ich das gar nicht.«

»Sie haben recht, ich weiß.«

»Er sagt, Epps mußte Ihnen Drogen beschaffen.«

»Mir persönlich?«

»Ihnen allen.«

»Der Kerl versucht es mit allen Tricks. Aber machen Sie sich keine Sorgen, das nimmt ihm niemand ab.«

»Meinen Sie?« Sie sah sich um, konnte Muldoon aber nicht entdecken. »Wo steckt Ihr Partner?«

»Er ist ein paar Sandwiches holen gegangen und in einer Minute wieder zurück. Aber jetzt erzählen Sie mal, wie es wirklich läuft.«

»Ganz gut.« Was hätte sie auch sonst sagen sollen?

Karens Sekretärin kam mit einer Nachricht vom Bezirksstaatsanwalt ins Zimmer. Er wollte sie umgehend sprechen. Weshalb wohl, fragte sie sich.

»Wann holen Sie mich in den Zeugenstand?« fragte Barone.

»Ich weiß es noch nicht«, sagte Karen. »Wahrscheinlich bald.«

»Hier immer nur rumzusitzen, macht auch keinen Spaß.«

Zum ersten Mal an diesem Tag sah sie ihn genau an. Sie bemerkte, wie gut er gekleidet war – äußerst ungewöhnlich für einen Cop. Er muß sein ganzes Geld für Kleidung ausgeben, dachte sie. Ihr gefielen seine dunklen Augen und sein Lächeln. Er hatte eine Art und Weise, sie anzuschauen, der sie sich nicht entziehen konnte. Aber wahrscheinlich sah er alle Frauen so an. Der Herzlichkeit, die er ausstrahlte, konnte man dennoch schwer widerstehen.

Sie lächelte ihm zu. »Tut mir wirklich leid«, entschuldigte sie sich. »Aber ich muß noch etwas Dringendes erledigen.«

Sie ging in das Büro des Alten. Als sie vor seinem Schreibtisch stand, kam sie sich vor wie ein Schulmädchen, das auf seine Ermahnung wartet. Der Staatsanwalt ließ sich gerade ein Sandwich schmecken.

»Haben Sie auch schon gegessen?« fragte er freundlich.

»Bis jetzt noch nichts.« Das war bei ihr nichts Neues, denn so ging es jeden Tag.

Er wischte sich die Finger an seiner Serviette ab. »Ich lese jeden Abend die Gerichtsprotokolle«, sagte er. »Sie machen Ihre Arbeit gut, und ich habe keinen Grund, mich zu beklagen.«

»Danke.«

Er zögerte einen Moment, um nach den richtigen Worten zu suchen. »Man übt viel Druck auf mich aus … Ich soll mich auf einen Vergleich einlassen.«

»Politischer Druck?«

Er bestätigte das mit einem Nicken.

»Von wem?«

»Darüber müssen Sie sich keine Gedanken machen.«

Er kam ihr auf einmal viel älter vor. Sie fragte sich, ob er gesundheitliche Probleme hatte. Er schien sich nicht mehr um Recht oder Unrecht zu scheren; ihm kam es offenbar nur noch auf die Wiederwahl an. »Ich habe dreißig Mordprozesse geführt«, sagte sie, um ihren Standpunkt von vornherein klarzustellen. »Bis auf zwei habe ich alle gewonnen. Ich kann die Geschworenen dazu bringen, den Fall mit meinen Augen zu sehen.«

»Sind Sie sicher?« fragte er lächelnd.

»Ich helfe ihnen dabei auf die Sprünge, McCarthys Taktik zu durchschauen.« Sie sah ihn wieder an. Sein dünnes, weißes Haar hing ihm bis über die Ohren. Er hatte auch schon einmal mehr auf sein Äußeres geachtet, dachte sie.

»Was glauben Sie, worauf McCarthy plädieren wird?« fragte er. »Auf eine fünfjährige Haftstrafe vermutlich. Epps ist nicht vorbestraft.«

»Aber sein Mandant hat fünf Polizisten niedergeschossen.«

»Schon. Aber sehen Sie sich mal die Geschworenen an. Die sind fast alle schwarz. Eine unglückliche Besetzung.«

»Dagegen konnte ich nichts unternehmen.«

»Wahrscheinlich nicht. Ich werfe Ihnen ja auch nichts vor, ich stelle nur die Fakten dar. Deshalb können wir schon zufrieden sein, wenn er fünf Jahre bekommt.«

Karen fand das keineswegs akzeptabel. »Ich kann den Prozeß gewinnen. Und was die Geschworenen angeht: wir können nicht gleich einen Fall aufgeben, nur weil sie uns nicht passen.«

»Tja … Der Prozeß hat viel höhere Wellen geschlagen, als ich je gedacht hätte. Daß das Rassenproblem derart aufgebläht wird … Wir wollen keine Demonstrationen in den Straßen. Ich bitte Sie, in diesem Fall auf mich zu hören. Sprechen Sie mit McCarthy.«

Sie ging in den Gerichtssaal zurück, wo sich Geschworene und der Richter noch nicht wieder eingefunden hatten. Sie gab sich einen Ruck und sprach McCarthy an. »Könnten Sie später in mein Büro kommen?« Mehr brachte sie nicht heraus. Ihr war klar, daß das Ende dieses Verhandlungstages auch gleichzeitig das Ende des Prozesses bedeuten konnte. Sie nahm sich vor, die nächsten Stunden ordentlich über die Bühne zu bringen und danach noch einmal mit dem Alten zu sprechen. Vielleicht konnte sie ihn umstimmen.

McCarthy strahlte; er hatte natürlich sofort Lunte gerochen. »Ich schätze, daß Sie sich mit mir einigen wollen. Darüber können wir auch jetzt gleich reden.« Er hob die Hände auf die übliche theatralische Weise. »Warum sollten wir alle diese Leute einem ebenso ungemütlichen wie überflüssigen Nachmittag aussetzen?«

Karen hätte ihm am liebsten eine in sein grinsendes Gesicht geschlagen. »Bringen wir erst den Nachmittag hinter uns. Danach ist es noch früh genug zum Reden.«

Er warf ihr einen triumphierenden Blick zu, doch den nahm sie gar nicht wahr. Mit einem Mal hörte sie, daß Leute auf dem Flur herumrannten, was im Gericht äußerst ungewöhnlich war. Dann stürzte Coombs in den Raum. »Der Bezirksstaatsanwalt hat einen Anfall oder so was gehabt«, flüsterte er ihr aufgeregt ins Ohr.

Karen sprang auf und eilte mit Coombs aus dem Gerichtssaal. Vor dem Büro des Staatsanwalts war alles in Bewegung; die Leute gestikulierten und redeten aufeinander ein. Im Büro drängten sich noch weitere, darunter Harbison und die Sekretärin des Alten.

Der Bezirksstaatsanwalt lag regungslos auf dem Boden; sein Gesicht war blau angelaufen. Jemand trommelte ihm mit den Fäusten auf die Brust. Karen erkannte Dr. Goldberg, der sich wohl wegen seines Gutachtens gerade im Gericht aufgehalten hatte.

Goldberg stand auf und ließ seinen Blick über die Gesichter der Anwesenden wandern. »Er ist tot«, sagte er.

»Herzanfall?« fragte jemand.

»Höchstwahrscheinlich.«

Karen sagte mit belegter Stimme genau das, was jeder unter diesen Umständen gesagt hätte: »Ich habe noch vor ein paar Minuten mit ihm geredet.«

Jemand anderes murmelte: »Ich war in einer Viertelstunde mit ihm verabredet.«

»Das hat sich ja wohl erledigt«, meinte jemand kühl.

Die Neuigkeit verbreitete sich in Windeseile. Immer weitere Staatsanwälte kamen in das Büro gerannt, und die meisten, darunter Karen, entschlossen sich umgehend, die nachmittägliche Verhandlung zu vertagen.

McCarthy und sein Mitarbeiter warteten schon auf sie, als sie ihr Büro betrat. Zum gleichen Zeitpunkt wurde die Leiche des Bezirksstaatsanwalts aus dem Gebäude getragen und ins Leichenschauhaus geschafft, um eine Autopsie vorzunehmen.

Noch vor weniger als einer halben Stunde hatte sie McCarthy um das Treffen gebeten. »Tut mir leid, daß Sie warten mußten«, sagte sie.

»Ich habe mein ganzes Leben lang auf schöne Frauen gewartet«, sagte er. »Das sind mit die prickelndsten Momente.«

Karen ignorierte den Kommentar. »Der Bezirksstaatsanwalt ist soeben gestorben.«

»Das habe ich vernommen. Traurige Sache. Worüber wollten Sie mit mir sprechen?«

Einen Moment lang sah Karen ihn nur an. Unwillkürlich fragte sie sich, warum er sich derart in den Fall hineinkniete. Sie fragte sich auch, wer ihn dafür bezahlte. Ein Verbrecher wie Epps jedenfalls nicht. Oder ging es ihm gar nicht ums Geld? Ging es ihm in erster Linie darum, seinen Namen in der Zeitung zu lesen?

»Ich habe Sie das schon einmal gefragt, Mr. McCarthy. Warum verteidigen Sie einen Kriminellen wie Epps?«

McCarthy gab ein wölfisches Grinsen von sich: er entblößte all seine Zähne. »Aber Madame! Die Polizisten sind es doch, die vor Gericht stehen sollten. Sie haben versucht, meinen Mandanten zu töten.«

Vielleicht machte es ihm einfach Spaß, das Recht so hinzubiegen, daß es auf dem Kopf stand, dachte Karen. Vielleicht gefiel es ihm, etwas, das andere aufgebaut hatten, zu zerstören – so wie es manchen Kindern gefällt, die Burgen anderer im Sandkasten zu zertreten. »Wenn sie ihn wirklich umbringen wollten, hätten sie das auch geschafft. Meinen Sie nicht?«

McCarthy ging nicht darauf ein. »Sie haben mich doch hergebeten, um eine Einigung mit mir zu erzielen.«

»Wie kommen Sie darauf?«

»Weil der Bezirksstaatsanwalt es Ihnen befohlen hat«, sagte er ruhig. »Es war sozusagen sein letzter Wunsch.«

Karen war verdutzt. Hatte er das einfach nur geraten? Nein, seine Selbstsicherheit sprach dagegen. Offenbar hatte er mit dem Staatsanwalt hinter ihrem Rücken eine Abmachung getroffen! Alles war bereits entschieden worden – und sie war die letzte, die davon erfuhr!

»Ich kann Ihnen entgegenkommen«, fuhr er fort. Er sah seinen Mitarbeiter an, der bislang noch kein Wort gesagt hatte. »Wir einigen uns auf ›tätlichen Angriff‹ oder etwas in der Art und schaffen die Sache damit aus der Welt. Sagen Sie mir, was Sie sich vorgestellt haben.«

Mühsam erlangte Karen ihre Fassung wieder. In Wirklichkeit war natürlich noch gar nichts entschieden, machte sie sich Mut. Der Bezirksstaatsanwalt war gestorben und mit ihm seine Befehle. »Woher wollen Sie wissen, was ich mit dem Bezirksstaatsanwalt beredet habe?«

Das Grinsen verschwand ganz langsam aus seinem Gesicht. »Es gäbe kein gutes Bild ab, wenn ein Staatsanwalt der letzten Bitte seines Vorgesetzten nicht nachkommt«, überging er die Frage.

»Wollen Sie mir etwa drohen, Mr. McCarthy?« raffte sich Karen auf. »Bis ein neuer Bezirksstaatsanwalt ernannt wird, trage ich die alleinige Verantwortung für diesen Fall. Und der wird fortgesetzt!«

»Der Kummer hat Sie übermannt«, sagte McCarthy. »Das kann ich verstehen. Ihr geliebter Herr und Meister ist tot, und das hat Sie einfach zu sehr mitgenommen. Ich spreche Ihnen mein herzlichstes Beileid aus.«

»Ich schlage vor, Sie gehen wieder zu Ihrem Mandanten zurück.«

»Sie sind nicht Sie selbst. Wir können uns ja morgen weiter unterhalten.«

»Ja«, gab sie grimmig zurück. »Vor Gericht.«

Die Trauerfeier für den Bezirksstaatsanwalt fand in der St. Patrick's Cathedral statt. Karen saß zusammen mit den Ressortleitern und anderen hohen Beamten in der Reihe gleich hinter seiner Familie. Die Kirche war bis auf den letzten Platz gefüllt. Viele Staatsanwälte sowie Führungskräfte aus Politik und der Wirtschaft nahmen an der Feier teil.

Nach dem Gottesdienst stand Karen mit Coombs auf der Kirchentreppe und sah zu, wie der Sarg abtransportiert wurde. Eine Menge Leute hatten sich um Norman Harbison geschart und schüttelten ihm die Hand, darunter der Bürgermeister, der Polizeichef, ja sogar Reverend Johnson. Offensichtlich betrachteten ihn alle bereits als Nachfolger des Toten.

»Der Gouverneur hat ihn noch nicht ernannt«, bemerkte Coombs.

»Er wirkt aber schon reichlich zuversichtlich«, meinte Karen.

»So wirkt dieser Trottel doch immer.«

»Psst!« lächelte Karen. »Sie reden über Ihren zukünftigen Chef.«

»Ich hoffe, daß er's nicht wird.«

»Wer denn sonst?«

»Sie vielleicht. Jetzt haben wir April. In sechs, sieben Monaten können Sie sich zur Wahl aufstellen lassen.«

Karen mußte laut loslachen. Diese Vorstellung war ebenso witzig wie grotesk.

»Sie würden eine attraktive Kandidatin abgeben«, fuhr Coombs fort.

»Sie spinnen ja«, ermahnte sie ihn lächelnd.

Als sie die Treppen hinuntergingen, kam Harbison auf sie zu. Er machte einen ausgesprochen selbstzufriedenen Eindruck. »Ein großer Mann ist von uns gegangen«, sprach er etwas aus, das ihm niemand abnahm. »Gehen wir wieder an die Arbeit. Das wäre ganz in seinem Sinn.«

2. *Kapitel*

Detective Muldoon betrat den Zeugenstand. Seine Vernehmung dauerte fünf Stunden und verlief in etwa so, wie Karen es erwartet hatte. Er hatte Schwierigkeiten, sich auszudrücken, und seine Antworten waren manchmal etwas holprig. Karen half einige Male mit Zusatzfragen nach, bis sie sicher war, daß die Geschworenen alles im Gedächtnis behielten. Muldoon sah aber niemanden direkt an, sondern schaute stur zur Decke oder auf den Boden. Weder sie noch die Geschworenen würdigte er eines Blickes. Das machte ihn aus Sicht der Staatsanwaltschaft zu einem wenig erbaulichen Zeugen.

Abends unterhielt sich Karen in ihrem Büro mit ihm. »Morgen fängt McCarthy mit seinem Kreuzverhör an«, begann sie.

Muldoon sagte nichts dazu.

»Falls Sie ihm in die Augen schauen, wenn er Sie etwas fragt, macht das einen besseren Eindruck auf die Geschworenen.«

Auch darauf sagte Muldoon nichts.

»Außerdem sollten Sie von Zeit zu Zeit die Geschworenen ansehen, um zu zeigen, daß Sie aufrichtig sind.«

»Ich hab noch nie Probleme gehabt, Geschworene davon zu überzeugen. Ich hab auch noch nie einen Prozeß verloren, bei dem ich als Zeuge aufgetreten bin.«

Karen bezweifelte das zwar, vermied es aber, ihm zu widersprechen. »Der direkte Augenkontakt ist sehr wichtig«, beharrte sie.

»Wichtig ist, daß ich die Wahrheit sage.«

Sie wußte, daß er schon oft genug als Zeuge vor Gericht gestanden hatte und sich in dieser Hinsicht für ein As hielt, dem man nichts mehr beibringen konnte. Sie mußte ihn also mit Samthandschuhen anfassen. »Die Wahrheit allein reicht nicht immer aus«, versuchte sie zu erklären. »Wenn die Geschworenen Ihnen nicht glauben, läßt man den Angeklagten laufen. Das wollen Sie doch sicher nicht.«

»Den wird niemand mehr laufen lassen, wenn ich mit ihm fertig bin. Das Schwein kommt dahin, wo es hingehört.«

»Es wirkt nicht gut, wenn Sie im Zeugenstand einen zu rachsüchtigen Eindruck machen. Sie sollten sachlicher sein.«

»Sachlicher? Die Sau hat auf mich geschossen!«

»Sie sollten sich um eine etwas objektivere Haltung bemühen. Dazu gehört ein professionelleres Auftreten.«

Jetzt hatte sie ihn doch gegen sich aufgebracht. »Ich geh immer professionell vor!« meuterte er.

»Die Geschworenen müssen Ihnen Glauben schenken.«

»Die werden mir schon Glauben schenken.«

»Hatten Sie in einem Ihrer Prozesse jemals mit McCarthy zu tun?«

»Nein.«

»Was wissen Sie über ihn?«

»Alles.«

»Wenn er Sie verhört, bitte ich Sie, ihm in die Augen zu sehen und mit Respekt entgegenzutreten.«

»Warum? Weil er ein Anwalt ist? Wofür haltet ihr Anwälte euch eigentlich? Wenn mir der Kerl dämlich kommt, werd ich ihm schon das Maul stopfen!«

»Damit würden Sie das Gegenteil erreichen. Sie sollen ihn im übrigen nicht persönlich respektieren, sondern nur in seiner Rolle, die er vor Gericht spielt. So wollen es auch die Geschworenen.«

Muldoon schwieg wieder.

»Könnten Sie mir wenigstens diesen Gefallen tun?«

»Lady, Sie verlangen Unmögliches von mir.«

»Versprechen Sie mir, daß Sie es versuchen werden.«

Muldoon sah ihr nicht nur plötzlich in die Augen, er schenkte ihr sogar ein Lächeln. »Gut. Für Sie will ich es versuchen.«

Barone, der ebenfalls bei dem Gespräch anwesend war, legte den Arm um seinen Partner. »Du wirst es schon richtig machen, Danny.« Zu Karen sagte er: »Er wird einen prima Zeugen abgeben.«

Als sich die beiden Polizisten auf den Weg machen wollten, rief Karen Barone noch einmal zu sich. »Bitte, reden Sie ihm noch einmal ins Gewissen«, bat sie ihn.

Barone grinste. »Das werde ich. Bitten Sie mich noch um etwas Schwierigeres. Das erledige ich dann auch für Sie.«

Karen verkniff sich ihr Lächeln, bis er das Zimmer verlassen hatte. Er war immer so locker und freundlich, fand sie. Das wirkte ansteckend.

Am gleichen Abend gingen Barone und Muldoon zusammen essen. Nachdem sie ihre Steaks verdrückt hatten und entspannt beim Bier saßen, griff Barone das Thema von vorher wieder auf. »Jetzt wollen wir dich mal auf deine Zeugenaussage für morgen vorbereiten«, begann er. »Ich bin McCarthy und sage zu dir: ›Beantworten Sie meine Frage, Arschloch.‹«

»Der wird mich vor Gericht kaum als Arschloch bezeichnen.«

»Aber er wird es andeuten. Wie reagierst du darauf?«

Statt eine Antwort zu geben, stellte Muldoon unvermittelt eine Gegenfrage. »Was hast du mit dem Weibsbild?«

»Nichts. Machen wir weiter. Beantworten Sie meine Frage, Arschloch.«

»Der Prozeß ist kein Spiel.«

»Natürlich nicht.«

»Wenn du Spielchen treiben willst, dann spiel sie mit dir selbst. Bist du ihr an die Wäsche gegangen oder was?«

»Ganz bestimmt nicht. Sie hat einen Mann, Kinder und nicht das geringste Interesse an mir.«

»Warum bist du dann auf ihrer Seite?«

Gute Frage, dachte Barone. »Ich finde sie einfach nett«, sagte er. In Wahrheit hegte er stärkere Gefühle für sie, da machte er sich auch gar nichts vor. »Ich mag sie und möchte nicht, daß sie den Fall verliert. Und der Schlüssel zum Sieg bist du. McCarthy wird dich in die Mangel nehmen, daß dir Hören und Sehen vergeht. Er wird dich als Lügner, sogar als Verbrecher darstellen. Trink dein Bier aus, dann üben wir noch ein bißchen.«

»Sie hatten also gar keinen Haftbefehl für Mr. Epps?« wollte McCarthy wissen.

Muldoon sah gelangweilt zur Decke. »Sie haben mir diese Frage schon zigmal gestellt. Wollen Sie, daß die Geschworenen einschlafen?«

Der Anwalt wandte sich dem Richter zu. »Würden Euer Ehren den Zeugen belehren, daß er diese Frage mit Ja oder Nein zu beantworten hat?«

Muldoon wartete die Belehrung gar nicht erst ab. »Laut Gesetz brauchten wir gar keinen Haftbefehl. Wie oft soll ich Ihnen das noch sagen?«

Dies war der dritte Tag des Kreuzverhörs. Die beiden vorigen waren ganz genauso verlaufen. McCarthy stellte immer wieder dieselben Fragen. Muldoon bemühte sich redlich, sich seine Verachtung für ihn nicht so deutlich anmerken zu lassen. Auf direkte Fragen gab er direkte Antworten, ließ die Geschworenen aber spüren, was er davon hielt. Er war sicher, die würden ihm abnehmen, daß er die Wahrheit sagte.

»Wenn der Verdächtige ein Börsenmakler gewesen wäre oder ein Geiger der New Yorker Philharmoniker – hätten Sie dann einen Haftbefehl gebraucht?«

Muldoon gab keine Antwort darauf.

»Aber weil es ein junger Schwarzer war, ein Angehöriger einer unterdrückten Minderheit, war ein Haftbefehl überflüssig. Sehe ich das richtig?«

»Er stand wegen eines Verbrechens unter Verdacht.«

»Unter Verdacht. Aus bloßem Verdacht sind ihm zwanzig schwerbewaffnete Polizisten zu Leibe gerückt. Oder wollten Sie ihn vielmehr ein für allemal zum Schweigen bringen?«

Muldoon sah demonstrativ zur Wand, während McCarthy vor dem Zeugenstand herumtigerte. »Sie hatten eine Schrotflinte. Stimmt das?«

»Die hab ich im Auto gelassen.« Muldoon konnte sich beim besten Willen nicht dazu überwinden, McCarthy in die Augen zu sehen. Seine Abneigung war einfach zu groß. Falls dies einen negativen Eindruck machen sollte, konnte er es auch nicht ändern.

»Wie war sie geladen?«

»Mit grobem Schrot.«

»Damit kann man einem Mann das ganze Gesicht wegblasen, richtig?«

»Ich hab sie im Auto gelassen.«

»Das ganze Gesicht ... Niemand hätte danach noch feststellen können, wer er überhaupt gewesen ist. Und damit wäre kein Bestechungsfall je ans Licht gekommen.«

»Einspruch!« rief Karen.

»Aber Sie haben die Waffe angeblich im Auto gelassen. Sind Sie ganz sicher? Sind Sie wirklich hundertprozentig sicher?«

»Stattgegeben«, sagte der Richter schließlich.

Während Muldoon anschließend auf die abermalige Vernehmung durch die Staatsanwaltschaft wartete, kochte er noch immer vor Wut.

Karen erhob sich und ging auf den Zeugenstand zu. »Waren Sie überhaupt bewaffnet?«

Muldoon brachte es tatsächlich fertig, ihr in die Augen zu sehen. »Ich hatte meinen Dienstrevolver im Halfter.«

»Haben Sie ihn gezogen?«

»Dazu hatte ich gar keine Zeit.«

»Weshalb?«

»Ich hab die Tür eingetreten, und der Angeklagte hat sofort auf uns gefeuert. Meine Kollegen gingen alle gleich zu Boden.«

»Sie konnten überhaupt nicht nach Ihrer Waffe greifen. Entspricht das der Wahrheit?«

»Genau. Ein Kollege, der vor mir stand, ist auf mich gefallen. Ich konnte mich gar nicht mehr bewegen.«

»Sie waren im Besitz *einer* Waffe. Wie viele hatte der Angeklagte bei sich?«

»Wir haben vier bei ihm gefunden.«

McCarthy sprang von seinem Tisch auf. »Einspruch! Ich protestiere gegen diese Form der Befragung. Die Staatsanwältin startet eine Hetzkampagne.«

»Ach? *Ich* mache das? Dann tut es mir aber ausgesprochen leid, Mr. McCarthy.«

Muldoon gefiel der Sarkasmus, er fand aber, daß Karen

nicht dick genug auftrug. Auf diesen groben Klotz gehörte ein noch viel gröberer Keil.

»Ich bin es also, die die Leute aufhetzt? Interessant. Können Sie mir das jemals vergeben?«

»Ich akzeptiere Ihre Entschuldigung«, erwiderte McCarthy.

»Sie sind es doch, der keine Gelegenheit ausläßt, die Geschworenen gegen die Polizei aufzuhetzen!« rief Karen.

»Lassen Sie mich etwas erklären, Mrs. Henning. Es ist im Sinne des Gesetzes, daß ...«

»Ich brauche keine juristischen Belehrungen von Ihnen!«

»Danke, der Worte sind genug gewechselt«, griff schließlich der Richter ein.

Am Ende des Verhandlungstages wurde entschieden, Muldoon am nächsten Morgen noch einmal in den Zeugenstand zu rufen. Abends gingen er und Barone wieder zusammen essen.

»Du mußt dich mehr anstrengen«, meinte Barone.

»Das weißhaarige Arschloch nimmt es nicht mit mir auf. Den mach ich fertig.«

»Er ist ein guter Anwalt«, gab Barone zu bedenken.

»Der?«

»Hör zu, Danny ...« Barone erklärte Muldoon, wie er sich am nächsten Tag verhalten sollte. Es gefiel ihm nicht besonders, Muldoon jeden Abend Nachhilfestunden zu geben, zumal sie bis jetzt wenig gebracht hatten.

Wie abgemacht, meldete sich Karen bei Harbison. Sie fand ihn im ehemaligen Büro des Bezirksstaatsanwalts, wo er Kartons auspackte und Akten einräumte. »Sie ziehen hier aber schnell ein«, meinte sie und schaute sich um.

»Bis der Gouverneur einen Nachfolger ernannt hat, übernehme ich das Amt.«

»Ja, ich weiß.« Sie reichte ihm einen Stapel Papiere. »Hier ist das heutige Protokoll.«

»Der Prozeß läuft nicht so gut, wie ich gehofft hatte«, sagte Harbison, während er Bücher ins Regal stellte.

Harbisons Bemerkung interessierte sie nicht. Sie dachte

gerade darüber nach, daß der Richter viel zu oft zugunsten von McCarthy entschied, indem er ihm bei seinen Ausführungen weitgehend freien Lauf ließ. Hatte er schon Partei für ihn ergriffen? Sie hätte sich lauthals darüber beschweren können, doch das war der sicherste Weg, den Richter zu verärgern und den Prozeß zu verlieren.

Harbison riß sie aus ihren Gedanken. »Sobald ich hier Ordnung geschaffen habe, müssen wir uns darüber unterhalten.«

»Das sollten wir wirklich«, erwiderte Karen, nickte ihm zu und verließ das Zimmer.

Rikers Island liegt im East River zwischen der Bronx und Queens: eine flache Sanddüne, nicht mehr als eineinhalb Kilometer lang und einen knappen Kilometer breit. Die Insel befindet sich in unmittelbarer Nähe der Einflugschneise des Flughafens von La Guardia. Wer sie überfliegt, entdeckt zwar einige Gebäude und Straßen, doch es gibt keine Wachtürme oder Wälle, die Rikers Island als Gefangeneninsel erkennen lassen, mit insgesamt neun Gefängnissen.

Auf dem sandigen Boden wachsen keine Pflanzen, und auch sonst ist die Insel nicht gerade das, was man als Augenweide bezeichnen könnte. Bei den Inhaftierten handelt es sich entweder um Untersuchungshäftlinge, die auf ihre Verhandlung warten, oder um solche, die als bereits Verurteilte ihrer Überführung in andere Strafanstalten entgegensehen. Wie in jedem Gefängnis gibt es auch hier Schlägereien, Messerstechereien und homosexuelle Übergriffe. Doch alles in allem verbringen die Häftlinge eine eher geruhsame Zeit. Sechzig Prozent von ihnen sind in Schlafsälen untergebracht, nur vierzig Prozent in Zellen. Die neun Gefängnisse werden beschönigend ›Einrichtungen‹ genannt. Einrichtung 1 ist die älteste und berüchtigtste; dort sind jene Insassen eingesperrt, die am stärksten zu Gewalttätigkeit neigen.

Unter ihnen befand sich seit zehn Monaten auch Lionel Epps. Wenige Stunden nach Ende des Verhandlungstages hing er am Telefon und versuchte, seinen Anwalt zu erreichen. Hinter ihm stand schon eine Schlange anderer, die ihn zur Eile drängten. Schließlich durfte jeder Häftling pro Abend nur ein Gespräch führen.

In jedem Gefängnis gibt es eine Hackordnung, die allein auf Angst basiert. Rikers Island beherbergte zwar auch Schwerverbrecher, doch die blieben nie lange und eroberten sich keinen Platz in der Hierarchie. Epps dagegen war schon länger als die meisten anderen hier und hatte Zeit genug gehabt, sich in der Rangfolge ganz oben zu etablieren.

Er war kein großer Mann; als Boxer hätte man ihn in die Mittelgewichtsklasse eingestuft. Er redete selten und besaß keine Vertrauten. Um sich herum hatte er eine unsichtbare Grenze gezogen, von der niemand wußte, wo sie begann. Jedem war aber klar, daß Epps bei Übertreten sofort zuschlagen oder zur nächstbesten Waffe greifen würde. Das konnte schon passieren, wenn man ihn anrempelte oder einen Witz erzählte, den er nicht verstand. Dann schlug er sinnlos um sich, bis ihn die Wachen in seine Zelle brachten.

Epps wählte die Nummer von McCarthys Büro, doch es dauerte endlos, bis jemand abhob und ihn bat, einen Moment zu warten. Hinter ihm wuchs die Ungeduld der anderen. »Haltet endlich eure Fressen, ihr Ärsche!« schnauzte Epps sie an – und schlagartig herrschte Ruhe.

Zur selben Zeit saß McCarthy hinter seinem Schreibtisch, hatte die Füße darauf gelegt, trank irischen Whisky und plauderte mit zwei Jurastudenten. Beide waren dreiundzwanzig und arbeiteten als unbezahlte Gehilfen für ihn. Sie wollten nur von ihm lernen und waren stolz darauf, wenn sie mit dem Staranwalt zusammen Whisky trinken und seinen weisen Worten lauschen durften.

»Es kommt also in allererster Linie darauf an, genau die richtigen Geschworenen zu bekommen«, predigte er, als ihn das Klingeln des Telefons störte. Er war schon etwas angeheitert und hatte nicht die geringste Lust, an den Apparat zu gehen. »Dann bekommt man auch das richtige Urteil. Darauf können Sie sich verlassen.«

»Der Prozeß an sich spielt dann gar keine Rolle mehr«, sagte einer der Studenten.

»Äußerst scharfsinnig bemerkt.«

Das Telefon klingelte und klingelte.

»Und worauf müssen Sie achten, wenn die Verhandlung erst einmal begonnen hat?« Er nahm einen großen Schluck Whisky und sagte: »Wenn niemand abhebt, geht das noch ewig so weiter.«

Beide sprangen gleichzeitig auf, doch der längere von ihnen war zuerst am Apparat. Einen Augenblick später kam er ins Büro zurück. »Ihr Mandant will Sie sprechen.«

McCarthy machte keine Anstalten, sich zu erheben. »Worauf müssen Sie achten?« fuhr er fort.

»Tja ... auf das Beweismaterial«, meinte der andere.

»So wird es im Studium gelehrt. Und wenn Sie ein absolut durchschnittlicher Anwalt werden wollen, müssen Sie sich nur genau daran halten.«

Der junge Mann war verwirrt.

»Sie müssen sich vor Augen halten, daß praktisch alle Ihre Mandanten schuldig sind. Das Beweismaterial würde sie nur überführen. Was sagt uns das? Scheren Sie sich so wenig wie möglich darum.«

»Aber ...«

»Wenn die Geschworenen ganz nach Ihrem Geschmack sind, müssen Sie nur alles tun, um deren Vorurteile zu bekräftigen. Nehmen wir mal ein Beispiel. Viele Leute glauben nur zu gerne, daß alle Polizisten Sadisten und Gauner sind. Wenn Ihr Mandant nur respektabel genug aussieht, kann man die Geschworenen sogar glauben machen, daß nicht der Angeklagte schuldig ist, sondern die Polizei.« McCarthy nickte bestätigend und starrte in sein Glas.

»Wo wir gerade von Mandanten reden«, fiel es dem Längeren wieder ein. »Ihrer ist immer noch in der Leitung.«

»Ich habe nichts mit ihm zu besprechen«, wehrte McCarthy mit einer abfälligen Handbewegung ab. »Sagen Sie ihm, wir reden morgen im Gericht miteinander. Und legen Sie anschließend den Hörer daneben, damit er uns nicht mehr stört.«

Auf Rikers Island wählte Epps aufs neue. Als er das Besetztzeichen hörte, wurde er wütend. Er riß das Telefon samt Kabel aus der Wand. Schlagartig wurde den anderen klar, daß sie heute nicht mehr telefonieren konnten, vielleicht sogar die ganze Woche nicht mehr. Damit hatte er das Faß zum Überlaufen gebracht. Ohne eine Sekunde zu verlieren, stürzten sie sich auf Epps. Der schwang das Kabel samt Telefon wie ein Lasso, schindete damit aber nicht lange Eindruck. Die Meute schnappte sich ihn, doch Epps schlug in unbändigem Zorn um sich. Schließlich konnte er sich befreien, rannte in die Toilette und drosch wie verrückt auf das Spülbecken ein.

Am nächsten Morgen eilte McCarthy aufgebracht zum Richterpult. Karen folgte ihm. Die Zuschauerränge waren so voll wie immer, und Muldoon befand sich bereits im Zeugenstand. Vom Angeklagten aber fehlte jede Spur. »In der letzten Nacht«, legte McCarthy los, »wurde mein Mandant im Gefängnis von anderen Insassen tätlich angegriffen. Wie es aussieht, steckt die Polizei dahinter!«

»Ich bitte Sie, Mr. McCarthy«, sagte Birnbaum nachsichtig.

»Sogar im Gefängnis will man ihn noch umbringen«, rief er. »Lassen Sie ihn gegen Kaution frei und stellen sie Wachen auf, die ihn vor der Polizei schützen!«

»Können wir mit der Verhandlung fortfahren, Euer Ehren?« fragte Karen ungerührt.

»Nein, das können wir nicht!« tobte McCarthy. »Ich habe Ihnen ja noch nicht einmal die Hälfte erzählt. Mein Mandant wurde nämlich nicht nur angegriffen, sondern man hat ihm auch noch sämtliche Kleidungsstücke zerrissen. Sechs Anzüge!«

»Wie schade«, lachte Karen.

»Was soll daran so witzig sein?« McCarthy drehte sich zu ihr um.

»Er trug immer *so* schöne Anzüge.«

»Euer Ehren!« fuhr McCarthy fort. »Mein Mandant kann ja wohl schwerlich in Anstaltskleidung vor Gericht erscheinen.«

»Stimmt«, meinte Karen. »Die Geschworenen könnten einen falschen Eindruck von ihm bekommen.«

Muldoon schaute dem Theater lächelnd zu.

»Ich fordere eine einwöchige Unterbrechung, Euer Ehren.«

»Eine Woche?« fragte Birnbaum.

»Er braucht Zeit, um sich neu einzukleiden. Darf ich das Gericht bitten, die Kosten dafür zu übernehmen?«

»Wieso sollte das Gericht dafür verantwortlich sein?«

»Weil er vom Gericht in die Untersuchungshaft geschickt wurde.«

»Ich mache einen Vorschlag«, meldete sich Karen zu Wort.

»Bitte, Mrs. Henning?«

»Die Kosten sollte der übernehmen, der auch schon die ersten sechs Anzüge bezahlt hat.«

»Ich habe schon mit der Presse darüber gesprochen«, drohte McCarthy. »Die Presse will wissen, was Sie zu tun gedenken.«

»Mrs. Henning?« fragte Birnbaum.

Karen nahm ein paar Akten und warf sie vor lauter Zorn in die Luft. Der Gerichtsschreiber sah erstaunt auf.

McCarthy deutete mit dem Finger auf ihn. »Notieren Sie, daß Mrs. Henning ihre Verachtung für das Gericht zum Ausdruck bringt, indem sie mit Akten um sich wirft.«

»Nein«, sagte Karen. »Notieren Sie, daß Mrs. Henning nur ihrer Abscheu vor gewissen Anwälten Ausdruck verleiht, die eine Schande für ihren Berufsstand sind.«

Richter Birnbaum wandte sich den Geschworenen zu. »Ich verfüge hiermit, daß die Verhandlung auf den kommenden Montag vertagt wird. Ich muß Sie noch einmal dringend davor warnen, Fernsehberichte zu verfolgen oder Zeitungsmeldungen zu lesen, die sich mit diesem Fall befassen. Sprechen Sie auch mit niemandem darüber.«

Muldoon verließ den Zeugenstand, und der ganze Gerichtssaal leerte sich nach und nach.

3. Kapitel

Barone wartete schon, als Karen in Begleitung von Coombs auf Rikers Island eintraf. An den Stränden der Insel herrschte seit kurzem Ebbe, und der Abfall, der überall vom Wasser freigegeben wurde, stank zum Himmel.

Sie folgten dem Anstaltsleiter in die Einrichtung 1. »Das stinkt bis hierher«, murmelte Karen und deutete dann nach oben zu einem der Flugzeuge, die alle dreißig Sekunden über die Insel flogen. »Und hören Sie sich mal diesen Lärm an.«

Sie wurden durch vergitterte Flure geführt, bis sie zu einer Art Gemeinschaftsraum kamen. Dort saßen Männer vor dröhnenden Fernsehern, liefen herum oder schrien durcheinander. Wie in allen Strafanstalten war der Lärm gewaltig.

»Eine Privatsphäre haben die Leute hier wohl nicht«, sagte Karen zu Barone.

»Die meisten von denen wissen gar nicht, was das ist«, erwiderte er. »Also vermissen sie es auch nicht.«

Barone wußte bereits alles über Epps' Schlägerei. Er war überrascht, daß Karen persönlich gekommen war, um sich ein Bild von den Umständen zu machen. »Was sie vermissen, ist gutes Essen«, sagte Barone. »Ansonsten fehlt es ihnen an nichts.« Barone verdammte die Gefangenen nicht, sondern brachte ihnen im Gegenteil eine gewisse Anteilnahme entgegen. Andererseits gab er sich keinen Illusionen über sie hin. Bei ihnen handelte es sich nun mal um notorische Gesetzesbrecher, die sich bestenfalls änderten, wenn sie zu alt oder zu krank waren, um ihre kriminelle Laufbahn fortzusetzen.

»Sehen Sie das kaputte Telefon?« fragte er Karen.

Sie nickte.

»Epps wollte mit seinem Anwalt sprechen, aber der nicht mit ihm. Daraufhin ist er durchgedreht.«

»Ausgerechnet McCarthy wollte nicht mit ihm reden?«

schmunzelte Karen. »Dieser Anwalt mit dem ach so großen Herzen?«

»Deshalb hat Epps auch das Telefon heruntergerissen.«

»Schau einer an ...«

»Die anderen haben sich darüber sehr gefreut und sind brav in ihre Zellen zurückgegangen«, witzelte Barone.

»Es fand ein Kampf statt«, korrigierte ihn der Anstaltsleiter mit betontem Ernst.

Barone erzählte detailliert, wie die Sache weiterging.

»Das wissen Sie alles ganz genau?« wunderte sich Karen.

»Ja, weil ich gestern und heute morgen hier war, mich zuerst mit den Wachen, dann mit den übrigen Insassen unterhalten habe.« Barone erwähnte nicht, wieviel Mühe, Zeit und Überredungskraft es ihn gekostet hatte, den Leuten alles zu entlocken, was er wissen wollte. Er hoffte, Karen würde das von selbst herausfinden. Die Gefangenen befürchteten eine Bestrafung, und die Wachen wollten auch nichts mit der Geschichte zu tun haben.

»Epps zerschlug das Spülbecken, die Wasserleitung riß, und es gab eine ordentliche Überschwemmung«, ergänzte der Anstaltsleiter. »Inzwischen rannten andere in seine Zelle.«

»Und vorbei war's mit den schönen Anzügen«, fügte Barone hinzu.

Karen lachte und sah ihn an. Einen Moment lang hoffte er, daß sie gegen seinen Charme vielleicht doch nicht gänzlich immun war.

Die Zellen in diesem Block waren jetzt geöffnet und leer. Epps war offenbar verlegt worden. »McCarthy sagt, die Polizei hätte ihn angegriffen«, kam Karen wieder auf das Berufliche zurück.

»Wie bitte? Lächerlich!« Barone war verblüfft.

»Normalerweise gibt es in diesen Einrichtungen keine Polizisten«, erklärte der Anstaltsleiter.

Sie kamen an den Gefängniszellen vorbei, die voll belegt waren. »Machen Sie schnell«, bat der Leiter. »Wenn die sehen, daß Sie eine Frau sind, vergessen sie sich.«

Die Warnung kam zu spät. Sie wurde entdeckt, und schon

ging das Gegröle los. Karen fühlte sich ganz offensichtlich nicht wohl in ihrer Haut, dachte Barone. Sie wirkte wie eine Frau, die aus Versehen in die Herrentoilette geraten war. Dies war ganz gewiß nicht ihre Welt.

Sie gelangten zu der Zelle, in der sich Epps mittlerweile befand. Er stand schon an den Gittern und starrte Karen an. Sie nickte ihm zu, doch er reagierte nicht darauf. In seiner Anstaltskleidung und ohne Brille wirkte er völlig anders als vor Gericht. Barone fand es gut, daß Karen ihn einmal so sah. Sie und Epps schauten sich in die Augen, und Karen war es, die den Blick als erste senkte.

Sie verließen die Insel in zwei getrennten Wagen und hielten unterwegs bei einem Coffee Shop in Queens. Die beiden Männer nahmen an gegenüberliegenden Seiten des Tisches Platz und brachten Karen damit in Verlegenheit. Nach kurzem Zögern setzte sie sich neben ihren Mitarbeiter. Obwohl dies keine große Sache und kaum der Rede wert war, war Barone enttäuscht. Was dachte sie von ihm, glaubte sie etwa, daß er unter dem Tisch sein Bein gegen ihres pressen würde?

Anschließend fuhren alle ins Büro. Barone kam etwas später nach, weil er unterwegs angehalten hatte, um die Nachmittagszeitung zu kaufen, die er nun den beiden anderen vor die Nase hielt. »Schauen Sie sich das an.«

Barone und Coombs lehnten sich beim Lesen über Karens Schulter. Barone atmete den süßen Geruch ihrer Haare und ihrer Haut ein. Er fühlte sich aber nicht sehr behaglich bei dieser Nähe und wich zurück, obwohl Coombs keine derartigen Berührungsängste zu haben schien.

Die Schlagzeile lautete: ›Epps wird im Gefängnis angegriffen‹. Darunter stand: ›McCarthy beschuldigt die Polizei‹.

Karen stand auf und ging zum Fenster. »Jetzt wissen die Geschworenen, warum die Verhandlung vertagt wurde«, sagte sie.

»Das können sie unmöglich wissen«, versuchte Barone sie aufzumuntern. »Der Richter hat ihnen befohlen, keine Zeitung zu lesen.«

»Daran werden sie sich auch bestimmt halten ...«

»Mal im Ernst: was wäre denn, wenn die Geschworenen zugeben würden, daß sie Zeitungen lesen und fernsehen?«

»Dann würden neue Geschworene gesucht, und wir könnten noch einmal ganz von vorn anfangen.«

»Dagegen hätte McCarthy wahrscheinlich nichts einzuwenden«, meinte Coombs. »Er beherrscht die Kunst, Prozesse so lange zu verschleppen, bis niemand mehr etwas davon hören will.«

»Vergessen wir den Artikel«, schlug Karen vor. »Was anderes bleibt uns sowieso nicht übrig.«

In diesem Moment klingelte das Telefon. Sobald sie gewahr wurde, wer am anderen Ende sprach, schien sie den Atem anzuhalten. Barone entging das nicht, und er fragte sich, was wohl der Grund dafür war. Sie hielt die Hand auf die Muschel und ließ den Blick von ihm zu Coombs wandern. »Würden Sie mich bitte einen Augenblick entschuldigen?«

Beide verließen das Büro. Trotzdem konnten sie hören, wie Karen redete: sie bemühte sich, ihre Antworten kurz und knapp zu halten, was sich ziemlich geheimnisvoll anhörte. »Die Verhandlung wurde auf Montag vertagt«, hörten sie sie sagen. »Ich muß mich darauf vorbereiten ... Gut. Unter diesen Umständen ...«

Sie legte auf und kam auf den Flur. »Ich muß weg«, erklärte sie und versuchte, sich so unbeteiligt wie möglich zu geben.

»Ist etwas nicht in Ordnung?« fragte Barone.

»Nein, nein«, antwortete sie. »Es ist etwas Persönliches.« Dann ging sie zu Harbisons Büro. »Ich muß ihn nur eine Sekunde sprechen«, sagte sie der Sekretärin.

»Tut mir leid, aber er ist den ganzen Tag außer Haus. Kann ich ihm etwas ausrichten?«

Karen zögerte kurz. »Nein, danke. Es ist nichts Wichtiges.«

Barone ging ihr nach, als sie wieder in ihr Zimmer lief, um ihre Handtasche zu holen. »Sie sind ein wenig durcheinander«, sagte er. »Kann ich Ihnen irgendwie helfen?«

»Nein, danke. Mir geht's gut«, sagte sie und unterstrich ihre Worte mit einem Lächeln.

»Haben Sie Probleme zu Hause?«

»Nein, nicht im geringsten.«

»Ich hab meinen Wagen hier. Ich kann Sie überall hinbringen, wo Sie hinwollen«, ließ Barone nicht locker.

»Danke, aber das ist nicht nötig«, sagte sie und ging zum Aufzug.

Als er ihr nachsah, dachte Barone, daß sie ihn anscheinend nicht besonders gut leiden konnte.

Karen nahm ein Taxi, das sie zum Hubschrauberlandeplatz in der Wall Street brachte. Der Hubschrauber wartete bereits mit drehendem Rotor auf sie. Einer der beiden Piloten war ihr beim Einsteigen behilflich. »Ich bin noch nie in so einem Ding geflogen«, sagte sie nervös. Daß sie wie auf Kohlen saß, hatte allerdings weniger mit dem Flug als mit dem bevorstehenden Treffen zu tun.

»Der Flug dauert fünfzig Minuten«, erklärte der Mann am Steuer.

Der Hubschrauber flog zum East River und drehte an der Spitze Manhattans Richtung Hudson eine Kurve. Nach einer Weile kam Albany in Sicht und schließlich das Kapitol. Sie hatte es nie zuvor gesehen, aber sofort erkannt. Der Hubschrauber setzte auf dem Landeplatz davor auf. Ein Beamter empfing Karen und begleitete sie in das Gebäude. »Der Gouverneur wartet oben auf Sie.«

Man führte sie in sein Vorzimmer und reichte ihr einige Zeitschriften. Ihre Nerven waren bis zum Zerreißen gespannt. Sie wäre gerne noch auf die Toilette gegangen, um sich herzurichten, doch das ging nicht, denn der Gouverneur konnte jeden Moment erscheinen.

Sie blätterte in einer Illustrierten, ohne auch nur ein Wort zu lesen, da ging plötzlich die Tür auf. Es war aber nicht der Gouverneur, der heraustrat – es war Norman Harbison! Er sah sie an, als wäre er einem Gespenst begegnet. »Was … was machen Sie hier?« stammelte er.

Eine Sekretärin kam hinzu. »Der Gouverneur erwartet Sie, Mrs. Henning.«

Karen war genauso vor den Kopf gestoßen wie Harbison.

Sie wußte nicht, was sie sagen sollte, und sagte deshalb lieber gar nichts.

Der Gouverneur saß in Hemdsärmeln hinter seinem Schreibtisch, stand auf und begrüßte sie. Weit hinten im Zimmer und fast ganz im Schatten saßen zwei Assistenten, denen er sie vorstellte. Er bat sie, Platz zu nehmen, erkundigte sich nach ihrem Flug und entschuldigte sich dafür, daß er sie so kurzfristig hergebeten hatte. Dann kam er zur Sache. Er erklärte, wie wichtig es ihm sei, so schnell wie möglich einen neuen Bezirksstaatsanwalt zu ernennen, der das Amt vorläufig leiten sollte. Er sagte, es sei höchste Eile geboten, weil die Behörde sonst einem Schiff ohne Ruder gliche. Aber er gab mit keinem einzigen Wort zu erkennen, ob er in diesem Zusammenhang an Karen dachte. Für eine kurze Zeit hatte sie diese vage Hoffnung gehegt, jetzt war sie schon wieder verflogen.

»Sie stecken zur Zeit mitten in einem Prozeß«, sagte er. »Ich lese jeden Morgen in der Zeitung darüber und finde, daß Sie Ihre Arbeit sehr gut machen.«

»Besten Dank.«

»Erzählen Sie uns doch ein wenig über sich selbst«, bat der Gouverneur.

Da dieses Gespräch ohnehin keine weitere Bedeutung für sie besaß, gewann sie ihre Lockerheit zurück. Immerhin konnte sie heute abend ihren Kindern berichten, daß sie mit einem Hubschrauber geflogen war. »Womit soll ich beginnen?«

»In der Hierarchie der Staatsanwaltschaft nehmen Sie den dritten Rang ein«, sagte er. »Und als Frau den ersten.«

Sie war irritiert. Das war sie immer, wenn die bloße Tatsache, daß sie weiblichen Geschlechts war, besondere Erwähnung fand.

»Also, erzählen Sie uns etwas über sich.«

Karen sprach über ihre Familie und ihren beruflichen Werdegang.

»Dann arbeiten Sie also seit acht Jahren für die Staatsanwaltschaft«, stellte der Gouverneur fest.

»Genau.« Der Mann war ihr irgendwie sympathisch. Er

sah zwar nicht sehr ansehnlich aus, besaß aber eine freundliche Ausstrahlung.

»Wie schon erwähnt, muß ich einen einstweiligen Leiter für die Staatsanwaltschaft ernennen. Ich habe mich in den letzten beiden Tagen mit diversen Kandidaten unterhalten. Jemand hat mir Sie empfohlen.« Er warf ihr einen prüfenden Blick zu. »Jemand, dem ich vertraue.«

Sie fragte sich, wer, traute sich aber nicht zu fragen.

»Was halten Sie von Norman Harbison?« fuhr er fort.

Deshalb hat er mich also kommen lassen, dachte sie. Er hat sich schon längst für ihn entschieden und will sich nur ein möglichst umfassendes Bild von ihm machen.

»Nun ja, er war die rechte Hand des Bezirksstaatsanwalts.«

»Das weiß ich auch.«

»Norman weiß, wie man ein solches Amt leitet.«

»Auch das glaube ich Ihnen.« Nach einer kurzen Pause fügte er hinzu: »Wollen Sie ein Loblied auf ihn anstimmen?«

In diesem Moment bot sich ihr die einmalige Gelegenheit, aus ganzem Herzen über Harbison zu lästern. Sie war ganz sicher, daß er das an ihrer Stelle getan hätte. »Loblied? Das wäre zu hoch gegriffen. Ich weiß lediglich, daß er jahrelange Erfahrung besitzt.«

»Was für ein Mensch ist er?«

»Er ist sehr gewissenhaft.«

»Ist er ein guter Staatsanwalt?«

»Früher ganz bestimmt. Er hat aber schon seit Jahren keine Fälle mehr übernommen.«

Der Gouverneur erhob sich, und Karen tat es ihm nach. Das Gespräch war offenbar beendet. »Ich habe Sie hierhergebeten, um Sie ein wenig auszuloten«, sagte er. »Angenommen, ich ernenne Sie zur Bezirksstaatsanwältin – würden Sie annehmen?«

Karen konnte nicht glauben, daß diese Frage ernst gemeint war. Vermutlich war es nur eine freundliche Methode, sie elegant aus dem Büro zu bitten. »Wenn ich dazu nicht bereit wäre, hätte ich mir und dem Staat einen Hubschrauberflug erspart.«

»Was würde Ihre Familie dazu sagen?«

»Die würde es auch akzeptieren.«

»Es wäre allerdings nur eine vorläufige Ernennung – bis zur Wahl im November.«

Karen zuckte mit den Achseln.

»Natürlich könnten Sie sich zur Wahl stellen.« Der Gouverneur machte wieder eine Pause und sah die beiden anderen Männer an. Dann begleitete er sie zur Tür. »Darf ich Sie noch etwas fragen? Wie stehen Sie zum Gesetz?«

Karen war verdutzt. »Wenn ich mich darüber ausließe, würde es sich nach einer Art Predigt anhören.«

»Lassen Sie das nur mich beurteilen. Also?« Der Gouverneur schien plötzlich keine Eile mehr zu haben, sie loszuwerden.

»Das Gesetz? Ich finde, es ist die notwendige Basis für eine funktionierende Zivilisation; das einzige, was uns alle zusammenhält. Das Gesetz ist das, was uns von der Barbarei unterscheidet.«

»Schön gesagt.« Er warf den beiden anderen einen fragenden Blick zu. Einer von ihnen nickte. »Ich freue mich, daß Sie so darüber denken. Wie Sie wissen, bin ich selbst Anwalt.« Er öffnete die Tür.

»Danke. Sie hören von uns.«

Karen bereitete in der Küche das Abendessen. Inzwischen konnte sie sich wieder eher vorstellen, daß man sie ernsthaft für diesen Job in Erwägung zog – auch wenn ihr ab und zu Zweifel kamen, ob dabei nicht der Wunsch Vater des Gedankens war. Sie mußte unbedingt mit ihrer Familie darüber reden. Vor allem kam es darauf an, wie Hank es aufnehmen würde.

»*Was* hast du gemacht? *Wo* bist du gewesen?« staunte der.

»Vielleicht werde ich zur Bezirksstaatsanwältin ernannt, aber ich bin mir nicht sicher.«

»Das ist ganz schön aufregend, Mom!« rief Hillary.

Hank schien diese Ansicht nicht ganz zu teilen. Damit hatte Karen gerechnet. »Du freust dich wohl nicht sehr darüber«, meinte sie.

»Natürlich freue ich mich für dich«, sagte er zurückhaltend. »Ich bin auch stolz auf dich, aber ...«

»Aber was?«

»Hast du dir überlegt, was da auf dich zukommt? Ein Zwölfstundentag, und das sieben Tage in der Woche.«

Karen reichte Hillary die Servierplatte. »Stell sie bitte auf den Tisch.«

»Bist du sicher, daß du deine Prioritäten richtig setzt?« fragte Hank. »Deine Kinder werden fragen: An wievielter Stelle kommen wir?«

»Ach, Hank.«

»Ich dachte, wir waren uns darüber einig, daß du in Zukunft mehr Zeit zu Hause verbringst statt weniger.«

»Das wollte ich ja auch.«

»Du wirst es nicht einmal merken, wenn deine Kinder erwachsen sind. Eines Tages kommst du nach Hause, und sie sind ausgezogen.«

Es ärgerte Karen, auf diese Weise unter Druck gesetzt zu werden. »Wenn mir der Gouverneur diese Stelle wirklich anbietet, kann ich sie schlecht ablehnen. Vielleicht macht er es auch nicht, dann hat sich das Ganze sowieso erledigt. Und selbst wenn: ich hätte sie ja nur bis November.«

»Kaum. Wenn du erst einmal Geschmack an der Sache gefunden hast, machst du auch weiter und läßt dich wählen.«

»Da hätte ich doch nie eine Chance. Aber hast du auch mal daran gedacht, daß es gar nicht so schlimm wäre, ein bißchen mehr Geld zu verdienen?«

Hank ging gar nicht darauf ein. »Unser ganzes Leben würde auf den Kopf gestellt werden. Aber vielleicht wäre dir das gar nicht so unrecht.«

Sie hatte von Hank zwar Widerstand erwartet, kam aber trotzdem nicht damit zurecht. »Wechseln wir das Thema«, sagte sie. »Das Essen ist fertig.«

Beim Essen unterhielt sie sich mit ihren Kindern über alles mögliche. Hank, der ihr gegenübersaß, schaute sie kaum einmal an.

Auf dem Weg ins Bett begann die Diskussion aber wieder von neuem. »Du solltest noch einmal genau darüber nachdenken. Mach dir klar, wie sehr dich die Kinder brauchen. Und …«

»Und?«

»Nichts und.« Hank sah sich im Zimmer um, als würde er nach etwas Ausschau halten. »Siehst du hier etwa noch jemanden, der dich braucht?«

4. Kapitel

Kurz nach zweiundzwanzig Uhr traf eine Meldung über Funk ein. Muldoon betrat gerade den ihm wohlbekannten Laden und steuerte schnurstracks auf das Kühlregal zu. Er hatte gedacht, Ritter wäre im Wagen geblieben, doch als die Meldung durchkam, bemerkte er, daß der samt Funkgerät hinter ihm hergelaufen war. Es handelte sich allerdings nur um eine Routinenachricht aus der Zentrale.

Seit Barone für die Staatsanwaltschaft tätig war, hatte man Muldoon Ritter als Begleitung zugeteilt. Der Lieutenant hatte gesagt: »Geben Sie ihm Gelegenheit, von Ihrer Erfahrung zu profitieren.« Muldoon hatte nichts dagegen, den Grünschnabel – wie er ihn nannte – mitzunehmen. Eine Zeitlang würde er ihn schon ertragen können.

Als Muldoon sah, daß Ritter hinter ihm war, wechselte er sofort die Richtung. »Ich muß mal Ihre Einrichtungen aufsuchen!« rief er dem Verkäufer zu. Auf der Toilette ermahnte sich Muldoon, Ritter nicht ohne weiteres zu trauen. Der Junge wirkte zu steif und steckte seine Nase in alles rein.

Muldoon kam zurück, als bereits die nächste Meldung eintraf. »Bewaffneter Überfall. Täter hat ein Messer.«

Er stürmte auf Ritter zu, rannte ihn dabei fast über den Haufen und schnappte sich das Funkgerät. »Wir übernehmen!« rief er und ließ sich die Adresse geben, während er zum Auto lief. Ritter konnte ihm kaum folgen.

Muldoon fuhr wie der Teufel. Schon bis zur ersten Kurve hatte er auf neunzig beschleunigt, und die nächste nahm er auf zwei Rädern. Ritter wurde angst und bang. Als sie ans Ziel kamen, standen dort schon zwei andere Streifenwagen und ein Krankenwagen. Muldoon ließ die Bremsen kreischen und rannte auf einen Gebäudeeingang zu.

Drinnen standen Beamte von der Fußstreife und starrten auf eine riesige Blutlache. Muldoon wußte: wer soviel Blut verloren hatte, war äußerst schwer, wenn nicht tödlich verletzt. Die Blutspuren führten vom Hauseingang weg. Er wandte sich einem seiner Kollegen zu. »Wie weit ist er gekommen?«

»Er ist vor seiner Wohnungstür zusammengebrochen.«

Muldoon kannte das. Verletzte zieht es immer nach Hause, egal wie schwer sie verwundet sind. Er erkundigte sich bei dem anderen, was er wisse und ob er schon jemanden vernommen habe. Bevor Muldoon eine Antwort erhielt, kamen die Sanitäter mit einer Bahre die Treppe herunter. Das Opfer war nicht völlig bedeckt, was bedeutete, daß der Mann noch lebte. Muldoon überließ es Ritter, den Anwesenden weitere Fragen zu stellen, und rannte selbst den Sanitätern nach. Zuallererst mußte der Verletzte vernommen werden – solange er noch lebte.

Im letzten Moment schwang er sich in den schon abfahrenden Krankenwagen und erschreckte damit die Sanitäter. Zum Glück war kein Arzt an Bord, denn viele von denen mochten es gar nicht, wenn Polizisten im Wagen mitfuhren. »Woher kommt ihr, Jungs?« Das war eine wichtige Frage. Waren sie nämlich vom Harlem Hospital gleich um die Ecke, hätte er keine Zeit gehabt, den Verletzten zu vernehmen. Aber Muldoon hatte Glück: sie kamen vom St. Luke's Hospital.

Muldoon kniete sich vor den Verletzten und schüttelte ihn sanft an der Schulter. »Wie geht's dir?«

Nach einer Weile öffnete der die Augen.

»Was ist passiert?«

»Er hat auf mich eingestochen ...«

»Wer war es?« Muldoon sah, daß der Mann glasige Augen hatte.

»Ich hab gesagt, seine Frau hat einen fetten Arsch. Dann hat er ...« Seine Augen rollten hin und her.

»Wie heißt er? Du kennst ihn doch!« In zwei Minuten trittst du sowieso ab, dachte Muldoon, dann sag mir doch wenigstens noch den Namen.

»Ich kenn ihn, aber nicht seinen Namen ...« Die Zeit zwischen den Antworten wurde immer länger.

»Weißt du, wo er wohnt?«

»Bei mir im Haus ...«

»Wo dort?«

»Im obersten Stock, glaub ich ...«

Er schloß die Augen. Muldoon stellte keine weiteren Fragen mehr.

Vor dem Krankenhaus rissen Sanitäter die Wagentür auf und brachten den Mann in die Notaufnahme. Muldoon lief hinterher. Er wußte ja noch nicht einmal den Namen des Opfers.

Er kannte das Krankenhaus wie seine Hosentasche, war er doch mindestens dreimal pro Woche wegen irgendwelchen Einlieferungen hier. Er ging in die Notaufnahme, sah, daß sich vier Ärzte an dem Mann zu schaffen machten, und hörte die Skalpelle klappern. Ein Angestellter des Krankenhauses durchsuchte die Taschen des Opfers und steckte all dessen Habseligkeiten in einen Umschlag, den er Muldoon überreichte. Muldoon sah hinein und entdeckte Schlüssel, eine Uhr, ein Taschenmesser, ein paar Dollar und eine Brieftasche. Keine Waffen, keine Drogen, keine Kreditkarten, die auf einen anderen Namen lauteten – anscheinend handelte es sich um einen ehrlichen Kerl, wie er staunend feststellte. Muldoon schrieb sich alle persönlichen Daten des Opfers auf.

Einer der Ärzte kam aus der Notaufnahme. »Was soll ich schreiben?« fragte Muldoon. »Mord oder schwere Körperverletzung?«

»Wir tun alles, um ihn zu retten«, sagte der Arzt kurz angebunden und ließ ihn einfach stehen.

Zu seiner Erleichterung entdeckte Muldoon zwei weitere Polizisten auf dem Flur, die nach irgend etwas zu suchen schienen. Er winkte ihnen zu. Auch sie hatten sich nach dem Verletzten erkundigen wollen, und da konnte ihnen Muldoon gleich weiterhelfen. Er gab ihnen den Umschlag und bat sie, ihn wieder zum Tatort zurückzufahren. Er wußte, solche Fälle wurden entweder innerhalb von achtundvierzig Stunden gelöst oder nie. Der Täter, so vermutete Muldoon, packte wahrscheinlich gerade seinen Koffer und würde sich in wenigen Minuten dünnmachen.

Die beiden anderen waren einverstanden. »Dein Partner

hat ein Mädchen ausfindig gemacht, das vielleicht etwas mitbekommen hat«, sagte der Fahrer.

Muldoon war überrascht. Er hatte schon befürchtet, Ritter wüßte nicht, was zu tun war. Als der Streifenwagen vor dem Haus des Opfers hielt, stürzte Muldoon heraus. Ritter stand auf dem Gehweg. Er berichtete, er habe das Mädchen auf die Wache bringen lassen. »Sie ging gerade am Tatort vorbei, als es passierte. Sie wußte nur, daß der Täter hier in der Gegend wohnt. Ich glaube aber nicht, daß sie ihn identifizieren kann.«

Muldoon eilte zum Hauseingang, vor dem zwei schwarze Cops standen. »Hat er überlebt?« fragte der eine.

»Ich schätze, daß er inzwischen den Löffel abgegeben hat.« Muldoon drehte sich zu Ritter um. »Fahr zur Wache zurück und hol die Zeugin her. Laß sie nicht allein, bis ich dich rufe. Und laß mir das Funkgerät da.« Dann wandte er sich an einen der beiden Cops. »Wir beide gehen jetzt rauf und nehmen jemanden fest. Los, komm schon!« Er huschte an ihm vorbei, und der andere eilte hinter ihm her.

»Was hast du vor, Mann?« fragte er im Aufzug, erhielt aber keine Antwort von Muldoon.

Im obersten Stock lagen sieben Wohnungen. Muldoon war froh, einen schwarzen Polizisten an seiner Seite zu haben, denn die Leute waren zugänglicher, wenn sie jemanden mit ihrer Hautfarbe sahen. Er klingelte an jeder Tür. »Vor der Haustür war ein Unfall«, sagte er jedesmal. »Haben Sie etwas davon mitbekommen?«

In den ersten beiden Wohnungen war niemand zu Hause. In den nächsten lebten Mütter mit Kindern, die so freimütig antworteten, daß man daraus schließen konnte, daß sie wirklich nichts gesehen hatten und auch nichts verheimlichen wollten.

In der fünften Wohnung öffnete ein Mann, der sichtlich nervös wirkte. Muldoon hatte sofort den Eindruck, ins Schwarze getroffen zu haben. Der Mann gab an, gerade nach Hause gekommen zu sein und das Blut im Flur gesehen zu haben. »Was ist dort passiert?« fragte er.

Aber Muldoon fiel auf, daß er eine frischgebügelte Hose trug. Die Falten waren noch ganz neu, vermutlich hatte er sich erst umgezogen. Warum wechselt wohl jemand um elf Uhr nachts noch einmal die Hose? Vielleicht weil sie mit Blut besudelt war. Plötzlich war er ganz sicher, den Mörder vor sich zu haben. In der Wohnung hätte er wahrscheinlich das Messer und blutverschmierte Kleidung gefunden – aber ohne Durchsuchungsbefehl durfte er nicht hinein, obwohl er sich kaum noch bremsen konnte. Ohne die Anwesenheit des anderen Polizisten hätte er sich auch nicht gebremst.

Schließlich ließ er den Mann in Ruhe und klingelte an den beiden letzten Türen. Die Bewohner wirkten in keiner Weise verdächtig.

Danach versuchte er, Funkkontakt zu Ritter aufzunehmen, doch der antwortete nicht. Er versuchte es wieder und wieder, er nahm Kontakt mit der Zentrale auf und bat, eine Meldung an alle Streifenwagen durchzugeben, um nach Ritter Ausschau zu halten. Fünfzehn Minuten vergingen. Dreißig. Keine Spur von Ritter. Wo um alles in der Welt steckte der Kerl?

Die Antwort darauf fand er unten vor dem Eingang. Ritter stand zusammen mit der Zeugin, aber ohne Funkgerät auf dem Gehweg und wartete auf weitere Anweisungen. Zwei Beamte hatten ihn aufgespürt, abgesetzt und Muldoon darüber informiert.

Muldoon stürmte aus dem Fahrstuhl. »Himmel, Arsch und Zwirn!« fluchte er. »Denken ist wohl nicht deine Stärke.«

Ritter schluckte den Verweis. Muldoon kümmerte sich um die Zeugin. Das Mädchen war noch sehr jung und hatte große Angst. Auf Muldoons Frage antwortete sie stammelnd. »Es war dunkel. Ich hab fast nichts gesehen.«

Er setzte sich neben sie auf die Treppe und redete über zehn Minuten ruhig auf sie ein. »Denk dran, daß der Mann ein Mörder ist – und wer will schon neben einem Mörder wohnen? Wer weiß, wen er als nächstes umbringt! Du bist die einzige, die ihn dort hinbringen kann, wo er hingehört, nämlich ins Gefängnis. Du brauchst keine Angst zu haben. Du schaust ihn dir einfach von dem Fenster da drüben aus an. Dann kann er dein Gesicht überhaupt nicht sehen. Keine Sorge, mein Kollege bleibt die ganze Zeit bei dir.«

Schließlich hatte er das Mädchen überredet und mit ihr ausgemacht, daß sie Ritter zunickte, wenn sie den Mann erkannt hatte. Ritter würde dann gegen die Wand klopfen. Um sich in einer späteren Verhandlung nicht nachsagen lassen zu müssen, er habe das Kind beeinflußt, klingelte Muldoon zuerst an den vier übrigen Türen und bat die Bewohner in den Flur. Niemand von ihnen machte Probleme. Muldoon schaute in Richtung Fenster: keine Reaktion.

Er klingelte an der Tür des Verdächtigen. Der Mann streckte seinen Kopf heraus – und sofort kam das verabredete Signal.

»Ich muß Sie bitten, mit auf die Wache zu kommen«, sagte Muldoon.

»Bin ich etwa verhaftet?«

»So kann man es auch nennen.«

»Ich muß es meiner Frau sagen.« Er machte Anstalten, wieder in die Wohnung zurückzugehen.

»Nichts da. Das können Sie ihr auch von hier aus sagen.« Er wollte dem Mann keine Chance lassen.

Muldoon ging auf die Straße, funkte nach einem Streifenwagen und bat die beiden Cops, den Verdächtigen auf die Wache zu bringen. Ritter begleitete inzwischen das Mädchen nach Hause.

Als Ritter zurückkam, erklärte Muldoon, daß er vorerst noch keine Lust habe, zur Wache zu fahren. »Lassen wir das Schwein noch etwas schwitzen«, lächelte er zufrieden. »Je nervöser er ist, um so schneller wird er quatschen, wenn wir ihn in die Mangel nehmen.«

Muldoon fühlte sich glänzend. Niemand, so sagte er sich, hätte diesen Fall so schnell und sauber gelöst wie er. Er war stolz, aber auch durstig ... Er hätte alles gegeben für ein Bier, doch die Läden waren dicht, und mit Ritter zusammen wollte er in keine Bar gehen. Also fuhren sie in aller Ruhe die Straßen ab.

Inzwischen hatte es angefangen zu regnen. Sie fuhren an einer Frau vorüber, die ihren Hund spazieren führte. Es war ein winziger Hund, vielleicht ein Zwergschnauzer. Muldoon bremste ab und kurbelte die Scheibe herunter. »Guten

Abend, Lady«, rief er ihr zu. »Ihr Hund ist im Regen eingelaufen. Gehen Sie lieber mit ihm nach Hause, solange noch etwas von ihm übrig ist.«

Er lachte laut über seinen Witz und fuhr weiter. Ritter lächelte nur ein wenig. Anscheinend hat der Kerl auch keinen Sinn für Humor, dachte Muldoon. Trotzdem machte ihm die Gegenwart des Neuen heute nichts aus. Falls er tatsächlich nicht ganz astrein war, sollte er doch ruhig Informationen über ihn weitergeben. Sollte er doch erzählen, wie locker Muldoon Fälle löst und Mörder überführt. »Fahren wir zur Wache«, sagte Muldoon. »Für heute haben wir genug getan.«

5. Kapitel

»Jetzt erklären Sie mir einmal, woher Sie gewußt haben, wo sich der Angeklagte befand, Mr. Muldoon«, bat McCarthy, während er vor dem Zeugenstand auf und ab lief.

Karen spähte zu dem Tisch hinüber, an dem Lionel Epps saß. Jemand hatte ihm über das Wochenende einen nagelneuen braunen Anzug besorgt.

»Hat er Ihnen einen Brief geschickt oder mit Ihnen telefoniert? – Oh, Entschuldigung, ich ziehe die letzte Frage zurück. In dem Haus gab es ja gar kein Telefon.«

Muldoon sah ihn gleichgültig an. »Ich habe es von einem Informanten erfahren.«

»Wie heißt er?«

»Er ist ein vertraulicher Informant. Deshalb ist sein Name logischerweise geheim.«

»War es nicht eher so, daß Sie wegen Ihrem gemeinsamen Drogenhandel wußten, wo Lionel Epps zu finden war? Es gab gar keinen Informanten, stimmt's? Das haben Sie sich nachträglich aus den Fingern gesogen.«

»Einspruch!« meldete sich Karen zu Wort.

»Stattgegeben«, sagte der Richter. »Die Geschworenen werden aufgefordert, diesen Äußerungen keine Beachtung zu schenken.«

Gehört hatten sie die Worte trotzdem, und vielleicht würden sie sie auch glauben. Karen studierte ihre Gesichter, konnte aber nichts darin lesen. Ihre Hoffnung, daß jemand zumindest einen skeptischen Blick hatte, erfüllte sich nicht. Weil sie weder zulassen wollte, daß McCarthy auf billige Weise Punkte sammelte und das letzte Wort hatte, griff sie noch einmal ein. »Erzählen Sie mir bitte etwas über Ihren Informanten, Mr. Muldoon, ohne seinen Namen zu nennen.«

»Wenn er gerade nicht im Gefängnis steckte und ich ihn auftreiben konnte, war er gut. Er wußte, was auf der Straße so abläuft.«

»Er ist wohl so was wie ein Gewohnheitsverbrecher?«

»Richtig.«

»Also nicht gerade ein netter Kerl?«

»Sicher nicht.«

»Sie haben zwei Wochen nach dem Angeklagten gesucht. Stimmt das?«

»Ja, etwa zwei Wochen.« Muldoon machte einen etwas entspannteren Eindruck, war aber weiterhin zurückhaltend – selbst ihr gegenüber.

»Sie konnten ihn aber nicht finden, weil er seit Monaten spurlos verschwunden war. Entspricht das der Wahrheit?«

»Genau.«

»Aber jetzt war er schlagartig wieder aufgetaucht. Ihr Informant konnte Ihnen sagen, daß er sich in dem verlassenen Haus aufhielt.«

»Ja, das stimmt.«

Nach Ende der Verhandlung ging Karen in ihr Büro zurück. Sie sah aus dem Fenster und fragte sich, ob die Geschworenen die Existenz dieses Informanten bezweifelten. Würde ihr Erfolg womöglich davon abhängen, ob man den Spitzel vor Gericht zitierte?

»Ich schätze, wir müssen versuchen, den Informanten in den Zeugenstand zu bekommen«, sagte sie zu Coombs. Sie wußte von Anfang an, daß dies ein großes Problem darstellen würde, und hatte stets gehofft, es umgehen zu können. »McCarthy weiß natürlich genau, daß es diesen Mann wirklich gibt«, fügte sie bitter hinzu.

»Er weiß auch, daß wir ihn nicht im Zeugenstand haben wollen«, sagte Coombs. »Und darauf zählt er.«

Rastar Williams war groß, schwarz und etwa vierzig Jahre alt. Als Barone ihn zu Karens Büro begleitete, trug er Handschellen.

Karen stand am Fenster, Coombs saß auf seinem üblichen Stuhl. Barone befahl Williams, sich auf den Platz gegenüber Karen zu setzen. Als sie sah, daß er Handschellen trug, bat sie Barone, sie ihm abzunehmen. Er kam der Bitte nach. Williams knetete die Hände und ließ seine Armmuskeln spielen;

auf einmal wirkte er wesentlich gefährlicher. Karen schaute zu Barone und bemerkte, daß er eine Hand auf sein Halfter gelegt hatte.

»Sie sind ziemlich oft im Gefängnis gewesen«, begann Karen und blätterte in ihren Akten.

»Wenn ich diesmal rauskomme, nehm ich einen Job an«, sagte Williams gedankenvoll. »Das ist kein Leben mehr für einen Mann in meinem Alter.«

»Schön zu hören. Kennen Sie einen Detective namens Muldoon?«

»Für mich heißt er Mull. Er hat mir schon ein paar Mal unter die Arme gegriffen.«

»Warum hat er das getan?«

»Weil ich ihm was erzählt hab.«

»Kennen Sie einen Mann namens Lionel Epps?«

»Mull kennt ihn auch. Er hat gesagt: ›Sag mir, wo der steckt. Ich helf dir dann bei deiner Anklage.‹«

»Sie wurden angeklagt? Weswegen?«

»Ach, wegen Vergewaltigung.«

Er sagte das so beiläufig, als wäre es das Harmloseste auf der Welt. Karen mußte das erst einmal verdauen.

»Ich hab gedacht, wenn die mich auch noch deswegen drankriegen, komm ich nie mehr raus.«

Barone lächelte. »Es gibt wenige Informanten, die so anständig und sympathisch sind wie er.«

Barone besaß die Fähigkeit, sie selbst in solchen Momenten zum Schmunzeln zu bringen. »Hat Mr. Muldoon Ihnen als Gegenleistung versprochen, Sie nicht festzunehmen?«

»Logisch. Eine Hand wäscht die andere.«

»Aber Sie sind doch gerade in Haft.«

»'ne Woche später hat mich 'n anderer geschnappt.«

Karen nickte. »Reden wir mal ein wenig über Ihre ... Laufbahn.«

Sie vernahm ihn zwei Stunden lang. Danach konnte sie ihn zwar besser beurteilen, war aber keineswegs sicher, wie sich dieser Mann im Zeugenstand verhalten würde. Seine Gedanken wanderten oft ab, er spielte gerne den Clown – und er hatte ein drei Seiten langes Vorstrafenregister.

Kurz nachdem Barone mit dem Gefangenen den Raum verlassen hatte, klopfte Karens Sekretärin an. »Mr. Harbison möchte Sie sprechen.«

Karen nickte, erhob sich aber nicht sofort. Sie überlegte sich, was sie mit diesem Rastar Williams anstellen sollte.

»Bringen wir ihn, oder lassen wir's bleiben?« fragte Coombs.

»Wenn wir's tun, könnte er für McCarthy ein gefundenes Fressen werden. Er wird ihn nach Strich und Faden auseinandernehmen ...«

»Trotzdem muß er in den Zeugenstand.«

»Ich werde es mir noch überlegen.« Zerknirscht fügte sie hinzu: »Alles, was die Polizisten aussagen, ist absolut wahr. Aber McCarthy stellt sie als ausgemachte Lügner hin. – Na, jetzt wollen wir erst mal sehen, was Harbison will.«

Doch in dem Moment ging die Tür auf und Barone kam herein.

»Wo ist Ihr Gefangener?« fragte sie überrascht.

»Ich habe Ihre Sekretärin gebeten, Babysitter zu spielen«, sagte er. »Sie macht das gern.«

Karen schaute nach. Williams kniete am Boden; Barone hatte ihn mit seinen Handschellen ans Heizungsrohr gekettet. Die Sekretärin hatte sich anscheinend aus dem Staub gemacht.

»Mir ist noch etwas eingefallen«, sagte Barone. »Ich habe den Burschen schon einmal Mr. Harbison vorgeführt. Er hat eine dicke Akte von ihm angelegt, aber die haben Sie offenbar gar nicht.«

»Doch«, erwiderte Karen und hielt sie hoch.

»Die habe ich aber wesentlich dicker in Erinnerung. Ich werde Mr. Harbison fragen, ob er sich daran erinnert.«

»Ich frage ihn selbst«, sagte Karen schroff. »Kümmern Sie sich lieber um Ihren Gefangenen.« Sie fühlte sich von allen Seiten, einschließlich Barone, unter Druck gesetzt.

Ihr Tadel klang strenger, als sie beabsichtigt hatte. Barone wirkte beleidigt, nickte und ging. Sie dachte daran, daß er ihr ja eigentlich nur helfen wollte, und schalt sich selbst. »Genug gebetet, Rastar. Steh auf!« sagte er. Und zu Karens Sekretärin, die gerade wiederkam: »Berühren Sie nicht die Heizung, sonst kriegen Sie Aids.« Karen fand den Satz zwar etwas derb, mußte aber trotzdem darüber lächeln.

Als sie den großen Büroraum betrat, saß Harbison am Schreibtisch des ehemaligen Bezirksstaatsanwalts. »Sie waren in Albany«, begann er. »Warum wurde ich darüber nicht informiert?«

»Sie waren auch dort und haben mich nicht informiert.«

»Ich habe Ihnen eine Frage gestellt.«

»Ich dachte, ich hätte sie damit beantwortet. Aber wenn Sie's genau wissen wollen: ich habe Ihre Sekretärin nach Ihnen gefragt, aber Sie waren nicht da.«

»Weil mich der Gouverneur sprechen wollte.«

»Mich auch.«

»Was haben Sie ihm von mir erzählt?«

»Von Ihnen war so gut wie nicht die Rede.«

»Aber als die Rede von mir war, was haben Sie da gesagt?«

»Ich habe Sie gelobt.«

»Das will ich hoffen. Worüber haben Sie noch gesprochen?«

»Über mich und ...«

»Und?«

»... wie die Arbeit hier läuft.«

»Ich hoffe, Sie haben gesagt, wie ein Uhrwerk.« Nach einer Pause verkündete er: »Ich gehe davon aus, daß ich in den nächsten Tagen zum vorläufigen Bezirksstaatsanwalt ernannt werde und mich im Herbst zur Wahl stelle. Ich habe vor, Ihnen mehr Verantwortung zu übertragen und Ihr Gehalt zu erhöhen. Ich möchte Sie nämlich zu meiner Stellvertreterin machen.« Harbison lächelte ihr zu, aber sie sagte nichts dazu. »Ich denke, Sie werden mich bei meiner Arbeit unterstützen«, fuhr er fort und sah sie erwartungsvoll an.

Sie überlegte. »Ich möchte nicht Ihre Stellvertreterin werden. Mir ist es lieber, wenn ich weiterhin Prozesse führen kann.«

Harbison begleitete sie zur Tür. »Darüber können wir später noch reden. Kann ich also mit Ihrer Unterstützung rechnen?«

»Wenn der Gouverneur Sie ernennt, sicher.«

Als sich die Tür hinter ihr schloß, fiel ihr ein, daß sie ganz vergessen hatte, sich nach der Akte Rastar Williams zu erkundigen.

Am Wochenende stand Hank auf der Terrasse und legte Fleisch auf den Grill. Es war zwar noch etwas kühl für das erste Essen im Freien, doch sie hatten es schon lange geplant und sich darauf gefreut.

»Wir gehen um vier«, sagte Hank. »Dann sind wir weder zu früh noch zu spät dort.«

»Okay«, meinte Karen, die es sich auf einem Liegestuhl bequem gemacht hatte und ihre Akten studierte.

Die Kinder sahen Hank zu, wie er das Fleisch wendete und gegen den Rauch kämpfte. »Du bist so nachdenklich«, sagte er.

»Du weißt doch, warum. Ich muß immer daran denken, wie es wäre, wenn man mich zur Bezirksstaatsanwältin ernennen würde.«

Hillary setzte sich auf die Ecke des Liegestuhls. »Unser Staatskundelehrer hat in der Klasse über deinen Fall gesprochen. Er hat gesagt, wir können alle stolz auf dich sein.«

»Und?« fragte Hank. »Bist du's?«

»Aber klar. Du, Mom, kann ich heute bei Sharon schlafen?«

»Einverstanden. Aber du mußt bei deinem Bruder bleiben, bis wir wieder aus New York zurück sind.«

Hank legte Steaks und Hamburger auf Servierteller. »Der Empfang heute abend ist verdammt wichtig für mich«, sagte er. »Ich bin aufgeregt wie ein Schulkind. Der Rektor, der Dekan, alle großen Tiere sind da.«

»Die werden alle von dir beeindruckt sein.«

Karen setzte sich an den Tisch. Als sie im trauten Kreis zusammensaßen, vergaß sie für einen Moment ihre eigenen Ambitionen und ihren Fall; sie hatte nur noch Ohren für die Interessen ihres Mannes.

»Mir liegt viel an dem Job. Sehr viel.«

»Du wirst ihn kriegen, da bin ich ganz sicher.«

Die Cocktailparty fand im Gesellschaftsraum der Universität statt. Karen trug ein flottes Kostüm, in dem sie sehr feminin aussah und nicht im geringsten wie eine Staatsanwältin wirkte.

Hank stellte ihr einige der Anwesenden vor. »Das ist Professor Kuhn, der Rektor. Und das ist Dekan Blake.«

Hank stellte ihr noch viele andere vor, so daß Karen beschloß, lieber niemanden mit Namen anzureden, um peinliche Verwechslungen zu vermeiden.

»Sind Sie *die* Mrs. Henning?« fragte Dekan Blake.

Karen mahnte sich zur Vorsicht, sagte aber lächelnd: »Kommt darauf an, welche Sie meinen.«

»Ich habe Sie im Fernsehen gesehen«, sagte Blake. »Ein interessanter Fall.«

»Ein Fall, den sie gewinnen wird«, fügte Hank stolz hinzu.

Immer mehr Leute versammelten sich um sie. Nach und nach wurde Hank in den Hintergrund gedrängt, denn alle Aufmerksamkeit richtete sich auf Karen. Sie sah, wie ihr Mann die Augen zusammenkniff.

»Was ist das für ein Mensch, der auf fünf Polizisten schießt? Ein Psychopath? Oder der Teufel persönlich?«

»Ein Drogensüchtiger.«

Karen gewann den Eindruck, daß die Neugier dieser Professoren deshalb so groß war, weil sie sich selbst immer nur mit den theoretischen Dingen des Lebens befaßten, jetzt aber jemandem gegenüberstanden, der tagtäglich mit der harten Praxis konfrontiert wurde.

Dekan Blake kam mit zwei Männern im Schlepptau zurück. »Professor Pleasance und Professor Dilger, Mrs. Henning«, stellte er sie ihr vor.

»Wie gut ist McCarthy als Anwalt?«, wollte Dilger wissen.

»Seine Andeutungen klingen nicht ganz unglaubwürdig«, meinte Pleasance.

»Was meinen Sie damit?« fragte Karen. Sie ahnte, daß Pleasance, der selbst schwarz war, die Dinge von seiner speziellen Warte aus betrachtete.

»Daß die Polizisten Epps töten wollten. Steckt darin ein Funke Wahrheit?«

»Nicht der geringste.«

»Gestern haben Cops einen schwarzen Jungen erschossen, weil er Orangen gestohlen hat«, erzählte Pleasance. »Es stand in der Zeitung.«

»Das war in Brooklyn«, sagte Karen zurückhaltend. »Ich bin mit diesem Fall nicht vertraut.«

»In dieser Stadt gibt es ganz bestimmt Menschen, die glauben, daß McCarthys Vermutungen nicht völlig an den Haaren herbeigezogen sind.«

Die Zahl der Umstehenden wuchs, doch es war allein der schwarze Professor, der Fragen stellte. Die übrigen lauschten interessiert.

Abseits der Gruppe stand Hank Henning verloren herum. Professor Kuhn gesellte sich zu ihm und gab ihm einen freundschaftlichen Klaps. »Wie ich sehe, hat man Sie im Stich gelassen«, lächelte er. »Das kommt davon, wenn man eine so berühmte Frau hat.«

»Tja ...«, sagte Hank.

Auf der Heimfahrt starrte Hank stur über das Lenkrad und redete kein Wort mit seiner Frau. Als er auch auf eine Frage von ihr keine Antwort gab, war ihr endgültig klar, was die Stunde geschlagen hatte.

Hank fluchte, als er in die Garage fuhr. »Überall steht das Zeug von den Kindern rum. Hier sieht's ja aus wie im Schweinestall. Du könntest ihnen mal sagen, daß sie endlich aufräumen sollen!«

Karen wußte natürlich, daß er sich nicht aus diesem Grund aufregte, und ging zu ihm, nachdem er ausgestiegen war. »Hank, ich habe dir überhaupt nichts getan. Ich war nicht daran schuld, daß die soviel von mir wissen wollten.«

»Das war *meine* Gelegenheit, auf diese Leute Eindruck zu machen! Aber was war? Ich hatte praktisch keine Chance, mich überhaupt mit ihnen zu unterhalten!«

»Das war doch nicht mein Fehler.«

»Meine Arbeit ist genauso wichtig wie deine. Aber du drückst mich ständig ins Abseits. In deiner Nähe komme ich ja kaum noch zum Atmen! Bald ersticke ich daran!«

»Hank!« Sie umarmte ihn. Nach kurzem Zögern legte auch er seine Arme um sie.

Im Büro des Gouverneurs fand eine Konferenz statt. Seine beiden Assistenten, dieselben, die Karen schon kennengelernt hatte, saßen zusammen mit ihm am Tisch. Einer von beiden war ein alter Freund aus der Schulzeit, der andere ein politischer Weggefährte von Anbeginn seiner Karriere. Beide hatten sich nie zu irgendeiner Wahl gestellt, und ihre Namen waren über Albany hinaus so gut wie unbekannt.

»Harbison schien für den Alten allererste Wahl gewesen zu sein«, meinte der Schulfreund.

»Aber der Alte ist tot«, merkte der Gouverneur an.

»Er ist auch der Favorit des Bürgermeisters.«

»Der schert sich wenig um die Staatsanwaltschaft.«

»Wir können ja noch mit anderen reden.«

»Was haltet ihr von der Frau?« kam der Gouverneur auf den Punkt.

Die beiden Berater sahen sich an. »Die fachlichen Voraussetzungen bringt sie mit – glaube ich wenigstens«, sagte der zweite.

»Du glaubst?«

»Ich frage mich eben, ob eine Frau dazu in der Lage ist, diese ganze Meute junger, ehrgeiziger Anwälte zu bändigen.«

»Und ob sie mit den Polizisten klarkommt.«

»Na, jetzt hört aber auf«, griff der Gouverneur ein. »Wir haben weibliche Bürgermeister, weibliche Polizeichefs und eine Frau am Obersten Bundesgericht.«

»Bürgermeister werden gewählt«, warf der Schulfreund ein. »Wenn ein weiblicher Bürgermeister versagt, sind eben die Wähler schuld, niemand sonst.«

»Eine Frau am Obersten Bundesgericht hat kein Multimillionen-Dollar-Budget zu verwalten. Sie muß lediglich ab und zu mal ihre Meinung sagen«, ergänzte der zweite Assistent.

»Was Frauen ja ganz gerne tun«, lachte der andere.

»Es stimmt zwar«, meinte sein Kollege, »daß es in kleineren Städten weibliche Polizeichefs gibt. Aber das sind so wenige, daß sie gar nicht ins Gewicht fallen.«

»Der Strafvollzug ist nun mal eine Männerdomäne, in New York sowieso. Frauen haben nicht genügend Autorität, um hier eine führende Rolle spielen zu können.«

»Angenommen, du ernennst eine Frau, und sie versagt. Rate mal, wem man dafür die Schuld gibt.«

»Ein Mann kann genauso versagen.«

Einige Sekunden lang sagte niemand etwas. »Ich kann es mir auch nicht so recht erklären«, meinte der Gouverneur, »aber irgendwie tendiere ich zu dieser Frau. Sie hat auf mich überzeugender gewirkt als Harbison.«

Wieder schwiegen die anderen. »Außerdem steht ihr Name jeden Tag in der Zeitung«, fuhr er fort.

»Stimmt«, räumte der Schulfreund ein. »Die Presse hat einen Narren an ihr gefressen.«

»Und wir brauchen doch jemanden, der im November Siegeschancen hat«, sagte der Gouverneur.

»Du willst darauf hinaus, daß sie eine attraktive Kandidatin abgibt, und zwar in jeder Beziehung. Während dagegen Harbison ...«

»Genau. Du hast's erfaßt.«

Die Diskussion ging noch eine ganze Weile weiter. Die Berater sahen schließlich ein, daß sich der Gouverneur bereits auf Karen festgelegt hatte. Also schwenkten sie auf seinen Kurs ein und ermutigten ihn sogar.

»Mein Instinkt sagt mir, daß dies die beste Lösung ist. Frauen – das liegt im Trend.«

»Gut, wann geben wir die Entscheidung bekannt?«

Der Gouverneur zögerte. »Dieser Prozeß ... besteht die Gefahr, daß sie ihn verlieren könnte?«

»Nicht die geringste.«

»Ihr beide habt euch mehr damit befaßt und könnt es besser beurteilen.« Die letzten Zweifel des Gouverneurs waren verschwunden. »Schön, dann leiten wir das so bald wie möglich in die Wege.«

Karen hatte sich zu einem Entschluß durchgerungen. Einerseits bedeutete es ein großes Risiko, Rastar Williams in den Zeugenstand zu rufen, andererseits ein noch größeres, davon abzusehen. Sie mußte den Geschworenen klipp und klar vor Augen halten, daß ihre Seite nichts zu verbergen hatte.

Als Williams im Zeugenstand Platz nahm, trug er normale

Anstaltskleidung. Die Staatsanwaltschaft verfügte über keinen Fonds dafür, ihre Zeugen mit teurer Kleidung auszustaffieren.

Karen las sein Vorstrafenregister vor. Sie fand es klüger, die Geschworenen von vornherein darauf aufmerksam zu machen, als es nachher McCarthy zu überlassen, seinen Finger in diese Wunden zu legen. »Mr. Williams, Sie wurden als Teenager verurteilt, weil Sie jemanden erstochen hatten. Und im Alter von zwanzig viermal wegen Einbruchs. Zwei Jahre später noch einmal wegen bewaffneten Überfalls. Entspricht das der Wahrheit?«

Williams schien stolz darauf zu sein. »Ja, es gibt nicht viele Leute, die so oft im Gefängnis waren wie ich.«

»Später gerieten Sie in die Drogenszene und wurden einige Male wegen Drogenbesitzes und einige Male wegen Drogenhandels verurteilt.«

»Überfälle auf Schnapsläden waren mir allmählich zu gefährlich geworden.«

Karen blieb nach wie vor überzeugt, daß es richtig gewesen war, diesen Mann in den Zeugenstand zu rufen. Allerdings machte sie sich allmählich Sorgen, was er im Kreuzverhör zu McCarthy sagen würde. »Im Moment wartet eine Anklage wegen Vergewaltigung und Sodomie auf Sie. Stimmt das?«

»Im Moment bin ich hier, um Ihnen zuzuhören.«

Im Zuschauerraum brach Gelächter aus, und Richter Birnbaum mußte zur Ruhe mahnen. Karen wartete, bis alle wieder still waren. »Kennen Sie einen Mann namens Lionel Epps?«

»Kenn ich, klar.«

»Sehen Sie ihn hier im Gerichtssaal?«

»Da drüben hockt er doch.«

»Mr. Williams, erzählen Sie jetzt bitte dem Gericht, wie Sie den Angeklagten kennengelernt haben.«

»Wir haben zusammen mit Drogen gehandelt. Er hat sie gekauft, ich hab sie verkauft.«

»Wie lange haben Sie zusammengearbeitet?«

»Bis man mich das letzte Mal eingelocht hat. Als ich rauskam, hab ich nach ihm gesucht. Ich hab dringend Geld gebraucht.«

»Haben Sie ihn gefunden?«

»Ja, in dem Haus, wo er sich verkrochen hat. Er hat mich rausgeschickt, ich sollte mir selbst was zu futtern holen.«

»Auf der Straße sind Sie dann jemandem, den Sie kannten, in die Arme gelaufen. Wer war das?«

»Muldoon. Der letzte auf der Welt, dem ich begegnen wollte. Er hat mich gleich zur Brust genommen. Ich hab dann aber gesagt: ›Wie wär's, wenn ich dir was sage, was dich interessiert?‹«

»Haben Sie damit den Aufenthaltsort des Angeklagten gemeint?«

»Ja, denn er wollte lieber Epps an den Kragen als mir.«

»Mr. Williams, hat man Ihnen etwas versprochen, wenn Sie hier aussagen? Zum Beispiel eine Haftverkürzung?«

»Nö, aber das wär nicht schlecht.«

Als sich McCarthy auf den Weg zum Zeugenstand machte, grinste Williams die Decke an. »Sie haben erwähnt, daß Sie zusammen mit dem Angeklagten Drogen verkauft haben. Ich glaube, daß die Polizei ihm diese Drogen beschafft hat.«

»Was weiß ich.«

»Einspruch!« erhob sich Karen.

Aber McCarthy stürzte sich schon auf die nächste Frage. »Er wurde von korrupten Polizisten gezwungen, Drogen für sie zu verkaufen, nicht wahr?«

»Einspruch stattgegeben«, meldete sich der Richter zu Wort.

»Was weiß ich.«

»Die Antwort wird gestrichen«, sagte Birnbaum.

Karen wurde immer zorniger. »Würden Euer Ehren bitte erneut den Geschworenen erklären, daß Mr. McCarthys seltsame Fragen jeglicher Beweisgrundlage entbehren?«

»Ich bitte die Geschworenen, das zu vernehmen.«

McCarthy machte unerschrocken weiter. »Wie man aus Ihrem Vorstrafenregister entnehmen kann, sind Sie ein gefährlicher Krimineller, Mr. Williams. Kann man das so sagen?«

»Ich hab auch keine Ahnung, warum ich so schlecht bin.«

»Sie haben gesagt, daß die Polizei mehr an dem Angeklagten als an Ihnen interessiert war. Wie kommt das? Vielleicht weil man Sie nur festnehmen, den Angeklagten dagegen für immer zum Schweigen bringen wollte?«

»Einspruch!«

»Stattgegeben.«

McCarthy ignorierte beide. »Könnte man sagen, Sie stecken derart in Schwierigkeiten, daß Sie alles tun, was die Polizei von Ihnen verlangt? Daß Sie notfalls einen Meineid leisten, um eine mildere Strafe zu bekommen?«

Karen sprang wieder auf. »Euer Ehren! Ich fordere Sie hiermit auf, zur Kenntnis zu nehmen, daß er mit seinen Behauptungen ständig den Boden der Wahrheit verläßt.«

»Ich verteidige lediglich meinen Mandanten«, rief McCarthy wütend.

»Sie stellen Behauptungen auf, die fern jeglicher Realität sind.«

McCarthy schwante, daß er an Boden verlieren könnte. »Euer Ehren«, lenkte er ein, »diese Dinge interessieren die Geschworenen nicht. Wir sollten sie unter uns klären.«

Beide Anwälte kamen zum Richtertisch und berieten sich mit dem Richter. Als sie dabei aber so laut wurden, daß die Geschworenen sie hätten hören können, begleitete sie der Richter aus dem Saal in sein Zimmer.

Dort wiederholte Karen ihre Beschwerde. Sie verlangte, daß McCarthy sich streng an die bewiesenen Tatsachen hielt und Unterstellungen vermied.

»Ich meine, das Gericht hat ein Recht darauf, alles darüber zu erfahren«, entgegnete McCarthy. »Glauben Sie das nicht auch, Richter?«

»Offen gestanden habe ich mich selbst schon gefragt, auf welcher Basis Ihre Vorwürfe beruhen«, sagte der Richter.

»Er hält sich nicht an die Tatsachen«, warf Karen wieder ein. »Deshalb will ich, daß er in den Zeugenstand gerufen und von Ihnen und mir unter Eid vernommen wird.«

Eine solche Forderung von seiten der Staatsanwaltschaft war zwar rechtlich zulässig, kam aber nicht oft vor. In solchen Fällen wurden die Geschworenen ausgesperrt und erfuhren auch nichts von dem Vorgang. Konnte der Anwalt dann einer Falschaussage überführt werden, mußte er mit einer Anklage rechnen.

Birnbaum schien diesem Gedanken nicht abgeneigt, doch McCarthy konterte. »Darf ich Euer Ehren darauf hinweisen, daß es vielleicht keinen guten Eindruck machen würde, wenn die Staatsanwaltschaft ihre juristischen Vorrechte mir gegenüber derart massiv ausschlachtet?« Er grinste die beiden anderen an.

Birnbaum nickte, und Karen wußte, daß sie in eine Sackgasse geraten war. Einmal mehr wurde ihr bewußt, daß Birnbaum vor McCarthy kuschen und jede Konfrontation mit ihm vermeiden würde. Ihrer Meinung nach besaßen die meisten Richter ohnehin keinen Mumm, und Birnbaum machte da ganz gewiß keine Ausnahme.

»Ich verlange zumindest, daß Sie ihn davor warnen, seine jetzige Praxis der Prozeßführung weiterzuverfolgen«, forderte sie, gab sich dabei aber keinen Illusionen hin.

»Ich schlage vor, daß Sie Ihre ... Ihre Leidenschaft in Zukunft ein wenig zügeln«, klang es alles andere als streng aus Birnbaums Mund. »Und jetzt wollen wir mit der Verhandlung fortfahren.«

Der erste, der von Karens Ernennung erfuhr, war der Chauffeur des Gouverneurs, der während der Konferenz in dessen Vorzimmer wartete – ein New Yorker Detective, der sich stets rühmte, das Gras wachsen zu hören. Er rannte sofort zum nächsten Telefon und teilte Polizeichef Malloy diese Information mit.

»Sind Sie sicher?« fragte Malloy.

»Sie haben den Pressechef gerufen und ihm mitgeteilt, daß sie in einer Stunde eine Pressekonferenz abhalten werden, um es bekanntzugeben.«

»Danke. Gut, daß ich Bescheid weiß. Ich bin Ihnen was schuldig.«

Der Polizeichef rutschte unruhig auf seinem Stuhl hin und her und überlegte sich, wie er mit seinem neuen Wissen umgehen sollte. Dann rief er seinen Fahrer, befahl einigen Untergebenen, ihn zu begleiten und machte sich auf den Weg zu seinem Wagen. Malloy war zwar ein alter Haudegen, aber keinesfalls dumm oder politisch nicht im Bilde. Wenn Karen Henning zur Bezirksstaatsanwältin ernannt wurde, wuchs auch ihre Bedeutung für ihn. Er ging davon aus, daß sie ihn nicht besonders gut leiden konnte; schließlich hatte sie ihn vor einigen Wochen aus ihrem Büro geworfen. Wenn er ihr aber diese Information überbrächte, folgerte er, könnte er zumindest teilweise etwas wiedergutmachen und an Boden gewinnen.

Zusammen mit seinem Gefolge fuhr er zum Gerichtsgebäude.

Zu diesem Zeitpunkt wurde die heutige Verhandlung geschlossen. Karen und Coombs gingen in ihr Büro und ließen sich müde in die Stühle sinken.

Einen Moment später kam Norman Harbison herein und teilte ihr mit, daß es höchste Zeit für ein klärendes Gespräch sei. Er wartete noch ab, bis die Sekretärin drei Tassen Kaffee gebracht hatte, verlor sich dann aber nicht mehr in langen Einleitungen. »Ich lese jeden Abend die Protokolle. Meiner Meinung nach könnten Sie diesen Prozeß verlieren.«

Karen ahnte, was jetzt auf sie zukam, richtete sich in ihrem Stuhl auf und versuchte, die Müdigkeit abzuschütteln.

»Außerdem erregt er viel zuviel Aufsehen in der Presse. Ich habe schon einige Anrufe bekommen.«

»Von einflußreichen Leuten?«

»Von Leuten, die mir sagen, daß der Prozeß die Stadt polarisiert.«

»Wer zum Beispiel meint das?«

»Zum Beispiel Reverend Johnson. Offenbar soll in Harlem eine Demonstration stattfinden. Das könnte leicht zu Unruhen führen.«

»Wollen Sie damit vielleicht sagen, daß wir aus Angst vor Unruhen am besten gar keine Prozesse mehr führen sollten?« erwiderte sie sarkastisch.

Harbison überhörte das. »Es kommt noch etwas dazu:

nämlich, daß Sie keine gleichwertige Gegnerin für McCarthy sind.«

Karen wurde mit einem Mal so wütend, daß ihr keine passenden Worte einfielen.

»Er ist einfach eine Nummer zu groß für Sie. Das geht jedenfalls aus den Protokollen hervor.«

»Ich habe schon immer gewußt, daß Sie nicht richtig lesen können.«

»Lange Rede, kurzer Sinn. Ich befehle Ihnen hiermit, den Prozeß niederzulegen. Handeln Sie mit McCarthy irgend etwas aus, lassen Sie es damit gut sein, und beschäftigen Sie sich dann mit etwas anderem.«

Plötzlich wurden sie unterbrochen. Polizeichef Malloy riß die Tür auf, stürmte zusammen mit seinem Gefolge ins Zimmer und strahlte Karen an. Er wußte, daß ihm nur wenig Zeit blieb, seine Rolle als Glücksbote auszuleben, bevor die Nachricht überall die Runde machte. »Ich wollte der erste sein, der Ihnen gratuliert, Carrie!«

Karen lächelte verwirrt. Seit ihrer Schulzeit hatte sie niemand mehr ›Carrie‹ genannt. »Aber der Prozeß ist doch noch gar nicht vorbei«, sagte sie. In ihrem Zorn über Harbison hatte sie für andere Dinge keinen Kopf.

»Ich hab die Nachricht gerade über Polizeifunk gehört!«

»Nachricht?« Sie schaute zu Coombs und zuckte mit den Schultern.

»Sie und ich werden ein großartiges Team abgeben«, fuhr der glänzend aufgelegte Polizeichef fort. »Ich möchte Ihnen gerne bei der Pressekonferenz behilflich sein. Mit solchen Sachen habe ich mehr Erfahrung als Sie.«

Jetzt war Karen ganz Ohr. »Von welcher Pressekonferenz reden Sie denn?«

»Sie müssen eine geben, ist doch klar. Aber ich werde Ihnen zur Seite stehen. Ich werde allen sagen, wie wir in Zukunft zusammenarbeiten, nämlich wie eine gutgeölte Maschine. Aber jetzt möchte ich Sie erst einmal richtig anschauen – Sie, die neue Bezirksstaatsanwältin von New York County!«

Einen Augenblick lang herrschte bleierne Stille im Raum.

Karen starrte Malloy mit offenem Mund an und blickte dann zu Harbison. Der wirkte wie vom Blitz getroffen, und sie spürte das absurde Bedürfnis, ihn zu trösten.

Nach und nach kamen alle außer Harbison auf sie zu und schüttelten ihr die Hand. Dann klingelte das Telefon. »Albany? Ja, bitte«, hörten die anderen sie sagen. Während sie auf die Verbindung mit dem Gouverneur wartete, stand Harbison auf und verließ den Raum.

»Ja, Gouverneur …« Immer mehr Leute strömten ins Zimmer. Als sie den Hörer aufgelegt hatte, konnte sie sich vor lauter Gratulanten kaum noch retten.

Es verging eine ganze Weile, bevor sie sich endlich loseisen konnte. Sie ging in Harbisons Büro, das jetzt mit einem Mal ihr gehörte. Er räumte die Regale aus und packte seine Unterlagen ein.

»Ich weiß nicht, was ich sagen soll«, begann sie.

»Dann sagen Sie nichts.«

»Ich hätte nie erwartet, daß …« Karen bremste sich. Wofür um alles in der Welt sollte sie sich eigentlich bei ihm entschuldigen?

»Ich hole morgen den Rest ab«, sagte Harbison. »Ich wünsche Ihnen viel Glück.« Damit verschwand er.

Karen griff zum Telefon und rief ihren Mann an. »Du wirst es nicht glauben – und es wird dir auch nicht gefallen … Aber ich … Ich hab' den Job!«

Sie lauschte kurz, dann lächelte sie glücklich. »Ich liebe dich auch.«

Karen legte ihren Eid auf den Stufen des ehemaligen Gerichts ab, einem pittoresken Gebäude im griechischen Stil, das eher in die Antike gepaßt hätte als in das gewalttätige, moderne New York.

Heute bildete dieses Gebäude die schmuckreiche Kulisse ihres Auftritts – es war tatsächlich *ihr* Auftritt, obwohl ihr dieser Gedanke gar nicht in den Sinn kam. Pressefotografen und Kameraleute vom Fernsehen wurden nicht müde, sie von allen Seiten abzulichten. Der Gouverneur trat vor ein hölzernes Pult und begann seine Rede.

»Bei sämtlichen Skeptikern und Sexisten werden jetzt die Alarmglocken läuten«, sagte er unter anderem. »Mir hat man erzählt, daß die Justiz eine männliche Domäne ist und schon immer war. Ich habe erwidert: ›Macht eure Augen auf! Verschließt sie nicht vor der Wirklichkeit! Die Zeiten haben sich geändert! Habt ihr diese Frau Tag für Tag vor Gericht erlebt oder nicht? Ist sie für dieses Amt also hinreichend qualifiziert? Gibt es jemanden, der dazu mehr befähigt ist? Nein? Gut, dann werde ich sie zur Bezirksstaatsanwältin ernennen!‹ Ich bin sicher, wir können stolz auf sie sein – und auch stolz auf unsere Stadt und unser Land.«

Er machte eine Pause, bis sich der Applaus gelegt hatte, dann bat er Karen zu sich. Er überreichte ihr die Bibel und flüsterte ihr etwas ins Ohr, das sie frösteln ließ. »Ich habe großes Vertrauen zu Harbison. Ich habe mit ihm gesprochen, und er will weitermachen. Als Ihr Assistent wird er Ihnen sicher von großem Nutzen sein.«

Karen wußte, daß sie in Harbison spätestens seit diesem Augenblick ihren größten Feind hatte. Wenn man nun ihn zu ihrer rechten Hand machte, folgerte sie, traute man ihr wohl doch nicht ganz.

Sie sah den Gouverneur an. Sein Lächeln war offensichtlich nicht für sie, sondern für die Kameras bestimmt. »Fertig?« fragte er. »Dann wiederholen Sie bitte meine Worte. Ich, Karen M. Henning ...«

Sie legte die Hand auf die Bibel und sprach den Eid nach.

Ihre Familie war da, auch der Bürgermeister und der Polizeichef. Nachdem sie den Eid geleistet und jemandem die Bibel gereicht hatte, versammelten sich alle um sie. Sie wurde von ihrem Mann und ihren Kindern geküßt und anschließend noch von allen möglichen Personen, die sie kaum oder überhaupt nicht kannte. Wenn es nach ihr gegangen wäre, hätte auch ein Händedruck genügt. Unter den zahllosen Gratulanten befand sich zu ihrer Überraschung auch Reverend Johnson. Sie fragte sich, wer ihn wohl eingeladen hatte. Auf jeden Fall wurde ihm damit eine Aufwertung zuteil, die er ihrer Ansicht nach keineswegs verdiente.

Anschließend wurde Karen von den Reportern ausgequetscht. »Ist damit für Sie ein Traum in Erfüllung gegangen?«

»Ja.«

»Könnten Sie uns das bitte näher erläutern?«

Sie lächelte mild. »Nein.«

Als sie in die Menge schaute, blieben ihre Augen an Mike Barone hängen. Er lächelte ihr zu, hob seine Hände und tat so, als würde er Applaus spenden. Sie nickte ihm höflich zu.

Barone fand, daß sie phantastisch aussah. Sie trug ein schwarzes Kostüm und eine rote Bluse; das Kostüm war knapp geschnitten und brachte ihre Figur glänzend zur Geltung.

Es war das erste Mal, daß er ihre Familie sah. Ihre Tochter war zwar etwas kleiner als Karen, aber ansonsten das perfekte Ebenbild ihrer Mutter. Man hätte sie für Geschwister halten können. Der Sohn war zu jung, als daß man sich schon ein Bild von ihm machen konnte. Ihr Mann beeindruckte ihn nicht besonders, doch er mußte wohl seine Qualitäten haben, sonst hätte sie ihn nicht geheiratet. Barone konnte nur hoffen, daß der Mann es wenigstens zu schätzen wußte, eine solche Frau zu haben. Er, Barone, hätte es ganz gewiß zu schätzen gewußt.

Karen wurde nach wie vor von den Reportern umlagert. »Werden Sie im November kandidieren?«

»Ich weiß nicht.«

»Welche politischen Veränderungen werden Sie in die Wege leiten?«

»Ich bitte Sie, ich bin seit fünf Minuten im Amt. Ich brauche noch etwas Zeit, um mir das zu überlegen, meinen Sie nicht auch? Ganz davon abgesehen, muß ich nebenbei noch einen Prozeß führen.«

»Wann beraten die Geschworenen über den Fall Epps?«

Auch der Gouverneur schien sich für die Antwort auf diese Frage zu interessieren.

»In einigen Tagen.« Sie entschied sich, die Pressekonferenz zu beenden, bevor die dummen Fragen gestellt wurden – und sie darauf dumme Antworten geben müßte. »Ich danke Ihnen allen für Ihr Kommen«, schloß sie. »Sobald das Urteil gesprochen ist, können wir uns weiter unterhalten.«

Barone malte sich aus, wie es wäre, wenn er zusammen mit Karen Henning die Straßen entlangginge oder mit ihr ein Restaurant besuchen würde, in dem Kollegen saßen. Die Leute würden den Mund nicht mehr zukriegen, und das aus gutem Grund. Eine solche Frau!

Er ertappte sich dabei, daß er wie ein Teenager von ihr schwärmte, und mußte über sich selbst lachen. Für solche Hirngespinste war sie nicht die richtige Frau und er nicht der richtige Mann.

Eines wußte er aber genau: er hatte noch für keine Frau eine derart große Bewunderung empfunden.

Karen verließ das Rednerpult und umarmte noch einmal ihren Mann und ihre Kinder. Hinter sich hörte sie, wie sich die Assistenten des Gouverneurs im Flüsterton miteinander unterhielten.

»Wenn sie diesen Prozeß verliert, sehen wir ganz schön blöd aus.«

»Aber der Fall liegt doch sonnenklar.«

»Bist du da so sicher?«

Nein, dachte Karen, so sicher war auch sie nicht. Obwohl es alles andere als kühl war, bekam sie plötzlich eine Gänsehaut.

Als die Zeremonie vorüber war, beschloß Barone, ins 32. Revier zu fahren, um sich zu erkundigen, was während seiner Abwesenheit alles passiert war. Für den restlichen Tag hatte er nichts mehr vor, aber auch noch keine Lust, nach Hause zu fahren. Er sah, wie Karen das Pult verließ und noch weitere Gratulationen entgegennahm. Er hatte sich vorgenommen, nicht zu ihr zu gehen, denn er wäre sich nur überflüssig vorgekommen. Er würde sie ohnehin morgen im Büro sehen und außerdem an jedem Tag, den dieser Prozeß noch dauerte.

Mit dieser Gewißheit vor Augen machte er sich zufrieden auf den Weg zu seinem Wagen.

6. Kapitel

Karen zog sich im Dunkeln an und versuchte, so wenig Lärm wie möglich zu machen. Hank wachte aber trotzdem auf.

»Was machst du denn?« fragte er schlaftrunken.

»Ich ziehe mich an.«

Hank setzte sich im Bett auf. »Draußen ist es doch noch dunkel.«

»Ich muß ins Büro«, sagte sie und zog sich ihre Strümpfe an.

»Aber nicht so früh.«

»Es ist mein erster Tag.«

Hank knipste die Nachttischlampe an und sah, wie seine Frau sich gerade eine Bluse überstreifte. »Komm noch mal her«, forderte er sie auf.

Als sie zu ihm ans Bett kam, schloß Hank seine Arme um sie und gab ihr einen Kuß. »Ich habe noch nie mit einer Bezirksstaatsanwältin geschlafen«, murmelte er.

»Ich muß los, Hank.«

»Du hast noch Zeit.«

»Hank ...«

Plötzlich zog er sie zu sich aufs Bett, drehte sich um und legte sich auf sie. Dabei küßte er sie ununterbrochen.

»Hank, hör auf.«

Aber er hörte nicht auf. Ihre Bluse war noch nicht zugeknöpft. Er hakte ihren BH auf und streifte ihr den Slip über die Hüften.

»Ich hab gesagt, du sollst aufhören!«

Sie sagte das so bestimmt, daß seine Leidenschaft sofort wieder abflaute. Er löste seine Umarmung, und sie stahl sich davon.

»Ich muß unbedingt ins Büro«, sagte sie und zog sich wieder an.

»Karen ...«

Sie stellte sich vor ihren Garderobenspiegel. »Jetzt sieh dir bloß an, was du mit meinen Haaren gemacht hast.«

Er schaute nicht hin.

»Hank, es ist mein erster Tag! Begreif das doch!«

Nach einigen Sekunden sagte er: »Ich fahre dich zum Bahnhof.«

Sie ging zum Fenster und sah hinaus. »Das brauchst du nicht. Mein Wagen steht schon da.« Unten wartete bereits ihr Dienstwagen samt Chauffeur.

Hank stellte sich neben sie ans Fenster. »*Mein* Dienstwagen kommt heute nicht«, sagte er. »Ich hab meinem Chauffeur freigegeben.«

Karen setzte sich aufs Bett und zog ihre Schuhe an. Sie überlegte sich, wie sie ihren Mann aufheitern konnte. »Du mußt mich übrigens auch nicht vom Bahnhof abholen«, lächelte sie ihn an. »Da kannst du dir viel Zeit sparen. Das ist doch was, oder?«

»Du verstehst mich nicht. Mir hat es immer gefallen, dich vom Bahnhof abzuholen.«

Er zog Bademantel und Hausschuhe an und folgte ihr in den Flur. Karen warf noch einen Blick in die Kinderzimmer. »Du mußt sie in ein paar Minuten wecken«, flüsterte sie.

»Ich glaube, das werde ich gerade noch schaffen.«

Karen ging die Treppen hinunter und schnappte sich eine dicke Aktenmappe. »Ich bleibe eine Stunde im Büro, dann muß ich in den Gerichtssaal.« Sie deutete nach oben. »Sieh zu, daß sie auch etwas essen.«

»*Du* solltest etwas essen.«

»Dazu reicht die Zeit nicht mehr.«

Hank umarmte sie zum Abschied, aber da sie die Aktenmappe trug, spürte er nicht ihren Körper, sondern nur die Ordner.

»Heute abend bestimmt. Das verspreche ich dir«, flüsterte sie ihm ins Ohr.

»Dann mach's mal gut.«

Sie fühlte, daß er ihr hinterhersah und auch den Chauffeur beobachtete, der ausstieg, um ihr die Tür zu öffnen. Der Chauffeur stellte sich vor. »Mein Name ist McGills, Mrs. Henning. Ich bin einer Ihrer Fahrer.«

Karen schüttelte ihm die Hand. »Sehr erfreut, Sie kennenzulernen.«

»Den ehemaligen Chef habe ich elf Jahre lang gefahren.«

Er schien auf einen Kommentar darauf zu warten, etwa in dem Sinn ›Ich hoffe, daß Sie mich genauso lange fahren‹, doch das verkniff sie sich und schenkte ihm nur ein Lächeln.

Im Auto wartete auch Coombs. »Guten Morgen, Karen.«

Auf einmal fühlte sie sich einsam. Darüber könnte ihr Coombs nicht hinweghelfen und wahrscheinlich nicht einmal ihr Mann. Vielleicht, dachte sie, war es auch gar nicht so sehr die Einsamkeit, die sie bedrückte, sondern das Gewicht der Verantwortung, das auf ihr lastete. Aber das eine ergänzte sich vortrefflich mit dem anderen …

»Nett von Ihnen, daß Sie so früh aus den Federn gestiegen sind«, sagte Karen zu ihrem Assistenten.

»So schlimm war's auch wieder nicht.«

»Doch. Ich kann das nachvollziehen. Übrigens: was liegt alles an?«

Coombs blätterte in einer Liste. »Tja … Zuallererst haben wir da ein Problem. Ihre neue Sekretärin will sich zur Ruhe setzen.«

»Betty? Warum das?«

»Ich schätze, aus Loyalität gegenüber ihrem alten Chef.«

»Aber ich bin doch immer gut mit ihr ausgekommen.«

»Sie sagt, sie hätte immer nur für ihn gearbeitet. Dabei betont sie dieses ›ihn‹, als wäre er der liebe Gott gewesen. Aus dem Grund könne sie für niemand anderen arbeiten.«

»Wie alt ist sie eigentlich?«

»Zweiundsechzig. Hören Sie, Karen. Sie kennt den Laden seit einer Ewigkeit und weiß über alles Bescheid. Sie müssen sie unbedingt zum Bleiben überreden.«

»Gut. Ich spreche sofort mit ihr.«

»Anschließend müssen Sie mit dem Burschen von der Finanzverwaltung reden. Der Alte hat ihn seit einem Monat vertröstet. Als nächster steht dann Harbison auf der Liste. Er wird wahrscheinlich kündigen. Ich hab gehört, ihm soll ein gutes Angebot vorliegen.«

»Nein«, korrigierte ihn Karen. »Harbison bleibt.«

Coombs staunte, und Karen erzählte ihm, daß sie das vom Gouverneur persönlich erfahren hatte. »Sie sind darüber nicht gerade erfreut, stimmt's?« fragte sie mit mattem Lächeln.

»Sie etwa?«

Sie ersparte sich einen Kommentar. »Und wie geht's dann weiter?«

»Dann tut sich so gut wie gar nichts mehr. Sie müssen nur noch etwa hundert Telefonate beantworten, anschließend zum Gericht gehen und sich um achtzehn Uhr mit dem Obersten Verwaltungsrichter treffen. Das wird wohl eine Stunde dauern.«

»Ein ziemlich ruhiger Tag – Ob ich vorher wohl noch Zeit habe, ein paar Blumen zu kaufen?«

»So früh morgens?«

»Ja, auf dem Markt. Mr. McGills, könnten wir dort kurz anhalten?«

Hunts Point war der größte Markt der Bronx, vielleicht der ganzen Stadt. Obwohl sie in New York geboren und aufgewachsen war, war sie noch nie dort gewesen. Coombs und McGills allerdings auch nicht, wie sich herausstellte.

Es war nach sieben, als Karen und Coombs auf den Markt gingen und Blumen kauften. Sie kamen an einem Stand vorbei, an dem es herrlich nach Kaffee duftete. »Haben wir noch ein bißchen Zeit?« fragte Coombs.

»An einem so ruhigen Tag? Aber sicher.«

Sie gingen noch einen Kaffee trinken.

Dreißig Minuten später trafen sie im Büro ein. Betty saß schon an ihrem Schreibtisch. Sie war steif und förmlich wie immer und trug nach wie vor Trauerkleidung.

»Guten Morgen, Bett.« Karen reichte ihr die Blumen. »Ich habe Ihnen etwas mitgebracht.«

Ihr huschte ein Lächeln übers Gesicht, gegen das sie aber mit Erfolg ankämpfte. »Vielen Dank, Mrs. Henning.«

»Gestern haben Sie mich noch Karen genannt.«

»Gestern waren Sie auch noch nicht die Bezirksstaatsanwältin.«

»Das bin ich eigentlich auch jetzt nicht«, gab Karen lächelnd zurück. »Nur vorläufig. Mit dem Mann, der vor mir dieses Amt innehatte, kann ich mich sowieso nicht messen.«

Betty seufzte. »Er war ein großer Mann.«

»Ich würde acht Amtsperioden brauchen, bis ich in seine Schuhe hineingewachsen wäre.«

Es gab eine kurze Pause. Keine der beiden Frauen wußte, was sie als nächstes sagen sollte, dann ergriff Karen wieder die Initiative. »Betty, ich weiß nicht, was Sie vorhaben, ich weiß nur, daß ich Ihre Hilfe brauche, und zwar ganz dringend. Ich hoffe so sehr, daß Sie bleiben. Bitte, bleiben Sie doch.«

Betty zeigte keine Reaktion. Genau in diesem Moment kam der Finanzverwalter hereingeschneit.

»Einen schönen guten Morgen wünsche ich. Ich bin Carl Werner, der Finanzverwalter, Mrs. Henning. Ich regle hier alles, was mit Geld zu tun hat.« Er streckte ihr die Hand entgegen. »Meine herzliche Gratulation zu Ihrer Ernennung.«

»Vielen Dank.«

»Und jetzt habe ich einige Papiere für Sie, die auf Ihre Unterschrift warten.«

Karen ging voraus in ihr neues Büro. »Würden Sie bitte mitkommen, Betty?«

Werner legte einen Stapel Formulare auf den Tisch und reichte Karen einen Füller. Sie blätterte in den Papieren herum und stutzte dann. »Aber das dauert doch ewig, bis ich das alles gelesen habe«, protestierte sie.

»Wenn Sie nicht unterschreiben, bekommt in dieser Woche niemand sein Gehalt.«

Karen sah sich nach Betty um. Die nickte ihr zu, und Karen unterschrieb. Werner packte die Unterlagen ein und verabschiedete sich. Karen fühlte sich nicht besonders wohl in ihrer Haut. Zu ihrem Selbstverständnis als Anwältin paßte es ganz und gar nicht, etwas zu unterschreiben, was sie nicht gelesen hatte.

Betty schien das nachempfinden zu können. »Der Chef hat diese Papiere einmal pro Monat unterschrieben. Das können Sie in Zukunft ja auch so halten«, wurde Karen von ihr ermutigt.

»Da können Sie mal sehen, wo ich ohne Sie wäre. Bitte sagen Sie mir, daß Sie bleiben.«

Die beiden Frauen sahen sich an; dann nickte Betty. Karen schüttelte ihr dankbar die Hand. Betty ging wieder an ihren Schreibtisch zurück, da trat Harbison ein.

»Oh, guten Morgen, Norman. Sie sind früh dran.«

Harbison schaute sie nur an.

Karen hätte zu gerne erfahren, was in ihm vorging. Was hielt ihn noch hier? Was für eine Übereinkunft hatte er mit dem Gouverneur getroffen? »Sie waren schon stellvertretender Bezirksstaatsanwalt, als ich herkam«, begann sie.

Harbison nickte kaum merklich.

»Der Gouverneur hat mir gegenüber erwähnt, daß Sie bleiben wollen.« Sie hoffte, ihm damit eine Bemerkung zu entlocken, stieß aber auf Schweigen. »Wenn dem so ist, freue ich mich«, mußte sie notgedrungen hinzufügen.

Wieder nickte Harbison nur.

»Es wird sich nichts ändern«, fuhr sie fort.

»Nichts? So, so ...«

Karen war verblüfft über seinen ironischen Unterton. »Natürlich. Ihre Vollmacht und Verantwortung bleibt dieselbe wie eh und je. Ich bin genauso auf Sie angewiesen, wie mein Vorgänger es war.«

»Ich glaube, eher mehr.«

»Zunächst bestimmt. Auf jeden Fall, bis der Prozeß vorüber ist.«

Harbison warf ihr einen unbeteiligten Blick zu.

»Der Gouverneur hält große Stücke auf Sie«, sagte Karen schließlich.

»Schön.«

»Er lobt Sie, wo er nur kann.«

Auch diesen Köder schluckte Harbison nicht.

Karen gab es schließlich auf. Sie hatte keine Lust, sich an Harbisons Sturheit die Zähne auszubeißen. »Gut. Ich erwarte von Ihnen also dieselbe Loyalität, zu der Sie meinem Vorgänger gegenüber verpflichtet waren.«

»Sonst noch etwas?«

»Nein, danke. Sie können gehen.«

Als Harbison den Raum verlassen hatte, spürte sie einen Anflug von Furcht. Sie wußte so gut wie nichts über diesen Job, und ohne Harbisons Hilfe war sie aufgeschmissen. Doch dann riß sie sich wieder zusammen, fand ihren Kampfgeist wieder: ich werde mich hier nicht unterkriegen lassen, ich werde den Prozeß gewinnen, ich werde die Wahl im November gewinnen.

Sie blätterte in dem Stapel telefonischer Mitteilungen, die gestern eingetroffen waren. Viele der Anrufer hatte sie seit Jahren nicht gesehen oder kannte sie kaum – und alle wollten ihr gratulieren. Es handelte sich ganz offensichtlich um Speichellecker, die sich jetzt bei ihr auf die Schnelle lieb Kind machen wollten, um später auf sie zählen zu können. Diese Vorstellung verschaffte ihr ein gewisses Machtgefühl und stärkte ihr Selbstvertrauen.

Aber es gab auch Anrufe, die dringend beantwortet werden mußten. Einige davon konnte sie gleich erledigen, die restlichen später. Sie reichte Betty eine Liste mit Nummern, mit denen sie verbunden werden wollte.

Schließlich kam Coombs herein. »Wie ist es mit Harbison gelaufen?« fragte er.

Karen wollte schon antworten, hielt sich dann aber doch zurück. Vielleicht wäre es nicht klug, diesen jungen Mann zu ihrem Vertrauten zu machen.

»Was hat er denn gesagt?«

»Eigentlich nicht viel.« Das war ja schließlich nicht gelogen.

»Dem würde ich nicht den Rücken zudrehen«, riet Coombs.

»Im Moment mache ich mir darüber noch keine Sorgen.« Die ersten Verbindungen waren hergestellt. Zwischen den Telefonaten unterhielt sie sich mit Coombs über die heutigen Zeugen und die zu erwartenden Aussagen. Schließlich machten sie sich gemeinsam auf den Weg zum Gericht.

Vor und im Gebäude wimmelte es von Menschen. Blitzlichter leuchteten auf, und Kameras filmten sie, wie sie sich mit Coombs ihren Weg durch die Menschenmassen bahnte. Karens Ernennung zur Bezirksstaatsanwältin hatte dem Prozeß eine noch größere Publizität verschafft.

Normalerweise schwand das Interesse des Publikums nach der ersten Verhandlungswoche. Hier war das Gegenteil der Fall, ganz offensichtlich eine Folge von McCarthys wilden Anschuldigungen, die er jeden Nachmittag fleißig den Presseleuten diktierte. Mit seinen Attacken hämmerte er immer nur auf ein und demselben Punkt herum: korrupte Polizisten versuchen, seinen Mandanten zu töten. Natürlich wurde auch Karen immer wieder interviewt, doch ihre sachlichen Kommentare erregten logischerweise weit weniger Aufsehen.

Mittlerweile waren die Augen der gesamten Vereinigten Staaten auf diesen Prozeß gerichtet, auch wenn den meisten Menschen vermutlich gar nicht klar war, was hier auf dem Spiel stand. Karen wußte, daß, wenn sie verlieren würde, mühsam aufgebaute Brücken zwischen Schwarz und Weiß einstürzen konnten. Hinzu käme noch, daß in Zukunft Anwälte in ähnlich gelagerten Fällen wie McCarthy auf Notwehr plädieren und damit Freisprüche erzielen könnten.

Was sie persönlich betraf, würde es ganz Amerika erfahren, wenn sie den Prozeß verlor. Eine Niederlage hätte sie sich sowieso nicht erlauben dürfen. Aber wenn sie jetzt verlor, würde die Demütigung größer als alle, die sie jemals über sich ergehen lassen mußte.

Officer Schwartz wurde in den Zeugenstand gerufen. »Sie befanden sich also auf der Feuerleiter«, sagte Karen während ihrer Vernehmung. »Was geschah dann?«

»Der Angeklagte rannte zum Fenster und ... dann schoß er auf mich. Es hat mir fast den Arm abgerissen. Mein rechter Arm ist seither gelähmt.«

Karen setzte sich, und McCarthy begann mit dem Kreuzverhör. »Sie haben zuerst geschossen, Mr. Schwartz. Stimmt das?«

»Bevor er mich getroffen hat? Natürlich! Ich mußte mich ja verteidigen.«

»Sie wollten ihn töten, aber er war zu flink für Sie. Sie sind überhaupt nur dorthingegangen, um ihn zu töten. Ist es nicht so?«

Karen legte so oft Einspruch ein, daß sie es sich mittlerweile angewöhnt hatte, ihre Stimme zu variieren. Mal klang sie aggressiver, mal gelangweilter. Hauptsache nicht immer gleich. Obwohl Birnbaum ihrem jetzigen Einspruch sofort stattgegeben hatte, ließ sie es damit nicht bewenden, sondern redete weiter. »Würden Euer Ehren die Geschworenen bitte zum wiederholten Male daran erinnern, daß die unqualifizierten Anschuldigungen Mr. McCarthys nicht im geringsten stichhaltig sind? Teilen Sie den Geschworenen mit, daß diese Äußerungen den Tatbestand der Verleumdung erfüllen. Würde er sie außerhalb des Gerichts von sich geben, könnte man ihn deshalb belangen und auf Schadensersatz in Millionenhöhe verklagen!« Karen hatte ruhig begonnen, war zum Schluß aber immer lauter geworden.

»Ich werde meine Anschuldigungen natürlich untermauern«, sagte McCarthy.

»Fahren Sie fort«, beschwichtigte Birnbaum.

»Sie begeben sich jetzt in den vorzeitigen Ruhestand, Mr. Schwartz. Nach wie vielen Jahren Dienst?«

»Nach vier Jahren.«

»Sie waren nur vier Jahre im Dienst ... Und aufgrund Ihrer Dienstunfähigkeit beziehen Sie von nun an Ihr restliches Leben lang drei Viertel Ihres derzeitigen Gehaltes. Nicht schlecht. Wie viele Tausend-Dollar-Scheinchen da wohl herausspringen?! Sind Sie eigentlich ganz sicher, daß Sie in Ihrem Arm kein Gefühl mehr haben?«

Karen sprang auf. »Diesmal sind Sie zu weit gegangen! Euer Ehren, ich möchte den Zeugen bitten, den Geschworenen seinen Arm zu zeigen!«

Schwartz zog sein Jackett aus und rollte seinen Hemdsärmel hoch. Mit entblößtem Arm schritt er an der Geschworenenbank vorbei. Alle konnten sehen, daß ein Großteil der Muskeln fehlte. Die meisten wandten sich sofort angewidert ab.

»Euer Ehren! Bitte weisen Sie Mr. McCarthy an, sich den Arm des Zeugen zu betrachten.«

Der Richter nickte. McCarthy mußte gezwungenermaßen hinsehen und zog sich anschließend gleich wieder zurück.

Karen nahm eine Brosche von ihrer Bluse ab und hielt sie McCarthy hin. »Nehmen Sie das, und stechen Sie damit in den Arm des Zeugen, Mr. McCarthy. Reichen Sie ihm Ihren Arm, Mr. Schwartz. Los, stechen Sie zu! Worauf warten Sie noch? Der Zeuge wird nichts spüren!« Karen regte sich derart auf, daß ihre Lippen zu zittern begannen.

McCarthy warf ihr einen leeren Blick zu und schwieg.

7. Kapitel

Abends spielte Karen zusammen mit drei anderen Frauen in einer Traglufthalle Tennis. Sie rannte wie wild hin und her, drosch so kräftig wie sie konnte auf die Bälle, doch die landeten viel zu häufig im Aus. Anschließend entschuldigte sie sich für ihre schlechte Form. Die anderen lachten darüber nur und sagten, daß es hier ja nicht um die US-Open, sondern nur um ihren Spaß ginge.

Sie nahmen im Salon des Clubs Platz, tranken Kaffee und redeten über alles mögliche, auch über ihre Ehemänner.

»Wie kommt denn Hank mit deiner neuen Situation zurecht?« erkundigte sich Jill.

»Er bringt viel Verständnis dafür auf ...«

»Das klingt ja ungeheuer überzeugend.«

»Na ja, ganz leicht tut er sich natürlich nicht – und mir geht's mit ihm genauso. Ich hab soviel um die Ohren. Am liebsten wäre mir, ich könnte mal für einige Tage abtauchen, ganz woanders wohnen. Das wäre für ihn und mich momentan das beste.«

»Dann mach's doch. Daran wird er schon nicht sterben.«

»Und meine Kinder?«

»Die werden's auch überleben. Hör zu, ich mach dir einen Vorschlag.«

Hank lag im Bett und wartete auf die Heimkehr seiner Frau. Er brütete vor sich hin, dachte über seine Ehe nach – und über seine Karriere. Von der New Yorker Universität hatte er seit dem Empfang kein Wort mehr gehört.

Seine Frau, fand er, war eine andere geworden. Ihre Ehe war aus den Fugen geraten. Er zermarterte sich das Gehirn, was er wohl falsch gemacht haben könnte, fand aber keine Antwort. Er selbst benahm sich heute nicht anders als früher; es war Karen, die sich verändert hatte. Sie mit ihrem verdammten neuen Job!

In Schlafanzug und Bademantel ging er nach unten ins Wohnzimmer, um dort auf sie zu warten, schlief aber bald darauf beim Zeitung lesen ein. Das Öffnen der Haustür weckte ihn wieder. Sie sah ihn erstaunt an.

Obwohl Hank kein Wort von sich gab, stand ihm der Vorwurf ins Gesicht geschrieben.

»Ich kann's auch nicht ändern«, sagte sie und zuckte mit den Schultern.

»Du kommst immer später nach Hause.«

»Es dauert eben seine Zeit, bis ich alles im Griff habe.«

»Heute nachmittag war der Klempner da. Anscheinend hast du ihn herbestellt. Ich hatte keinen Schimmer, was er überhaupt hier wollte.«

»Ich ruf ihn morgen an.«

»Gut.« Sie gingen zusammen die Treppen hinauf.

»Ich will noch mal nach den Kindern schauen«, sagte Karen.

»Wozu? Die schlafen längst.«

Die Zuschauerränge waren bereits gefüllt, die Geschworenenbänke aber noch verwaist. McCarthy redete auf den Richter ein. Er sprach zwar leise, doch sein Zorn war ihm deutlich anzumerken. Karen verfolgte das Geschehen mit unbeteiligter Miene.

»Man hat wieder versucht, ihn zu ermorden, Euer Ehren. Letzte Nacht haben sie ihm die Kehle aufgeschlitzt.«

»Der Angeklagte hat eine leichte Schürfwunde am Hals«, sagte Karen gelangweilt. »Er hat sich an einer Stuhllehne gestoßen.«

»Er wurde verprügelt und übel zugerichtet. Von den Wachen! Zweifellos auf Befehl der Polizei!«

»Er hatte eine Schlägerei mit einem anderen Insassen, Euer Ehren.«

»Setzen Sie meinen Mandanten auf freien Fuß, bevor man ihn umbringt.«

»Ich habe sofort einen Beamten hingeschickt, als ich davon erfuhr.« Karen hatte Barone angerufen. Der war umgehend nach Rikers Island gefahren, und eineinhalb Stunden später hatte sie schon einen Bericht vorliegen. Für den Fall, daß sie ihn brauchen würde, hatte sie Barone gebeten, im Zeugenraum zu warten. »Er ist also sofort zu erreichen, falls Sie mit ihm sprechen wollen, Richter.«

Birnbaum sah beide fragend an. Zwar wollte er Barone nicht sprechen, wartete aber offensichtlich auf nähere Informationen.

»Bei dem anderen Beteiligten an der Schlägerei handelt es sich um einen gewissen Willy Roper«, führte Karen aus.

»Ein Todfeind meines Mandanten! Er hat ihn schon einmal angegriffen und geschworen, ihn zu töten.«

»Können wir jetzt mit der Verhandlung fortfahren?« fragte Karen.

»Wollen Sie noch einmal eine Vertagung beantragen?« wollte der Richter wissen.

»Nein«, ereiferte sich McCarthy. »Lassen Sie die Geschworenen herein. Die sollen ruhig sehen, wie man mit meinem Mandanten umgesprungen ist.«

Karen erahnte McCarthys Taktik und wollte ihm einen Strich durch die Rechnung machen. »Wir sollten ihn uns zuerst selbst anschauen, Richter.«

»Das ist nicht nötig«, wandte McCarthy ein. »Es reicht, wenn die Geschworenen ihn sehen.«

»Ich muß darauf bestehen!« protestierte Karen.

Schließlich rang sich Birnbaum dazu durch, den Angeklagten zuerst hereinführen zu lassen. Epps trug Handschellen. So hatten ihn die Geschworenen noch nie gesehen, und auch jetzt wurde ihnen dieser Anblick verwehrt. Epps sah genau so aus, wie Karen vermutet hatte. Wie jemand, der gerade mit knapper Not einen Flugzeugabsturz überlebt hatte. Sein Kopf und sein Hals waren über und über bandagiert, so daß nur noch Mund, Augen und Haare herausschauten. Teilweise waren die Verbände blutverschmiert.

»Würden Sie bitte nach einem Arzt schicken, Euer Ehren?« fragte Karen. »Ich bin neugierig, ob seine Verletzungen wirklich so schlimm sind, wie man uns glauben machen will.«

Es dauerte eine Ewigkeit, bis der Arzt endlich erschien. Er wurde in einen Nebenraum geführt, wo er in Gegenwart der

Anwälte, des Gerichtsschreibers und vierer Wachleute den Angeklagten untersuchte und ihm die Bandagen abnahm. Was darunter zum Vorschein kam, erstaunte Karen nicht im mindesten. Barone hatte ihr die leichten Verletzungen genau beschrieben, und sie hatte ihm sofort geglaubt. Außer einigen Abschürfungen und blauen Flecken war nichts zu entdecken.

»Sie müssen einen großartigen Maskenbildner haben«, meinte Karen trocken zu Epps.

McCarthy sah der Prozedur nicht zu, sondern starrte aus dem Fenster. Karen ging zu ihm. »Ich finde, der Richter sollte sich das auch anschauen, bevor er wieder zugewickelt wird. Meinen Sie nicht auch?« Sie wandte sich an einen der Wachleute. »Würden Sie bitte den Richter holen?«

»Ich denke, Sie sollten McCarthy einen Verweis erteilen«, sagte Karen, als Birnbaum eintrat. »Und zwar wegen Vortäuschung falscher Tatsachen.«

Das deutete der Richter als Einmischung in seine Arbeit. »Ich weiß selbst, was ich zu tun habe, Mrs. Henning«, erwiderte er verstimmt. »Ich leite den Prozeß, wie es mir paßt, und Sie kümmern sich um Ihren Fall.«

Einen Moment lang war Karen verstört, doch als Epps zum zweiten Mal in den Gerichtssaal geführt wurde, machte sie sich sofort auf zum Richterpult. McCarthy folgte ihr, und die nächste Unterredung begann.

»Würden Sie den Geschworenen bitte erklären, daß die Verletzungen des Angeklagten, insofern es überhaupt welche sind, für diese Verhandlung unmaßgeblich sind?« fragte Karen, wohlwissend, daß sie den Richter damit aufs neue unter Druck setzte.

»Die Presse ...« murmelte McCarthy mit drohendem Unterton.

»Würden Sie Mr. McCarthy bitte dringend ermahnen, gegenüber der Presse keine Hetztiraden von sich zu geben?«

Birnbaum zögerte zunächst, fügte sich dann aber. »Das ordne ich hiermit an, Mr. McCarthy.«

»Die Presseleute haben ihre eigenen Methoden, die Wahrheit ans Licht zu bringen«, kommentierte McCarthy.

»Vielleicht sollten Sie ihm doch lieber mit Strafe wegen

Eingriffs in ein schwebendes Verfahren drohen, für den Fall, daß er mit der Presse spricht, Euer Ehren.«

»Ich glaube, das wird nicht nötig sein, Mr. McCarthy. Oder was meinen Sie?« fragte Birnbaum.

Karen ging zu ihrem Tisch zurück. »Der Punkt ging an Sie!« freute sich Coombs.

Karen blätterte in ihren Papieren. »Meinen Sie wirklich?«

Während Hank schon längst in seinen Träumen versunken war, fand Karen immer noch keinen Schlaf. Obwohl sie sich nicht bewegte, wachte ihr Mann schließlich doch auf. Es kam ihr vor, als hätte sie ihn mit ihrer Nervosität sogar noch im Schlaf angesteckt.

»Wie spät ist es?«

»Etwa halb vier«, sagte sie ihm.

»Dann versuch doch endlich zu schlafen.«

»Das Ganze übersteigt allmählich meine Kräfte.«

»Ach, im Dunkeln kommt einem alles schlimmer vor als am Tag.«

»Ich weiß einfach nicht mehr, was ich machen soll. Die Geschworenen glauben meinen Zeugen nicht. Die glauben eher McCarthy und seinen unsinnigen Behauptungen.«

Hank legte einen Arm um sie und gab ihr einen Kuß. Dann zog er sie an sich heran. »Danach kannst du schlafen«, meinte er.

Karen entwand sich seiner Umarmung. »Tut mir leid, aber ich kann wirklich nicht.«

Hank grummelte irgend etwas Unverständliches und drehte sich wieder um.

Nach einer Weile hielt es Karen nicht mehr im Bett. Sie ging in die Küche und kochte sich Kaffee. Die Uhr zeigte zwanzig Minuten nach vier an. Mit der Tasse in der Hand lief sie unruhig hin und her. Die Vorstellung, den Prozeß zu verlieren, ergriff immer stärker Besitz von ihr. Nie zuvor hatte ihr ein Fall derart den Schlaf geraubt. Sie hatte keine Ahnung, was die Geschworenen wirklich glaubten und was nicht – und das war an sich schon ein schlechtes Zeichen. Normalerweise konnte man das spüren.

Als sie fast am Rande der Verzweiflung angelangt war, kam ihr plötzlich ein Gedanke. Sie entschloß sich, ihre Strategie grundsätzlich zu ändern. Einige der Polizisten, die an der Schießerei beteiligt waren, hatten noch nicht den Zeugenstand betreten – und dabei sollte es auch bleiben. McCarthy würde sie ja doch nur wieder lächerlich machen, ihnen Bestechlichkeit unterstellen. Mit dem Aufrufen weiterer Polizisten würde sie ihm nur in die Hand spielen. Außerdem würden die Geschworenen nichts erfahren, was sie nicht schon zigmal gehört hatten.

Nein, statt dessen wollte sie jene Männer aufrufen, die die verschiedenen Untersuchungen geleitet hatten. Drei von ihnen waren ihr bekannt. Sie malte sich aus, wie die drei hochrangigen Polizeikommandeure, einer nach dem anderen, würdevoll in den Zeugenstand stolzierten, ältere Männer in Uniform und mit goldenen Tressen an der Mütze. Sie waren nicht persönlich in die Schießerei verwickelt, sondern hatten alles gründlich untersucht. Sie hatten nichts Illegales entdeckt und würden genau das bezeugen. *Sie* konnten von McCarthy keines Verbrechens bezichtigt werden, schon das würde den Eindruck der Geschworenen verändern.

Karen kramte in ihrem Notizbuch die Telefonnummern der drei Dienststellen heraus, rief trotz der frühen Stunde dort an und bat um Rückruf der jeweiligen Chefs. Nach einer Stunde meldete sich der erste Kommandeur und klang noch reichlich schläfrig.

»Stehen Sie weiterhin zu dem Bericht, den Sie über den Fall Epps verfaßt haben?« kam sie ohne Umschweife zur Sache.

»Ja, natürlich.«

»Haben Sie irgendeinen Beweis dafür gefunden, daß in diesem Fall nicht alles mit rechten Dingen zugegangen ist? Daß die Polizisten korrupt waren? Daß sie Epps töten wollten?«

»Nichts dergleichen.«

»Gut. Bereiten Sie sich bitte darauf vor, noch heute Ihre Zeugenaussage abzugeben.«

Dem zweiten und dritten Anrufer stellte sie dieselben Fragen und erhielt darauf dieselben Antworten. Am Ende ihres letzten Telefonats fiel ihr noch etwas ein. »Sind Sie drei die einzigen, die Nachforschungen angestellt haben?«

»Nein. Soviel ich weiß, hat Pommer irgendwelche Untersuchungen auf eigene Faust durchgeführt.«

Karen rief die Abteilung für Innere Angelegenheiten an und ließ Pommer über seine Sekretärin für acht Uhr in ihr Büro bestellen. Dann zog sie sich an und fuhr zur Arbeit.

»Wir haben uns ja schon eine ganze Weile nicht mehr gesehen«, grüßte Pommer so vertraulich, als wären sie alte Freunde.

»Stimmt.«

»Wann sind Sie denn mit Ihren beiden Superstars aus dem Zweiunddreißigsten fertig?«

Karen stutzte. »Von wem reden Sie?«

»Na, von Ihren Hauptzeugen. Barone und Muldoon.«

Karen ging sofort in die Defensive. Vorsichtig sagte sie: »Ich weiß nicht, wie Sie das meinen.«

»Rufen Sie die noch mal in den Zeugenstand?«

Sie fragte sich, worauf er hinauswollte, was er über die beiden wußte. »Stimmt es, daß Sie eigene Untersuchungen angestellt haben, die meinen Fall betreffen?«

»Ja. Wir haben ein paar Erkundigungen eingeholt. Die Sache läuft noch.«

»Über die Schießerei?«

»In erster Linie über diese beiden Hitzköpfe.«

Irgend etwas an diesem Gespräch hatte ihr vom ersten Moment an nicht gefallen. Am liebsten hätte sie es beendet, aber das durfte sie nicht. »Ich möchte gerne eine Kopie vom Bericht, und zwar sofort, wenn das geht.« Sie wußte allerdings, daß dann auch die Verteidigung eine Kopie erhielt.

»Bis jetzt gibt es noch gar keinen abschließenden Bericht.«

»Sie wollen damit sagen, daß Sie überhaupt nichts zu Papier gebracht haben.«

»Ganz genau.«

»Also schön. Dann sagen Sie mir wenigstens, was Sie bei Ihren Ermittlungen herausbekommen haben.«

»Die haben mit Ihrem Fall direkt nichts zu tun. Es geht eher um Vorgänge aus der Vergangenheit. Wir sind da auf einige Widersprüche gestoßen.«

Seine Andeutungen gefielen Karen überhaupt nicht. Ihr schwante, daß er eher Munition für McCarthy als für sie liefern könnte. Sie wurde wütend, mühte sich aber redlich, das zu verbergen. »Drücken Sie sich bitte genauer aus.«

»Es geht um nichts, was Sie aus der Ruhe bringen könnte. Wir haben nichts Aufsehenerregendes entdeckt, was konkret mit Ihrem Fall zusammenhängt.«

»Nichts Illegales? Keine Beweise für irgendwelche Bestechungsversuche?«

»Nein, nichts.«

»Sie wissen doch, daß McCarthy die Beamten bezichtigt, daß sie Epps nicht festnehmen, sondern ermorden wollten, angeblich, damit die angebliche Korruptionsaffäre nicht auffliegt.«

»Natürlich. Ich habe es gelesen. Dafür gibt es aber nicht die geringsten Anhaltspunkte.«

Karen war erleichtert und faßte neuen Mut. Vielleicht konnte sie Pommer doch in den Zeugenstand rufen.

»Allerdings ...«, fügte er bedächtig hinzu, »sind, wie gesagt, einige Ungereimtheiten ans Tageslicht gekommen, die mit früheren Fällen zu tun haben.«

»Und welcher Art sind die?«

»Die haben mit internen Disziplinarmaßnahmen zu tun.«

»Und das ist alles?«

»Unsere Ermittlungen laufen noch.«

»Existiert darüber etwas Schriftliches?«

»Nein, überhaupt nichts.«

Am liebsten hätte sie ihm befohlen, die Ermittlungen unverzüglich abzubrechen, doch das lag leider außerhalb ihrer Kompetenzen. Sie verabschiedete sich von Pommer, setzte sich wieder an ihren Schreibtisch und atmete tief durch. Dann stellte sie sich McCarthys Kreuzverhör vor, falls sie die Kommandeure und Pommer in den Zeugenstand rief. Er würde sich die Hände reiben. Eine geheime Ermittlung. Kein schriftlicher Bericht. Ein paar unbedeutende Widersprüche.

McCarthy würde seine Augenbrauen heben, sich den Geschworenen zuwenden und demonstrativ stutzen. Ho, ho, ho, was haben wir denn hier?

Das durfte sie auf gar keinen Fall zulassen. Soviel zu ihrer brillanten Idee.

Sie schüttelte den Kopf, entschied sich, nicht mehr daran zu denken, und vertiefte sich in die Akte von Officer Toole, dem letzten der verwundeten Polizisten.

Karen rief Toole in den Zeugenstand und ließ ihn detailliert über jeden Moment des Angriffs und seine eigene Rolle dabei berichten, bis zu dem Zeitpunkt des Geschehens, als er verletzt und anschließend von seinen Kollegen gerettet und ins Krankenhaus gebracht worden war. Danach räumte sie den Platz für McCarthys Kreuzverhör.

»Sie machen auf mich gar keinen so kranken Eindruck, Mr. Toole«, begann McCarthy. »Ich habe übrigens vernommen, daß Sie einen Prozeß gegen die Stadt angestrengt haben. Wie lauten denn Ihre Vorwürfe, wenn man fragen darf?«

»Nachlässigkeit, fahrlässige Gefährdung. Ich weiß es nicht genau. Mein Anwalt hat die Klage für mich aufgesetzt.«

»Welche Schadensersatzforderungen stellen Sie?«

»Ich wurde in die Leiste und in die Seite geschossen. Ich war einen Monat im Krankenhaus. Fünf Millionen Dollar.«

McCarthy drehte sich zu den Geschworenen um und gab einen anerkennenden Pfiff von sich. »Fünf Millionen Dollar. Kein schlechtes Monatsgehalt.«

Auf den Zuschauerrängen brandete schallendes Gelächter auf, und McCarthy stolzierte breit grinsend vor den Geschworenen herum. Daß die Zuschauer lachten, war Karen völlig egal; daß sich aber auch fast alle Geschworenen amüsierten, paßte ihr ganz und gar nicht. Sie konnte sich ausmalen, wie diese Leute mit ihrem geringen Einkommen reagierten, wenn solche Summen in den Raum gestellt wurden.

»Wie viele Ihrer Kollegen haben außer Ihnen noch Klage eingereicht?« machte McCarthy weiter.

»Drei.«

»Wurde der Angriff unüberlegt und überhastet ausgeführt?«

»Ja.«

»Weil es eben nicht darum ging, meinen Mandanten festzunehmen, sondern ihn zu ermorden.« McCarthy wartete keine Antwort ab, sondern setzte sich.

Karen näherte sich dem Zeugenstand. Toole war offensichtlich erleichtert, sie zu sehen. »Entspricht das der Wahrheit?«

»Nein.«

»Kommt es öfter vor, daß eine Festnahme auf eine so, sagen wir: schlampige Weise durchgeführt wird?«

»Ab und zu mal.«

»Hat jemand von Ihren Kollegen vorgeschlagen, Epps zu töten?«

»Nein.«

Karen saß mit Hank am Küchentisch und nippte an ihrem Morgenkaffee. Draußen wurde es schon hell. »Kannst du dich noch an Jill Hermann erinnern?« fragte sie ihn.

»Mit der hast du dir doch am College das Zimmer geteilt, stimmt's?«

Karen legte ihre Hände auf seine. »Sie fährt mit ihrem Mann für zwei Wochen nach Europa. Ich habe sie neulich wiedergetroffen.« Sie hielt inne. Hank wußte nicht, daß sie seit längerem zusammen mit ihr Tennis spielte, und er sollte davon auch nichts erfahren, obwohl ihr bei diesem Gedanken das Gewissen schlug. Sie biß sich auf die Lippen: auf die nächsten Worte kam es an. »Sie hat mir für diese Zeit ihre Wohnung angeboten. Die liegt genau neben dem Gericht.«

Ursprünglich wollte sie ihm und den Kindern schon am Abend zuvor davon erzählen, hatte es aber nicht übers Herz gebracht. »Ich kann schon heute abend dort einziehen.«

»Willst du etwa ausziehen?« fragte Hank.

»Ach was! Natürlich nicht.«

Hank zog seine Hand weg und sagte nichts, sondern schaute stur in die Kaffeetasse. Ihr war klar, daß sie ihn gekränkt hatte.

»Ich spare mir zwei Stunden Anfahrtsweg«, sagte sie, doch er reagierte nicht darauf. »Es ist doch nur so lange, bis der Prozeß zu Ende ist.« Er tat ihr plötzlich sehr leid, doch sie konnte ihre Gefühle nicht in Worte kleiden. »Ich brauche Zeit und Ruhe, um mein Plädoyer auszuarbeiten. Das mußt du doch verstehen.«

Jackie kam in die Küche und gab seiner Mutter einen Kuß. »Was gibt's zum Frühstück?«

Karen nahm die Frage kaum wahr; sie blickte nur ihren Mann an. »Bloß für ein paar Tage, Hank.« Dann raffte sie sich dazu auf, auch ihrem Sohn reinen Wein einzuschenken. »Jackie, ich komme in den nächsten Tagen nicht nach Hause. In New York gibt es schrecklich viel zu tun.« Dann kam Hillary in die Küche, der sie noch einmal dasselbe erzählte. Sie sah Hank in die Augen, doch der schaute über sie hinweg und blieb stumm. Es gab nichts mehr zu sagen.

8. Kapitel

»Mrs. Epps, haben Sie Ihren Sohn schon einmal im Gefängnis besucht?« fragte McCarthy die stämmige, ernst blickende Frau im Zeugenstand.

»Ja. Sobald ich gehört hatte, daß er eingesperrt worden war. Ich habe ihn getröstet, so gut ich konnte.«

»Und haben Sie ihm irgend etwas versprochen?«

»Ja, daß die Männer, die ihm soviel Schreckliches angetan haben, gewiß zur Rechenschaft gezogen werden«, bestätigte sie und klang dabei so salbungsvoll wie ein Prediger.

Karens Augen wanderten zur Decke. Die Fragen waren genauso absurd wie die Antworten, doch dagegen konnte sie wenig unternehmen.

»Wer soll Ihrer Meinung nach zur Rechenschaft gezogen werden?«

»Die Polizei.«

Karen war nahe davor, laut loszulachen. »Einspruch«, sagte sie mit milder Nachsicht.

»Beschränken Sie sich bitte auf die Tatsachen, Mr. McCarthy«, mahnte der Richter.

Karen betrachtete sich die Zeugin. Mrs. Epps trug ein strenges braunes Kostüm, das vermutlich McCarthy für sie ausgesucht hatte. Es war offensichtlich, welche Rolle er ihr zugedacht hatte: sie sollte das Bild der ehrlichen, frommen, schwer arbeitenden Mutter abgeben, die sich rührend um ihren Sohn sorgt, den sie ganz alleine hatte aufziehen müssen. In Harlem gibt es viele kaputte Familien, in denen die Mutter die ganze Last für die Kinder trägt. Das wußten die Geschworenen nur zu genau, und deshalb konnten sie leicht nachvollziehen, was in ihr vorgehen mußte. Darauf spekulierte natürlich McCarthy, der Irene Epps als bislang einzige Zeugin der Verteidigung aufgeboten hatte.

McCarthy wandte sich den Geschworenen zu, nicht der Zeugin, der er seine Fragen fast über die Schulter stellte, wohl um ihnen das Gefühl zu vermitteln, er sei einer von ihnen. Karen durchschaute natürlich dieses Spiel, hatte aber ihre Zweifel, ob die Geschworenen dazu auch in der Lage waren.

»Als Sie Ihren Sohn im Gefängnis besucht haben«, fuhr er mit bedeutungsschwangerer Stimme fort, »hat er Ihnen da gesagt, wer zuerst das Feuer eröffnet hat?«

Eine unerhörte Frage – McCarthy versuchte das, was die Mutter vom Hörensagen wußte, zum Beweismittel umzugestalten. Karen schritt sofort ein. »Einspruch!«

»Stattgegeben.«

»Er hat gesagt, daß die Cops zuerst geschossen haben«, ignorierte Irene Epps die Worte des Richters.

»Frage und Antwort werden aus dem Protokoll gestrichen«, sagte Birnbaum. »Die Geschworenen werden dazu angehalten, den Äußerungen keine Beachtung zu schenken.«

»Er hat gesagt, sie wollten ihn töten«, fuhr die Zeugin ungerührt fort.

Sie hat ihre Lektion anscheinend gut gelernt, dachte Karen, die sofort wieder aufsprang.

»Nehmen Sie auch diese Äußerung nicht zur Kenntnis«, sagte Birnbaum zu den Geschworenen.

McCarthy baute natürlich darauf, daß die Geschworenen diese Worte nicht einfach aus ihrem Gedächtnis löschen konnten, wie man ein Tonband löscht. Er grinste höhnisch, als er fortfuhr. »Kennen Sie einen Detective namens Muldoon?«

»Ja.«

»Und woher?«

»Er kam jede Woche zu uns nach Hause.«

»Jede Woche?«

»Manchmal sogar mehrmals pro Woche.«

»Wollte er Ihren Sohn sprechen?«

»Er ging mit Lionel ins Zimmer und wollte, daß er die Tür schloß.«

»Aha ...« McCarthy nickte vielsagend. »Haben Sie gehört, was die beiden miteinander geredet haben?«

»Nein. Sie haben zu leise gesprochen.«

»Haben Sie Ihren Sohn hinterher danach gefragt?«

»Er wollte nicht darüber sprechen, er hat sich nur geschämt. Zu mir hat er gesagt: ›Mama, zwing mich nicht, darüber zu reden‹. Er hat sich immer so sehr geschämt, wenn der Detective wieder gegangen ist.«

»Ging es dabei vielleicht um Geld?«

»O ja! Jedesmal, wenn der Detective weg war, hatte Lionel Geld.«

»Woher wissen Sie das?«

»Er hat mir Geld gegeben, um Essen zu kaufen. Dann hat er immer gesagt: ›Mama, gib du's aus. Ich will es nicht anfassen.‹«

McCarthy schaute sich triumphierend um. Er stolzierte im Gerichtssaal hin und her. »Ist irgendwann etwas Ungewöhnliches passiert?«

»Ja. Etwa zwei Wochen, bevor die Cops versucht haben, meinen Sohn zu töten.«

»Was genau?«

»Muldoon kam zu uns, aber ich hab ihm gesagt, daß Lionel nicht da ist.«

»Und weiter?«

»Daraufhin hat er mich aufs übelste beschimpft und gedroht, Lionel umzubringen.«

»Was hat er genau gesagt?«

»Er hat gesagt: ›Ich werde diesen Schweinehund umlegen.‹«

»So, so ... ›Ich werde diesen Schweinehund umlegen‹«, wiederholte McCarthy und ließ sich die Worte auf der Zunge zergehen.

Länger als eine Minute herrschte im Gerichtssaal absolutes Schweigen. McCarthy wartete ab, bis sich diese Äußerung wie Säure in die Köpfe der Geschworenen gefressen hatte. »Was haben Sie dann getan?« hakte er schließlich nach.

»Ich bin sofort in die Stadt gefahren und habe Beschwerde gegen ihn eingereicht.«

McCarthy ging zu seinem Tisch, wühlte in diversen Papieren herum und kam mit einem Formular wieder zurück. »Ist das die Durchschrift Ihrer Beschwerde?« Er hielt ein Blatt hoch, so daß es die Geschworenen sehen konnten, und reichte es dann Mrs. Epps.

»Sieht so aus.«

In Karen wuchs der blanke Zorn. Sie ahnte, daß zumindest einige Aussagen der Zeugin der Wahrheit entsprachen. Was diese Anzeige betraf, so war sicherlich alles mit rechten Dingen zugegangen. Karen hatte aber nie etwas davon erfahren. »Wußten Sie etwas davon?« zischte sie Coombs zu.

Er war genauso schockiert wie sie. »Nein.«

Karen war stocksauer auf Muldoon, weil er ihr eine so wichtige Information vorenthalten hatte. Prozesse waren schon aus weit geringfügigeren Gründen verloren worden. Barone mußte auch davon gewußt haben. Welcher Teufel hatte die beiden nur geritten, ihr das zu verschweigen?

»Treiben Sie Muldoon und Barone auf«, befahl sie Coombs. »Wenn ich ins Büro komme, haben sie gefälligst da zu sein.«

Barone befand sich auf der Wache, um sich seinen Lohnscheck abzuholen, als Coombs' Anruf einging. Das Gespräch war kurz und unfreundlich: er solle sich unverzüglich in Karens Büro einfinden.

»Was ist denn los?« erkundigte sich Barone.

»Unverzüglich!« wiederholte Coombs und legte auf.

Barone schaute einen Moment lang verdutzt auf das Telefon, dann zuckte er mit den Achseln und fuhr in die Stadt.

Er saß schon in Karens Vorzimmer, als sie eintrat. Er wußte, daß sie wütend war, kannte aber nicht den Grund.

»Wo steckt Ihr Partner?« fragte sie ohne Begrüßung. »Wir können ihn nicht finden.«

»Danny hat heute seinen freien Tag«, erklärte Barone und musterte sie aufmerksam.

»Kommen Sie in mein Büro. Kennen Sie die Mutter von Epps?« Karen konnte ihren Zorn nur schwer bändigen.

»Ja«, antwortete Barone zurückhaltend. »Ich kenne die ganze Familie. Mehr oder weniger.«

»Warum habe ich davon nichts erfahren?«

»Wir haben mit Harbison ausführlich darüber geredet.

Schon ganz am Anfang, noch bevor Coombs in den Fall eingeschaltet wurde. Wollen Sie etwa sagen, daß er Ihnen nichts davon erzählt hat?« Barone hatte bereits Unstimmigkeiten zwischen den beiden vermutet und fühlte sich nun darin bestätigt. »Er scheint Ihnen nicht gerade eine große Hilfe zu sein, wenn ich das richtig sehe.«

Karen sah ihn einen Moment lang an, sagte aber nichts. Barone vermutete, daß sie seine Äußerung als Einmischung in ihre Angelegenheiten empfand. »Was ist passiert?« fragte er. »Sagen Sie es mir, wenn ich etwas für Sie tun kann.«

»Ich will alles über Irene Epps wissen, alles, was Sie über die Frau herausfinden können. Egal, was Sie gerade tun: lassen Sie alles andere stehen und liegen. Kümmern Sie sich ausschließlich darum«, befahl sie. »Sollten Sie dafür Unterstützung brauchen, wenden Sie sich an Inspector Pearson. Sagen Sie ihm, Sie handeln in meinem Auftrag.«

»In Ordnung.«

»Und heute abend will ich Muldoon und Sie sprechen. Alle beide.«

»Sehen Sie, es ...«

»Keine langen Erklärungen. Gehen Sie jetzt bitte.«

Barone erhob sich. »Ich weiß zwar, daß Sie mich nicht mögen, aber ...« Er hielt inne.

»Falsch. Ich mag Sie«, sagte sie, und es klang ganz selbstverständlich.

»Tatsächlich?«

»Wenn ich es Ihnen doch sage.«

Dieses unerwartete Eingeständnis stürzte Barone in ein Wechselbad der Gefühle. »Es existiert eine Akte über Mrs. Epps«, sagte er nach einer kurzen Pause.

»In der Akte steht so gut wie nichts über sie.«

»Mr. Harbison hat sie. Ich habe sie mit eigenen Augen gesehen.«

»Das glaube ich Ihnen nicht.«

Barone zwang sich zu einem Lächeln. »Normalerweise lüge ich nur, wenn ich im Zeugenstand unter Eid aussage ... Das meiste Material über Rastar Williams und Irene Epps habe ich selbst besorgt. Jemand muß beide Akten verlegt haben.

Was hat Mr. Harbison gesagt, als Sie ihn nach der Williams-Akte gefragt haben?«

»Als ich ihn fragen wollte, hatte sich die Sache schon erledigt. Ich bin nicht mehr darauf zurückgekommen.«

»Aber Irene Epps befindet sich noch immer im Zeugenstand. Dann fragen Sie ihn doch nach ihrer Akte.«

»Das mache ich heute nach der Verhandlung.«

Barone bemerkte, daß ihr die Vorstellung, Harbison begegnen zu müssen, mißfiel. »Oder ist es Ihnen lieber, wenn ich ihn danach frage?«

»Dazu bin ich selbst in der Lage.«

Barone blieb stur. »Ich finde es einfach besser, wenn ich ihn frage. Schließlich bin ich der einzige, der über die Akte Bescheid weiß.« Er warf ihr einen aufmunternden Blick zu. »Sie haben wenig Lust, mit ihm zu reden, stimmt's?«

»Stimmt.«

»Wenn Sie jetzt gleich mit ihm sprechen wollen, komme ich einfach mit«, bot er an.

»Nein.« Karen wollte sich keine Blöße geben. »Ich erledige das, und Sie kümmern sich um Ihre Nachforschungen.«

Barone zuckte mit den Schultern. »Bis heute abend habe ich alle Informationen über Mrs. Epps zusammen. Soll ich sie zu Ihnen nach Bronxville bringen?«

»Ich habe vorübergehend eine Wohnung hier in der Stadt«, sagte Karen und gab ihm die Adresse. »Liefern Sie mir alles dorthin.«

Die fromme Mrs. Epps blieb noch den ganzen Nachmittag lang im Zeugenstand. McCarthy bemühte sich eifrig, um sie herum sein Netz aus Halbwahrheiten, Unsinn und Lügen zu weben. Karen hörte zu und ärgerte sich.

Sie regte sich aber nicht nur über den Anwalt auf, sondern auch über Harbison. Er mußte von der Anzeige gegen Muldoon gewußt haben, hatte ihr diese Information aber offenbar vorenthalten.

Nach Ende der Verhandlung ging sie schnurstracks in ihr Büro und rief Harbison an. »Wußten Sie über die Anzeige gegen Muldoon Bescheid?«

»Natürlich.«
»Wo ist der Aktenvermerk darüber?«
»In einem der Ordner.«
»Ist er nicht.«
»Sie haben sämtliche Unterlagen von mir erhalten.«
»Sind Sie da ganz sicher?«

Sie hängte ein und ging hinaus zu ihrer Sekretärin. »Wir haben hier doch Hauptschlüssel für alle Büroräume und die Aktenschränke. Wo sind sie?«

»Im Safe«, antwortete Betty.

Es war schon achtzehn Uhr. Karen ließ sich von Betty die Schlüssel aushändigen und verabschiedete sich von ihr. Jetzt war sie allein im Büro. Sie wartete noch eine halbe Stunde ab, dann machte sie sich auf den Weg zu Harbisons Büro. Die Tür war verschlossen, und als sie klopfte, erhielt sie keine Antwort. Verstohlen schloß sie die Tür auf und ging zum Schreibtisch seiner Sekretärin.

Im Büro brannte zwar Licht, doch Harbisons Mantel fehlte ebenso wie seine Aktenmappe. Sie öffnete nacheinander die vier Aktenschränke und blätterte in den Ordnern. Von irgendwelchen Unterlagen, die mit dem Fall Epps zu tun hatten, war nichts zu entdecken. Ständig lauschte sie dabei auf Schritte im Flur, die Harbisons Rückkehr ankündigen konnten.

Anschließend machte sie sich an die Durchsuchung von Harbisons Schreibtisch, öffnete die Schubladen und stieß dabei auf dessen Aktenmappe. Sie erschrak, denn das bedeutete natürlich, daß sich der Mann noch im Haus befand. Vielleicht war er nur kurz auf der Toilette, vielleicht hatte er sich etwas zu essen geholt. In jedem Fall mußte sie sich beeilen.

In den oberen Schubladen fand sie nur Papier, Schreibzeug und Briefmarken, in den unteren stieß sie auf weitere Ordner. Einer davon enthielt Akten. Aus Versehen berührte sie Harbisons Aktenmappe, die ihr vor die Füße fiel. Sie durchwühlte sie, entdeckte aber außer einigen Briefen nichts Besonderes darin.

Im Flur erklangen Schritte. Eine Sekunde lang hoffte sie, daß es eine der Putzfrauen war, ahnte aber instinktiv, daß sie sich irrte. Sie konnte weder flüchten, noch sich verstecken. Sie kam sich wie eine Diebin vor, als sie in Harbisons Mappe kramte. Schnell machte sie die Mappe wieder zu, legte sie auf ihren Platz, stand auf und tat so, als würde sie lediglich etwas auf seinem Schreibtisch suchen.

Harbison trat ein. »Was tun Sie in meinem Büro?«

Sie atmete tief durch, versuchte, ihr klopfendes Herz zu beruhigen und schaute auf. »Ich suche nach einer bestimmten Akte.«

»Nach welcher?«

»Eine, die mit dem Fall Epps zu tun hat und die ich vermisse. Ich dachte, die haben Sie.«

»Verlassen Sie mein Büro.«

Statt seinem Befehl Folge zu leisten, zog sie den letzten Ordner heraus und blätterte darin. Sie wollte ihm demonstrieren, daß sie das Recht hatte, sein Büro zu durchsuchen, weil sie die Chefin war. »Ich gehe, wenn ich fertig bin«, erwiderte sie.

Sie glaubte selbst nicht mehr daran, ausgerechnet im letzten Ordner irgend etwas zu finden, das Harbison belasten könnte. Sie schlug eine Akte mit dem Titel ›Persönliches‹ auf und entdeckte einige Briefe, Fotos und seine Einkommensteuererklärung. Dann fiel ihr Blick auf eine Akte mit der Aufschrift ›Verschiedenes‹. Darin befanden sich noch weitere, dünnere Akten in Mappen, und auf einer von ihnen stand ›Williams, Rastar‹. Sie holte sie heraus und legte sie auf den Schreibtisch. »Was ist das?«

Er griff nach der Akte, tat das aber so ungeschickt, daß sie vom Tisch fiel.

»Heben Sie das auf, und geben Sie es mir.«

»Ich habe keine Ahnung, wie diese Unterlagen hierhergekommen sind. Außerdem war Williams schon im Zeugenstand, demnach sind sie überflüssig.«

»Was Sie nicht sagen ...«, meinte Karen grimmig. »Vorher wären sie ganz bestimmt nicht überflüssig gewesen.«

Sie holte eine weitere Mappe heraus. Die Aufschrift lautete ›Epps, Irene‹. »Interessant ...« Sie blätterte sie rasch durch und stieß gleich auf die Anzeige gegen Muldoon und weitere

Einzelheiten. Sie knallte die Mappe auf den Tisch und starrte Harbison durchdringend an.

Ihr Assistent biß sich auf die Lippen.

»Hatten Sie einen besonderen Grund, diese Akten vor mir zu verstecken?« fragte sie. »Liegen die aus reinem Zufall hier, oder was?«

Karen ging durch den Kopf, wie sehr es ihr dieser Mann übelgenommen haben mußte, daß man ihr den Fall gegeben hatte. Wie sehr mußte dieser Mensch sie hassen! »Ich möchte, daß Sie noch heute Ihre Sachen packen!« sagte sie.

»Sie können mich nicht entlassen.«

»Ach, nein? Ich habe es soeben getan.«

»Der Gouverneur ...«

»Wenn Sie schon winselnd zum Gouverneur rennen wollen, dann sagen Sie ihm aber auch gleich, warum ich Sie gefeuert habe.«

»Er wird Ihnen nicht glauben.«

Sie wedelte ihm mit den beiden Akten vor dem Gesicht herum. »Das sehe ich ganz anders.«

»Geben Sie mir Ihre Büroschlüssel.«

Harbison trat der Schweiß auf die Stirn. »Lassen Sie mich doch erklären ...«

»Nein.«

»Meine Sekretärin ...«

»Räumen Sie Ihren Schreibtisch, aber nehmen Sie nur Ihre persönlichen Dinge mit.«

»Ich bin seit sechsundzwanzig Jahren hier ...«

»Ich wünsche, daß Sie gehen.«

»So können Sie nicht mit mir umspringen.«

»Und ob ich das kann.«

»Nicht so.«

»Genau so.«

»Darf ich Sie etwas fragen? Ich brauche noch Zeit, ich ...«

»Ihre Schlüssel.«

Harbison legte seine Schlüssel auf den Tisch. »Nur ein wenig Zeit. Bis Montag. Bevor Sie Meldung erstatten.«

»Sie scherzen wohl.«

»Ich habe Frau und Kinder. Sie müssen mir eine Chance geben …«

»Ich muß Ihnen überhaupt nichts geben.«

»Nur diese paar Tage«, bettelte er. »Mehr verlange ich doch gar nicht. Dann könnte ich mein Amt niederlegen, und es gäbe keinen Wirbel. Meine Zukunft wäre nicht völlig verbaut.«

Karen sah ihn skeptisch an. Sie war selbst überrascht, daß sie so streng sein konnte, doch jetzt war ihre Wut ein wenig verebbt. Ihr lag nichts daran, Harbisons Familie zu zerstören. »Na schön. Setzen Sie Ihr Kündigungsschreiben auf. Datieren Sie es auf Montag, wenn Sie wollen. Aber verlassen Sie noch heute Ihr Büro.«

Karen begnügte sich mit diesem Sieg, auch wenn es kein Erfolg auf der ganzen Linie war. Sie war nicht sicher, ob sie eine richtige Entscheidung getroffen hatte, aber sie hatte zumindest ihren Anstand gewahrt.

Jills Wohnung lag in der MacDougal Street in Greenwich Village. Karen sperrte selbst auf, und McGills, ihr Fahrer, brachte die Koffer. Als sie sich bei ihm bedankte und die Tür schloß, stellte sie fest, daß diese drei Riegel besaß. Normal für New York, dachte sie.

Karen sah sich in der Wohnung um. Sie fühlte sich locker, leicht und unbeschwert. Es ging ihr fast so wie in ihrer Jugend, als sie Babysitterin spielte und ihr jede neue Wohnung faszinierend erschien. Sie dachte daran, wie sie früher immer zuerst die Bücherregale durchstöbert, an den verschiedensten Parfums gerochen und den Inhalt der Kleiderschränke untersucht hatte.

Auch jetzt löste die ungewohnte Umgebung wieder eine angenehme Erregung bei ihr aus. Sie ging ins Schlafzimmer, testete, wie hart die Matratzen waren, dann ins Wohnzimmer, wo sie einen an sie adressierten Umschlag fand. Darin stand, daß sie sich den bereitgestellten Champagner munden lassen und die paar Tage hier genießen solle. Karen schmunzelte.

Sie griff zum Telefon, um Hank anzurufen, ließ es dann

aber doch bleiben. Sie wollte lieber noch eine Zeitlang ihre gute Laune auskosten, anstatt sie sich gleich wieder verderben zu lassen. Sie setzte sich aufs Sofa, studierte die Irene-Epps-Akte und fühlte sich gleich noch besser. Sie stieß darin auf Einzelheiten, mit denen sie etwas anfangen, die sie gegen McCarthy verwenden konnte.

Mit neugewonnener Zuversicht schloß sie die Akte. Harbison kam ihr in den Sinn. Sie hatte ihn gefeuert – ihr schlimmster Feind war aus dem Weg. An diesem Gedanken konnte sie sich weiden. Jetzt fühlte sie sich nicht nur befreiter, sondern auch selbstsicherer denn je. Sie zweifelte nicht mehr daran, daß sie ihrem jetzigen Job gewachsen war.

Bald darauf klingelte es an der Tür, und sie ließ Barone herein. »Ich habe fast alles zusammengetragen, was in der Originalakte stand«, sagte er, »und noch ein bißchen mehr.« Er reichte ihr einige Papiere, die sie sich unter dem Licht der Wohnzimmerlampe anschaute. »Haben Sie mit Mr. Harbison gesprochen?«

Karen unterdrückte ein hämisches Grinsen. »Allerdings.«

»Was ist mit den fehlenden Akten passiert?«

»Wir haben sie wiedergefunden.«

»Gut«, sagte Barone. »Dann wissen Sie wenigstens, daß ich mir die Geschichte nicht aus den Fingern gesogen habe. Wo waren sie denn?«

Karen tat so, als ob sie in seinen mitgebrachten Papieren lesen würde. »In einem Ordner.«

»Verlegt?«

»Ja.«

»Absichtlich verlegt, oder wie?«

Sie fragte sich, wie er das wissen konnte. »Natürlich nicht«, log sie. »Übrigens muß ich mich noch bei Ihnen entschuldigen. Ich war nicht besonders nett zu Ihnen.«

»Wann soll das gewesen sein? Ich kann mich nicht erinnern.«

Karen lächelte. »Gut, kommen wir zur Sache.«

»Die Mutter ist viermal verhaftet worden. Sie hat vier Söhne, Lionel ist der jüngste. Seine älteren Brüder bringen es zusammen auf stolze sechsundzwanzig Jahre Knast.«

Karen betrachtete sich die Notizen. Sie besaß jetzt noch viel mehr Material, als sie aus Harbisons Akte hätte entnehmen können. Trotzdem blieb die Vernehmung von Mrs. Epps eine heikle Angelegenheit. »Letzten Endes sitzt ja nicht sie, sondern ihr Sohn auf der Anklagebank«, sagte sie. »Ich darf sie auch nicht allzu hart anpacken. Damit würde ich mir bei den Geschworenen nur Sympathien verscherzen. – Apropos Sympathien verscherzen: wo steckt Ihr Kollege Muldoon?«

»Ich konnte ihn nicht erreichen, habe ihm aber eine Nachricht hinterlassen. Ich fürchte, Sie werden für heute mit mir vorliebnehmen müssen. Aber keine Sorge, ich kann Ihnen vielleicht nützlich sein.«

Er lächelte wieder auf eine Weise, die Karen durcheinanderbrachte. »Machen wir uns an die Arbeit«, sagte sie. »Kann ich Ihnen etwas anbieten? Ich weiß zwar nicht, was alles da ist, aber ...« Sie ging in die Küche und öffnete einige Schranktüren. »Wie wär's mit einer Tasse Tee?«

»Einverstanden«, sagte Barone von der Küchentür aus, als er ihr beim Suchen zusah.

»Fangen Sie am besten ganz von vorn an«, sagte Karen. In der Küche befand sich eine Eßecke mit einem Tisch und zwei Stühlen. Sie setzten sich einander gegenüber und nippten am Tee.

»Als ich damals ins 32. Revier überwechselte und Danny kennenlernte, hatte er sich Epps schon als Spitzel an Land gezogen. Er hat ihn irgendwo mal erwischt, als er Crack verkaufen wollte. Der Junge war damals gerade fünfzehn.«

»Hat er ihn verhaftet?«

»Wozu? Dann hätte man ihm doch nur erzählt, daß er in seinem Alter keine Strafverfolgung befürchten mußte. Nein, Danny verließ sich auf seine eigenen Methoden. Er hat ihn eingeschüchtert, ihm vielleicht auch mal eine Ohrfeige verpaßt.«

»Und wie ging es weiter?«

»Wie gesagt, Danny ließ ihn als Spitzel für sich arbeiten. Einmal hat er uns einen Burschen verraten, der Waffen verkaufte, manchmal hat er uns gesagt, wo wir Leute finden, nach denen wir suchten.«

Karen holte ein Blatt Papier und machte sich Notizen.

»In letzter Zeit machen Sie sich ziemlich viele Sorgen. Habe ich recht?« wechselte Barone das Thema.

»Sie haben recht.«

»Es ist eben doch nicht der sonnenklare Fall, wie anfangs alle geglaubt haben.«

»Allerdings. Außerdem sind die Geschworenen fast alle schwarz. McCarthy putscht sie auf, weckt ihre Ängste und schürt ihre Vorurteile.«

»Die Leute auf der Straße sehen das aber völlig anders«, meinte Barone. »Die sehen nur die Tatsache, daß Epps auf die Polizisten geschossen hat.«

Karen stellte dankbar fest, daß Barone ein ausgezeichneter Zuhörer war. Er fühlte mit, er machte sich seine eigenen Gedanken. Sie vertraute ihm mehr, als ihr lieb sein konnte. Am liebsten hätte sie ihm sogar erzählt, wie sie Harbison entlassen hatte, doch sie konnte sich gerade noch zügeln. »Wie haben Sie mit Epps Kontakt aufgenommen? Wie hat sich das in der Regel abgespielt?« nahm sie den Faden wieder auf.

»Meistens hing er an einer bestimmten Straßenecke herum. Wenn er nicht dort war, sind wir zu ihm nach Hause gegangen.«

»Epps' Mutter hat ausgesagt, daß Sie mindestens einmal pro Woche dort aufgekreuzt sind.«

Barone schüttelte den Kopf. »In den drei Jahren, seit ich im Zweiunddreißigsten bin, waren wir höchstens fünf- oder sechsmal dort.«

»War er als Informant registriert?«

»Das weiß ich nicht, da müßten Sie Danny fragen.«

»Haben Sie ihn für seine Dienste bezahlt?«

»Danny hat ihm ab und zu Geld zugesteckt.«

»War Ihr Kollege allein mit Epps im Zimmer?«

»Ja. Ich hab draußen gewartet.«

Karen schrieb eifrig mit. »Der Tee ist übrigens etwas kalt«, bemerkte Barone.

Karen verstand den Wink und setzte noch mehr Wasser auf. »Epps hat also Geld von Ihnen bekommen. Haben Sie dafür Quittungen?«

»Es dauert ewig, bis man von der Verwaltung sein Geld wiederbekommt. Danny hat ihn meistens aus seiner eigenen Tasche bezahlt.«

»Wieso haben Sie einem Verbrecher wie Epps überhaupt Geld gegeben?«

»Das geht in unserem Job gar nicht anders. Wir können nicht abwarten, bis sich der Gemeindepfarrer erbarmt, solchen Leuten Geld zu spenden. Ganz davon abgesehen, war Epps damals noch nicht der, der er heute ist. Er war für uns ein kleiner Dealer, mehr nicht. Bei den Leuten, die er verpfiffen hat, handelte es sich bei weitem um den größeren Abschaum.«

Karen überprüfte ihre Notizen.

»In den letzten Monaten vor der Schießerei sind wir ihm nicht mehr begegnet. Wir haben lediglich gehört, daß er sich in der Bronx herumtreibt. Dann hieß es, daß er dort jemanden umgebracht haben soll. Daraus haben wir gefolgert, daß er wieder auf unsere Seite flüchten würde.«

»Wo Sie ihn dann ja auch gefunden haben.«

»Genauer: Danny hat ihn gefunden. Er knöpfte sich Rastar vor, und der gab uns Bescheid. Danny hat eben einen verdammt guten Riecher.«

Er trank seinen Tee aus. Karen spürte, daß er sie anschaute, und heftete ihre Augen deshalb auf die Notizen.

»Sie sehen in letzter Zeit so bedrückt aus«, sorgte sich Barone wieder.

»Jetzt nicht mehr.« Sie hielt die beiden Akten hoch und grinste. »Sie sollten morgen ins Gericht kommen. Ich werde mir diese saubere Dame vorknöpfen.« Karen stellte jetzt erst fest, daß Barone einen guten Anzug trug und gepflegte Hände hatte. Sie war überrascht darüber, wie wohl sie sich in seiner Gegenwart fühlte. Es war ihr selbst nicht geheuer. Sie stand auf, ging zum Herd und goß heißes Wasser auf die neuen Teebeutel.

»Können Sie sich eigentlich vorstellen, daß jede Frau in der Stadt Sie bewundert?« fragte Barone.

Gerade heute konnte sie sich das bestens vorstellen. Die Art und Weise, wie sie Harbison gefeuert hatte, war nicht nur ein Sieg für sie, sondern für alle Frauen.

In der überschwenglichen Stimmung, in der sie sich befand, hätte sie am liebsten mit Barone geflirtet. Sie ermahnte sich aber, daß sie kein Teenager mehr war und solche Spielereien für sie nicht mehr in Frage kamen.

»Ich wette, daß Sie nicht gut schlafen und schlecht träumen.«

Das stimmte. Sie hatte ständig darauf gewartet, daß Barone irgend etwas Dummes sagen würde, aber es war eher das Gegenteil der Fall. »Was wissen Sie über meine schlechten Träume? Kann man mir das vom Gesicht ablesen?«

»Sie sehen müde aus.«

»Ich weiß. Ich habe viel mehr Falten um die Augen als sonst.«

»Das ist nicht wahr.«

»Ich fühlte mich um zehn Jahre gealtert.« Sie gestand sich selbst nur zögernd ein, daß sie auf Komplimente aus war.

»Sie sehen toll aus.«

»Ich glaube, heute nacht kann ich endlich einmal durchschlafen«, sagte sie und verwies auf die beiden Akten.

»Sie haben wunderschöne Augen«, sagte Barone.

Einen Moment lang sah sie ihn einfach nur an. Plötzlich streckte er seine Hand aus und berührte ihr Gesicht. Das brachte sie schlagartig wieder zur Besinnung. Er hat es tatsächlich auf mich abgesehen, sagte sie sich, obwohl sie davon in Wirklichkeit weniger überrascht war, als sie sich einredete. Tausend Gedanken schossen ihr in Sekundenbruchteilen durch den Kopf. Hatte sie diesen Mann unbewußt ermuntert? Ihm signalisiert, daß sie zu jedem Unsinn bereit wäre? War sie im Grunde gar nicht so abgeneigt, das Ganze auf die Spitze zu treiben? Hing dies damit zusammen, daß ihr der Triumph über Harbison zu Kopf gestiegen war? Oder damit, daß sie einfach nur übermüdeter und gestreßter war, als sie glaubte?

In diesem Augenblick klingelte das Telefon. Sie stand auf und nahm den Hörer ab. Es war Hank.

Während sie mit ihm sprach, verließ Barone das Zimmer, um sie mit ihren Privatangelegenheiten allein zu lassen. Karen nahm seine Rücksichtnahme dankbar zur Kenntnis. Sie fragte Hank nach seinem Arbeitstag, erzählte von ihrem und erkundigte sich nach den Kindern. Von Harbison erwähnte sie kein Wort.

Nachdem sie aufgelegt hatte, kehrte Barone wieder in die Küche zurück. »Ich habe eigentlich damit gerechnet, daß Sie mich in den Zeugenstand rufen«, sagte er. »Aber Sie haben es bis jetzt nicht getan.«

»Nein.« Ihr war klar, daß er auf eine Erklärung wartete, doch sie sah keinen Grund, ihm eine zu geben. Ihre Strategie und Taktik war schließlich ihre Sache. »Meiner Meinung nach war das auch nicht nötig.« McCarthy hätte ihn in der Luft zerrissen, dachte sie. Das wollte sie nicht miterleben. »Sie waren auf dem Dach, nicht im Gebäude«, sagte sie. »Auf Sie wurde nicht geschossen.«

»Richtig. Danny stand näher am Geschehen.«

Karen stand auf und ging in den Flur. »Ganz in der Nähe ist ein Lebensmittelgeschäft, ein Koreaner«, sagte sie. »Ich muß noch einkaufen gehen. Schließlich kann ich meinen Freunden ja nicht alles wegessen.«

Er nickte, ging ihr nach, folgte ihr auf die Straße und in den Laden. Daß die koreanischen Geschäfte so lange geöffnet waren, wußten viele New Yorker zu schätzen, die erst in der Nacht zum Einkaufen kamen. Karen besorgte Tee, Kaffee, Milch, Brot und allerlei Kleinigkeiten. Barone trug ihre Tasche, als sie gemeinsam zur Wohnung zurückgingen. Vor dem Haus sagte sie dann: »Ich nehme sie Ihnen ab. Von hier aus schaffe ich das schon allein.« Sie hoffte, er würde ihr diese Abfuhr nicht verübeln. »Danke, daß Sie mir die Unterlagen gebracht und Gepäckträger gespielt haben«, sagte sie, als er ihr die Tasche gab. »Und jetzt heißt es für mich: nichts wie ab ins Bett. Ich bin schrecklich müde.«.

Er lächelte. »Wie man als Anwalt zu sagen pflegt: wir sehen uns vor Gericht wieder.« Er reichte ihr die Hand, ließ aber nicht gleich los. »Darf ich Ihnen einen Gutenachtkuß geben?«

Damit hatte er sie auf dem falschen Fuß erwischt. Vielleicht konnte er damit bei einem dummen Mädchen landen, aber nicht bei ihr. »Warum?«

»Irgendwie fühle ich mich Ihnen sehr nahe.«

Sie schaute ihn an. »Ja«, meinte sie lässig, »wir kommen ganz gut miteinander klar.«

Sie streckte ihm ihre Wange hin, spürte darauf einen flüchtigen Kuß, sagte gute Nacht und trug ihre Tasche in die Wohnung.

9. Kapitel

Mrs. Epps war wieder im Zeugenstand. Karen hielt die Liste mit ihrem Vorstrafenregister in der Hand. »Sind Sie jemals verhaftet worden, Mrs. Epps?«

»Ob ich jemals von der Polizei schikaniert worden bin? Das meinen Sie doch wohl eher. Wir Schwarzen werden doch ständig von der Polizei schikaniert.«

Mit dieser Antwort brachte sie Karen einen Moment lang aus dem Konzept. Sie hatte es mit einer ebenso gerissenen wie gutgeschulten Zeugin zu tun, mit der man sehr vorsichtig umgehen mußte. »Wurden Sie im ›Macy's‹ festgenommen und wegen Ladendiebstahls angeklagt?«

»Die Anklage wurde fallengelassen.«

»Wurden Sie ferner in Ihrer Wohnung festgenommen, weil Sie eine Nachbarin tätlich angegriffen hatten?«

Mrs. Epps schwieg wie ein Stein.

»Die Zeugin ist angehalten, die Frage zu beantworten«, wies Richter Birnbaum sie an.

Mürrisch sagte sie: »Wegen irgend so was.«

»Sie haben mit einem Messer auf sie eingestochen, ist es nicht so? Und das nächste Mal wurden Sie wegen Hehlerei festgenommen. Stimmt das?«

Mrs. Epps gab keine Antwort.

»Die Polizei hat Ihre Wohnung durchsucht und einen Bericht über das verfaßt, was alles bei Ihnen gefunden wurde.« Karen zeigte McCarthy die Liste und bat Mrs. Epps, sie vorzulesen.

»Ich habe keine Brille«, erwiderte sie träge.

»Ich möchte Sie daran erinnern, daß Sie unter Eid stehen und meine Fragen wahrheitsgemäß beantworten müssen. Hat Ihnen je ein Arzt eine Brille verschrieben?«

»Arme Leute können sich keinen Augenarzt leisten.«

»Haben Sie jemals eine Brille getragen?«

»Manchmal schon …«, brachte sie nach längerem Schweigen heraus.

»Gut, dann will ich die Liste für Sie vorlesen«, sagte Karen und zählte alle sichergestellten Gegenstände auf. »Sie sind also das, was man gemeinhin als Hehlerin bezeichnet. Der Anklage zufolge wurden die fraglichen Gegenstände von Ihren drei älteren Söhnen gestohlen. Haben sie auf Ihre Anweisung hin gehandelt?«

Die Frau verweigerte die Antwort.

»Wo halten sich Ihre Söhne heutzutage auf, Mrs. Epps?«

Weil sie nach wie vor schwieg, antwortete Karen für sie. »Dann will ich es Ihnen sagen. Ihr Sohn Simon ist in Attica. Verurteilt wegen Mordes. Ihr Sohn Charleton sitzt in Greenhaven ein und Ihr Sohn Wilson im Staatsgefängnis von Atlanta. Oder stimmt das etwa alles nicht?« Karen hatte sie jetzt in die Enge getrieben und jegliche Rücksichtnahme aufgegeben. Sie setzte ihr zu, indem sie kräftig an dem Bild der Vorzeigemutter rüttelte, die ein prächtiges Verhältnis zu ihren ach so lieben Söhnen besaß. Sie bohrte weiter in dieser dunklen Vergangenheit herum, achtete dabei auf die Reaktion der Geschworenen, konnte aber nichts in deren Gesichtern lesen.

»Warum sollten die Geschworenen jemandem, der einen solchen Leumund wie Sie besitzt, auch nur einen Funken Glauben schenken?« fragte sie rhetorisch. Damit war sie am Ende der Vernehmung angekommen. »Keine weiteren Fragen, Euer Ehren.«

Karen verließ ihr Büro gewohnt spät und aß in Jills Wohnung eine Kleinigkeit. Ihre gestrige Zuversicht war neuen Zweifeln gewichen. Sie fragte sich, ob sie zu nachsichtig gegenüber Harbison gewesen war und ob er nur auf Zeit spielte, um sich an ihr zu rächen.

Muldoon und Barone trafen zur verabredeten Zeit ein. Weil es ein rein geschäftliches Treffen war, bot Karen ihnen nichts zum Essen oder Trinken an.

»Von Ihnen, Mr. Muldoon, möchte ich gerne wissen, wann und unter welchen Umständen Sie Lionel Epps zum ersten Mal begegnet sind. Ich möchte sämtliche Einzelheiten darüber erfahren. Morgen früh werden Sie nämlich noch einmal in den Zeugenstand gerufen. Sie werden zuerst von mir, dann von McCarthy verhört. Und Sie wissen ja, daß der Sie und Ihre Kollegen allesamt für ausgemachte Betrüger hält.«

Zwei Stunden lang nahm sie Muldoon in die Mangel, bis es dem zuviel wurde und er genervt aufstand.

»Setzen Sie sich«, befahl Karen.

Barone blickte von ihm zu ihr. »Ich finde, Sie sollten Danny nicht so hart rannehmen«, schlug er höflich vor. »Schließlich stehen wir ja auf Ihrer Seite.«

Muldoon beugte sich dem Befehl, doch von nun an kamen seine Antworten wieder so verstockt und einsilbig wie vor Gericht.

Nachdem sie die beiden verabschiedet und kaum die Tür hinter ihnen geschlossen hatte, klingelte es auch schon wieder.

Es war Barone. Muldoon wartete in einiger Entfernung im Flur. »Ich halte es für besser, Sie rufen morgen mich in den Zeugenstand und nicht ihn.«

»Ach? Zermartern Sie sich jetzt schon Ihren Kopf für mich?« erwiderte Karen kühl.

Barone sprach hastig und leise genug, damit Muldoon ihn nicht verstehen konnte. »Von mir bekommen Sie die Aussagen, die Sie brauchen, und außerdem werde ich mit McCarthy schon fertig. Ich lasse mich nicht so leicht aus der Fassung bringen wie Danny.«

»Ich denke über Ihr Angebot nach.«

»Er hat bis jetzt alle Polizisten in der Luft zerrissen. Mit Danny wird er noch einmal dasselbe machen. Bei mir beißt er sich aber die Zähne aus.«

Die bevorstehende, neuerliche Vernehmung Muldoons machte Karen zwar ernsthafte Sorgen, aber sie war unvermeidbar. »Ich muß aber Muldoon vernehmen. Ich habe Ihnen doch erklärt, warum ich *ihn* brauche und nicht Sie.«

»Ich möchte Ihnen dabei helfen, den Fall zu gewinnen. Sie können sich hundertprozentig auf mich verlassen.«

»Kann ich das?«

»Sie kennen mich doch.«

»Ich kenne Sie überhaupt nicht«, sagte Karen, die spürte,

daß sie ihn verletzt hatte. Aber daran konnte sie jetzt auch nichts mehr ändern. »Gute Nacht, Mr. Barone.«

»Karen ...«

Sie schloß die Wohnungstür ab.

Am nächsten Tag war Muldoon aufs neue im Zeugenstand. »Haben Sie etwa zwei Wochen vor der Schießerei Mrs. Epps mit unanständigen Worten beleidigt?« fragte Karen.

»Sie ist ausfallend geworden. Ich dann auch.«

»Haben Sie den Angeklagten bedroht?«

»Nein, hab ich nicht.«

»Haben Sie zu ihr gesagt ›Ich werde diesen Schweinehund umlegen‹? Oder etwas Ähnliches?«

»Ich hab ihr gesagt, sie soll ihn mir ausliefern, bevor er von jemandem umgelegt wird. Nach meinen Informationen waren nämlich eine Menge Leute hinter ihm her.«

»Polizisten?«

»Nein. Seine Kumpel aus dem Drogengeschäft.«

»Seine Kumpel aus dem Drogengeschäft«, wiederholte Karen genüßlich und warf McCarthy einen herausfordernden Blick zu. Sie wollte ihm zeigen, daß sie ein genauso schmutziges Spiel spielen konnte wie er, wenn es darauf ankam. »Seine Mutter hat Beschwerde gegen Sie eingereicht. Trifft das zu?«

»Ja.«

»Weil Sie ihr mit Gewaltanwendung gedroht haben?«

»Nein.«

»Wegen rassistischer Äußerungen?«

»Ja.«

»Ist die Polizeibehörde der Anzeige nachgegangen?«

»Ja.«

»Und was kam dabei heraus?«

»Ich mußte blechen. Zwei Tageslöhne.«

Karen behielt stets die Geschworenen im Auge. »Sie scheinen den Angeklagten recht gut gekannt zu haben.«

»Er hat uns öfter Tips gegeben. Dank ihm konnten wir ein paar verdammt üble Burschen verhaften.«

»Aber dazu gehörte er selbst ja wohl auch.«

»Am Anfang nicht.«

»Sie gaben ihm also sozusagen freie Hand, weil er Ihnen half, Verbrecher zu überführen, die weit mehr auf dem Kerbholz hatten als er selbst?«

»So kann man es sagen.«

»Haben Sie einmal pro Woche mit ihm geredet?«

»Nein, so oft ganz bestimmt nicht. Einmal im Monat vielleicht.«

»Dazu haben Sie ihn zu Hause aufgesucht, oder wie war das?«

»Nein. Meistens bin ich ihm auf der Straße begegnet. Das lief so ab: ich hab ihm ein Zeichen gegeben, wir sind zusammen um die Ecke verschwunden und haben fünf Minuten miteinander geredet. Mehr nicht.«

»Aber gelegentlich sind Sie auch zu ihm nach Hause gegangen.«

»Manchmal. Wenn ich ihn ganz dringend nach etwas fragen wollte. Einmal hatten wir zum Beispiel einen dreifachen Mord in einer Bar und ...«

Karen schnitt ihm das Wort ab. Davon wollten die Geschworenen nichts hören. »Wie oft haben Sie ihn in den letzten drei Jahren zu Hause besucht?«

»Fünf- bis sechsmal. Er war ein hervorragender Spitzel. Seine Brüder waren das früher zwar auch, aber er war der beste.«

»Seine Brüder?«

»Die saßen zu dieser Zeit alle im Knast.«

»War er als Informant registriert?«

»Ja.«

»Ist das hier der Nachweis für seine offizielle Registrierung?« Sie zeigte den Geschworenen ein Papier und reichte es dann Muldoon.

»Sieht ganz danach aus«, sagte er.

»Haben Sie ihn bezahlt?«

»Regelmäßig.«

»Mit Geldern aus dem Fonds der Verwaltung?«

»Ja, genau.«

»Gibt es dafür Belege?«

»Ja.«

Karen ging zu ihrem Platz zurück, holte sich eine Anzahl Belegscheine und las Daten und Summen daraus vor. Muldoon bestätigte alle Angaben. »Mitunter haben Sie den Informanten auch aus eigener Tasche bezahlt. Entspricht das der Wahrheit?«

»Ja.«

»Warum haben Sie das getan?«

»Weil es ewig dauert, bis man sein Geld von der Verwaltung zurückbekommt. Das ist immer ziemlich mühselig.«

»Mr. Muldoon, sind Sie ein reicher Mann?«

»Nein.«

»Und trotzdem haben Sie den Informanten aus eigener Tasche bezahlt. Wieso das?«

»Es war einfacher.«

»Egal. Geld ist Geld.«

Muldoon schlug die Augen nieder. »Es ging immer nur ab und zu um fünf oder zehn Dollar. Ich bin geschieden, habe keine Kinder – was soll ich mit meinem Geld sonst anfangen?« Dann wurde er bockig. »Außerdem ist es mein Geld. Damit kann ich tun und lassen, was ich will.«

Wie er so niedergeschlagen und einsam, wie ein Häufchen Elend im Zeugenstand saß, erweckte er plötzlich Karens Mitleid. Sie hoffte, daß die Geschworenen dasselbe empfanden, und ging zu ihrem Platz zurück. »Keine weiteren Fragen, Euer Ehren.«

McCarthy erhob sich und machte sich auf den Weg zum Zeugenstand. »Wie steht's mit dem übrigen Geld?«

Muldoon war sofort wieder auf der Hut. »Welches Geld meinen Sie?«

»Das Geld von den Drogen, die er für Sie und für Ihre Kollegen verkaufen mußte. Das ist doch der wahre Grund, warum Sie ihn einmal in der Woche besucht haben, nicht wahr?«

»Einspruch, Einspruch!« rief Karen. »Jetzt fängt er schon wieder damit an!«

McCarthy überhörte sie einfach. »Sie wollten Ihr Geld dort abholen.«

»Stattgegeben«, schaltete sich Birnbaum endlich ein.

Doch McCarthy ignorierte nicht nur diese Verwarnung, sondern wurde zudem immer lauter. »Er wollte aussteigen aus diesem miesen Geschäft! Deshalb wollten Sie ihn umbringen!«

Karen konnte sich nicht mehr beherrschen. »Er zieht zum wiederholten Mal das Gericht in den Schmutz und verleumdet die Zeugen!«

Am gleichen Tag gab Harbison eine Pressekonferenz, in der er verkündete, daß er sein Amt niedergelegt habe, um ein eigenes Büro zu eröffnen. Im Herbst werde er für das Amt des Bezirksstaatsanwalts kandidieren, und zwar als Republikaner. Daher hätte er es als unredlich empfunden, weiterhin ein Gehalt für jene Zeit zu beziehen, in der er sich vorrangig dem Wahlkampf widmen müsse. Für den Fall seiner Wahl versprach er, seinen ganzen Erfahrungsschatz und seine unbestrittene Integrität in seine Arbeit mit einzubringen. Ohne Karen beim Namen zu nennen, erklärte er, dieses Amt sei zu wichtig, um es in den Händen von jemandem zu belassen, der aus politischen Gründen dazu ernannt worden war und weder über ausreichende Referenzen noch über die notwendigen Kompetenzen verfüge.

Karen sah Ausschnitte dieser Pressekonferenz im Fernsehen. Jetzt mußte sie sich eingestehen, daß sie einen Fehler gemacht hatte. Sie hätte ihn sofort feuern sollen. Aber nun war es zu spät, sie hatte ihre Chance vertan.

Daran konnte sie nun auch nichts mehr ändern. Also nahm sie sich wieder ihren Block vor und schrieb weiter an ihrem Plädoyer.

McCarthy hielt als erster sein Plädoyer, und er sprach stundenlang. Einmal mehr stellte er seine Redegewandtheit unter Beweis. Karen konnte sich des Eindrucks nicht erwehren, daß die Geschworenen zu sehr an seinen Lippen hingen.

»Wie viele Polizisten – weiße Polizisten, wohlgemerkt! – werden wohl eingesetzt, um einen einzigen jungen Schwarzen festzunehmen?« fragte er. »Etwa zwanzig? Erscheint Ihnen das normal? Oder läßt man nur dann so viele ausschwärmen, wenn es einzig und allein darum geht, den Mann zu töten? Lionel Epps wollte nicht sterben. Er hat zurückgeschossen, aus reiner Notwehr. Wer sonst hätte ihn schützen sollen? Die Polizei? Wohl kaum, denn die war ja darauf aus, ihn zum Schweigen zu bringen.«

Er begleitete seine Ausführungen mit nachhaltigem Nikken, während er vor der Geschworenenbank auf und ab lief.

»Zwanzig weiße Cops ... Würden diese wohl lügen, um sich gegenseitig zu schützen, um ihre eigenen Verbrechen zu decken? Diese Frage habe nicht ich zu beantworten. Das müssen Sie selbst tun. Die Staatsanwaltschaft hat nichts gegen Lionel Epps in der Hand – Entschuldigung, ich meine natürlich außer seiner Registrierung als Informant. Glauben Sie aber nicht auch, daß die Polizei sehr wohl in der Lage ist, solches Beweismaterial zu erfinden oder es rückzudatieren?«

McCarthys Argumente wirkten auf Karen völlig abwegig. Sie hoffte, daß die Geschworenen darüber genauso dachten.

»Diese Cops wollten also Lionel Epps aus dem Weg räumen«, fuhr McCarthy fort. »Und er wußte das. In äußerster Verzweiflung bediente er sich jenes gottgegebenen Rechtes, das uns allen zusteht: er griff zur Notwehr. Er hat sich lediglich selbst verteidigt, und aus diesem Grund müssen Sie ihn auch freisprechen.«

McCarthy hatte für sein Plädoyer so lange gebraucht, daß der Richter die Verhandlung vertagte. Karen hatte damit Zeit gewonnen, ihr Plädoyer noch einmal durchzusehen und notfalls zu überarbeiten.

Muldoon hastete zusammen mit Barone die Treppen in der Wache hoch und zeigte ihm seinen Spind. »Was sagst du dazu?« fragte er und zeigte auf das kaputte Schloß, das von der Tür herabhing.

»Jemand hat sich mit einem Bolzenschneider daran zu schaffen gemacht ...«, meinte Barone.

Der Umkleideraum wurde von zweihundertfünfzig Polizisten benutzt. Während der Schichtwechsel ging es hier drunter und drüber. Jetzt aber waren Barone und Muldoon allein.

»Ich hab dich gleich angerufen. Die haben auch noch andere Spinde durchsucht. Ungefähr ein Dutzend, und offenbar auf gut Glück«, erklärte Muldoon.

»So was macht niemand auf gut Glück«, murmelte Barone. Er ging zu seinem eigenen Spind, den er im Gegensatz zu Muldoons per Code öffnen konnte, weil er die dazu notwendige Codenummer eingegeben hatte. Muldoon und einige andere Kollegen fanden das zu umständlich.

Er sah sich genau um, ob alles an Ort und Stelle lag und ob irgend etwas angefaßt worden war. Es sah nicht danach aus; andererseits öffnete er seinen Spind viel zu selten, um sich genau daran erinnern zu können.

»Was hältst du davon?« fragte Muldoon erneut.

»Man wird dir eine Strafe aufbrummen, weil du dein Schloß nicht freundlich genug behandelt hast.« Barone beobachtete seinen Partner genau. Muldoon war wesentlich beunruhigter, als er vorgab. Barone hatte das schon am Telefon gespürt. Sofort nach seinem Anruf war er von zu Hause in die Wache gefahren. »Vielleicht streicht man dir einen Urlaubstag. Macht nichts, du verreist ja sowieso nie.«

Muldoon ging nicht darauf ein; also war ihm die Sache todernst, und Barone ließ seine Witzeleien. »War irgend etwas drin, das nicht drin sein durfte?«

»Eine Menge Scheiße ...«

Der vorsichtige Ton, in dem Muldoon das sagte, gefiel Barone ganz und gar nicht. Er machte sich ernsthafte Sorgen. »Was zum Beispiel?«

»Altes Zeug von früheren Fällen, glaub ich.«

»Meinst du damit etwa altes Beweismaterial?«

»Ja, kann sein.«

Barone dachte sofort an Spritzen, die man Fixern abgenommen hatte, Pillen, die nie zur Untersuchung ins Labor gebracht worden waren, und blutbefleckte Messer.

»Zeug, das ich den Kötern abgenommen habe ...«, sagte Muldoon kleinlaut. Er wußte natürlich nur zu gut, daß alles, was man Verdächtigen abnahm, registriert werden mußte und nicht im Spind eines Beamten herumliegen durfte.

»War auch Stoff dabei?« wollte Barone wissen.

»Ich glaub nicht, nein.«

»Bist du wirklich sicher?«

»Ja.«

»Gott sei Dank! Ich habe mich schon im Gefängnis gesehen, als dein Besucher.«

»Aber vielleicht eine Kanone ...«

»Was? Das darf nicht wahr sein!«

»Ich glaub schon ...«

»Woher war die?«

»Von irgendeinem Idioten. Vor fünf Jahren, vor zehn. Verdammt, ich weiß es nicht mehr.«

Polizisten konfiszierten täglich irgendwelche Waffen. Deshalb verlegten sie auch schon mal die eine oder andere oder vergaßen, sie registrieren zu lassen. Manchmal fiel ihnen das erst wieder ein, wenn der Prozeß schon vorüber war – und dann scherten sie sich erst recht nicht mehr darum.

»Du spinnst wirklich komplett«, sagte Barone und schüttelte den Kopf. »Da hast du dich in eine schöne Scheiße reingeritten, Mann!«

»Das waren Pommers Leute. Auf seinem Schreibtisch liegt eine Liste, die er nur noch unterschreiben muß. In der sind achtzehn Dienstverfehlungen aufgeführt, die man mir nachweisen will.«

Barone sah seinen Partner verblüfft an. »Woher weißt du das?«

»Von einem alten Kumpel.«

»Ich wußte gar nicht, daß du welche hast.«

Muldoon überhörte das. »Er hat mir erzählt, daß sie mich rausschmeißen wollen.«

»Was wirft man dir alles vor?«

»Fehlende und unzureichende Eintragungen ins Protokoll, Nichtbefolgung von Dienstvorschriften, Nichteinhaltung von Gerichtsterminen.«

Barone wußte, daß man das alles auch ihm hätte vorwerfen können. Um Papierkram kümmerten sich alle Detectives herzlich wenig, an Dienstvorschriften konnte man sich im Eifer des Gefechts nicht immer sklavisch halten, und Gerichtstermine vergaß man ab und zu, weil man anderes um die Ohren hatte.

»Natürlich kommt auch noch Trinken im Dienst dazu«, fuhr Muldoon fort. »Das hab ich alles diesem Oberarschloch von Ritter zu verdanken.«

»Das kannst du nicht beweisen.«

»Von wem sollen die das denn sonst wissen?«

»Daß dich ab und zu der große Durst überkommt, ist ja nun wirklich kein Geheimnis.«

»Die sind meine letzten acht Dienstjahre durchgegangen.«

Barone war beunruhigt, weil er sich fragte, ob sie das bei ihm auch getan hatten. Aber weit mehr sorgte er sich um Muldoon. »Du kommst mit einem blauen Auge davon«, munterte er ihn auf. »Vielleicht gibt es einen strengen Verweis, aber mehr auch nicht.«

Muldoon schüttelte den Kopf. So niedergeschlagen hatte ihn Barone noch nie erlebt. »Hör zu, Mike ... Vielleicht könntest du ...« Es fiel ihm offenbar schwer, seine Worte über die Lippen zu bringen. »Vielleicht könntest du mit jemandem über mich reden ...«

»An wen denkst du dabei?«

»An die Bezirksstaatsanwältin ...«

»Ausgerechnet an sie?« Barone sah ihn mit großen Augen an. Darauf war er nicht vorbereitet gewesen. Muldoon wartete ängstlich auf seine Antwort. »Ich glaube nicht, daß ich das kann.«

»Hör zu, Mike ... Ich weiß nicht, was du mit ihr am Hut hast, aber das geht mich auch nichts an. Ich weiß nur, daß sie auf dich steht.«

»Wie kommst du denn darauf?«

»Das sieht man daran, wie sie dich anschaut.« Muldoon meinte das in vollem Ernst.

Barone selbst war das nicht aufgefallen.

»Wenn sie ein gutes Wort für mich einlegen würde, käm ich vielleicht wirklich mit einem blauen Auge davon. Bitte, Mike, frag sie doch.«

Muldoon sah ihn mit so flehentlichem Blick an, daß Barone sich abwenden mußte. »Ich lasse es mir durch den Kopf gehen.«

»Wochenlang haben Sie Mr. McCarthys Vorwürfe, Andeutungen und Verleumdungen gehört«, wandte sich Karen an die Geschworenen. »Ständig versteckte er seine Anklagen hinter Fragen. Er hat jeden Polizisten, der im Zeugenstand erschien, verleumdet, ohne dafür auch nur den Schatten eines Beweises zu haben. Er wollte Sie glauben machen, zwanzig Polizisten hätten ein geheimes Komplott geschmiedet, um den Angeklagten zu töten – ein Komplott, das derart geheim war, daß zwanzig Polizisten davon gewußt haben sollen. Wenn dem so gewesen wäre, wie hätte jeder einzelne von ihnen sicher sein können, daß dieses Geheimnis nie durchsickert? Ist so etwas überhaupt möglich? Hätten Sie etwa selbst neunzehn anderen Menschen ein solch schwerwiegendes Geheimnis anvertraut, ohne ununterbrochen Angst haben zu müssen, daß es herauskäme und Ihr ganzes Leben ruiniert wäre?«

Auch Karen schritt vor den Geschworenen auf und ab und schaute allen in die Augen.

»Die Verteidigung hat weder einen Beweis für die angebliche Bestechlichkeit der Polizei geliefert noch dafür, daß die Beamten die Absicht hatten, den Angeklagten zu töten. Sie hat ferner keinen Beweis dafür geliefert, daß die Polizisten zuerst geschossen haben, und auch keinen, daß dem Angeklagten das Recht auf Notwehr zustand. Bedenken Sie dagegen die tatsächlichen Beweise: die Polizei hatte es mit einem Mann zu tun, der ein ganzes Waffenarsenal besaß und so gefährlich war, daß zwanzig Mann für seine Festnahme eingesetzt werden mußten. Wie viele Polizisten haben schon ihr Leben verloren, als sie eine derartige Verhaftung mit nur wenigen Männern ausführen wollten? Zwanzig Mann sind in einem solchen Fall nötig und normal. Zehn waren an den Ausgängen postiert, andere besetzten das Dach und die Feuerleiter. Die meisten von ihnen hatten noch nicht einmal ihre Stellung bezogen, als die Schießerei begann. Das hing damit zusammen, daß der Angeklagte ohne jede Vorwarnung das Feuer eröffnete. Er wollte sich also nicht verteidigen, sondern seine Flucht absichern. Sollten Sie diesen Mann freisprechen, ermutigen Sie damit sämtliche Kriminelle. Denn in Zukunft wüßten sie alle: Wenn Polizisten anrücken, um sie wegen eines Verbrechens zu verhaften, müssen sie die Beamten einfach nur niederschießen. Sie gehen dabei straffrei aus, da sie sich auf Notwehr berufen können. Wenn Sie, meine Damen und Herren Geschworenen, die Kriminellen dieses Landes auf diese Weise ermuntern würden, könnte in Zukunft niemand von uns mehr sicher leben. Die Demokratie selbst wäre bedroht. Dem Angeklagten werden folgende Vorwürfe zur Last gelegt. Fünffacher Mordversuch sowie illegaler Waffenbesitz. Das Beweismaterial gegen Lionel Epps ist überwältigend. Für ihn kommt nur ein einziges Urteil in Frage: schuldig.«

Karen ging den ganzen Fall noch einmal Punkt für Punkt durch: wie Epps sich versteckt hielt, wie es zu dem Angriff kam, wie die Schießerei begann, wie diese mit der Verletzung der Polizisten endete. Sie hatte den Eindruck, sich deutlich und überzeugend auszudrücken.

»Mr. McCarthy hat während des gesamten Prozesses versucht, den Polizisten rassistisches Handeln zu unterstellen. Wären die Polizisten schwarz gewesen, hätte ein Verbrecher wie Epps genauso auf sie geschossen. Wäre umgekehrt Epps ein Weißer gewesen, hätten die Polizisten nicht anders gehandelt. Würde der Angeklagte nicht verurteilt, wären dadurch die Verständigungsbemühungen zwischen Schwarzen und Weißen um mindestens zwanzig Jahre zurückgeworfen. Auch das bitte ich Sie zu bedenken.«

Nach zwei Stunden hatte Karen ihr Plädoyer beendet. Coombs gratulierte ihr, und sie war der festen Überzeugung, daß sie gute Arbeit geleistet hatte und das einzig mögliche Urteil nur ›schuldig‹ lauten konnte.

Karen kehrte in ihr Büro zurück, wo sie einem Treffen mit ihren Abteilungsleitern vorsaß. Sie hörte sich deren Probleme und Lösungsvorschläge an, war aber nicht bei der Sache.

Ständig sah sie auf die Uhr und lauschte auf das Telefon. Wenn der Fall wirklich so offensichtlich war, wie sie hoffte und glaubte, mußte auch das Urteil jeden Moment verkündet werden.

Um zweiundzwanzig Uhr aber wurde sie unterrichtet, daß die Geschworenen noch kein Urteil gefällt, sondern sich zur Nachtruhe begeben hatten. Sie ging auf die Straße hinunter und fuhr zu Jills Wohnung. Es war zu spät, um ihre Kinder anzurufen; außerdem hatte sie wenig Lust, mit Hank zu reden. Sie duschte gründlich, aß etwas und schaute sich dann die Elf-Uhr-Nachrichten an. Sie verfolgte ihr eigenes Interview aus dem Gerichtssaal und fand, daß sie reichlich verhärmt aussah. Sie schaltete ab und ging zu Bett.

Buch 4

1. Kapitel

Am Morgen darauf hängte sie gerade ihren Mantel in den Schrank, als auch schon Betty hereintrat und ihr das Programm für den heutigen Tag vorlas.

»Um acht Uhr dreißig haben Sie einen Termin mit dem Anstaltsleiter von Rikers Island, danach mit dem Präsidenten der Anwaltskammer. Anschließend findet ein Mittagessen in Brooklyn statt und …«

»Streichen Sie lieber das Essen. Das Urteil muß jede Minute verkündet werden.« Karen war nach wie vor zuversichtlich.

Sie wartete noch den ganzen Tag auf das Urteil, doch es tat sich nichts. In ihrer Wohnung schaute sie sich einen Film an, als das Telefon klingelte. Sie sprang sofort auf. »Ja, Larry? Hat sich was getan?«

»Auch bei der zweiten Beratung ist nichts herausgekommen«, sagte Coombs. »Die Geschworenen haben sich noch einmal zurückgezogen. Ich glaube, das sollten wir auch tun.«

»Sie haben recht, Larry. Gute Nacht.«

Einen Moment lang spielte Karen mit dem Gedanken, nach Hause zu fahren, ließ sich dann aber doch lieber in ihr Bett fallen.

Am Samstagmorgen zog sie sich ihren Jogginganzug über und lief durch Greenwich Village. Ihre ursprüngliche Zuversicht war seit der letzten Nacht mehr und mehr gewichen. Der Urteilsspruch hätte schon längst verkündet werden müssen. Daß dem nicht so war, verhieß nichts Gutes. Würde sie es nicht einmal schaffen, Epps zu verurteilen, taugte sie auch nicht für das Amt der Bezirksstaatsanwältin. Sie fühlte sich so elend wie selten.

Laut Kalender war es Frühling, doch ihr wehte ein kühler Wind ins Gesicht. Sogar das Wasser des Hudson River wirkte kalt und war genauso grau wie der Himmel. Sie lief wieder zurück zu ihrem Auto, in dem McGills geduldig wartete. Er hatte das Radio angeschaltet, um ihr sofort signalisieren zu können, wenn er etwas über das Urteil hörte. Aber von ihm kam kein Zeichen.

Barone stand in einer Windjacke auf der Leiter und reparierte eine Dachrinne seines Hauses. Seine Gedanken drehten sich um Muldoon und darum, welche Verantwortung er ihm gegenüber besaß. Schließlich stieg er von der Leiter, ging ins Haus und zog sich um. Seine Frau entdeckte ihn, als er sich vor dem Spiegel eine Krawatte band. »Ich muß weg«, teilte er ihr kurz und bündig mit.

»He, was soll das?« protestierte sie. »Wir hatten abgemacht, daß du heute an unserem Haus arbeitest. Es fällt ja fast auseinander.«

»Keine Sorge, ich bin in ein paar Stunden wieder zurück.« Er gab ihr einen Kuß und verschwand.

In seinem gewohnten Tempo raste er in Richtung Stadt, fand einen Parkplatz vor dem Gericht und eilte in Karens Büro. Er hatte gehofft, daß sie hier war und auf das Urteil wartete, doch ihre Tür war geschlossen. Nur Coombs saß am Tisch der Sekretärin und las die Post.

»Gibt's etwas Neues von den Geschworenen?« fragte Barone.

»Nein. Die beraten immer noch.«

»Gibt's wenigstens Gerüchte?«

»Auch nicht.«

»Wo ist Karen?«

»In ihrer Wohnung – oder in ihrem Auto.«

Wie er es anfangen sollte, bei Karen ausgerechnet für Muldoon ein gutes Wort einzulegen, blieb ihm ein Rätsel. Die ganze Fahrt lang hatte er darüber gebrütet, war aber zu keiner Lösung gekommen. Aber Muldoon hatte ihn nun einmal darum gebeten, und der war schließlich sein Partner.

Da sie nicht in ihrem Büro war, befand sie sich wahrscheinlich in ihrer Wohnung. Aber bei einer Bezirksstaatsanwältin klopft man nicht einfach an die Tür. Er brauchte einen Vorwand.

»Sie hat mich um ein Treffen gebeten«, behauptete er. »Aber vielleicht hat sie auch gemeint, daß ich zu ihr in die Wohnung kommen soll. Haben Sie irgend etwas für mich, das ich ihr bei dieser Gelegenheit gleich mitbringen könnte?«

Coombs steckte allerlei Papiere in einen großen Briefumschlag. Barone fiel ein Stein vom Herzen.

Karen duschte, warf einen Bademantel über und legte sich aufs Sofa, um Akten über andere Fälle zu studieren. Sie wußte, daß diese Arbeit früher oder später sowieso auf sie zukäme und hatte sich deshalb die Unterlagen mit nach Hause genommen. Aber es gelang ihr beim besten Willen nicht, die nötige Konzentration aufzubringen.

Sie stand auf, streckte sich und sah sich in der Wohnung um. Sie fand, daß sie schon einmal sauberer ausgesehen hatte, und ihr fiel ein, daß es ja ihre Aufgabe war, sie zu putzen. Sie zog Shorts und ein T-Shirt an und machte sich an die Arbeit, in der Hoffnung, sich dadurch ein wenig ablenken zu können.

Beim Staubsaugen stieß sie fast eine Lampe herunter, und sie ermahnte sich, daß selbst für die Hausarbeit eine gewisse Konzentration nötig war. Nachdem sie damit fertig war, wusch und trocknete sie das Geschirr ab. Wie nachlässig sie dabei zu Werke ging, wurde ihr erst bewußt, als sie den Stiel eines Rechauds abgebrochen hatte.

»Verdammt!« fluchte sie laut und wurde stinksauer auf sich. »Jetzt muß ich das Zeug auch noch reparieren lassen! Große Klasse, ich hab ja soviel Zeit!«

In dem Moment klingelte es an der Tür. Wahrscheinlich war es McGills, dachte sie, dessen Auto noch unten wartete. Als sie öffnete, stand Mike Barone vor ihr.

Sie war barfuß, in Shorts und T-Shirts, dazu noch verschwitzt – so wollte sie weder ihm noch sonst jemandem unter die Augen treten. »Ach, Sie sind's«, brachte sie heraus, ohne sich ihre Überraschung anmerken zu lassen.

Es paßte ihr gar nicht, daß er aufgetaucht war, doch ihre guten Manieren verboten es ihr, ihm einfach die Tür zu weisen. Noch dümmer wäre es ihr vorgekommen, ihn warten zu lassen und wie ein Schulmädchen ins Schlafzimmer zu rennen, um sich umzuziehen. Statt dessen bat sie ihn herein. »Wie geht es Ihnen?« fragte sie kurz angebunden. Sicher war er aus einem ganz speziellen Grund hier und würde gleich wieder gehen, sagte sie sich.

»Entschuldigen Sie, wenn ich ungelegen komme ...«, begann er und warf ihr dabei einen so vertraulichen Blick zu, als würden sie sich schon seit Jahren kennen. Ihr wäre lieber gewesen, er hätte eine anzügliche Bemerkung von sich gegeben. Dann hätte sie ihn umgehend hinauswerfen können.

»Sie sehen nett aus«, sagte er.

»Ich sehe fürchterlich aus.«

»Für mich nicht.«

»So, wie sehe ich dann Ihrer Meinung nach aus?« fragte sie schnippisch.

»Weniger wie eine Staatsanwältin, eher wie eine Frau.«

Seit ihrer Ernennung zur Bezirksstaatsanwältin traten die meisten Polizisten erst einmal einen Schritt zurück, wenn sie auftauchte. Manche fühlten sich in ihrer Gegenwart sogar völlig befangen. Nicht aber Barone. Er benahm sich so wie immer.

»Sie meinen: so wie Frauen eben auszusehen haben. Wie Putzfrauen oder Hausfrauen zum Beispiel. Harmlos und ungefährlich für Männer.«

»Das habe ich überhaupt nicht gemeint«, lächelte er. »Nein, ich finde, Sie sehen jetzt richtig echt aus. Ich bitte vielmals um Vergebung, aber Sie gefallen mir einfach.«

Diese Art von Konversation hatte sie nicht erwartet.

»Ich war zufällig wegen einer anderen Sache im Gericht. Ich dachte, Sie würden dort auf das Urteil warten.«

»Tu ich nicht, wie Sie sehen.«

»Ich wollte Ihnen nur kurz ›hallo‹ sagen.«

»Gut. Hallo.« Ob er das zu ihr im Büro sagte oder sie deshalb extra zu Hause besuchte, war allerdings ein gehöriger Unterschied.

»Es war viel Post für Sie da. Larry hat mich gebeten, sie Ihnen vorbeizubringen«, sagte er und reichte ihr den Umschlag.

»Danke.«

»Das lange Warten auf das Urteil macht mich fast verrückt.« Er wartete offenbar auf eine Reaktion.

»Mich auch«, gab sie zu.

»Was glauben Sie, wie es ausfällt?«

»Tja ... Man kann in die Geschworenen nicht hineinschauen.«

»Dieser spezielle Fall ist nicht nur Ihrer, sondern auch meiner. Die Jury berät jetzt schon seit drei Tagen. Das ist wahrscheinlich ein gutes Zeichen.«

»Ich weiß nicht, was ich davon halten soll.« Sie legte den Umschlag auf den Tisch. »Also, besten Dank für die Post.«

»Auf mich hat zuvor noch nie jemand geschossen. Deshalb nehme ich den Fall auch so persönlich.«

Vielleicht, dachte sie, interessierte er sich in erster Linie für den Fall und nicht für sie. Vielleicht wollte er lediglich mit jemandem darüber reden.

»Hatten Sie eigentlich Angst, als Sie auf dem Dach waren und er auf Sie geschossen hat?« fragte sie, um Konversation zu machen.

»In dem Moment nicht. Dazu ging alles viel zu schnell.«

»Und danach?«

»Als ich vom Dach geklettert war, hatte ich weiche Knie. Ich konnte kaum noch stehen und mußte mich auf die Treppe setzen.«

Sie lachte. »So, so ...«

»Doch, wirklich wahr.«

Es gefiel ihr, daß er seine Schwäche ohne Umschweife zugab.

»Seit die Geschworenen beraten, habe ich nachts kaum noch geschlafen. Für Sie muß alles doppelt so schlimm sein. Als ich vor Ihrem Büro hielt, dachte ich, es könnte mir helfen, wenn ich mit Ihnen darüber rede – und Ihnen selbst vielleicht auch.«

Sie standen nach wie vor im Flur. Sie kam sich unhöflich vor. »Kann ich Ihnen einen Tee anbieten?« fragte sie. Sie wußte nicht, ob sie ihn ins Wohnzimmer oder in die Küche bitten sollte – und auch nicht, was sie eigentlich mit ihm reden sollte.

Er schien ihre Unentschlossenheit zu spüren. »Ich mache Ihnen einen Vorschlag. Gehen wir doch einfach zusammen Essen. Ich brauche dringend ein wenig Aufmunterung, und Sie sehen auch ganz danach aus.«

Der Vorschlag kam zwar überraschend, aber nicht ganz ungelegen. Sie dachte, daß sie ihn auf diese Weise zumindest elegant aus der Wohnung lotsen konnte.

»Gleich um die Ecke ist ein italienisches Restaurant«, sagte er, klang dabei aber nicht sehr selbstsicher. Anscheinend befürchtete er eine Abfuhr. »Mögen Sie italienisches Essen?«

»Eigentlich schon.«

»Wir könnten eine Flasche Wein bestellen – und uns gegenseitig zum Lachen bringen. Falls wir das nicht schaffen, könnten wir wenigstens über den Fall reden. Was halten Sie davon?« Es klang schon fast wie eine inständige Bitte.

Mit einem Mal kamen ihr Bedenken. »Dazu bin ich nicht passend angezogen.«

Er sah sie an, aber nicht prüfend, sondern auf ganz selbstverständliche Art und Weise. Er akzeptierte sie einfach so, wie sie war. »Ziehen Sie sich doch um, ich warte hier.«

McGills parkte noch unten vor dem Haus. Er würde sie gemeinsam herauskommen sehen. Diese Vorstellung gefiel ihr überhaupt nicht. Sie war in einer Zwickmühle: Einerseits wollte sie nicht mit ihm zusammen essen gehen, andererseits wollte sie ihn so schnell wie möglich loswerden.

»Als wir Epps festnehmen wollten, sollte ich ihn bei der Feuerleiter abwarten«, griff er auf einmal das alte Thema wieder auf. »Er hatte im Grunde gar keine andere Möglichkeit, als sich zu ergeben. Ich hätte nie erwartet, daß er aufs Dach kommt und auf mich schießt.«

»Nehmen Sie Platz«, sagte Karen und zeigte zum Sofa. Sie räumte den Staubsauger auf, das Geschirr weg und wusch sich die Hände. Die ganze Zeit über sprach Barone von dem Prozeß, und sie gab nur ab und zu kurze Bemerkungen dazu ab. Er bescheinigte ihr, den Prozeß tadellos geführt zu haben, und betonte noch einmal, daß er es durchaus als gutes Zeichen betrachtete, daß sich die Geschworenen soviel Zeit ließen. Auf jeden Fall sei dies für sie kein Grund, das Schlimmste zu befürchten.

Sie nickte, denn das war genau das, was sie hören wollte. »Ich frage mich nur, warum sie ihn nicht gleich schuldig gesprochen haben.«

»Das kommt noch. Keine Sorge.«

Mittlerweile hatten sie beide auf dem Sofa Platz genommen. Barone stand ganz spontan auf, griff nach ihrer Hand und zog sie sanft nach oben. Sie sah ihn verwirrt an.

»Jetzt kommen Sie schon«, sagte er und führte sie aus dem Wohnzimmer. »Ziehen Sie sich um, dann gehen wir aus. Es ist kein Fünf-Sterne-Restaurant. Sie müssen sich also nicht piekfein anziehen. Hose und Pullover genügen völlig.«

»Aber das Telefon … Ich meine …«, stammelte sie. »Ich muß doch in der Nähe des Telefons bleiben … Ich schau mal nach, ob ich hier was für uns richten kann«, raffte sie sich auf, ging in die Küche und öffnete den Kühlschrank. »Wie wäre es mit einem Bier?«

»Da sage ich nicht nein.«

Er stellte sich neben sie und schaute in den Kühlschrank. Sie spürte genau, daß sie heute weniger unnahbar wirkte als sonst. Ganz sicher spürte er das.

»Ich will Sie aber nicht in Verlegenheit bringen«, meinte er.

Als wenn er das nicht schon längst getan hätte, dachte sie und drehte sich um. Dabei rutschte ihr die Bierflasche aus der Hand und zersplitterte auf dem Boden. Das Bier spritzte ihr bis zu den Knien. Sie seufzte, holte Papiertücher und wischte den Boden.

»Warten Sie, ich mach das schon«, sagte er.

Ihre Beine trieften vor Bier. »Ich weiß auch nicht, was mit mir los ist. Normalerweise bin ich nicht so ungeschickt.«

»Sehen Sie sich mal Ihre Beine an.« Er holte neue Papiertücher und trocknete sie ab, ohne erst lange zu fragen. Sie wußte nicht, wie ihr geschah, und schaute unsicher weg.

»Die Scherben sind bis unter die Heizung geflogen«, sagte sie und machte sich daran, sie aufzusammeln. Dabei ging sie aber zu ungestüm vor und verletzte ihren Daumen an einem Splitter.

»Sie bluten ja«, stellte er fest. Er hielt ihre Hand und untersuchte sie.

»Es steckt noch ein Splitter drin.« Sie ging ins Badezimmer, holte sich eine Pinzette und versuchte, ihn herauszuziehen.

»Ich mach das für Sie«, sagte er, als er bemerkte, daß ihr das erhebliche Mühe bereitete.

»Danke. Mit der linken Hand geht das nicht so einfach.«

Er zog den Splitter heraus und wischte das Blut mit einem Papiertuch ab. Sie ließ ihn gewähren.

Barone wickelte ein Pflaster um den Daumen; dabei kam er mit seinem Gesicht ihrem immer näher. Sie wußte, es war noch nicht zu spät, um abrupt aufzustehen oder zumindest etwas zu sagen. Aber sie tat nichts dergleichen, und er interpretierte das durchaus richtig. Er nahm ihren Kopf in die Hand und küßte sie, erst im Gesicht, dann auf den Mund. Sie kam ihm entgegen, erwiderte die Küsse. Er streichelte ihre Brust, und sie sah und spürte gleichzeitig, wie sich ihre Brustwarze aufrichtete.

Dann stand er auf und nahm sie bei der Hand. Sie leistete keinen Widerstand, sie hatte auch gar keine Lust dazu. Sie wußte, nichts konnte ihn mehr bremsen – und sie sich selbst auch nicht.

Im Schlafzimmer zog sie die Jalousie herunter, während er hinter ihr stand und ihr erst das T-Shirt, dann den BH abstreifte. Sie drehte sich zu ihm. Er saugte an ihren Brustwarzen, und sie murmelte: »Ich muß ganz schön salzig schmekken …«

»Sie schmecken phantastisch.« Er sah kurz hoch und machte mit dem weiter, was sich so herrlich anfühlte.

Langsam löste er seine Krawatte und zog sein Hemd aus. Sie kraulte seine Brusthaare, wandte sich dann ab und legte sich ins Bett. Als er sich weiter auszog, sah sie, daß er einen hübschen Körper hatte. Aber sie schaute gleich wieder weg: sie wollte ihn nicht sehen, sondern spüren – und zwar so bald und so intensiv wie möglich.

Sie sollte sich nicht darauf einlassen, meldete sich noch einmal ihr Gewissen. Ihr fielen tausend Gründe dagegen ein, alle gleichzeitig. Eine Bezirksstaatsanwältin konnte doch nicht nackt in einem Bett liegen, während ein Polizist sie anstarrte, den sie kaum kannte. Er würde darüber reden – alle Männer tun das! –, und bald wüßte die ganze Stadt davon. Vielleicht würde sogar McGills unten im Auto Verdacht schöpfen und Gerüchte verbreiten. Ein Mann konnte sich das erlauben, sie aber nicht. Einem Mann würde man all das nachsehen, ihr aber nicht, nicht als Frau und schon gar nicht als erster weiblicher Chefin der New Yorker Staatsanwaltschaft. Die Wähler würden sie wie eine heiße Kartoffel fallen lassen – ganz zu schweigen von Hank.

Aber sie wischte alle Einwände lässig beiseite. Sie wollte sich das nehmen, was sie sich wünschte. Es war ihr Recht, sie war schließlich alt genug. Nichts würde sie dabei stören, es sei denn, das Telefon läutete. Aber in diesem Moment dachte sie nicht mehr an das Urteil: sämtliche Sorgen hatten sich in Luft aufgelöst, und das war das schönste Gefühl überhaupt.

Barone fingerte an einer Packung herum. Sie wußte, was das bedeutete, beugte sich nach vorn und nahm sie ihm gleich wieder aus der Hand. »Das ist überflüssig«, meinte sie und kam sich dabei so vor, wie sich ihrer Meinung nach ein Mann in dieser Situation vorkommen mußte, wenn er so etwas zu einer Frau sagte. »Ich kann diese Dinger nicht leiden.«

»Sind Sie ganz sicher?«

»Absolut.«

Er umarmte sie, preßte seine haarige Brust auf ihren Busen und küßte sie wieder und wieder und mit der innigen Zärtlichkeit von jemandem, der verliebt ist. Obwohl sie wußte, daß das ja gar nicht sein konnte, bereitete er ihr damit immerhin eine große Freude. »Sie haben keine Ahnung, wie sehr ich Sie gerade jetzt brauche«, flüsterte sie.

Karen hatte keineswegs den Eindruck gewonnen, daß Barone auf irgendeine Weise ein besonderer Liebhaber war. Wenn sie die Augen schloß, hätte sie sich genauso gut vorstellen können, daß Hank auf ihr lag.

Sie war es, die sich verändert hatte, sie mit ihrem neuen, vorher nie gekannten Machtgefühl, das sie in vollen Zügen genoß und das auf all ihre Sinne ausstrahlte. Auch jetzt noch war sie mit sich im reinen und hatte sich nichts vorzuwerfen. Sie fühlte sich beschwingt, fast leichtsinnig. Ohne jegliches Schamgefühl sprang sie aus dem Bett: »Wenn es Sie nicht stört, werde ich jetzt erst einmal duschen.«

Er streckte seine Hand nach ihr aus. »Nein, bitte nicht.«

Aber sie lachte und ging ins Bad. Mit geschlossenen Augen ließ sie sich das Wasser auf den Kopf strömen und lächelte dabei. Er kam ihr nach, schob den Duschvorhang beiseite und stellte sich neben sie. »Ich glaube, das brauche ich jetzt auch.«

Er seifte sie ein, erst den Rücken, dann ihren restlichen Körper. Er tat das freundschaftlich, vertraut, keineswegs leidenschaftlich. »Ich muß ein Geständnis ablegen«, meinte er im Plauderton.

Als sie sich sofort umdrehte und ihm einen scharfen Blick zuwarf, fügte er gleich hinzu: »Nicht deshalb. Daß das passieren würde, hätte ich mir nie träumen lassen. Es geht um etwas ganz anderes. Ich möchte Sie um einen Gefallen bitten.«

Sie hatte wieder zufrieden die Augen geschlossen und hörte kaum zu.

»Es geht um Dan Muldoon.«

»So?«

»Man macht ihm Vorwürfe. Ich habe gehofft, Sie könnten vielleicht etwas für ihn tun.«

»Um was geht es denn?«

»Um irgendwelche Scheiße.«

Dieses Wort verletzte sie; sie empfand es als ordinär. Indem er es gebrauchte, bewies er mangelnden Respekt, nicht nur ihr, sondern auch ihrem Amt gegenüber. Mit diesem kleinen Wort hatte er eine unsichtbare Grenze überschritten. Sie war verwirrt, denn schlagartig wurde ihr die Absurdität ihres Verhaltens bewußt: sie stand mit einem fast wildfremden Mann unter der Dusche, zu dem sie eigentlich nur das Verhältnis von einer Staatsanwältin zu einem Zeugen haben durfte.

Während sie versuchte, all die Puzzleteile in ihren Gedanken zu einem Ganzen zu ordnen, erzählte Barone, was gegen Muldoon vorlag. »Wenn Sie vielleicht bei der Verwaltung ein gutes Wort für ihn einlegen könnten …«, schloß er.

Sie war verärgert, daß er sie um so etwas bat. Ihr kam das so vor, als würde er um Geld bitten, nachdem sie mit ihm im Bett gewesen war. Auf der anderen Seite konnte sie aber auch nicht umhin, seine Sorge um seinen Freund anzuerkennen. »Das kann ich nicht«, antwortete sie.

»Sie könnten schon, wollen aber nicht.«

»So kann man es auch sagen.«

Er betrachtete ihr Gesicht lange genug, um zu wissen, daß es ihr damit ernst war. Dann lächelte er. »Vergessen wir das.«

Sie hoffte, er würde jetzt die Dusche verlassen, sich anziehen und gehen. Statt dessen fing er wieder an, ihren Körper einzuseifen. Er zog sie sanft mit ihrem Rücken zu sich hin, seifte ihre Brüste ein, dann die Innenseite ihrer Schenkel. Das unvermeidliche Resultat ließ nicht lange auf sich warten: sie schloß ihre Augen, spürte ihr Herz bis zum Hals klopfen und gab sich ihrer Erregung voll und ganz hin. Er nahm ihren Arm, trug sie aber fast mehr zum Bett, als daß er sie führte. Zum Abtrocknen reichte die Zeit nicht mehr.

Danach stand sie auf. »Es ist spät geworden. Sie sollten jetzt gehen.«

Er nahm es gelassen hin. »Stimmt. Ich darf nicht so spät nach Hause kommen.«

Sie warf ihren Bademantel über, verließ den Raum und zog sich an. Als sie ins Schlafzimmer zurückkam, hatte er sich bereits vollständig angekleidet. Er ging zu ihr hin und gab ihr einen Kuß. »Ich glaube, ich habe mich in Sie verliebt.«

»Sehr nett«, sagte sie und meinte das Gegenteil. »Verlieben Sie sich immer so leicht?«

»So leicht war das gar nicht. Ich habe monatelang dagegen angekämpft.«

Diese Antwort weckte in Karen spontan ein zärtliches Gefühl, das sie gleichermaßen wärmte wie schockierte. Sie war damit überfordert.

»Sie sind eine bemerkenswerte Frau.«

»Danke.«

»Darf ich morgen wiederkommen?«

»Nein, das dürfen Sie nicht.« Sie führte ihn zur Tür, als ihr plötzlich etwas einfiel. Sie nahm eine Faltmappe mit Papieren vom Tisch. »Jetzt muß ich Sie um einen Gefallen bitten.«

»Ich bin verrückt nach Ihnen. Ich erfülle Ihnen jeden Wunsch.«

»Mein Fahrer wartet unten auf der Straße. Sie sind mehr als zwei Stunden hier oben gewesen. Ich möchte nicht, daß er auf irgendwelche Gedanken kommt.« Sie reichte ihm die Mappe. »Wenn Sie mit den Papieren ankommen, glaubt er vielleicht, daß wir schwer gearbeitet haben.«

»Was ja auch der Fall war«, lächelte er.

Das überhörte sie. »Bringen Sie die Unterlagen bitte in mein Büro, und legen Sie sie auf den Schreibtisch meiner Sekretärin.«

»Ist das alles?«

»Ja.« Sie wollte ihn bitten, nichts von dem zu erzählen, was vorgefallen war, wußte aber nicht, in welche Worte sie das kleiden sollte.

Er gab ihr einen Abschiedskuß, den sie aber nicht erwiderte. »Denken Sie noch einmal über Danny nach.«

Sie saß im Wohnzimmer und starrte die Wände an. Sie fragte sich, was sie getrieben hatte, etwas zu tun, was ihr von Natur aus vollkommen fremd war, wußte aber sofort die Antwort darauf. Es war keine Laune, keine plötzliche Lust auf ein bißchen Sex, nein, es war weit mehr: eine rasende Gier danach, die sie bislang noch nicht gekannt hatte. Dabei war ihr nicht einmal klar, was sie für diesen Mann eigentlich fühlte. Was sie aber wußte, war, daß sie alles mitgemacht hätte, hemmungslos.

Sie ging ins Schlafzimmer und richtete das Bett. Dabei stieß sie auf die geöffnete Kondomschachtel. Sie kam sich auch im nachhinein kein bißchen leichtsinnig vor, daß sie darauf verzichtet hatte. Daß er sie mit irgend etwas angesteckt haben sollte, vielleicht sogar mir Aids, erschien ihr völlig unwahrscheinlich. Sie nahm die Packung und warf sie in den Müll.

Ursprünglich hatte sie nach Hause fahren wollen, doch ihr tat der ganze Leib weh. Außerdem hatte sie ein paar blaue Flecken abbekommen, deren Herkunft sie schwerlich hätte erklären können. Hinzu kam, daß sie Hank nicht unter die Augen treten wollte. Ehebruch war für sie stets ein Fremdwort gewesen – ein Ausdruck, dessen Bedeutung ihr nun aber voll bewußt wurde. Es war nicht der Geschlechtsakt als solcher, der schwer wog; es war der Grad an Intimität, der damit verbunden war, dieses restlose Eingehen auf eine gänzlich andere Person. In eben diesem Moment existierte die bisherige Ehe nicht mehr. Schön, sie konnte danach wieder einigermaßen restauriert werden, vor allem, wenn der betrogene Teil nie etwas davon erfuhr. Aber dennoch wäre diese Ehe nie wieder das, was sie zuvor einmal gewesen war.

Abends rief Karen zu Hause an. Hank nahm ab. Sogar das Telefonieren mit ihm fiel ihr schwer, und entsprechend kurz fiel dann auch das Gespräch aus. Sie redete mit ihren Kindern und tat so, als interessierte sie sich für das, was sie sagten und fragten. Beide wollten wissen, wann sie endlich heimkäme.

»Bald«, antwortete sie. »Die Geschworenen müssen sich jetzt endlich entscheiden.«

Sie machte sich eine Kleinigkeit zu essen, brachte aber kaum etwas hinunter. Um einundzwanzig Uhr kam ein Anruf von ihrem Büro: die Geschworenen hatten sich wieder zur Ruhe begeben, ohne eine Entscheidung gefällt zu haben.

»Könnten Sie bitte meinem Fahrer mitteilen, daß er nach Hause gehen kann?« fragte sie. Es wäre natürlich ein leichtes für sie gewesen, nach unten zu gehen, um ihm das selbst zu sagen, doch nach dem Besuch Barones war ihr der persönliche Kontakt mit ihm fast peinlich. Sie hatte die verrückte Angst, daß man ihr das Erlebte vom Gesicht ablesen konnte.

Sie ging zu Bett, fand aber nur wenig Schlaf.

Tags darauf saß sie von morgens bis mittags wie auf heißen Kohlen. Aber das Telefon klingelte nicht. Um vierzehn Uhr hielt sie es nicht länger aus und rief in ihrem Büro an. Zu ihrer Überraschung war Coombs am Apparat. »Was tun Sie denn heute dort?« fragte sie.

»Ich mußte einfach kommen. Ich wollte herausfinden, ob irgend jemand irgend etwas weiß.«

»Und?«

»Die Geschworenen wollen noch einmal die Waffen sehen.«

»Die Waffen? Wozu denn das?«

»Keine Ahnung.«

Eine weitere Stunde verstrich. Karen schaltete den Fernseher ein, wo ein Baseballspiel übertragen wurde, das sie nicht im geringsten interessierte. Sie dachte wieder an Barone. Ganz sicher käme er heute abend wieder. Wie sollte sie reagieren? Ins Kino gehen, bevor er da ist? Nein, das wäre reine Flucht. Besser, sie erklärte ihm rundheraus, daß die Sache von gestern ein Fehler gewesen sei, der sich nicht wiederholen dürfe und daß sie ihn nicht mehr wiedersehen wolle.

Beim Abendessen brachte sie wiederum fast nichts hinunter. Ihr Büro rief an: die Geschworenen hatten sich wieder zur Nachtruhe abgemeldet …

Ihre Gedanken drehten sich immer intensiver um Barone; ihre Spannung wuchs, obwohl sie das gar nicht wollte. Schließlich fragte sie sich sogar, wo er so lange steckte, was ihn wohl aufgehalten haben könnte.

Sie duschte und schlüpfte in einen Satin-Schlafanzug, den ihr die Kinder zum Geburtstag geschenkt hatten. Wenn Barone käme, könnte sie ihm gleich sagen, sie hätte keine Zeit und wollte schlafen gehen.

Als es an der Tür klingelte, pochte ihr das Herz bis zum Hals. »Hallo, darf ich reinkommen?« fragte Barone.

Tags darauf sprachen einige junge Männer und Frauen bei ihr vor: angehende Staatsanwälte, die sich um einen Job beworben hatten. Es war nicht ihre Aufgabe, zu entscheiden, ob sie auch tatsächlich eingestellt wurden; das lag in der Hand der verschiedenen Ressortleiter. Sich mit ihnen zu unterhalten war aber eine Tradition, der ihr Vorgänger zweiunddreißig Jahre lang nachgekommen war.

Während einem dieser Gespräche rief Hank an. Er berichtete ihr, daß er einen Anruf von der New Yorker Universität bekommen hatte und diese Neuigkeit mit ihr teilen wollte. »Ich soll nächsten Montag hinkommen. Sie wollen mit mir reden.«

»Was meinst du, was das bedeutet?«

»Ich meine, daß es das bedeutet, was ich hoffe!«

»Großartig, Hank. Das freut mich für dich. Ich bin stolz auf dich!«

»Machen wir's kurz, ich will dich nicht länger stören. Kommst du heute abend nach Hause?«

»Leider nicht, Hank. Die Geschworenen wollen sich bis um zweiundzwanzig Uhr beraten. Da bleibe ich lieber in der Nähe.«

Um achtzehn Uhr traf dann allerdings die Nachricht ein, daß die Geschworenen ins Hotel gegangen waren und sie heute ihre Beratung nicht fortsetzen würden. Mit einem Schlag hatte sie vier Stunden gewonnen – Zeit genug, um für heute nach Hause zu fahren. Allerdings hatte sie ihren Fahrer bereits heimgeschickt.

Sie machte sich ein Sandwich und trank eine Flasche Bier. Obwohl sie nichts verabredet hatten, wußte sie, daß Barone auch heute kommen würde. Die Aussicht darauf erfüllte sie zuerst mit Nervosität, zunehmend aber mit Verärgerung über sich selbst. Während sie auf dem Küchentisch eine Patience legte, dachte sie unaufhörlich über sich und ihr Verhalten nach. Sie warf sich vor, ihren Mann, ihre Familie und sich selbst schändlich hintergangen zu haben. Sie fühlte sich auf einmal wie eine billige Hure, die in ihrer trostlosen, kleinen Wohnung sitzt und auf ihren Freier wartet.

Andererseits wußte sie aber ganz genau, was unweigerlich passieren würde, wenn Barone käme. Sie konnte und wollte ihm nicht den geringsten Widerstand entgegensetzen, sie würde alles mitmachen – und sie würde es mit großer Lust tun. Also durfte sie aus reinem Selbstschutz nicht mit ihm hier allein sein.

Sie rief in ihrem Büro an und bat, McGills zu ihr zu schicken. »Bitte sagen Sie ihm, daß er sich beeilen soll. Ich warte vor der Haustür auf ihn.«

McGills tauchte schon nach kurzer Zeit auf. Als er anhielt, sah Karen, daß ein zweiter Wagen in die Straße einbog. Hinter dem Steuer saß Barone. Einen Moment lang blieb sie wie angewurzelt vor der offenen Autotür McGills' stehen, dann nahm sie sich zusammen und stieg ein. Sie war frei – zumindest für diese Nacht ...

»Fahren Sie mich nach Hause«, sagte sie und machte sich in ihrem Sitz so klein, daß man ihren Kopf nicht mehr durch die Heckscheibe erkennen konnte.

Eine Stunde später war sie daheim angekommen. Leise schlich sie sich in die Zimmer der Kinder und fuhr den Schlafenden durchs Haar. Dann ging sie nach oben zu ihrem Mann, der zeitunglesend im Bett saß und sie verblüfft anschaute.

2. Kapitel

Am kommenden Nachmittag traten die Geschworenen zusammen, um ihr Urteil zu verkünden. Daß sie endlich zu einer Entscheidung gekommen waren, hatte sich in Windeseile herumgesprochen. Allerlei Neugierige hatten sich eingefunden, darunter viele Presseleute sowie Reverend Johnson samt seiner Bürgerrechtsbewegung. Der Gerichtssaal war brechend voll, als sich die Sprecherin der Geschworenen erhob und die Fragen, die ihr der Richter stellte, beantwortete:

»Der Anklagepunkt Nummer eins lautete: Mordversuch an Officer Wiendienst. Welches Urteil haben Sie gefällt?«

»Wir befinden den Angeklagten in diesem Punkt für nicht schuldig.«

Ein Raunen ging durch das Publikum. Einige protestierten lautstark, andere stöhnten oder kreischten; irgend jemand jubelte. Richter Birnbaum rief die Anwesenden zur Ordnung. Natürlich war der Prozeß damit noch nicht zu Ende, es standen ja noch vier weitere Anklagepunkte zur Debatte. Aber niemand rechnete ernsthaft damit, daß die entsprechenden Urteile anders ausfallen würden. Mit einem Schlag hatte sich die Spannung aufgelöst, und der Saal leerte sich im Nu.

»Kommen wir zum Anklagepunkt Nummer zwei«, fuhr Richter Birnbaum fort, nachdem er noch einmal zur Ordnung ermahnt hatte. »Mordversuch an Officer Schwartz.«

»Wir befinden den Angeklagten in diesem Punkt für nicht schuldig.«

Die übrigen Urteilsverkündungen waren reine Routine; außer dem Richter hörte niemand mehr zu. Karen saß auf ihrem Stuhl, fixierte ihre Hände und blickte nicht auf. Justin McCarthy grinste und klopfte Lionel Epps auf die Schulter. Reporter bahnten sich ihren Weg aus dem Gerichtssaal, um zu ihren Telefonen zu gelangen. Von all dem bekam Karen gar nichts mit.

Einer der Reporter hatte inzwischen Norman Harbison in

seinem Büro erreicht und bat um eine Stellungnahme. Dem Pressemann entging nicht, daß Harbison seine Freude zwar kaum verhehlen konnte, sich aber doch dazu zwang, ausgesprochen betroffen zu klingen. »Natürlich bin ich von diesem Urteil sehr enttäuscht, wenn auch nicht völlig überrascht. Man kann den Grund hierfür auch in der mangelnden Kompetenz der Staatsanwältin sehen. Darauf habe ich ja bereits hingewiesen.« Nach Ende des Gesprächs stand er auf, grinste breit und rieb sich die Hände.

Obgleich sich der Gerichtssaal mittlerweile fast vollständig geleert hatte, saßen Karen und Coombs noch wie betäubt an ihren Tischen. »Gehen wir«, sagte sie schließlich, packte ihre Unterlagen zusammen und machte sich auf den Weg zum Flur.

Draußen wurde McCarthy von einer Reportermeute umringt. Verbittert stellten Karen und Coombs fest, daß er keine Fragen beantwortete, sondern eine feierliche Ansprache hielt. Ein paar Schritte daneben tat Reverend Johnson dasselbe.

»Die Geschworenen haben ihre Klugheit bewiesen«, sagte Johnson.

»Die Gerechtigkeit hat einen Sieg davongetragen«, deklamierte McCarthy.

»War das Ihr bisher größter Erfolg?« rief ein Reporter.

Darauf schien er nur gewartet zu haben. »Erfolg ist eine schöne Sache, Ehre noch wichtiger. Doch die Gerechtigkeit ist das Wesentliche, und nur auf sie kommt es an.«

»Was bedeutet dieses Urteil?« wollte jemand wissen. »Welche Botschaft geht von ihm aus?«

»Die Botschaft ist die, daß weiße Polizisten in Zukunft nicht mehr einfach junge Schwarze erschießen können, ohne mit Gegenwehr rechnen zu müssen. Schreiben Sie das. Sorgen Sie dafür, daß diese Botschaft um die Welt geht.«

Die Reporter standen so eng nebeneinander, daß Karen sich keinen Weg durch sie bahnen konnte. Es ging keinen Meter voran, und so mußte sie sich zwangsläufig McCarthys Predigten anhören. Schließlich wurde sie von der Meute sogar in seine unmittelbare Nähe gedrängt. Er nahm diese Gelegenheit wahr, um ihr den Arm um die Schulter zu legen und ihr etwas ins Ohr zu flüstern. Verärgert kämpfte sie sich frei und schob sich nach vorn.

»Was haben Sie Ihr gesagt?« wollte ein Reporter wissen.

Karen hörte McCarthy lachen. »Ich habe ihr mein Beileid ausgesprochen. Sie war eine würdige Gegnerin.«

Die Reporter hatten von McCarthy nun offenbar alles gehört, was sie hören wollten, und lenkten ihre Aufmerksamkeit auf Karen. Von einem Moment zum anderen sah sie sich von ihnen umringt und mit Fragen bombardiert. Sie wußte natürlich, daß dies ihre Chance war, brillante Formulierungen von sich zu geben, über die Bedeutung des Urteils zu räsonieren, vor dessen Folgen zu warnen, aber dennoch für die Verständigung der Rassen zu werben. Aber sie wußte auch, daß in Amerika brillante Formulierungen den Siegern vorbehalten waren – brillante Verlierer gab es nun mal nicht. Die Leute wollten sie leiden sehen, mit ihren Worten hätte sie nur Häme und Spott geerntet. Deshalb entschloß sie sich zur Zurückhaltung. »Die Geschworenen haben entschieden«, antwortete sie wiederholt. »Mehr gibt es dazu nicht zu sagen.«

Sie kämpfte sich wieder durch die Massen. Sie wollte nur weg, nichts als weg, doch der Kardinalfrage konnte sie nicht entgehen. »Werden Sie Ihr Amt niederlegen?«

Einen Augenblick lang waren alle still und warteten auf die Antwort. Doch Karen schwieg, ging weiter, bis sie sich endlich von der Meute befreit hatte. Auf dem Weg zu ihrem Büro drückten ihr alle Leute, denen sie begegnete, ihr Mitleid aus, doch sie erwiderte nichts darauf. Coombs wartete bereits. »Was hat eigentlich McCarthy zu Ihnen gesagt?« fragte er.

»Er hat gesagt: ›Keine Sorge, das nächste Mal kriegen Sie ihn. Der Kerl ist überreif.‹«

»Interessante Aussage für einen Anwalt ...«

»Allerdings.«

Bert Pinckney, der Oberste Pressesprecher, betrat das Büro. »Ich habe viele Anrufe bekommen«, begann er zögernd.

»Kann ich mir denken.«

»Es schwirren Gerüchte herum, denen zufolge Sie Ihr Amt niederlegen wollen«, fuhr er fort. »Alle wollen wissen, ob etwas dran ist. Ich weiß nicht, was ich darauf sagen soll.«

Karen gab keine Antwort. Ihre Bürotür war geöffnet, und von ihrem Schreibtisch aus sah sie, daß der Polizeichef in das Vorzimmer stürzte. Betty versuchte zwar, ihn aufzuhalten, doch er eilte einfach an ihr vorbei.

»Das Urteil ist eine Unverschämtheit!« polterte er los. »Ich bin schockiert – und dreißigtausend Polizisten auch.«

»Mir geht es nicht anders«, erwiderte Karen.

»Fünf Polizisten wurden niedergeschossen, zwei davon haben lebenslange Behinderungen davongetragen! Und diesen Burschen läßt man laufen!«

»Er kommt nicht ungeschoren davon, Mr. Malloy. Er wurde wegen unerlaubten Waffenbesitzes verurteilt.«

»Wieviel kriegt er dafür? Ein Jahr?«

»Ein paar Jahre, glaub ich.«

»Was soll ich meinen Leuten erzählen? Daß die Anklage versagt hat? Ich weiß nicht, ob Sie mir und jedem anderen Polizisten überhaupt noch in die Augen sehen können.«

Karen wurde zornig. »Ist Ihnen nie der Gedanke gekommen, daß vielleicht Sie und nicht ich den Prozeß verloren haben?«

»Werden Sie Ihr Amt niederlegen? Oder wollen Sie abwarten, bis der Gouverneur Sie feuert?«

Karen redete unbeirrt weiter. »Vielleicht haben Sie den Prozeß letzte Woche verloren, als ein junger Schwarzer beim Orangenstehlen von einem Beamten erschossen wurde.«

Malloy wurde vorsichtiger. »Es sah so aus, als ob er eine Kanone gehabt hätte.«

»Oder davor, als Ihre Leute eine geistesgestörte Schwarze erschossen haben?«

»Sie hatte ein Messer.«

Mit wachsendem Ärger schlug Karen zurück. »Seit Jahr und Tag werden Schwarze von Polizisten gedemütigt und brutal behandelt. Aus blankem Rassismus.«

»Hören Sie, ich hab dreißigtausend Leute. Ich kann nicht für jeden einzelnen geradestehen.«

»Manche Cops in den Ghettos spielen sich dort auf wie Besatzer. Wer ist daran schuld? Es sind Menschen, die nur Verachtung für diejenigen übrig haben, die sie eigentlich schützen sollten. Polizisten, die schlecht ausgebildet sind und nicht genug überwacht werden. Ich frage Sie noch einmal: wer ist daran schuld? Wer ist verantwortlich für das Klima, das zwischen der Polizei und der Bevölkerung herrscht? Ich vielleicht?«

»Das ist doch albern.«

»Sie leiten Ihre Abteilung nicht, Sie kleben nur an Ihrem Stuhl.«

»In diesem Ton können Sie nicht mit mir reden.«

»Auf der anderen Seite tun Polizisten jeden Tag viel Gutes, von dem die Leute nie etwas erfahren. Das sollten sie aber. Auch das ist Ihr Fehler. Lionel Epps hat fünf Polizisten niedergeschossen, und die Geschworenen haben darin kein Verbrechen gesehen. Das kann ich nicht ändern. Aber wenn Sie nicht dafür sorgen, daß sich das Verhältnis von Ihren Leuten zu den Bürgern bessert, dürfen Sie sich auch nicht wundern, wenn solche Urteile Schule machen. – Und jetzt verlassen Sie bitte mein Büro, und kommen Sie erst wieder, wenn Sie sich entschuldigen wollen.«

Der Polizeichef stürmte hinaus. Alles, was Karen gesagt hatte, entsprach der Wahrheit. Sie hatte einen Moment lang den Eindruck, das Urteil im richtigen Verhältnis zur Realität zu sehen. Das machte ihr Mut. Sie sagte sich, daß sie zwar ein Gefecht, aber nicht den Krieg verloren hatte.

»Was soll ich der Presse über Ihre zukünftigen Pläne mitteilen?« fragte Pinckney wieder und brachte sie damit auf den Boden der Tatsachen zurück.

Karens Zorn war verraucht. Sie stand auf und kritzelte ein paar Worte auf einen Briefkopf. »Bitte überreichen Sie das dem Gouverneur«, sagte sie zu Pinckney. Der las es, schüttelte traurig den Kopf und ging hinaus.

»Was haben Sie geschrieben?« fragte Coombs.

»Hiermit lege ich mein Amt als Bezirksstaatsanwältin nieder.«

»Aber, Karen ...«

»Malloy hat recht und die anderen auch. Ich hätte einen Weg finden müssen, diesen Prozeß zu gewinnen.« Sie warf ihm einen fragenden Blick zu. »Ich habe doch gar keine andere Wahl. Oder sehen Sie etwa eine?«

Mit feuchten Augen packte sie Unterlagen in ihre Aktenmappe. Coombs ging zu ihr und wollte sie in den Arm nehmen. »Ich gehe mit Ihnen. Ich glaube, Sie brauchen jetzt Gesellschaft.«

»Nein.« Sie schüttelte ihn ab und verließ ihr Büro.

McGills fuhr sie in die Wohnung ihrer Freundin. Kaum war sie dort angekommen, klingelte auch schon das Telefon, doch sie nahm nicht ab. Sie ging ins Schlafzimmer, packte ihren Koffer und sah, daß es inzwischen siebzehn Uhr geworden war. Sie schaltete den Fernseher an, aber sah nicht zu, sondern starrte statt dessen aus dem Fenster. Der Nachrichtensendung war das Urteil im Fall Epps eine kurze Meldung wert. »... Bislang unbestätigten Meldungen zufolge soll die Bezirksstaatsanwältin, Karen Henning, ihren Rücktritt angeboten haben ...« Karen schaltete wieder aus. Das Telefon klingelte wieder, doch auch diesmal hob sie nicht ab. Ein wenig später klingelte es an der Tür. Sie vermutete, daß es Barone war, und öffnete nicht. Tatsächlich sah sie ihn kurz darauf aus dem Haus kommen und in seinen Wagen steigen.

Im Zimmer wurde es allmählich dunkel. Karen setzte sich auf die Bettkante und stierte ins Leere. Es war längst Essenszeit, doch sie hatte nicht den geringsten Appetit.

Wieder klingelte es an der Tür. Sie schaute durch den Spion und war maßlos überrascht: draußen standen ihr Mann und ihre Kinder. Schnell schob sie die Riegel beiseite.

»Hallo, Mom!« rief Hillary. »Wie geht's dir?«

»Wir wollten dich abholen«, sagte Jackie.

Sie umarmte die drei. »Ich habe meinen Rücktritt angeboten«, berichtete sie.

Hank lächelte sie an. »Der Gouverneur hat ihn abgelehnt. Vorhin kam es im Radio. Er hat die Geschworenen und das Urteil öffentlich angeprangert.«

»Weißt du, was er gesagt hat?« fragte Jackie.

»Im Gericht geht es nicht so zu wie beim Baseball«, zitierte Hillary. »Man feuert nicht gleich den Trainer, wenn man mal ein Spiel verloren hat.«

»Er sagte, du hast gute Arbeit geleistet, und er bittet dich, weiterzumachen«, fügte Hank hinzu.

Karen gab sich keinen Illusionen über den Gouverneur hin. Hätte er ihre Kündigung klaglos akzeptiert, hätte er damit nur eingeräumt, bei ihrer Ernennung einen Fehler gemacht zu haben. Sein eigenes Schicksal war also mit ihrem verbunden, und indem er sie verteidigte, verteidigte er in erster Linie sich selbst.

»Ich habe keine gute Arbeit geleistet«, sagte sie.

»Soll ich ihn anrufen und sagen, daß du's dir noch einmal überlegt hast?«

Sie spürte, daß ihr Mann stolz darauf war, daß der Gouverneur sie unterstützte. »Ach, Hank ...«, lächelte sie.

»Aber jetzt pack erst mal deine Sachen zusammen, und dann geht's ab nach Hause.«

Hank trug ihren Koffer hinunter, setzte sich ans Steuer und fuhr ab. Karen dachte an die Wahl im Herbst. Sie wußte nicht, ob sie kandidieren sollte, wollte aber zumindest danach gefragt werden. Doch die Chancen, einfach übergangen zu werden, waren jetzt größer denn je.

Dann fiel ihr Barone ein, mit dem sie sich auch noch befassen mußte. Noch ein Problem – und gewiß nicht das kleinste. Karens Augen folgten stur dem Licht der Scheinwerfer, das auf der Straße glänzte, und sie litt still und schicksalsergeben vor sich hin. Was immer jetzt auch Schlimmes geschehen würde, sie hatte es ihrer Meinung nach verdient.

3. Kapitel

Barone war ununterbrochen auf der Suche nach Karen. Er wollte sie trösten, sie in den Arm nehmen, einfach nur bei ihr sein. Weil das alles nicht möglich war, wollte er wenigstens mit ihr reden. Doch sie nahm nie ab, wenn er sie anrief.

Jedesmal, wenn er die Wache betrat, erkundigte er sich sofort: »Irgendeine Nachricht für mich eingetroffen?« Er tat dabei immer ganz fröhlich, auch wenn ihm ganz anders zumute war. Die Antwort war ohnehin immer dieselbe: Nein. Anschließend fuhr er in die Stadt, und als er an ihrer Tür klingelte, war er so nervös wie ein Teenager. Eine fremde Frau betrachtete ihn durch den Spion. Er mußte ihr erst seine Lizenz zeigen, bevor sie ihn hereinließ. Sie war offenbar die Eigentümerin der Wohnung und gerade erst von irgendwoher zurückgekommen. Karen, belehrte sie ihn, wohnte schon längst wieder bei sich zu Hause. Er entschuldigte sich übertrieben und fuhr wieder weg.

Ihm wurde klar, daß es besser für ihn wäre, Karen zu vergessen, er schaffte es aber nicht. Einige Tage später fuhr er zu ihr ins Büro. Ihre Sekretärin wußte nicht, wo sie steckte, deshalb erkundigte er sich in allen übrigen Büros nach ihr. Plötzlich entdeckte er sie: er sah, wie sie mit jemandem zum Aufzug ging. Sie unterhielt sich und bemerkte ihn zunächst nicht. Als sie ihn dann doch wahrnahm, schien sie sichtlich irritiert, was er als gutes Zeichen wertete. Aber ihre Begrüßung fiel kühl aus, und sie ging in ihr Büro, wohin er ihr folgte.

»Womit kann ich Ihnen dienen?« fragte sie und blätterte in irgendwelchen Papieren.

»Können wir uns treffen? Privat, meine ich.«

Im Gerichtsalltag waren vertrauliche Unterhaltungen gang und gäbe. Deshalb war diese Frage auch nichts Ungewöhnliches. »Worum handelt es sich?«

Als er keine Antwort gab, stöberte sie weiter in ihren Unterlagen. »Ich habe heute sehr viel zu tun«, bemerkte sie. »Vielleicht geht es morgen oder nächste Woche. Machen Sie mit Betty einen Termin aus.« Sie verabschiedete sich förmlich und schloß die Tür hinter ihm.

Betty sah in ihrem Terminkalender nach. »Wie wäre es mit übermorgen um sechzehn Uhr?« fragte sie.

»Um die Zeit arbeite ich«, antwortete Barone und schaute auf die geschlossene Tür. »Ich rufe Sie an.«

Er setzte sich wieder in seinen Wagen und sah eine Weile durch die schmutzige Windschutzscheibe. Er hatte sich in seinem ganzen Leben noch nie so deprimiert gefühlt. Er fuhr auf die Wache, wo er versuchte, einen Brief an sie aufzusetzen, bis er von einem Aufruhr in der Straße unterbrochen wurde. Er ging zum Fenster, um zu sehen, was dort vorging.

Reverend Johnson befand sich auf dem Anmarsch zum 32. Revier. Der heilige Mann von eigenen Gnaden besaß eine amtliche Genehmigung, die ihm gestattete, mit seinen Demonstranten von der 125. Straße bis zur 135. Straße zu marschieren. Dort warteten die Busse, die sie wieder nach Hause bringen sollten. Johnson hatte sich diese Genehmigung schon vor geraumer Zeit ausstellen lassen. Es war purer Zufall, daß sie auf einen Tag so kurz nach dem Epps-Urteil datiert war.

Johnson hatte sie sich für den wahrscheinlichen Fall ausstellen lassen, daß Epps verurteilt wurde. Jetzt aber, da das Gegenteil eingetreten war, wollte er die wertvolle Genehmigung nicht ungenützt verfallen lassen und hatte sich trotzdem zu einer Demonstration entschieden. Im Triumphzug liefen seine Leute durch die Straßen, wo sie von zwei Polizeireihen eingerahmt wurden. Fernsehteams filmten den Marsch, dem Hunderte von Menschen auf den Bürgersteigen zujubelten.

Laut der Genehmigung war es den Demonstranten nicht gestattet, bis zur Wache im 32. Revier zu marschieren. Damit sollte eine Provokation der dortigen Polizisten vermieden werden. Johnson hatte dies in der Tat auch gar nicht vor. Er führte seine Demonstranten zu den Bussen, und die begleitenden Beamten zerstreuten sich daraufhin. Doch plötzlich setzten sich zwanzig, dreißig junge Demonstranten ab und liefen in Richtung Wache.

Die Vorschriften für die Begleitpolizisten waren eindeutig: sie sollten den Aufmarsch kontrollieren, und dieser Pflicht hatten sie bis zum Ende Folge geleistet. Ihre Aufgabe bestand aber nicht darin, irgendwelchen jungen Männern hinterherzurennen, die zudem noch schnell wie der Wind waren. Außerdem war es ja nicht verboten, durch die Straßen zu laufen.

Als die Demonstranten mitbekamen, daß sie nicht verfolgt wurden, faßten sie Mut. Sie forderten Passanten auf, sich ihnen anzuschließen. »Auf, kommt mit!« riefen sie. »Wir marschieren zur Wache!« Als sie dort schließlich ankamen, war die Meute auf über hundert Menschen angewachsen.

Innerhalb der Wache befanden sich zu diesem Zeitpunkt gerade mal eine Handvoll Bereitschaftsbeamte, unter ihnen Barone. Zehn Streifenwagen waren auf Achse.

Die ehemals harmlosen Demonstranten und ihre neuen Anhänger hatten sich schlagartig zum Mob verwandelt. Der wurde nicht von einer einzelnen Person angeführt, sondern von einer Idee zusammengehalten: es ging darum, den großen Sieg vor Gericht zu feiern, den Polizisten des 32. Reviers ihre Macht zu beweisen, sie zu verhöhnen und zu verspotten. Im Grunde wollten sie eigentlich alle nur Dampf ablassen – doch wie jeder Mob entwickelte auch dieser seine eigene Dynamik.

Vor der Wache riefen sie ihre üblichen Kampfparolen. Einige der Polizisten kamen heraus, unter ihnen der Lieutenant, der angesichts der Meute glaubte, die Wache könnte gestürmt werden. Er rannte ins Haus und befahl den Streifenwagen zurückzukommen.

Als die Demonstranten immer mehr Cops vor sich sahen, schlug ihre Stimmung um, wurde gewalttätiger. Flüche wurden ausgestoßen, Fäuste drohend geballt. Barone, der auch auf die Straße geeilt war, sah darin kein großes Problem. Außer seinem Trommelrevolver im Halfter trug er keine Waffe. Er war weder verängstigt noch beunruhigt, sondern dachte lediglich daran, daß es bei den wenigen Autos auf der Straße zumindest keinen Stau geben konnte.

Die Streifenwagen kamen mit heulenden Sirenen an, und die Polizisten stiegen aus. Der Klang der Sirenen schüchterte den Mob aber nicht ein, sondern entfachte im Gegenteil seine Wut. Einige aus der Meute schlugen auf die nächstbesten Autos ein, die auf der Straße standen: die Privatwagen der Polizisten. Diese Idee begeisterte die übrigen. Sie traten gegen die Stoßstangen und Kühlerhauben, schaukelten darauf herum, stemmten die Autos hoch und kippten sie schließlich um. Manche hatten sich darauf spezialisiert, mit Brettern und Steinen die Scheiben einzuwerfen.

Die Beamten, die unmittelbar vor der Wache standen, bekamen zunächst gar nicht mit, was weiter hinten geschah. Einer rannte dann aber ins Haus, holte Schlagstöcke und verteilte sie unter seinen Kollegen. Damit bewaffnet, stürmten sie auf die Demonstranten zu, um ihre Fahrzeuge zu schützen. Auch Barone hatte inzwischen bemerkt, was hier gespielt wurde, und drängte sich durch den Mob zu seinem Wagen. Seine Kollegen ließen die Schlagstöcke wie Dreschflegel über die Köpfe der Männer sausen und schlugen einige zu Boden. Manche aber wurden von der Meute entwaffnet und selbst niedergeschlagen.

Daraufhin zog einer der Cops seine Waffe und feuerte einen Warnschuß in die Luft ab. Andere taten es ihm nach, und auch einige der Demonstranten zogen plötzlich Pistolen aus ihrem Hosenbund. Barone hatte mittlerweile seinen Schlagstock verloren und schlug mit seinem Revolvergriff auf die Randalierer ein.

Insgesamt wurden zehn Schuß abgegeben, die schließlich dem Aufruhr ein Ende bereiteten. Die meisten Demonstranten rannten weg. Einige lagen benommen am Boden, wurden mit Handschellen gefesselt und weggeschleppt, andere wurden zunächst ins Krankenhaus gebracht und später verhaftet, einer war erschossen worden. Auch vier Cops mußten sich in ärztliche Behandlung begeben.

Barone atmete tief durch und steckte seine Waffe wieder ein. Er ging zu seinem Wagen, den er nicht mehr rechtzeitig erreicht hatte. Zusammen mit vier Kollegen drehte er ihn wieder um. Das Dach war eingedrückt und die Fensterscheiben zerbrochen. Er sah an sich selbst hinunter. Sein Fünfhundert-Dollar-Anzug war ebenfalls ruiniert. Barone war mehr als bedient. Er trug sich aus der Anwesenheitsliste aus und ging nach Hause.

Was zunächst niemand wahrgenommen hatte: der Zwischenfall wàr nicht unbemerkt geblieben. Fernsehleute waren den Demonstranten gefolgt, als sie von den Bussen wegliefen, weil sie ahnten, daß sich noch etwas ereignen könnte. An Ort und Stelle hatten sie dann die Geschehnisse in Bild und Ton eingefangen.

Das Filmmaterial wurde am selben Abend von Channel 7 ausgestrahlt. Manche der Beteiligten waren ohne weiteres zu identifizieren – darunter auch Barone, wie er seine Waffe schwang und auf Köpfe niedersausen ließ, als er sich den Weg zu seinem Auto bahnte.

Laut Reverend Johnson war der Aufruhr von der Polizei provoziert worden. In zahlreichen Interviews schürte er gezielt den Zorn seiner schwarzen Mitbürger und drohte weitere Demonstrationen an. Er berief sich dabei auf die Ausstrahlung des Filmmaterials, das tatsächlich so interpretiert werden konnte, als ob böswillige Polizisten grundlos auf friedliche schwarze Demonstranten eingedroschen hätten.

Der Bürgermeister geriet unter gewaltigen öffentlichen Druck. Er sah sein Amt gefährdet und forderte Malloy und Pommer dazu auf, genaue Untersuchungen anzustellen und Maßnahmen gegen die Schuldigen zu ergreifen.

Daraufhin bestellte der Polizeichef Pommer in sein Büro. »Wenn Sie wollen, kann ich Ihnen Muldoons Kopf auf einem silbernen Tablett präsentieren«, sagte Pommer. »Alles andere dauert noch seine Zeit. Ich brauche erst eine Kopie des Fernsehbeitrags, um die Gesichter genau zu identifizieren.«

»Meine Güte, schneiden Sie den Film doch einfach mit. Er kommt ja fünfmal am Tag im Fernsehen. Und was wollen Sie eigentlich mit Muldoon? Der hat an dem Tag doch gar nicht gearbeitet.«

»Muldoon war der Drahtzieher im Fall Epps. Und dieser Fall war wiederum die Ursache des Aufruhrs«, erklärte Pommer.

»Na schön. Was haben Sie über ihn?«

Pommer zählte die Vorwürfe gegen Muldoon auf.

»Falsche Eintragungen! Lächerlich!«

»Und wie steht's mit dem Nichterscheinen vor Gericht? Mit der Waffe im Spind? Ich nehme das jedenfalls ernst.«

»Was haben Sie gegen den anderen Burschen, seinen Partner, in der Hand?«

»Nicht genug.«

»Sie treiben ja tolle Nachforschungen.«

»Gründliche Nachforschungen. Ich habe den beiden zwei Monate lang einen Informanten auf den Hals geschickt.«

Malloy mißfiel das Ganze. Andererseits wurde er aber vom Bürgermeister schwer unter Druck gesetzt, und wenn er jetzt zumindest Muldoon als Bauernopfer einbrächte, hätte er fürs erste Zeit gewonnen. Außerdem, sagte er sich, hatte Pommer nicht vollkommen unrecht. Es war ja in der Tat Muldoon gewesen, der den Stein mit dem Fall Epps ins Rollen gebracht hatte.

Tags darauf brachte Pommer die Anklagepunkte gegen Muldoon ordnungsgemäß zu Papier. Seiner Meinung nach waren dies schwerwiegende Vorwürfe, die eine Entlassung und den Verlust des Pensionsanspruches rechtfertigten. Er verfügte, daß Muldoon zum uniformierten Officer degradiert und bis zur internen Verhandlung gegen ihn die Lohnfortzahlung gesperrt wurde.

Auf der Wache mußte Muldoon seine Waffe und seine Dienstmarke abgeben und seinen Spind räumen. Als er das Gebäude verließ, standen Kollegen Spalier und schüttelten ihm die Hand. Aber er hatte Tränen in den Augen, konnte niemanden ansehen oder auch nur ein Wort herausbringen.

Er suchte sofort die nächste Bar auf, wo er nur eines vorhatte: sich sinnlos zu betrinken. Barone leistete ihm eine Weile Gesellschaft.

»Scheiß Verhandlung«, fluchte er. »Die wollen mich feuern, das steht doch jetzt schon fest.«

Barone wußte das. Mit einem Freispruch war bei diesem Stand der Dinge nicht mehr zu rechnen. »Deinen Pensionsanspruch können sie dir aber nicht streitig machen. Dazu sind die Vorwürfe nicht schwerwiegend genug.«

»Die können alles machen, was sie wollen, diese Drecksäue.«

Auch damit hatte er recht.

»Dann könntest du immer noch einen Anwalt nehmen und dagegen klagen.«

»Scheiß Anwälte.«

Barone gab seinem Partner einen freundschaftlichen Klaps. Mehr konnte er im Moment nicht für ihn tun.

Wie zu erwarten gewesen war, ließ nach der Suspendierung Muldoons der Druck der öffentlichen Meinung auf den Bürgermeister keineswegs nach. Deshalb setzte er seinerseits Malloy und Pommer weiter ein. Fünf Tage später reichte Pommer schließlich einen neuen Antrag ein, in dem er Anklage gegen sieben weitere Polizisten wegen unerlaubten Waffengebrauchs während des Aufruhrs erhob. Sie alle, einschließlich Barone, wurden ohne Lohnfortzahlung entlassen.

Karen war bedrückt, als sie davon hörte. Sie machte sich Sorgen darüber, wie Barone ohne Geld seine Familie ernähren könnte. Sie war sicher, daß er sich bei ihr melden und um ihre Unterstützung bitten würde, denn schließlich hatte er das für seinen Partner ja auch getan. Doch die Tage vergingen, ohne daß Barone etwas von sich hören ließ.

Im Fall des jungen Mannes wurde ein Untersuchungsgremium ausgewählt, das darüber zu befinden hatte, ob die Anklage abgelehnt oder zugelassen werden sollte. Das Gremium bestand aus dreiundzwanzig Leuten, fast zum gleichen Teil Männer und Frauen, Schwarze und Weiße. Auch Barones Fall landete vor diesem Ausschuß, der von Staatsanwalt Tananbaum geleitet wurde.

Eine Woche später traf Karen Tananbaum auf dem Flur. Er berichtete ihr, daß das Gremium soeben beschlossen hatte, gegen keinen der Polizisten Anklage zu erheben. Die Schießerei wurde unter den gegebenen Umständen als gerechtfertigt betrachtet, und gegen die Beamten lagen keine Beweise vor, die auf ein etwaiges Fehlverhalten hinwiesen. »Die Tumulte wurden eindeutig von den Demonstranten ausgelöst. Die Vorwürfe gegen die Polizei hat man als blanke Hysterie abgetan«, sagte er.

In der Stadt wurde diese Nachricht ruhig aufgenommen – sogar in Harlem, wo inzwischen wieder jene Apathie eingekehrt war, die man überall dort findet, wo Armut herrscht. Der Zorn war verflogen, das Feuer gelöscht.

Die interne Verhandlung gegen Muldoon fand im Polizeipräsidium statt. Der Stellvertretende Polizeichef fungierte dabei als alleiniger Richter. Im Gegensatz zu einem Strafprozeß lag die Beweispflicht nicht beim Kläger, sondern beim Beklagten. Muldoon mußte selbst nachweisen, daß die Vorwürfe, die gegen ihn erhoben wurden, nicht der Wahrheit entsprachen – aber er wußte beim besten Willen nicht, wie.

Der Stellvertretende Polizeichef folgte im wesentlichen Pommers Beweisführung, sprach Muldoon in zwölf Anklagepunkten schuldig und bestätigte die Aberkennung jeglicher Pensionsansprüche.

Um dem Bürgermeister zu beweisen, daß er Stärke zeigen konnte, wenn es die Situation erforderte, unterschrieb Polizeichef Malloy die Entlassungsempfehlung sofort, nachdem sie auf seinem Schreibtisch gelandet war. Nach insgesamt sechsundzwanzig Dienstjahren war Muldoon von nun an kein Polizist mehr.

Als nächstes stand Barone und seinen Kollegen dieselbe Verhandlung bevor. Zwei Tage vor deren Beginn verfaßte Karen ein Schreiben an Malloy. Sie unterrichtete ihn, daß der Untersuchungsausschuß keinen Beweis dafür gefunden hatte, daß Barone mit seiner Waffe geschossen habe. Sie teilte ihm mit, daß das Präsidium es sich nicht leisten könnte, einen Mann vom Format Barones zu entlassen. Sie begründete das damit, daß Barone sie bei dem Prozeß tatkräftig unterstützt habe und sie ihn für einen der besten Polizisten halte, denen sie überhaupt je begegnet sei.

Sie wußte nicht, ob Malloy diesen Brief überhaupt zur Kenntnis nahm; sie wußte nur, daß sie für Barone nicht mehr tun konnte. Vielleicht meinte Malloy auch, daß sie sowieso nichts mehr zu melden hatte. Vermutlich ging er auch davon aus, daß sie sich erst gar nicht zur Wahl stellte.

Trotz zahlreicher Treffen mit den Parteispitzen der Demokraten hatte sie ihre zukünftigen Absichten bislang noch nicht bekanntgegeben. Umgekehrt hatten aber auch deren Spitzen, Kauffmann und O'Reilly, ihr kein entsprechendes Angebot unterbreitet. Da sie keine Lust hatte, sie darum zu bitten, entschied sie sich fürs Abwarten.

Sie hatte ohnehin anderes zu tun. Ununterbrochen war sie mit der Umstrukturierung des Gerichts und seines gesamten Beamtenapparats beschäftigt. Dies erschien ihr als vordringlichste Aufgabe, denn in den letzten Jahren waren immer mehr junge Staatsanwälte eingestellt und die einzelnen Abteilungen zunehmend unübersichtlicher geworden. Dieses Problem packte sie an der Wurzel, verkleinerte die Abteilungen und besetzte die Führungspositionen neu.

Aber sie hatte noch weitere Neuerungen parat. So ordnete sie zum Beispiel an, daß sämtliche neu eingestellten Staatsanwälte die Gefängnisse besuchen mußten, um sich einen unmittelbaren Einblick davon zu verschaffen, wie sich die unausweichlichen Konsequenzen ihrer Arbeit in der Praxis auswirkten. Auch drängte sie darauf, daß immer mehr schwarze Anwälte und zudem Anwälte, die einer Minderheit angehörten, eingestellt wurden.

Karen fand nicht nur immer mehr Spaß an ihrer Arbeit, auch das Vertrauen in ihre eigenen Fähigkeiten wuchs von Tag zu Tag. Wie ihr die Kollegen versicherten, lief die Arbeit im Büro tatsächlich so rund wie nie zuvor, griff nun ein Rädchen ins andere. Als sie auch noch einen Artikel in der *New York Times* las, in dem stand, wie gut sie ihren Job verrichtete, war sie glücklich und zufrieden. Immer deutlicher wurde ihr bewußt, daß sie ihn um jeden Preis behalten wollte.

Das Urteil gegen Barone und seine Kollegen lautete genauso wie das gegen Muldoon: Entlassung und Streichung jeglicher Pensionsansprüche. Karen hatte das Urteil zwar kommen sehen, aber jetzt, da sie es schwarz auf weiß vor sich sah, geriet sie mehr aus der Fassung, als sie erwartet hatte. Barone war als engagierter Kämpfer für das Recht aus dem Rennen, sie aber nicht. Das Urteil gegen ihn weckte wieder ihre Angriffslust; sie wußte, daß die Zeit zum Handeln gekommen war. Sie bat ihre Sekretärin, keine Anrufe durchzustellen, griff dagegen selbst zum Hörer und machte einen Termin mit dem Gouverneur aus.

Zwei Tage später wurde sie von ihm in einem seiner Büros im World Trade Center empfangen. Die Sekretärin führte sie zum Gouverneur, aber bevor sie sich zurückzog, sagte sie ihm: »In zehn Minuten haben Sie Ihren nächsten Termin.«

Der Gouverneur reichte Karen die Hand, begrüßte sie freundlich und bat sie, Platz zu nehmen. »Sie haben soviel Zeit, wie Sie wollen. Und jetzt sagen Sie mir, wie ich Ihnen helfen kann.«

Sie hatte seit ihrem Amtseid nicht mehr mit ihm geredet, deshalb bedankte sie sich erst einmal für seine Unterstützung nach dem Epps-Urteil.

»Bitte, gern geschehen. Aber Sie sind sicher nicht nur gekommen, um sich zu bedanken.«

»Ich muß Ihnen etwas erzählen«, begann sie. »Und anschließend möchte ich Sie um einen Gefallen bitten.«

Der Gouverneur nickte ihr zu.

»Ich habe mich entschlossen, für die Demokraten in der Vorwahl zu kandidieren. Schon aus Gründen der Höflichkeit sollen Sie der erste sein, der davon erfährt.«

»Mhm ... Ist es dafür nicht fast schon zu spät? Reicht die Zeit überhaupt noch?«

»Ich habe mich erkundigt: die Zeit reicht noch.«

»Gut. Und um welchen Gefallen geht es?«

»Ich bitte Sie um Ihre Unterstützung dabei.«

»Heißt das, daß Sie nicht kandidieren, wenn ich Sie nicht unterstütze?«

»Nein, meine Entscheidung hängt davon nicht ab. Ihre Unterstützung würde mir nur einiges leichter machen.«

Er warf ihr einen fragenden Blick zu. »Ich weiß nicht genau, was Sie von mir erwarten.«

»Sie gehören zur Parteispitze.«

»Ich bin der Gouverneur. Kauffmann und O'Reilly leiten die Partei.«

Karen lächelte ihn an. »Aber ab und zu unterhalten Sie sich ja wohl mit ihnen.«

Zu ihrer Erleichterung erwiderte er ihr Lächeln. Obwohl sie nach außen hin sehr locker wirkte, waren ihre Nerven bis zum Zerreißen gespannt. Die nächsten Minuten waren von allergrößter Bedeutung.

»Aber vielleicht hat man im Hauptquartier andere Vorstellungen. Man wird sich dort die Frage stellen, warum ich für Sie eintrete.«

»Sie haben mich ernannt. Dann werden Sie doch auch wissen wollen, ob die Wähler Ihre Entscheidung gutheißen. Außerdem haben Sie bei meiner Ernennung doch bestimmt im Auge gehabt, daß ich den Kandidaten der Republikaner schlagen könnte.«

Plötzlich wechselte der Gouverneur das Thema. »Was war eigentlich zwischen Ihnen und Harbison los? Hat er gekündigt, oder haben Sie ihn entlassen?«

Die Sekretärin streckte den Kopf herein. »Gouverneur ...« Doch er winkte ab.

»Er hat gekündigt«, sagte Karen.

»Sie sollten wissen, warum ich ursprünglich wollte, daß er bleibt. Ich hatte gedacht, er besäße genau die Erfahrung, die Ihnen fehlt, und Sie könnten ihn deshalb brauchen.«

»Ich glaube bewiesen zu haben, daß ich ihn nicht brauche.«

»Er gibt Ihnen die Schuld an der Niederlage im Fall Epps. Mir schiebt er dadurch natürlich auch die Schuld in die Schuhe, weil ich Sie ja ernannt habe. Wenn Sie gegen ihn kandidieren, wird er bei seiner Kampagne darauf herumreiten.«

Karen sagte nichts dazu.

»Mir sind Gerüchte zu Ohren gekommen, daß er versucht hat, Ihren Fall zu sabotieren. Zum Beispiel sollen plötzlich Akten verschwunden sein.«

Karen hielt es für klüger, auch dazu nichts zu sagen, obwohl der Gouverneur offenbar darauf wartete.

Er stand auf und sah aus dem Fenster. »Wenn das zutrifft

und ein findiger Reporter davon Wind bekäme ... könnte das schon Auswirkungen auf die Wahl haben.«

»Könnte schon ...«

Der Gouverneur machte eine Pause, dann wandte er sich wieder ihr zu. »Eins muß ich klar sagen: die Art und Weise, wie Sie Ihr Amt leiten, gefällt mir gut.«

Karen fühlte sich ermuntert. »Werden Sie mich also unterstützen?«

»In Ordnung«, lächelte er. »Ich werde gleich mal ein paar Telefonate führen.«

Karen strahlte. Sie kämpfte kurz dagegen an, gab es aber gleich wieder auf. Der Gouverneur zwinkerte ihr zu.

Am Nachmittag traf sie sich sofort mit Kauffmann und O'Reilly, unterschrieb ihre Absichtserklärung für die Kandidatur und bat die beiden, mit der Bekanntgabe aber noch bis zum nächsten Tag zu warten.

Das Problem bestand jetzt darin, Hank über all das zu informieren. Sie überlegte sich, ob sie es ihm nach und nach schonend beibringen oder gleich mit der Tür ins Haus fallen sollte.

Als sie sich bei ihm meldete, entschloß sie sich rasch zu letzterem. Hank hatte soeben die definitive Mitteilung erhalten, daß er ab Herbst einen Lehrstuhl an der Universität von New York erhielt. Er war in aufgeräumter Stimmung und strahlte neue Zuversicht aus. Entsprechend lässig fiel auch seine Reaktion auf ihre Nachricht aus. »Das hast du doch bloß gemacht, um Harbison eins auszuwischen«, lachte er.

»Nicht ganz.«

»Dann will ich es dir sagen: dir gefällt dein Job. So einfach ist das.«

»Wahrscheinlich hast du recht.«

»Du weißt aber, daß du gegen Harbison antreten mußt und er einen schmutzigen Wahlkampf führen wird.«

»Damit rechne ich.«

»Schön. Wenn du dir alles gut überlegt hast, wüßte ich nichts, was gegen deine Kandidatur spricht«, ermutigte er sie zu ihrer Überraschung. »Wenn du es wirklich willst, solltest du es auch tun.«

Karen begegnete Barone erst wieder im Sommer. Er kam gerade aus einem Gerichtssaal im vierzehnten Stock, und sie rannten sich im Flur beinahe um. Beide waren so überrascht, daß es eine Weile dauerte, bis sie Worte fanden. Dann lächelte Barone auf seine typische Weise, und Karen dachte sofort, daß ihr niemand außer ihm je so zugelächelt hatte.

»Ich freue mich schrecklich, Sie zu sehen«, sagte er, nachdem er ihr die Hand gereicht hatte.

Daß sie gerührt war, konnte man ihr vom Gesicht ablesen. »Ich mich auch.« Sie umarmten sich spontan.

Barone zeigte auf den Saal hinter sich. »Ich war wegen einer Zeugenaussage dort«, erklärte er. »Aber was machen Sie hier? Um einen Fall geht es doch ganz bestimmt nicht.«

»Doch. Es geht um einen Burschen, den wir nicht freilassen wollen, auch nicht gegen Kaution. Deshalb habe ich mich persönlich darum gekümmert.«

Karen sah, daß er wie immer tipptopp gekleidet war. Er ist so eitel wie eh und je, dachte sie. »Aber was machen Sie inzwischen? Ich meine, wenn Sie nicht gerade Zeugenaussagen abgeben?«

Er bemerkte, daß sich hinter ihrer Frage echtes Interesse verbarg. »Mir geht's glänzend. Ich bin ganz in der Nähe, wo ich wohne, bei einer Baufirma eingestiegen. Wir bauen Schulen, Einkaufscenter. Wir expandieren ständig.«

»Das freut mich ehrlich für Sie, Mike.«

»Sie können mich also getrost von Ihrer Liste der Sorgenkinder streichen.« Er deutete wieder auf den Gerichtssaal. »Bei der Sache ging es um Autodiebstahl. Ich glaube, das war der letzte Fall, mit dem ich zu tun hatte.«

Karen verstand, was er damit sagen wollte. Dies war das letzte Mal gewesen, daß es ihn ins Gericht oder sogar nach New York geführt hatte. Vielleicht würde sie ihn nie wiedersehen.

»Bei der Gelegenheit möchte ich mich übrigens bedanken, daß Sie dem Polizeichef einen Brief wegen mir geschrieben haben.«

»Ach, das wissen Sie?«

»Mein Anwalt hat ihn mir vor der Verhandlung gezeigt. Malloy muß ihn weitergegeben haben.«

Karen war verdutzt. Soviel Anstand hatte sie Malloy nicht zugetraut.

»Am liebsten hätte ich mehr getan, als nur einen Brief zu schreiben«, sagte sie.

»Sie konnten gar nicht mehr für mich tun. Warum haben Sie das eigentlich gemacht?«

»Ich wollte Ihnen helfen.«

»Das haben Sie. Mehr als Sie glauben.«

»Inwiefern ...?« wunderte sie sich.

»Dieser Brief hat mir sehr viel bedeutet. Er hat mir Kraft gegeben, und nur deshalb habe ich auch die Verhandlung und die Zeit danach so gut überstanden.«

Karen wußte nicht, was sie darauf sagen sollte, und wechselte lieber das Thema. »Wie geht es Ihrer Frau und Ihren Kindern.«

»Gut. Und Ihrem Mann und Ihren Kindern?«

»Auch gut.«

Beide waren an einem toten Punkt angelangt und wußten nicht mehr, was sie als nächstes sagen sollten. Schließlich fiel Barone ein: »Ich habe gelesen, Sie wollen für die Vorwahl kandidieren.«

»Ja. Ich weiß aber selbst noch nicht, was für eine Politikerin ich abgebe.«

»Meine Stimme haben Sie jedenfalls.«

»Sie wohnen nicht in der Stadt«, lachte sie. »Sie dürfen gar nicht wählen.«

»Sie wissen doch, was ich meine. Ich stimme immer für Sie, in jeder Hinsicht.« Er spürte, daß ihr seine Bemerkung peinlich war. »Harbison ist ein Schwachkopf«, fügte er hinzu. »Den schlagen Sie mit links.«

»Glauben Sie das wirklich?«

»Gar keine Frage!« lachte er und steckte Karen damit an. »Denken Sie eigentlich noch manchmal an mich?« wollte er schließlich wissen.

»Nein«, log sie, doch es klang nicht sehr überzeugend. Sie lächelte ihm freundlich zu. »Ich muß jetzt gehen. Seit zehn Minuten sollte ich schon im Gericht sein.«

»Ich muß auch gehen. Sogar dringend. Wenn ich nämlich

neben Ihnen stehe, aber Sie nicht berühren darf, leide ich Höllenqualen.«

Sie war selbst überrascht, wie gut es ihr tat, das zu hören, zeigte es aber nicht. »Alles Gute, Mike«, sagte sie und reichte ihm die Hand.

»Alles Gute, Karen.«

Er wandte sich ab und lief in Richtung Aufzug, da rief sie ihm hinterher: »Danke für Ihre Stimme!«

Er lächelte und winkte ihr zu. Karen sah ihm einen Moment lang nach, dann ging sie in den Gerichtssaal.